KÄSTNER KÄSTNER

TATORT HAFEN

TOD IM SCHATTEN DER ELBFLUT

KRIMINALROMAN

KNAUR

Erklärungen zu nautischen und polizeilichen Fachbegriffen rund um den Hafen Hamburg finden Sie im Glossar auf S. 365.

Besuchen Sie uns im Internet:
www.droemer-knaur.de

MIX
Papier | Fördert gute Waldnutzung
FSC® C014496

Originalausgabe Dezember 2024

Ein Imprint der Verlagsgruppe
Droemer Knaur GmbH & Co. KG, München

Redaktion: Dr. Ulrike Brandt-Schwarze
Covergestaltung: semper smile, München
Coverabbildung: Collage von semper smile unter Verwendung von Motiven von Plainpicture.com und Mauritius.com
Satz: Daniela Schulz, Gilching
Druck und Bindung: GGP Media GmbH, Pößneck
ISBN 978-3-426-53067-2

2 4 5 3 1

PROLOG

Global Endeavour, Nordsee, Deutsche Bucht – 01.22 Uhr

Der Sturm nahm keine Rücksicht auf ihr Leben. Mit dem Mut des Verzweifelten hangelte sich Tarik hinter Ebo die Ankerkette hinauf.

Der Westwind hatte seit Tagen stetig zugenommen und sich zu einem Unwetter mit beachtlichem Seegang ausgewachsen. Der Bug des riesigen Frachters schraubte sich mit jeder Welle steil in die Höhe, bevor er zurück in das Wellental krachte. Tarik krallte sich, so fest er konnte, an die Metallschäkel der Ankerkette.

Ebo, der über ihm hing, hob vorsichtig die Luke an und versuchte, sich im Dunkel der Nacht zu orientieren. Das Oberdeck lag verlassen da. Tarik beschleunigte seine Bemühungen, hochzuklettern. Er sehnte sich danach, endlich wieder einen sicheren Stand zu haben. Brecher überrollten die Reling, eisiger Wind schlug ihm ins Gesicht. Bis zum Deckshaus, das Schutz und Wärme versprach, waren es nur wenige Meter – zum Greifen nah und doch unerreichbar.

Seit zehn Tagen hatten sie eng aneinandergeschmiegt auf der Ankerkette gehockt, waren abwechselnd aufgestanden und hatten sich, so gut es ging, bewegt, um in der Kälte nicht zu erstarren. Sie hatten all die Qualen erduldet, weil ihnen keine andere Wahl blieb.

Dann war der Sturm aufgezogen. Und was für ein Ungetüm! Schnell wurde es unerträglich in dem engen Kettenkasten.

Das Wetter hatte Tariks Berechnungen über den Haufen geworfen. Sie hätten schon vor Tagen den Hamburger Hafen erreichen müssen, stattdessen war ihnen das Trinkwasser ausgegangen.

Reflexhaft blickte er auf seine Uhr, doch in der Dunkelheit war das Ziffernblatt nicht zu erkennen.

Die Nacht tauchte den Himmel und die Nordsee in undurchdringliche Schwärze. Der Wind toste, und krachend schlugen die Wellen gegen die Bordwand, um ihn daran zu erinnern, dass sie schnellstmöglich ins Schiffsinnere gelangen mussten. Er wusste, dass es hier draußen im vorderen Deckbereich für sie lebensgefährlich war. Die Reling war niedrig, und jeder Brecher hatte das Potenzial, sie über Bord zu spülen.

Ebo schloss hinter Tarik die Luke und taumelte ein paar Schritte zur Seite, als eine Windböe ihn erfasste. In der tiefen Finsternis erkannte Tarik ihn vor allem an seinen blendend weißen Zähnen. Ebo lachte. Für ihn war die Flucht ein einziges Abenteuer.

Tarik griff nach ihm und schob ihn am Schanzkleid entlang vor sich her. Sie stemmten sich gegen den Wind und setzten tastend einen Fuß vor den anderen. Die Gischt der Wellen hatte sie in wenigen Sekunden durchnässt, und die Erschöpfung zwang ihn in die Knie. Er krabbelte weiter mittschiffs, was sich nicht nur sicherer anfühlte, sondern auch schneller war als im aufrechten Gang.

Bis zu den Aufbauten war es ein ganzes Stück. Sie robbten keuchend voran. Tarik hatte sich die Bauweise des Frachters eingeprägt, bevor sie ihre Flucht gewagt hatten. Er hatte alle Informationen gelesen, die er über das Schiff bekommen konnte, und für Essen, Trinken und Medikamente gesorgt. Er hatte das Risiko eingehen müssen. Es gab keinen Plan B, er hatte keine andere Wahl mehr gehabt, als sein Land zu verlassen, wenn er nicht sterben wollte.

Dann kam Ebo.

Und dann kam der Sturm.

Es war nur zu wahr: Wer Wind sät, wird Sturm ernten. Warum hatte er …

Sie erreichten ein Schott, das sie direkt ins Innere des Containerriesen führte. Sie schafften es nur zu zweit, den langen Stahlriegel nach oben zu drücken und die Eisentür so behutsam wie möglich aufzuziehen. Drinnen blendete sie das Neonlicht, doch wohltuende Wärme und Ruhe umfingen sie. Erleichtert atmete Tarik tief ein. Es roch nicht mehr nur nach salziger Meeresluft, sondern nach Diesel und Rost. Bis hierher hatten sie es geschafft. Dann sah er auf die Uhr. Ein Uhr sechsundzwanzig – mitten in der Nacht. Weiter, nur weiter! Wenn jemand von der Crew in diesem Moment um eine Ecke biegen würde, stünden sie im Rampenlicht wie bei einer Oscarverleihung. Und ganz sicher kämen sie zu trauriger Berühmtheit.

Aber sie mussten das Wagnis eingehen, um Wasser und Nahrung aufzutreiben. Ebo und er hatten entschieden, ihr Versteck heute Nacht zu verlassen. Tarik hatte noch nie in seinem Leben einen solchen Durst verspürt. Sie brauchten dringend etwas zu trinken, sonst würden ihre letzten Kräfte schwinden! Die Seekrankheit hatte dazu geführt, dass sie sich erbrachen, und viel Flüssigkeit verloren. Tarik fror erbärmlich und wünschte sich nichts sehnlicher als eine heiße Dusche, eine Wolldecke, etwas zu trinken – Dinge, die noch vor Kurzem zu Hause selbstverständlich gewesen waren.

Das verdammte Wetter … das Schiff hätte längst in Hamburg sein sollen!

Ebo stoppte so plötzlich ab, dass Tarik auf ihn auflief und erschrocken keuchte. Er hielt sich die Hand vor den Mund. Das durfte nicht noch einmal passieren, sie mussten leise sein.

Rechts stand eine Tür offen. Das Schild warnte: *Restricted Area – Authorized Personal Only*. Ebo wagte einen Blick durch den Türspalt und hob den Daumen. Niemand da. Glück gehabt.

Hinter der Tür versteckte sich eine Art Materialdepot, in dem neben Werkzeugen aller Art, Ersatzteilkisten, zahllosen Farbeimern und sonstigem Schiffsbedarf auch drei orangefarbene Overalls hingen. Tarik drängte sich an Ebo vorbei, riss zwei der Anzüge vom Haken und reichte Ebo einen. Schweigend zogen sie ihre durchnässte Kleidung aus und streiften die Arbeitsoveralls mit dem Logo der Reederei über. Wärme und Schutz zugleich – zumindest aus der Ferne hätte man sie für Mitglieder der Crew halten können. Vorsichtshalber steckte Tarik einen schweren Schraubenschlüssel ein. Sollte ihnen jemand von der Crew begegnen, könnte er sich verteidigen – auch wenn es ihm schwerfiel, sich das vorzustellen. Er hatte den hippokratischen Eid darauf geleistet, Menschenleben zu retten, nicht ein solches zu zerstören.

Er sah sich um und knüllte ihre Kleidung hinter eine dicht an der Wand stehende Kiste. Da würde sie so schnell niemand finden.

Es gab, welche Enttäuschung, weit und breit nichts Essbares, keine Getränke, auch keinen Wasserhahn. Ebo setzte sich einen der Helme auf, die im Regal lagen, und lächelte. So war sein Schwager. Den Schalk im Nacken. Er reichte Tarik schweigend einen Helm. Ihre Verkleidung wurde immer besser. Sicherheitsschuhe fanden sie keine, aber Ebo angelte nach Arbeitshandschuhen. Leider nur ein Paar. Tarik winkte ab, sollte Ebo sie nehmen, er drängte weiter.

Hier drinnen ächzte und zitterte der Containerfrachter in der schweren See. Das Vibrieren des Schiffsrumpfs war deutlich zu spüren. Welch Hohn, wenn der Kahn nach all den erlittenen Strapazen so kurz vor dem Ende ihrer Reise auseinanderbräche und sie ein Opfer der Wellen würden. Als Arzt wusste Tarik, dass es kaum einen qualvolleren Tod gab, als zu ertrinken. Rasch schob er den Gedanken von sich.

Er warf einen Blick in den Gang und winkte Ebo, ihm zu folgen. Links und rechts des Ganges hingen in regelmäßigen Abständen Feuerlöscher und Anschlagtafeln mit Hinweisen in englischer

Sprache. Verhaltensregeln im Gefahrenfall. Tarik, der sein Studium auf Englisch absolviert hatte, streifte sie mit einem flüchtigen Blick. Er hatte keine Zeit, sich damit aufzuhalten. Linker Hand trafen sie auf eine Tür, die mit einem Treppensymbol markiert war. Sollten sie es ein Deck höher probieren? Je näher sie den Aufenthaltsräumen kamen, desto eher mussten sie mit unangenehmen Begegnungen rechnen. Auch nach Mitternacht lebte ein solches Schiff, dessen Maschinen niemals schliefen. Aber nur so konnten sie hoffen, auf Nahrung und Wasser zu stoßen.

Ebo hatte Tariks Gedanken erraten, er öffnete vorsichtig die Tür und schlüpfte ins Treppenhaus. Die Wände waren gelb gestrichen, der steile Niedergang nach oben und unten hatte an jeder Seite runde Handläufe aus Stahl. Ebo stoppte und hob warnend die Hand. Über ihnen waren Stimmen zu hören.

Tariks Puls raste. Sie durften nicht entdeckt werden. Er lauschte für eine Sekunde und identifizierte eine weibliche und eine männliche Stimme, die in englischer Sprache heftig stritten. Was in Gottes Namen hatte eine Frau auf einem Containerschiff zu suchen? Die beiden Streitenden versuchten, ihre Erregung zu unterdrücken, denn sie pressten ihre Argumente zwischen den Zähnen hervor.

Tarik hielt noch immer die Tür in der Hand. Er drängte darauf umzukehren, doch Ebo starrte wie paralysiert nach oben.

Sie, so konnte Tarik verstehen, wollte es auf keinen Fall auf sich beruhen lassen. *Er* würde das zu verhindern wissen.

Was warf sie ihm vor? Sie klangen nicht wie ein Liebespaar, eher so, als wären sie sich fremd und doch aufeinander angewiesen.

Er drohte, dass ihre Karriere beendet sei, bevor sie überhaupt mit ihrem Studium angefangen habe. Ob es das sei, was sie wolle? Es sei gängige Praxis, und sie würde sich schon daran gewöhnen. Es ginge schließlich um Geld, viel Geld. Apropos Geld, er brauche seinen Job, dringender, als sie es sich vielleicht vorstellen könne. Sie sei ja so verdammt naiv.

Wenn es ums Geld geht, hört Freundschaft auf, dachte Tarik. Das war überall auf der Welt so. Und diese beiden Streithähne waren soeben zu erbitterten Feinden geworden, denn die Frau hatte für den Appell ihres Gegenübers kein Verständnis. Sie verlangte Gerechtigkeit.

Das ist wirklich naiv, dachte Tarik und atmete leise durch den Mund ein und aus. Gerechtigkeit war auf dieser Welt nicht zu haben. Davon konnte er ein Lied singen, aber das war nicht der geeignete Zeitpunkt. Er wollte zurück, doch Ebo stand zu weit entfernt, um ihn am Overall zu packen und mit sich zu ziehen. So blieb ihm nichts anderes übrig, als in der Tür zu warten, bis Ebo sich umdrehen würde. Warum kam der Idiot nicht, worauf wartete er?

Der Streit eine Treppe höher eskalierte. Sie sprach von der Presse. Er nannte sie eine Bitch.

Ebo, komm, lass uns verschwinden! Tarik versuchte es mit der Kraft seiner Gedanken.

Ein unterdrückter Ruf ertönte. Kurz darauf erzitterte das Treppengeländer. Erneut ein Schrei, lauter, gellender diesmal, es war die Frau, die schrie.

Zu unvorstellbar war das, was Tarik hörte. Er musste handeln, auch wenn er sich und Ebo in Gefahr brachte.

Er lehnte die Tür an und wagte einen Blick – ein Fehler.

Er sah, wie die Fausthiebe des Mannes auf die Frau einprasselten. Wie sie versuchte, sich zu wehren, aber das Treppenhaus war zu eng, es gab kein Entkommen. Sie knickte ein, unternahm alles, um sich unter den Schlägen wegzuducken. Vergeblich.

Tarik griff nach dem Schraubenschlüssel, schwer lag er in seiner Hand. Ihm stieg Magensäure in die Kehle.

Die Frau war wieder auf die Beine gekommen, stand nun aber eine Stufe unter dem Mann. Sie rammte ihm den Kopf in den

Bauch, aber er schien es kaum zu spüren. Mit der rechten Hand hielt er sich am Geländer fest und holte mit der linken Hand aus. Wie das Schlagholz eines Baseballspielers krachte seine Faust in das Gesicht seines Opfers. Tarik hörte den Wangenknochen brechen, der Kopf der Frau prallte gegen die Wand. Erneut ein knackendes Geräusch, das ihn für einen Moment erstarren ließ.

Es ging alles rasend schnell, doch dieser Laut entschied es. Tarik schob sich an Ebo vorbei, sprang die Stufen hinauf, den Schraubenschlüssel in der erhobenen Faust.

In diesem Moment packte der Mann den Körper der leblosen Frau und warf ihn die Treppe hinab, ihm direkt vor die Füße. Tarik blickte in das tote Antlitz der Frau und Sekunden später in die schreckgeweiteten Augen des Mörders.

Für einen Atemzug hielten beide die Luft an.

»Lauf!«, schrie Ebo. »Lauf!«

KAPITEL 1

Hamburg, Travehaven – 07.10 Uhr, Montag

Wat'n Schietwedder!« Tom sah aus dem Fenster des Streifenwagens hinaus in die Dunkelheit. Er und sein Kollege Tilo Andersen fuhren im Schritttempo den Ellerholzweg entlang.

Der Westwind hatte in den letzten Stunden deutlich aufgefrischt. In Böen fegte er von der Nordsee her über Land und drückte das Elbwasser immer stärker in den Hafen. Die Bäume beugten sich weit hinunter Richtung Asphalt, gezwungen von dem stürmischen Novemberwind, der das Wasser vor sich hertrieb.

Als Hauptkommissar und Dienstgruppenleiter des Wasserschutzpolizeikommissariats 2, kurz WSPK 2 genannt, musste Tom nicht selbst die Hochwasserstreife fahren. Aber er war mit einem mulmigen Gefühl zum Dienst gekommen und hatte beschlossen, sich die Lage und die Schäden, die der aufziehende Sturm bereits angerichtet hatte, persönlich anzusehen. Zu zweit fuhren er und Tilo, wegen seiner Kraft auch Quetsche genannt, die niedrig gelegenen Straßen ab, um ein Gespür für den Ernst der Lage zu bekommen. Waren erste Straßenzüge überspült? Oder war damit in absehbarer Zeit zu rechnen? Noch hielten sich die Schäden in diesem wenig befahrenen Teil des Travehafens in Grenzen, doch das war kein Grund, die Sache auf die leichte Schulter zu nehmen. »Es wüten schwere Stürme über der Nordsee, so was hat es schon lange nicht mehr gegeben!«, murmelte Tom. »Wir müssen uns auf hässliche vierundzwanzig Stunden gefasst machen.«

Der Wetterbericht im Radio hatte eindringlich vor Orkanböen gewarnt und die Bürger aufgefordert, das Haus nicht zu verlassen, und wenn, dann nur aus triftigem Grund.

Quetsche stoppte den Wagen abrupt. Aus der Nippoldstraße, die parallel zur Köhlbrandbrücke verlief, schwappte ihnen das Wasser entgegen. Zwei Lkw parkten am Straßenrand und standen mit einer Fahrzeugseite bereits in tiefen Pfützen.

»Na, bin ich froh, wenn um achtzehn Uhr Schicht ist«, meinte Quetsche. »Ich werde mich zu Hause einmuckeln, meine Frau kocht uns was Leckeres, und dann schauen wir ganz entspannt, was die Nachrichten so bringen. Gehst du, oder soll ich?«

Tom sah ihn an. Alles an Quetsche war groß: seine Hände, seine Füße, seine Loyalität und sein Herz.

»Da würde ich keinen Cent drauf verwetten«, antwortete er. »Wenn das passiert, was ich befürchte, und danach sieht es aus, gibt's heute für niemanden Dienstende. Nix ist mit Feierabend.« Er hielt Quetsche die Faust hin. »Schnick, Schnack, Schnuck! Wer verliert, muss raus in den Sturm.«

»Meine Frau hat mich gestern Abend wuschig gemacht, als sie gehört hat, dass ein Orkan über der Nordsee tobt.« Quetsche löste den Anschnallgurt und drehte sich zu Tom. »Sie hat sofort angefangen, Brot zu backen. Legt Vorräte an wie ein Eichhörnchen!«

»Recht hat sie! Schau, überall blubbert schon die Brühe aus den Gullys.« Tom wies durch die Windschutzscheibe nach vorn. Im Licht der Scheinwerfer war zu sehen, wie die Wassermassen durch die Siele nach oben drückten. Sie würden sowohl den Ellerholzweg als auch die Nippoldstraße für den Verkehr sperren müssen.

»Ist doch prima«, unkte Quetsche. »Endlich können wir unsere Fluttore mal wieder ausprobieren. Das letzte anständige Hochwasser ist lange her, 2013, wenn ich nicht irre.«

Sie bewegten ihre Fäuste dreimal hin und her. Schnick – Schnack – Schnuck. Tom zeigte eine flache Hand, Quetsche deutete die Schere an.

»Schere schneidet Papier. Gewonnen!« Quetsche rieb sich die Hände. »Du gehst! Tschüss! Pass auf dich auf!«

Tom stöhnte enttäuscht auf und öffnete die Beifahrertür. Der kalte Morgenwind traf ihn wie ein Schlag ins Gesicht und nahm ihm kurz den Atem. Die Luft roch nach muffigem Wasser. Er zog seine Wollmütze über die Ohren und stapfte Richtung des ersten Sattelschleppers. An der Fahrerseite war die Gardine zugezogen. Die Straße war ein beliebter Übernachtungsparkplatz für die Brummifahrer, die auf ihre Ladung warteten und darauf, dass die Dispatcher der Containerterminals ihnen ein Zeitfenster zuwiesen, in dem sie abgefertigt wurden. Erst dann durften sie auf das Terminal fahren. Die Zeitkorridore waren eng, und wer es versäumte, hatte Pech und musste warten.

Tom sah sich um. Auch wenn es noch dunkel war, bemerkte er, wie die kahlen Äste der Bäume wild um sich schlugen. Siedend heiß fiel ihm ein, dass seine Terrassenmöbel ungeschützt im Garten standen. Wie oft hatte Lisa ihn schon gebeten, die in den Schuppen zu räumen. Er musste Lisa anrufen, damit sie alles in den Verschlag im Garten brachte, sonst gäbe es nur noch Kaminholz, wenn er nach Hause kam.

Tom sprang über eine Pfütze, näherte sich dem Lkw und klopfte an die Fahrertür.

Nichts passierte.

Gegen den Wind gestemmt, fummelte er seine Taschenlampe aus dem Gürtel und leuchtete durch die Windschutzscheibe ins Innere. Im hinteren Teil der Fahrerkabine tauchte ein Mann mit verstrubbelten Haaren auf, offensichtlich hatte das Klopfen ihn aus dem Schlaf gerissen.

Tom hielt die Taschenlampe auf sich selbst gerichtet, um ihm zu zeigen, dass er Polizist war, und gab mit der Hand Zeichen, die Tür zu öffnen. Der Mann kletterte weiter auf den Fahrersitz und öffnete die Tür.

»Good Morning! Do you speak German? English?«

Der Mann schüttelte den Kopf. Tom hatte damit gerechnet. Die

Lkw-Fahrer kamen meist aus Bulgarien oder Weißrussland und hatten kein Geld, um irgendwo in einem richtigen Bett zu übernachten. Die armen Kerle fuhren tagelang durchs Land, wohnten, aßen und schliefen in ihren Fahrerkabinen.

Tom zeigte mit der Taschenlampe auf den blubbernden Gully und die Wasserlachen vor ihm. »*High water is coming. You have to leave this place!*«

Der Fahrer verstand sofort, denn er langte ins Handschuhfach und holte eine zerknitterte Straßenkarte heraus. Als er sie Tom hinhielt, riss ihm eine Böe beinahe das Papier aus den Händen. Tom richtete seine Taschenlampe auf die Karte und erklärte ihm, wo sein Sattelschlepper parkte und wohin er ausweichen konnte.

In diesem Stadium des Unwetters galt es, Lkw und geparkte Fahrzeuge aus den niedrig gelegenen Gebieten des Hafens in Sicherheit zu bringen. Bald würden die Straßen überflutet werden und wären nicht mehr passierbar. Entweder verließen die Brummis den Hafen, oder sie suchten Schutz innerhalb der Polder. Diese besonders ausgewiesenen Areale waren durch Fluttore und Flutschutzmauern vor den Wassermassen geschützt. Dort blieben die Fahrzeuge zwar trocken und sicher – kamen aber nicht wieder heraus, bis das Wasser abgelaufen war.

Der Fahrer nickte Tom zu und ließ den Motor an. Offenbar hatte er vor dem steigenden Wasser den allergrößten Respekt und beabsichtigte nicht, noch eine Minute länger hier stehen zu bleiben.

Tom grüßte und hetzte zum nächsten Lastwagen. Er strauchelte kurz, als ein Windstoß ihn erfasste. Der Sturm nahm an Gewalt zu. Wenn er sich zum Orkan auswachsen würde, hätten sie alle Hände voll zu tun, um den Hafen abzusperren. Dann kam hier niemand mehr herein oder heraus. Er seufzte. So weit musste es ja nicht kommen.

Auch der zweite Lkw-Fahrer machte sich eilig davon, und Tom lief geduckt zurück zum Streifenwagen.

Quetsche starrte auf das erleuchtete Display seines Handys und las vor, dass die Meteorologen den Sturm Zephyr getauft hatten.

Tom rieb die kalten Hände aneinander.

»Zephyr ist eine Windgottheit aus der griechischen Mythologie, die den milden Westwind verkörpert.« Quetsche lachte amüsiert auf. »Wer denkt sich denn so was aus?«

»Ich dachte, Stürme bekämen männliche oder weibliche Vornamen?« Tom zuckte mit den Schultern. »Was mich viel mehr irritiert, ist, warum das Wasser nicht abfließt, wir haben schließlich Ebbe. Und die nächste Flut drängt bald nach. Dieser verdammte Westwind nervt.« Mittags würde sie ihren Höchststand erreichen, und Tom schätzte, dass es fünf Meter über Normalnull werden könnten. Wenn nicht mehr.

»Angst, nasse Füße zu bekommen?«

»Hast du den neusten Pegelstand abgerufen?«, fragte Tom.

»Jo. Waren um sieben Uhr bei drei Meter neunzig über Normalnull. Der Fischmarkt steht seit heute Nacht unter Wasser.«

Tom rechnete nach. Gegen dreizehn Uhr erreichte der Wasserpegel seinen höchsten Stand. Aber sollte sich der Sturm auf der Nordsee zum Orkan aufbauen, würde der die Tidewelle die Elbe hochschwingen lassen. Und das Wasser würde steigen und steigen. »Fangen wir an, alles hochzufahren, sonst sind wir am Arsch, wenn das Wetter so derb wird wie angesagt.«

»Ich fände das ganz cool. Seit der Ermordung des Barkassenführers hatten wir keine wirklich aufregenden Einsätze mehr. Wird Zeit, dass mal wieder richtig Party im Hafen ist. Dafür bin ich schließlich Polizist geworden!«

Tom dachte an den gemeinsamen Einsatz mit den Kollegen von der Mordkommission. Der Fall, den er zusammen mit Jonna Jacobi, Daan Van der Waal und Charlotte Severin aus der Opferschutzabteilung der Polizei bearbeitet hatte, war mit Sicherheit einer der spannendsten seit Jahren gewesen. So hatte er sich übergreifende Polizeiarbeit immer vorgestellt. Sie hatten gemeinsam den Tod von Dominic Lutteroth aufgeklärt. Was zunächst wie ein Kleinkrieg unter den Barkassenbetreibern ausgesehen hatte, war in einer menschlichen Tragödie geendet.

Lange Zeit hatte er keine so intensiven Gefühle mehr empfunden. Aufregung und Jagdfieber, aber auch Sorge – und einen Funken Neid. Wenn es die Wasserschutzpolizei nicht gäbe, hätte er Lust auf die Mordkommission gehabt. Da waren die Kommissare Jonna und ihr Kollege, der Holländer Daan Van der Waal, die er beide bewunderte und deren Ermittlungstätigkeit ihn begeistert hatte. Er schüttelte den Kopf. Der Fall war abgeschlossen, und Jonna hatte er seither leider nur kurz am Telefon gesprochen. Ihr Alltag hatte sie alle wieder fest im Griff.

Er langte nach seinem Handy und rief seinen Wachhabenden am WSPK 2 an. »Wir verfahren weiter nach Wasserstandsstufe 0«, sagte er. »Gib mir Rückmeldung, ob Revier 1 die Böllerschüsse zur Warnung der Bevölkerung wiederholt hat.«

»Jawoll, wir schießen von der Ernst-August-Schleuse, Teufelsbrück, Maakenwerder Höft, Hafentor und Stadtdeich.«

Der Mann ratterte die Straßennamen herunter. Offensichtlich hatte er den Hochwasserordner vor sich liegen und amüsierte sich.

»Ist das Boot hinter die Freihafenelbbrücke verlegt? Die Kollegen sollen vor Entenwerder Warteposition beziehen!«

»Jo! Wollen wir die Rundfunkansagen wiederholen?«, fragte der Kollege.

»Ja, wir fahren noch die restlichen Straßen laut Plan ab und kommen dann rein. Haben sich die ansässigen Firmen gemeldet?«

»Nein, hier ist alles ruhig. Die wissen Bescheid. Ist ja nicht das erste Hochwasser.«

Tom überlegte. Sobald er wieder im Warmen säße, würde er sich die Windstärken der Windanlage Schaarhörn und die der Wetterstation Cuxhaven ansehen. Dann wüsste er, ob der Wasserstau mit dem höchsten Tidenhub zusammentreffen würde. Das hatte es seit über zehn Jahren nicht mehr gegeben. »Und was ist, wenn wir auf eine Flutkatastrophe wie 1962 zusteuern?«, murmelte Tom mehr zu sich selbst als zu seinem Kollegen.

»Du spinnst! Unsere Deiche sind hoch genug für jedes Unwetter!«

Das stimmte nicht, irgendwann wäre es so weit, dass hoch nicht mehr hoch genug war. Nicht umsonst lagen die Pläne zur Deicherhöhung in den Schubladen des Hamburger Senats. Nicht ohne Grund sprach die Welt über den Klimawandel und steigende Meeresspiegel. Irgendwann kam der Tag der Abrechnung – und was, wenn dieser Tag heute war?

Bald würde er wissen, ob sein Bauchgefühl ihn trog. Ob das Orkantief Hamburg an seine Grenzen bringen würde.

Oder sogar darüber hinaus.

Radio Hamburg

»Liebe Hörer von Radio Hamburg.
Die Wetteraussichten könnten durchaus verlockender klingen. Hamburg bekommt mal wieder den Sturm von der Nordsee ab. Hanseatische Gelassenheit ist gefragt. Hören Sie bitte die Gefahreninformation der Polizei am Ende des Wetterberichts.
Für Hamburg besteht Sturmflutgefahr, aber das haben Sie vielleicht schon mitbekommen. Der Fischmarkt steht unter Wasser, wer da noch geparkt hat, nun ja, der sollte sich schnell um sein Auto kümmern.
Dazu gesellt sich ein Sturm mit Windgeschwindigkeiten zwischen 65 bis 70 Kilometer pro Stunde, das ist Windstärke 8. Mann, Mann, Mann, dat is 'n Schietwedder. Bleiben Sie heute am besten zu Hause, halten Sie Türen und Fenster geschlossen, und sichern Sie Gegenstände im Freien. Es besteht Lebensgefahr durch umstürzende Bäume.

Hören Sie jetzt die amtliche Gefahrenmeldung der Polizei Hamburg: Das Bundesamt für Seeschifffahrt und Hydrografie warnt vor einer Sturmflut im Verlauf des Montags!
Der Hochwasserscheitel wird mittags gegen 13.00 am Pegel St. Pauli mit einer Höhe von plus 3,65 bis 4,15 Metern über Normalhöhennull, das entspricht 1,5 bis 2,0 Meter über dem mittleren Hochwasser, erwartet.
Verlassen Sie tief liegende Gebiete, insbesondere im Hafen, in der HafenCity, am Fischmarkt und in elbnahen Orten. Bringen Sie Ihre Fahrzeuge in höher gelegene Gebiete. Sichern Sie tief liegende Gebäude vor dem Hochwasser.
Verständigen Sie bitte auch Ihre Nachbarn, insbesondere

diejenigen, die aufgrund von Behinderungen, Sprachbarrieren oder eingeschränkter Mobilität möglicherweise Unterstützung brauchen.«

KAPITEL 2

Global Endeavour, Elbe, Höhe Teufelsbrück - 07.40 Uhr

Hatte Tarik vor einigen Stunden noch geglaubt, sie würden ein Risiko eingehen, fehlten ihm für ihre aktuelle Lage die Worte. Es war eine Katastrophe! Seine Gedanken rasten, und Angst krallte sich in seinen Nacken. Was, wenn der Mann sie aufspürte?

Der Mann, der die Frau erschlagen hatte.

Der Mann, dem der Hass aus den Augen sprühte.

Der Mann, dem klar sein musste, dass Ebo und er Zeugen seiner schrecklichen Tat geworden waren.

Er war ihnen nicht hinterhergelaufen, oder Tarik hatte es nicht mitbekommen, da er nur das Blut in seinen Ohren rauschen gehört hatte. Sie waren gerannt. Den Gang entlang, durch verschiedene Schotten und Türen, immer weiter, ohne Sinn und Verstand. Getrieben von einem Fluchtreflex, der sie erst anhalten ließ, als ihnen die Puste ausging.

Keuchend und mit den Händen auf den Knien lehnten sie sich vornübergebeugt an eine Wand. Es war pures Glück, dass sie niemandem begegneten. Tariks Plan löste sich in Luft auf. Er hatte sich bei der Crew melden wollen, sobald die Lotsen an der Lotsenstation an Bord gekommen wären. Dann wären sie dem Hamburger Hafen schon ganz nah gewesen, und kein Kapitän hätte sich ihrer noch entledigen können. Aber die grauenhafte Tat veränderte alles!

Was war aus der toten Frau geworden? Als Arzt erkannte Tarik ein gebrochenes Genick, wenn er einen Kopf in dieser unnatürlichen Stellung sah. Und diese Frau war an den Folgen des Sturzes gestorben, das war die Realität.

Tarik versuchte, sich zu orientieren. Sie waren achterdecks nach draußen gekommen und hatten beinahe die Kraft des Sturms vergessen.

Sollten sie versuchen, zum Kettenkasten zurückzufinden? Das Schiff war knapp dreihundert Meter lang. Viel zu lang, um den Weg zurückzulaufen. Oder sich in den Gängen zwischen den Containern verstecken? Aber wenn die Stahlboxen bei dem Sturm verrutschten, würden sie zerquetscht werden wie eine gekochte Kartoffel unter dem Stampfer.

Dann hatten sie eine Möglichkeit entdeckt.

Sie waren in die fest vertäuten Müllcontainer auf dem Achterdeck geklettert. Dort würde sie niemand vermuten. Ironischerweise hatten sie jetzt Lebensmittelreste, doch sowohl der Gestank nach faulendem Essen als auch die Angst ließ sie ihren Hunger vergessen. Selbst der beißende Durst ließ nach.

»Atme durch den Mund, dann riechst du es nicht!«, raunte er Ebo zu. Der reagierte nicht, hockte nur zitternd neben ihm. Sie waren unfreiwillig Zeugen eines tödlichen Streits geworden, und seine Abenteuerlust war ihm vergangen. Er bibberte vor Kälte, Angst und Erschöpfung. Tarik musste sich etwas einfallen lassen, sonst würden sie verdursten, oder der Täter fand sie und schleuderte sie kurzerhand über Bord. Die perfekte Art, die gefährlichen Augenzeugen loszuwerden. Ein tosender Sturm und die raue Nordsee, die ihre Leichen niemals wieder freigeben würde. Zwei blinde Passagiere, die nicht an Bord gewesen waren und von niemandem vermisst würden – denn es gab sie ja gar nicht. Problem gelöst.

So hatten sie ausgeharrt. Stunde um Stunde hatte Tarik auf eine Idee gewartet, wie er sie aus dieser Situation wieder hinausmanövrieren konnte. Es war ihm nichts eingefallen. Sein Denken war blockiert.

»Wir müssen von Bord«, flüsterte er Ebo zu.

»Hast du in seine Augen gesehen? Dieser unbändige Hass! Er wird uns umbringen!«

Selbst durch Ebos leises Flüstern hörte Tarik die Angst. Für Ebo war aus dem Abenteuer tödlicher Ernst geworden.

»Wir sind schon in der Elbe. Das Wasser ist ruhiger. In Hamburg schleiche ich mich runter vom Schiff und hole Hilfe!«

»Wir schaffen es nicht, Tarik! Ich hab immer an uns geglaubt, aber jetzt … wir packen das nicht.«

Ebo klang so verzweifelt, wie er ihn noch nie gehört hatte.

»Ebo?« Tarik suchte Ebos Hand in der stinkenden Dunkelheit.

Die Angst schlug in totale Erschöpfung um, als wären ihre Akkus endgültig leer. Tarik wusste, dass sie beide kurz vorm Kollabieren waren. Sie brauchten Wasser. Wenigstens hatten die Wellen nachgelassen, und das Schiff schaukelte nicht mehr. Bald wären sie in Sicherheit. Bald.

Noch eine Weile später wurde Ebo unruhig. Er zitterte und murmelte. Tarik hatte Angst, dass Ebo langsam die Nerven verlor.

»Halt durch, wir sind gleich da!«

»Wo sind wir? Wie weit ist es noch?«

Tarik überlegte. Er musste wissen, wie spät es war, um ungefähr zu errechnen, in welcher Höhe der Elbe sie fuhren. »Wir müssen kurz den Deckel der Tonne anheben, damit ich auf die Uhr sehen kann.«

Ebo war erleichtert, endlich etwas tun zu können, und rappelte sich auf.

»Vorsicht!«, mahnte Tarik. »Es darf uns niemand bemerken.«

Draußen war es immer noch stockdunkel, und Tarik konnte seine Uhr nicht ablesen. Mist. »Ich kann nichts erkennen, ich …«

Ihm blieben die Worte im Hals stecken, als er begriff, dass Ebo aus der Tonne herauskletterte. Was tat der Hitzkopf? Er griff nach seinem Bein, doch Ebo schüttelte ihn entschlossen ab.

»Da sind Lichter, sieh nur, die Küste ist ganz nah.«

»Bleib hier«, flüsterte Tarik und wusste, dass nichts und niemand Ebo zurück in die Mülltonne bringen würde. Es kostete ihn ungeheure Willensanstrengung, hinauszuklettern und Ebo zu folgen. Der stand inzwischen an der Reling, und es war ihm offenbar vollkommen egal, ob ihn jemand beobachtete oder nicht.

»Da!« Er zeigte mit der Hand voraus. »Das Ufer. Das sind höchstens zweihundert Meter! Das schwimme ich in kaum zehn Minuten.«

Tarik klammerte sich an ihn. »Bist du irre? Du kannst da nicht runterspringen!« Alle seine Instinkte schrien, Ebo von einem Sprung in die Tiefe abzuhalten.

»Ich hole Hilfe!«

»Und der Sturm? Und wenn es Strömungen gibt? Wir wissen das nicht.« Tarik würgte an dem, was ihm noch einfiel. »Ebo, ich … ich kann nicht schwimmen!«

Ebo zögerte einen Augenblick, dann griff er nach Tariks Arm. »Du hast alles für mich riskiert. Nun bin ich dran, es dir zurückzuzahlen. Ich kraule ans Ufer und hole Hilfe! Du weißt, ich bin ein ausgezeichneter Schwimmer, vertrau mir!«

»Bleib! Bitte!«, bettelte Tarik.

Ebo schob ihn weg wie einen lästigen Gedanken. Tarik hatte keine Kraft, den wesentlich stärkeren Ebo aufzuhalten.

Kurze Zeit später sah er resigniert zu, wie Ebo seine Schuhe abstreifte, einen letzten Moment innehielt, sich sammelte, auf die Reling kletterte und sprang. Er hörte das klatschende Geräusch, als Ebo auf das Wasser aufgeschlagen sein musste. Es war schwer, in dem Lärm des Sturms herauszuhören, ob er Schwimmbewegungen in der Elbe wahrnahm, aber Tarik glaubte ganz fest daran. Ebo holte Hilfe. Er schwamm wie ein Fisch, oder?

Tarik keuchte und erbrach die letzten Reste Gallensaft.

KAPITEL 3

WSPK 2 - 08.30 Uhr

Tom stand am Wachtresen und umklammerte seinen leeren Kaffeebecher wie ein Ertrinkender. Was er an Wassermassen gesehen und wie der Sturm ihn angesprungen hatte, ließ ihn frösteln.

»Das wird übel in den nächsten Stunden«, murmelte er, als der Wachhabende mit einer frisch aufgebrühten Kanne Kaffee hinter den Wachtresen trat. Tom ließ sich den Becher vollschenken. »Habt ihr die Böllerschüsse wiederholt?«

»Noch nicht. Der Kollege auf dem Wagen hat keine Einweisung erhalten. Ich schicke gleich einen anderen Streifenwagen, dann …«

»Herrje! Ist mir doch egal, ob der Bescheid weiß oder nicht. Ist doch kein Hexenwerk. Sofort die Böllerschüsse wiederholen, die Bevölkerung muss rechtzeitig gewarnt werden. Das ist dringender als ein fehlender Lehrgang!«

Der Wachhabende zuckte mit gerunzelter Stirn zurück. »Ist ja gut, ich veranlasse das. Kümmere du dich um deine Anrufe: Charlotte Severin und dreimal deine Frau. Beide bitten um Rückruf.«

Tom nickte, klopfte auf den Tresen und drehte ab Richtung seines Büros. Er hatte gemerkt, dass er seinen Kollegen vor den Kopf gestoßen hatte, und es tat ihm leid, aber heute mussten alle spuren, sonst würde das Wasser sie überrollen. Er holte sich erst mal die neuesten Wetterdaten von der Wetterstation in Cuxhaven, danach kämen die Frauen an die Reihe.

Er ahnte, dass Lisa das Wetter zusetzte. Sie hatten sich nach einer Krise ausgesprochen, und er hatte zugesagt, mehr auf ihre

Gefühle zu achten. Er hatte sie vernachlässigt, und sie war zu sehr darauf fixiert gewesen, schwanger zu werden. Jede gescheiterte künstliche Befruchtung hatte ihre Stimmung und die Ehe belastet. Seit sie eine Pause in der ärztlichen Behandlung eingelegt hatten, lachten sie endlich wieder miteinander.

Heftige Wetterphänomene ängstigten Lisa jedoch und waren für sie die Bestätigung des Klimawandels, von dem sie seit Jahren sprach. Er plante, ihr vorzuschlagen, zu ihrer Freundin zu fahren, um dort das Unwetter zu überstehen. Und er konnte sie daran erinnern, die Terrassenmöbel unterzustellen, falls sie das nicht schon getan hatte.

Und dann war da Charlotte. Charly. Die empathische Kripokollegin. Sie hatte ihn auf eine Art berührt, die ihm noch nie begegnet war. Als ob sie Seelenverwandte seien. Sie weckte seine Beschützerinstinkte und besaß doch eine innere Stärke, um die er sie beneidete. Nachdem sie sich ihm anvertraut und die hässliche Geschichte einer vergangenen Partnerbeziehung voller Gewalt offenbart hatte, machte er sich Sorgen um sie. Einerseits war er erfreut über ihr Vertrauen gewesen, andererseits bedeutete es, dass er sich verantwortlich fühlte. Der Vater ihrer Tochter verfolgte und bedrohte sie. Das Ganze hatte eine zutiefst beunruhigende Dimension, da sich sowohl der Ex wie auch Charly den gängigen Handlungsoptionen entzogen. Charlotte nahm keine Hilfe von den Kollegen an, sondern hatte den Anspruch, die Bedrohung für immer aus der Welt zu schaffen. Sie vertraute der Justiz nicht, und um das Mädchen zu schützen, war sie bereit, über den eigenen Schatten zu springen. Das Gleiche galt für ihren durchgeknallten Ex, der Charlotte und Nathalie mit dem Tod bedroht hatte. Für Charly würde Tom alles geben. Warum das so war, ließ sich nicht so einfach erklären. Sie steckte in einer Lebenssituation, in der sie seine Hilfe brauchte, basta.

Er pustete in den Kaffee, nippte daran und verbrannte sich

prompt die Zunge. Er stellte den Becher auf den Schreibtisch und ließ sich auf den Bürostuhl plumpsen. Das Bullauge, das in seinem rückwärtigen Büro als Fenster diente, ermöglichte ihm freie Sicht auf den Travehafen.

Langsam dämmerte der Tag herauf, und Tom sah, dass das sonst so ruhige Wasser in angriffslustigen Wellen an die Spundwand schlug. Der Sturm brachte den Hafen in Wallung.

Er griff zum Telefonhörer und rief die Wetterstation Cuxhaven an. Minuten später starrte er wieder durch das Bullauge aufs Elbwasser. Sollten die Wetterexperten recht behalten, stand Hamburg eine Katastrophe bevor. Warum reagierte niemand? Blamierte er sich, wenn er die Alarmierung von Kräften früher als vorgesehen auslöste?

Er griff erneut zum Telefon und rief in der Stabsabteilung der Wasserschutzpolizei an, ließ sich direkt zum Stabsleiter durchstellen und stellte die Lage und deren Entwicklung so sachlich wie möglich dar. Er bat darum, frühzeitig die Maßnahmen für Wasserstandsstufe 1 hochzufahren und einen Katastrophenstab einzusetzen.

Der Stabsleiter war perplex. Das sei ja wohl überzogen.

Bevor Tom eine geeignete Entgegnung einfiel, fuhr sein Gesprächspartner fort: »Tom, drehst du mal bitte nicht ganz so an der Uhr!« Der Kollege lachte auf, als wolle er damit seinen Worten die Schärfe nehmen. »Die Innenbehörde ruft die Warnstufe 1 aus, wenn wir mehr als fünf Meter über Normalhöhennull haben. Das sind die bewährten Vorgaben. Wir sind bei knapp über vier Metern. Das Wasser sinkt bald, du wirst sehen. In drei Stunden ist alles wieder fein. Ich mache doch nicht den ganzen Hafen wild, weil Tom Bendixen Gespenster sieht!«

Dieser Ignorant! Tom war über den gönnerhaften Tonfall erbost. »*… ist alles wieder fein … den Hafen wild machen …*« Aber wenn es schiefging, würden alle fragen, warum er nicht reagiert hatte, warum er nicht … Tom knallte den Hörer auf und sprang auf. Nicht mit ihm. Erfahrung ging über Papierlage, und alles war besser als das übervorsichtige Agieren des Stabsleiters. Er würde sich den Rookie Marvin, den jungen Kollegen, schnappen und das Lagezentrum im ersten Stock in Betrieb nehmen. So war er in seinem Polizistenleben immer gut gefahren: vor die Lage kommen! Nicht hinterherlaufen.

Die Flut verfolgte sie, und der Sturm trieb das Wasser an.

Er musste schneller sein als die Flut.

In diesem Moment klingelte sein Handy. Er sah im Display, dass es Charlotte war, tippte auf das grüne Telefonsymbol, um das Gespräch anzunehmen, und blieb stehen.

»Hey, alles in Ordnung?« Wie bezeichnend, dass er gleich mit der Tür ins Haus fiel. Er machte sich mehr Sorgen um sie und ihre Tochter, als er zugeben wollte. Charly hatte ihn um Hilfe gebeten und offenbart, dass der Vater ihrer Tochter eindeutig ein Psychopath war. Er hatte Nathalie vor Jahren entführt, Charly vergewaltigt, verletzt und mit dem Tode bedroht. Dabei hatte er ihr eine lange Narbe im Gesicht hinterlassen.

Wie konnte Charly den Kerl, der nach über zehn Jahren Auslandsaufenthalt nach Hamburg zurückgekehrt war, loswerden?

Sie hatten überlegt, ihm Geld zu bieten, um das Land zu verlassen. Sie hatten ihm gedroht, ihn doch noch anzuzeigen, für eine Tat, die inzwischen verjährt war. Damals hatte Charlotte weder die Entführung noch die Vergewaltigung angezeigt und versucht, alles selbst zu regeln, damit ihre Tochter nie davon erfahren würde. Ein Fehler, wie sich herausstellte.

Daniel hatte Tom ins Gesicht gelacht. Und Tom hatte gespürt, was bislang kein Krimineller bei ihm ausgelöst hatte: Angst. Angst um Charlottes Leben.

»Moin, du Fleißbär, wieder an der Front?«

Er hörte förmlich ihr Lächeln durch den Telefonhörer. Charly hatte meist gute Laune, egal, wie verfahren die Lage auch war. Und in diesen Tagen hatte sie weiß Gott keinen Grund, unbekümmert zu sein.

»Meine Warn-App NINA bombardiert mich mit KatWarn-Meldungen«, sagte sie, »und ich weiß nicht, ob wir in der Wohnung vor dem Wasser sicher sind. Und dann dieser unheimliche Sturm. Soll ich Nathalie lieber zu meinem Bruder bringen? Was meinst du?«

Ging es ihr wirklich um das Wetter? Niemals. Warum fragte sie nach der Sicherheit ihrer Wohnung? Er meinte, zwischen den Zeilen etwas ganz anderes herauszuhören.

»Hat *er* sich gemeldet?« Tom hatte Charly und ihrer Tochter eine Zuflucht über einen Bekannten in der HafenCity besorgt, wo sie auf der Flucht vor ihrem durchgeknallten Ex für eine Weile untergekrochen waren. Charly und ihm war klar, dass das nur eine Übergangslösung war, sie durften Nathalie nicht isolieren und von der Schule fernhalten. Aber auf die Schnelle war ihnen nichts Besseres eingefallen. Inzwischen waren Wochen vergangen, und es musste eine Lösung her, damit Charly und Nathalie in ihr Leben zurückkehren konnten.

»Nein, nein, alles in Ordnung. Du hast sicher alle Hände voll zu tun, oder? Im Radio warnen sie vor einer Sturmflut im Hafen. Hab nie begriffen, warum es im Hamburger Hafen Ebbe und Flut gibt. Wir sind hundert Kilometer von der Nordsee entfernt.«

Tom schritt langsam durch den Flur in die hinteren Büros und zum Aufenthaltsraum, um den Rookie Marvin zu finden.

»Der Wind und die Windrichtung haben Einfluss auf den Wasserstand im Hafen. Der Sturm über der Nordsee drückt mit dem Westwind das Wasser die Elbe hoch. Die Elbe fungiert als eine Art Trichter, der die Flutwelle in Richtung Hamburg lenkt. Hier kann das Wasser dann nicht mehr abfließen, und wir haben den Schwarzen Peter gezogen.«

In der Küche der Wache stand Quetsche, der sich am Tisch ein Käsebrot schmierte und dabei vor sich hin summte. Tom schloss die Tür und schlenderte weiter.

»Hamburg liegt sechs Meter über dem Meeresspiegel, das ist nicht viel, und deshalb hat die Stadt weite Teile eingedeicht. Wir haben zweimal täglich Ebbe und Flut, aber den Tidenhub von über drei Metern merkst du gar nicht, wenn du nicht zufällig eine Hafenrundfahrt durch die Fleete machen willst.«

Er fand Marvin im Aufenthaltsraum und gab ihm ein Zeichen, dass er ihm folgen solle.

»Heute macht uns der Wind einen Strich durch die Rechnung, denn bei Ebbe fließt das Wasser trotzdem nicht ab und steigt alle sechs Stunden weiter an. Du kennst das, wenn der Fischmarkt unter Wasser steht. Dann haben wir so ungefähr einen Meter fünfzig über dem mittleren Hochwasser. Da kräht kein Hahn mehr nach, die ganze Infrastruktur hat sich darauf eingestellt. Hamburg ist Kummer gewohnt. Aber …«, er blieb stehen und holte tief Luft, »heute ist alles anders.« Er hielt mit der Hand das Mikrofon des Handys zu. »Marvin, los komm, wir fahren das Lagezentrum hoch!«

Marvin legte fragend die Stirn in Falten.

»Der untere Wachtresen am Eingang ist für den täglichen Dienst, im ersten Stock leiten wir die Sonderlagen!«, flüsterte Tom und wies mit den Augen nach oben.

»Muss ich mir Sorgen machen?«, fragte Charlotte.

Tom hörte sofort, dass sie versuchte, ihre Stimme heiter klingen zu lassen, auch wenn sie sich nicht so fühlte. »Nee, davon hast du schon genug. Unsere Deiche liegen bei sieben Meter fünfzig und höher, da kommt das Wasser nicht drüber!« Er zögerte. »Allerdings könnte es sein, dass ihr in der Wohnung bleiben müsst, weil in der HafenCity ein paar Straßen überspült werden, wenn das Wasser weiter steigt. In dem Hochhaus, in dem du bist, liegt selbst das Erdgeschoss auf einem Niveau von acht Metern über Normalhöhennull. Ihr braucht keine Angst zu haben. Habt ihr genug zu essen? Sonst lasse ich euch was vorbeibringen, bevor die Supermärkte bei euch schließen. Und richte dich auf einen Stromausfall ein.«

Marvin drückte den Lichtschalter im Konferenzraum im oberen Stock. Neonröhren sprangen an, erhellten den großen Raum mit Tischen, Stühlen und einem alten Wachtresen mit erhöhter Kante, Bildschirmen, Laptops und einer Telefonleiste. Die zweite Einsatzzentrale. Mobile Trennwände und Leinwände erleichterten das Arbeiten in Gruppen. Eine überdimensionale Karte des Hafens war über die ganze Seite des Raumes gespannt. Darauf waren die Sperrstellen und Polder eingezeichnet. Die Landkarte war eine Spezialanfertigung, die es ermöglichte, mit einer Folie und einem Fadenkreuz maßstabsgerecht Sperrbereiche in verschiedenen Einsatzlagen festzulegen.

»Wir sind versorgt«, flüsterte Charlotte. »Müssen wir denn lange in der Wohnung bleiben? Nathalie bekommt sicher einen Lagerkoller, wenn die Playstation ihre Attraktivität verliert oder gar der Strom ausfällt. Wie arbeitet ihr denn ohne Strom?«

Offenbar wollte Charly verhindern, dass Nathalie hörte, welche Befürchtungen sie hatte. Wieder deckte Tom das Handy ab und wandte sich an Marvin. »Schalt alle festen Funkgeräte ein und prüfe, ob sie auf Kanal 426 eingestellt sind.« Er wies ihn auf eine Batterie von Geräten auf der Fensterbank an der Längsseite des Raumes hin.

»Länger als vierundzwanzig Stunden hält so ein Unwetter nicht an. Wir kommen klar, die Wache hat einen Hilfsgenerator und Treibstoff für einige Tage.«

Tom hörte Nathalie im Hintergrund rufen. »Was hat sie gesagt?«

Charlotte lachte. »Sie will auf dem Boot fahren!«

»Na, Angst hat sie jedenfalls nicht! Ganz die Mutter.«

»Von wegen. Ich sehne mich nach einem Leben ohne Angst!«

Tom hielt mitten in der Bewegung inne. Er hatte den ernsten Unterton sehr wohl gehört. »Charly, warte mal kurz. Marvin, besorgst du bitte zwei Wathosen und Gummistiefel Größe 43 oder 44 aus unserem Depot und legst sie in den Einser Streifenwagen?«

Tom nutzte den Moment, bis Marvin den Raum verlassen hatte, um sich zu sammeln. »*Er* hat Kontakt aufgenommen, oder?«

Stille. Es knisterte in der Leitung, und Tom hörte Charly atmen.

»In der Wohnung seid ihr sicher«, versuchte Tom zu trösten. »Er hat keine Idee, wo ihr euch aufhaltet. Er kommt nicht an euch heran.«

»Ich weiß, aber wir können uns nicht ewig verstecken. Nathalie muss wieder zur Schule und ich zur Arbeit. Unser Leben muss weitergehen.«

»Hat die Ansage, die wir ihm gemacht haben, keine Wirkung gezeigt?«

Tom dachte mit Schaudern daran zurück, wie er mit Quetsche den gewalttätigen Ex von Charlotte aufgesucht hatte, um ihm klarzumachen, dass er sie und seine Tochter Nathalie in Ruhe lassen musste. Quetsche hatte sich vor dem Mann aufgebaut, dass Tom ein Schauer über den Rücken gelaufen war, nur Daniel beeindruckte das überhaupt nicht. Er hatte gelächelt und sich köstlich über »Charlottchens Retter« amüsiert. Tom hätte ihm am liebsten die Fresse poliert, aber das wäre wenig zielführend gewesen. Also hatte er seine Gefährderansprache gehalten und darauf hingewiesen, dass wenn Charly oder Nathalie auch nur eine Schramme bekämen, seine Zeit in Freiheit vorbei war und die Richter aufgrund der Vorwarnung keine Gnade kannten. Beeindruckt hatte es den Kerl nicht.

Charlotte hatte recht, der war total verrückt. Wie hatte sie diesen Mann nur lieben können?

»Ich befürchte nur ...«

Er meinte ein Zögern in Charlys Satz wahrzunehmen, spürte das Unbehagen in seinem Magen, doch bevor er sie darauf ansprechen konnte, lärmte es grell durch die Lautsprecheranlage:

»Einsatz für das Boot! Einmal Övelgönne. RTW, NEF, PK 25, 26, Feuerwehr sind raus! Ich wiederhole: Einsatz für das Boot!«

»Charly, ich muss Schluss machen, ich rufe später noch mal zurück!« Tom lief den Gang entlang, als er das Gespräch wegwischte. Er nahm zwei Stufen auf einmal ins Erdgeschoss und hastete an den Wachtresen.

»Was ist los?«

Der Wachhabende reichte die Schlüssel für das Boot an Quetsche. »Das große Gedeck. Leblose Person treibt im Wasser vor Övelgönne! Legt den Hebel auf den Tisch!«

Tom zögerte keine Sekunde. »Dienstgruppenleiter an Bord!«

KAPITEL 4

HafenCity – 08.40 Uhr

Charlotte sah aus den Panoramafenstern des fremden Wohnzimmers. Vom fünften Stock des Wohnturms sah man durch die bodentiefen Scheiben direkt auf den Grasbrookhafen. Die Aussicht der Wohnung auf der westlichen Strandkai-Halbinsel bot einen weitläufigen Hafen- und Elbblick, und der Sturm pinselte mit dunklen Wolken ein Kunstwerk an den Himmel. Wenn sie auf den Balkon trat, hatte sie einen unverstellten Blick auf die Elbphilharmonie mit ihrer beeindruckenden Glasfassade. Die Elphi war ein Chamäleon und sorgte bei jedem Wetter für Aufmerksamkeit. Je nach Sonnenlicht und Tageszeit wirkte sie beschwingt, kühl, dramatisch funkelnd oder geheimnisvoll.

Charlotte hatte die Lautsprecherdurchsage durchs Telefon gehört. Tom musste in einen Einsatz. Sie ließ das Handy sinken. Er konnte ihr nicht helfen, er hatte genug zu tun.

Was nutzte ihr der schönste Ausblick, die vier Zimmer mit über zweihundert Quadratmetern Wohnfläche, wenn sie nur daran denken konnte, was passieren würde, wenn Daniel sie hier aufspürte? Sie konnte nicht ihr Leben lang auf der Flucht bleiben, wollte sich nicht ständig umdrehen, ob er hinter ihr stand. Sie würde einen Alltag in Angst um Nathalie nicht durchhalten. Wie sie es auch drehte und wendete, wenn sie ihr Leben zurückwollte, musste er weg! Er musste für immer aus ihrem Orbit verschwinden.

Sie hatte versucht, vernünftig zu sein, und war auf Toms Hilfsangebote eingegangen. Aber sie wusste, dass Daniel mit härteren Bandagen kämpfte als Tom. Auch Charlotte focht einen

Kampf aus, und sie hatte die bessere Motivation: Nathalie. Man sollte niemals eine Mutter unterschätzen, die um ihr Junges fighttete. Wenn es um das eigene Kind ging, war ihr kein Gegner zu mächtig.

Ihre Schläfen pochten, und sie lehnte ihre Stirn gegen das kühle Glas des Fensters.

In ihrer eigenen Kindheit hatte Charlotte das ganz anders erlebt. Ihre Mutter hatte nicht für ihre Kinder gekämpft. Vielleicht war Charlotte deshalb so kompromisslos, wenn es um Nathalie ging.

Ihr Vater war ein Goliath gewesen. Unbesiegbar. Herr über Licht und Schatten. Lachen und Weinen. Leben und Tod. Der Chirurg, der Gott in Weiß, war so dominant, dass seine Ehefrau und Charlottes Mutter die Kinder nicht genügend vor seinen gewalttätigen Ausbrüchen geschützt hatte. Ihre Mutter hatte ohnehin kaum mehr Rückgrat als eine Krabbe aus der Nordsee gehabt. Erst recht nicht, wenn der Vater den Alkohol wieder einmal mehr liebte als seine Familie. Sie hatte Charlotte und ihrem fünf Jahre jüngeren Bruder Lars eingeschärft, dass sie sich still verhalten müssten, gehorsam, unterwürfig … als wären das Attribute, die sich mit dem Kindsein vereinbaren ließen. Wenn nicht ihre Großmutter gewesen wäre, wer weiß, wo Charlotte heute stünde. Sie war gutherzig und hatte immer ein liebes Wort, einen Rat oder eine Tasse warmen Kakao für Charlotte. Zu ihr waren sie und ihre beste Freundin Ada geflüchtet, wenn der Vater wütete. So hatte Charlotte begriffen, dass Menschen nicht von Natur aus gut oder böse waren, sondern ihren Anteil dazu beitrugen, wie sie über die Welt dachten, handelten und mit anderen Menschen umgingen. Sie eiferte ihrer Großmutter nach, und als sie nach dem Abitur verkündete, Psychologie studieren zu wollen, wusste sie, dass ihr Vater sie für verrückt erklären würde. Allerdings konnte er da keinen Einfluss mehr auf ihre Entscheidung nehmen.

Was Daniel zu dem Psychopathen gemacht hatte, der er heute war, hatte sie nie herausgefunden. Er sprach nicht über seine Kindheit, und das hätte sie verdammt argwöhnisch machen sollen. Sie öffnete die Glastür und ging hinaus auf den die ganze Wohnung umlaufenden Balkon. Sofort schlug ihr eisiger Wind entgegen und ließ sie dichter an die Wand herantreten. Der Sturm nahm immer noch an Stärke zu, und es war keine gute Idee, sich im fünften Stock draußen aufzuhalten. Schnell schlüpfte sie zurück ins Wohnzimmer und schloss die Tür.

Leider war sie erst Jahre später zum Psychologiestudium gekommen, denn ihre Eltern verunglückten bei einem Autounfall tödlich. Die Großmutter überlebte die beiden nur um vier Monate. Charlotte war allein mit ihrem Bruder Lars zurückgeblieben und musste sofort Geld verdienen, um sie über die Runden zu bringen. Nur ihre Freundin Ada und die als Alternative zum Studium gewählte Ausbildung zur Polizistin gaben ihr Halt.

Charlotte sah sich in dem Wohnzimmer um. Ein langer Holztisch mit acht Stühlen, überall Kerzenständer und teuer aussehende Bilder an den Wänden. Bücherregale und eine Sofalandschaft … ein goldener Käfig. Sie legte das Handy auf den massiven Tisch aus Akazienholz und fuhr mit der Hand über die dicke Platte, die den natürlichen Formen eines Baumstamms nachempfunden waren. Was so eine Luxuswohnung wohl kostete? Eigentumswohnungen, die von russischen Oligarchen als Wertanlage gekauft, pompös eingerichtet, aber nie bezogen wurden. Eine Verschwendung dieser prachtvollen Heime.

»Was gibt es zum Frühstück?«, rief Nathalie aus dem Badezimmer, das zu einem ihrer Lieblingsräume avanciert war. Vor allem die Badewanne hatte es ihr angetan. In ihrer Wohnung in Winterhude hatten sie nur eine Dusche, und Nat liebte lange Schaumbäder.

»Nutella-Brötchen, Rührei und Kakao?«

»Mami!«, kreischte sie entsetzt. »Ich bin doch nicht mehr fünf Jahre alt.«

Das stimmte natürlich, außerdem verbot Nathalies vegane Ernährung Hühnereier.

»Müsli mit Sojamilch und einen Tee?«

»Besser!«

Sie rieb sich mit der Hand den schmerzenden Nacken. Schloss die Augen. Wenn das ihr einziges Problem wäre ... Sie hatte Tom nicht alles erzählt. Er sorgte sich schon genug. Sie bewunderte ihn für seine Fähigkeit, im Chaos souverän zu bleiben und eine Entscheidung nach der anderen zu treffen. Und in Windeseile alle Details und Fakten im Kopf gegeneinander abzuwägen. Nachdem er mit Daniel gesprochen und sich selbst einen Eindruck von ihm verschafft hatte, war er noch am gleichen Tag mit der Idee gekommen, sie in eine sichere Wohnung zu bringen. Das hatte eine Verschnaufpause verschafft, war aber keine Lösung.

Tom wusste nicht, dass sie Daniel am Tag vor ihrer überhasteten Flucht begegnet war.

Zuerst hatte sie einen Zettel hinter dem Scheibenwischer am Auto gefunden. Die Drohung war identisch mit der, die er ihr ein paar Tage vorher in den Briefkasten gelegt hatte:

Hast du gedacht, wir wären fertig miteinander?
Du hast mir meine Tochter genommen!
Ich hole sie mir zurück!
Dann kommst du dran, du Schlampe!

Er signalisierte ihr damit, dass er wusste, welches Auto sie fuhr. Observierte er sie? Sie hatte aufgepasst, war Umwege nach Hause gefahren, aber sie hatte ihn nicht entdeckt. Dann wurden die Botschaften kürzer und steckten am Auto, im Briefkasten oder unter der Fußmatte vor ihrer alten Wohnung in Winterhude.

Ich beobachte dich, Tag und Nacht.
Du kannst dich nirgendwo verstecken.
Bald nehme ich dir alles, was du liebst.
Du wirst mich niemals los.

Trotzdem war es ein Schock gewesen, ihn vor ihrer Dienststelle auf sie warten zu sehen. Er hatte sie mit ein paar lausigen Zetteln so aufgerieben, dass sie beinahe geschrien hätte, als er an einem Laternenpfahl neben ihrem Auto lehnte.

Sie hatte die Luft angehalten, gegen ihren Fluchtimpuls angekämpft, die Zähne zusammengebissen und war langsam auf ihn zugegangen. Der Kollege, der hinter einem Auto hervortrat, sie von der Seite ansprach und am Arm hielt, brachte sie vollkommen aus der Fassung. Er hatte nur eine Auskunft gebraucht und hatte sie befremdet angesehen, als sie ihren Arm mit einem erschreckten Schrei losgerissen hatte. Als sie ihm die Frage beantwortet hatte und sich wieder zu ihrem Auto herumdrehte, war von Daniel nichts mehr zu sehen.

Sie war auf dem Parkplatz auf und ab gelaufen, hatte ihn gesucht und nicht gefunden. Auch diese Tatsache zerrte an ihren Nerven. Wohin war er so schnell verschwunden?

Sie hatte eine halbe Stunde in ihrem Auto gesessen, bevor sie sich so weit beruhigt hatte, dass sie nach Hause fahren konnte. Die Bilder von damals waren über sie hereingebrochen wie das Hochwasser in den Hafen. Daniel, der sie grob ins Gesicht geschlagen und auf das Bett geworfen hatte. Seine Hände, die brutal auf sie eindroschen. Der tiefe Schnitt von dem Cuttermesser, der höllisch schmerzte und ihr für immer das Gesicht entstellt hatte.

»Was ist denn nun mit Frühstück?«

Charlotte zuckte zusammen. Sie stand mit dem Kopf an die Balkontür gelehnt und hatte Nathalie nicht kommen hören.

»Geht sofort los, ich habe nur nach dem Sturm gesehen! Ist ganz schön heftig, heute kriegt mich nichts mehr vor die Tür.«

»Ich will aber raus! Ich hätte es nie gedacht, aber ich vermisse die Schule. Meine Freundinnen. Wie lange muss ich denn noch hier versauern?«

»Gefällt dir der Luxus nicht mehr?« Charlotte bemühte sich um einen fröhlichen Tonfall und drehte sich mit ausgebreiteten Armen im Kreis. Vor dieser Frage hatte sie sich gefürchtet, denn es gab keine gute Antwort.

»Wohnen bleiben können wir gerne, aber ich werde ab morgen wieder in die Schule gehen!«

»Freiwillig?« Charlotte verdrehte die Augen und zog eine Grimasse. Ihr letzter Versuch.

»Goofy, Mami! Bibi holt mich ab.«

Charlotte erstarrte. »Morgen? Hast du ihr gesagt, wo wir wohnen? Ich hatte dich doch gebeten, es niemandem zu verraten!«

»Noch nicht, aber morgen früh werde ich es ihr sagen. Du kannst doch nicht von mir verlangen, Geheimnisse vor meiner besten Freundin zu haben. Wenn Papa wirklich hier aufkreuzt, spreche ich mit ihm. Nur weil ihr euch nicht riechen könnt, heißt das nicht, dass ich in Gefahr bin, oder?«

Klamme Kälte kroch Charlotte den Nacken hoch.

Morgen. Nathalie hatte es entschieden.

Sie musste nachziehen.

Morgen.

Sie würde Daniel stellen und die Sache zu Ende bringen.

Morgen.

Funksprüche

»Elbe 52/10 für Elbe 52.«
»Elbe 52/10 hört!«
»Fahrt ihr auch die Lkw-Stellplätze in der Tunnelstraße ab? Das Wasser steigt weiter. Die Fahrer müssen die Plätze verlassen und Richtung Wilhelmsburg oder auf höher gelegene Flächen ausweichen. Ihr müsst sie einweisen!«
»Jo, hab ich mit!«

»Michel von Elbe 52/10.«
»Elbe 52/10.«
»Nippoldstraße und Ellerholzweg überflutet, Absperrungen erweitert bis Neuhöfer Damm. Verkehr wird abgeleitet.«
»Verstanden, Elbe 52/10!«

»Elbe 23 für Elbe 52.«
»Elbe 23 hört.«
»Einmal das Boot hinter die Elbbrücken verlegen! Maßnahmen nach Wasserstandsstufe 0 sind umzusetzen! Ihr müsst alle Einsätze östlich der Freihafenelbbrücke wahrnehmen.«
»Verstanden!«

»Elbe 52 für Michel.«
»Elbe 52 hört!«
»Bitte mal einen Wagen auf die Köhlbrandbrücke – dort Verkehrsbehinderungen durch umgestürzte Baustellenabsperrungen!«
»Verstanden, Köhlbrandbrücke. Der 52/2 geht raus.«

»Elbe 52/3 für Elbe 52.«

»Hier Elbe 52/3!«

»Fahrt mal Reiherstieg ohne Nummer. Durch den Sturm sind leere Fässer auf die Fahrbahn gekippt – dadurch Gefahrenstelle! Anschließend fahrt ihr zum Ellerholzweg. Lkw ohne Insassen. Macht eine Halterfeststellung, der muss da weg.«

»Verstanden. Reiherstieg … danach … Ellerholzweg.«

KAPITEL 5

Elbe, Höhe Övelgönne - 08.45 Uhr

Das Streifenboot WS *35* durchschnitt die Wellen und den Westwind, als sie sich dem Elbstrand bei Övelgönne näherten. Tom hatte nicht gezögert, den Einsatz auf dem Boot zu begleiten. Wer wusste schon, wozu sich eine solche Fahrt entwickelte? Er spähte hinaus und versuchte, in dem stürmischen Elbwasser eine treibende Person ausfindig zu machen. Gunnar Wagner steuerte das Boot so behutsam wie möglich durch die Wellen, mit Blaulicht und aktivierten Suchscheinwerfern, und wartete auf Toms Anweisungen.

Tom hielt es nicht länger aus, verließ das Ruderhaus und kämpfte sich zum Bug vor, um besser sehen zu können, dichter am Wasser zu sein und die Kräfte der Natur auf sich wirken zu lassen. Mehr aus Nervosität denn aus Notwendigkeit zog er den Gurt seines Rettungskragens fester und die Strickmütze tiefer über Stirn und Ohren. Konnte eine hilflose Person bei diesem Wetter in dem aufgewühlten Fluss überleben? Es wäre ein Wunder.

Mit Glück würde sich der Einsatz als eine Fehlmeldung entpuppen, mit Pech stießen sie auf eine Wasserleiche. Hatte die raue Elbe sterbliche Überreste ans Tageslicht gespült?

»Wer hat gemeldet?«, rief Quetsche über den Wind und hielt sich mit beiden Händen an der Reling fest.

»Der Kapitän einer Hafenfähre. Die stellen den Betrieb ein, und er hat die letzten Arbeiter von Airbus rübergebracht. Beim Bojenmann will er etwas gesehen haben«, antwortete Tom, die spärlichen Informationen zusammenfassend. Von allen Seiten prallte das Wasser gegen das Boot.

»Sind die Bojenmänner nicht schon lange im Winterlager?«

Tom zuckte mit den Schultern. »Solange kein Treibeis in Sicht ist, lassen sich die Hafenbehörden Zeit, und mit diesem Sturm haben sie wohl nicht gerechnet.«

Das einstmals hölzerne Kunstwerk, eine stattliche männliche Figur mit schwarzer Hose und weißem Hemd, war mittlerweile aus Aluminium nachgebaut und dadurch zwar witterungsbeständig, aber ein heftiger Wintersturm könnte das bekannte Werk aus der Verankerung reißen. Vier von den mannshohen Skulpturen des Künstlers Stephan Balkenhol hatte die Stadt auf der Elbe und Alster verteilt auf Schwimmpontons montiert.

Ihn beschäftigte vielmehr, wie sie eine Wasserleiche an Bord bekämen. »Die Heckrampe runterzulassen, wird bei dem Wellengang problematisch. Die überspült uns sofort.«

Quetsche stimmte zu. »Die Rettungsmatte ist besser. Ich mach sie klar.« Er schwankte zum Heck des Schiffs.

Tom entdeckte den Bojenmann voraus, drückte sich von der Reling ab und ließ sich vom Wind zurück ins Ruderhaus schubsen.

»Gunnar, Schleichfahrt direkt auf den Bojenmann zu«, sagte Tom und griff zum Funkgerät. »Hamburg Port für WS 35, kommen!«

»Hamburg Port hört.«

»Warnung für die durchgehende Schifffahrt! Sollen Fahrt rausnehmen und Einsatzort Nähe Bojenmann langsam passieren. Suche nach lebloser Person im Wasser.«

»Hamburg Port hat verstanden. Meldung geht an alle Schiffe.«

Tom sah Gunnar an, der konzentriert nickte. Er würde allein klarkommen, sodass Tom sich wieder zum Bug vorkämpfte.

Mühsam streifte er die Einweghandschuhe über. Warum waren diese Dinger immer zu eng? Der erste Gummihandschuh zerriss, und ungeduldig zerrte Tom einen weiteren aus der Jackentasche.

Er konnte kaum die Augen offen halten, so fauchte ihm der Wind ins Gesicht. Das Wetter machte ihm nichts aus, aber die Möglichkeit, gleich einer womöglich seit Tagen oder Wochen vom Wasser aufgeschwemmten Leiche zu begegnen, beunruhigte ihn. Auf solche Anblicke konnte sich niemand vorbereiten.

Sowie er Sichtkontakt hatte, würde Gunnar beidrehen, damit sie die Person auf der Lee-Seite an Bord ziehen konnten. Das war der einzige Schutz, den das Wetter im Moment ermöglichte. Im Licht der Scheinwerfer suchte er die kabbelige Elbe ab, ohne irgendetwas zu entdecken. Frachtschiffe schoben sich weit backbord stoisch durch die Wellen. Im Vergleich zu denen war für ihr Boot die zappelige Dünung auf der Elbe bereits schwere See.

Plötzlich durchbrach ein lautes Knirschen seine Gedanken.

»Was zur Hölle …«, schrie Tom und versuchte, im Wasser vor sich etwas zu erkennen. Waren sie irgendwo gegen gefahren, entlanggeschrammt? Gunnar hatte die Maschine angehalten, und sie trieben auf den Wellen.

»Da an der Seite!«, schrie Quetsche, der hinter ihm auftauchte und nach steuerbord deutete. Quetsche griff nach der Stange, um das Treibgut an das Schiff heranzuziehen.

Die angekündigte leblose Person war es Gott sei Dank nicht.

»Was ist das?« Tom schwankte Quetsche hinterher, der den Fund in Richtung Bug zog, um besser sehen zu können, was sie angefahren hatten.

»Ja, versenk mich doch!«, fluchte Quetsche und beugte sich über die Reling, um nach dem Gegenstand zu greifen, den er mit der Stange hochzog. »Verdammt!« Quetsche zog seine Hand zurück. Er zog sich einen Handschuh über und probierte es erneut.

Eine Kiste aus Aluminium. Mit einem Draht umwickelt.

Sie mühten sich, das Ding an Bord zu hieven.

»Warum ist die nicht untergegangen?«, keuchte Quetsche, als die Kiste endlich vor ihnen stand.

»Verdrängung? Luftkammern?«, murmelte Tom und sah sich das Aluminiumrechteck misstrauisch an.

»Ob da Drogen drin sind?«

Bloß nicht, dachte Tom. Er hatte schon genug mit dem Wetter und der gemeldeten »Wasserleiche« zu tun, um sich auch noch mit einem Drogenfund beschäftigen zu wollen. »Wir öffnen sie, dann sind wir …«

»Achtung! Person voraus!«

Gunnar unterbrach ihre Überlegungen mit der Schreckensmeldung.

Tom brauchte einen Moment, bis er sah, was Gunnar entdeckt hatte. Ein orangefarbener Fleck im dunklen Wasser. Direkt am Bojenmann. »Geh längsseits in Lee, wir versuchen es mit der Rettungsmatte!«, schrie er.

Quetsche war schon auf dem Weg zum Heck, um die Matte ins Wasser zu lassen und mit einem Ruck an der Auslöselasche zu öffnen. Die Matte hing nun von oben herab, die Schiffswand hinunter und im Wasser. Die Leine am anderen Ende des Netzes ermöglichte es, eine Person hineintreiben zu lassen, dann seitlich anzuziehen und nach oben zu hieven. Eine ausgeklügelte Technik für seltene Momente.

Schaukelnd trieben sie auf eine Gestalt zu, die reglos mit dem Gesicht nach unten im Wasser lag und von den Wellen auf und ab geschaukelt wurde. Ein Bein lag halb auf dem Sockel des Bojenmannes.

Wenn nur dieser elende Wind nicht gewesen wäre! Gunnar musste das Boot ruhig halten, durfte auf keinen Fall zu dicht an den Bojenmann treiben, auch wenn die Wellen genau das mit ihnen vorhatten. Trotzdem mussten sie warten, bis sie genug Windschatten hatten, um sich der Person zu nähern, ohne sie zu überfahren. Ein schwieriges Manöver.

Quetsche griff wieder nach der Stange und zog die menschliche

Gestalt so vorsichtig wie möglich in die Nähe der Matte. Mit der nächsten Welle schwamm sie auf, und Tom zog sofort die Leine zu, damit der Körper nicht wieder herausgetrieben wurde.

Trotz der widrigen Umstände klappte gleich der erste Versuch. Sie holten die Matte ein und zogen ihren Fund hoch. Das Wasser schoss in Strömen aus den Öffnungen. Vorsichtig legten sie die Matte auf dem Schiffsboden ab, öffneten sie und rollten die Person auf den Rücken.

Ein Mann. Ohne jede Regung. Ohne Puls am Hals. War er tot?

Aufgrund der schwarzen Hautfarbe des Mannes vermochte Tom nicht zu erkennen, ob es Leichenflecken gab. Auch wenn Tom glaubte, dass der Mann tot war, startete er mit der Herzdruckmassage. Versuchen musste er es, oder?

Quetsche gab Gunnar das Zeichen, dem Michel-Sprecher zu funken, umzukehren und in Richtung Dockland zu fahren, um den Verunglückten dort an den wartenden Rettungsdienst zu übergeben.

Tom schwitzte in der Kälte, da das rhythmische Drücken auf den Brustkorb anstrengend war.

»Soll ich dich ablösen?«, schrie Quetsche durch den Wind.

»Lieber nicht, du brichst ihm alle Rippen, wenn du hinlangst«, keuchte Tom.

Quetsche fasste das Handgelenk des Mannes an. »Ich befürchte, der ist tot. Den holt niemand mehr ins Leben zurück.«

Tom löste seine Hände vom Brustkorb und blieb auf den Knien hocken. Quetsche hatte recht. Ihre Hilfe kam zu spät.

Der Mann hatte noch nicht lange im Wasser gelegen, denn er war weder aufgequollen, noch wies er Verletzungen von Schiffsschrauben oder gar Tierfraß auf. Trotzdem war kein Leben mehr in ihm.

Tom schätzte ihn auf Anfang oder Mitte zwanzig, schlank, mit

Bartwuchs. Er trug einen orangefarbenen Overall mit dem Logo der bekannten Schiffsreederei Rieckmann & Jansen. Am Hals blitzte eine schmale Goldkette. Auffällig war, dass der Mann keine Schuhe an den Füßen trug. Hatte ihm der Wellengang das Schuhwerk entrissen? Selbst die Socken fehlten, und das war angesichts der Novemberkälte doch ungewöhnlich.

Vermisste ihn denn niemand? Bislang war keine Vermisstenmeldung von Schiffen eingegangen. Oder hatte die Schiffsführung noch gar nicht gemerkt, dass ein Crewmitglied fehlte?

Tom seufzte. Die Identifizierung des Toten würde wenig Mühe machen, denn die Reederei konnte mit Sicherheit sofort sagen, welches ihrer Schiffe im Hamburger Hafen lag. Und von einem Frachter stammte der Mann doch, oder?

Er sah zu Quetsche auf, dessen Blick sich ebenfalls nicht von der Leiche lösen konnte, und erhob sich. »Was ist?«

»Komisch!« Quetsche wies mit dem Kinn vor sich.

Tom verzog den Mund. »Du meinst, dass er so kurz vor dem Hafen in der Elbe ertrinkt?«

»Schau dir seine Hände an. Das ist doch kein Seemann.«

Quetsche hatte recht. Tom kniete sich wieder neben die Leiche. Vorsichtig hob er mit der Hand den Arm des jungen Mannes an. Die Hand und die Finger waren langgliedrig und beinahe zart. Tom konnte keine Schwielen entdecken, was aber durch das Treiben im Wasser auch schwer festzustellen war.

»Da muss der Rechtsmediziner ran. Wir lassen ihn ins Institut bringen.«

Quetsche nickte, und Tom griff nach seinem Funkgerät, als plötzlich Schaum aus dem Mund des Mannes sickerte, so als finge er an zu atmen.

»Heilige Scheiße!«, rief Tom aus. Er zuckte erschrocken zurück, landete auf dem Hintern und krabbelte rückwärts weg von der Leiche.

Weißlicher Schaum trat in kleinen Bläschen zwischen den Lippen des Mannes hervor.

Tom rappelte sich auf, und sein Herz klopfte. Herrje, das war doch nicht seine erste Wasserleiche. Im Wasser war der Schaum weggewaschen worden, aber jetzt, wo der Leichnam ruhig auf dem Rücken lag und Tom eine Herzdruckmassage durchgeführt hatte, drückte der Thorax den Schaum aus der Luftröhre.

Tom wusste, dass der Schaumpilz darauf hindeutete, dass der Mann nur ertrunken sein konnte. Was eine furchtbare Bestätigung seiner Fantasien war. Der Ertrinkungstod dauerte lange und war quälend. Ein schrecklicher Tod, dem er seinem ärgsten Feind nicht wünschte.

»Bringen wir ihn an Land.«

Tom ging nach vorn ins Ruderhaus und bat die Besatzung des Streifenwagens, den er am Ufer stehen sah, per Funk darum, nach etwaigen Zeugen oder persönlichen Gegenständen des Mannes am Strand Ausschau zu halten. Vor allem das Schuhwerk fehlte.

Wer ging denn bei diesem Wetter ohne Schuhe los?

Und was war in der verdammten Alukiste?

KAPITEL 6

Global Endeavour, Travehafen – 09.00 Uhr

Babić stieß einen Seufzer aus. Der Sturm hatte sie Zeit gekostet, aber endlich waren sie im Hamburger Hafen angekommen.

Wie von Geisterhand getrieben, wirbelten dunkle Wolken über den Himmel, formten und verformten sich, als würden sie eine düstere Symphonie dirigieren. Eine Gänsehaut legte sich über Babić' Arme, als er durch die verschmierte Scheibe der Kommandobrücke in den Himmel und auf das Containerterminal spähte.

Mit Erleichterung sah er, dass die Containerbrücken arbeiteten. Der Lotse wies die Schlepper an, und die bugsierten die *Global Endeavour* an das Terminal Tollerort. Nach der Einklarierung der Hafenbehörden konnten sie sofort ent- und beladen werden und dann nichts wie ab und zurück nach Antwerpen. Von dort würde er nach Dubrovnik fliegen und hätte sechs Wochen Heimaturlaub!

»Babić, willst du nicht schlafen gehen?«, fragte Bingham mit gerunzelter Stirn.

Babić rollte verstohlen mit den Augen. Wahrscheinlich schmeckte es dem Engländer Harry Bingham nicht, dass Babić als Erster Offizier auf der Brücke blieb, statt sich nach einer langen Nachtwache auszuruhen. Theoretisch hatte Bingham jetzt das Kommando. Scheiß drauf, sie waren im Hafen, und Babić beschloss, die Abfertigung so schnell wie möglich hinter sich zu bringen. Ihr Containerfrachter hatte von Ghana nach Nigeria, Benin, Antwerpen und heute Hamburg ordentlich Verzug eingefahren. Jede Stunde Verspätung kostete die Reederei einen Batzen Geld. Dabei konnten sie froh sein, dass ihr Frachter mit einer Länge von knapp dreihundert Metern bei den Windstärken überhaupt in den Hafen einlaufen durfte. Er hatte gehört, dass die größeren Containerriesen in der Nordsee abwettern mussten. Die armen Schweine!

Sollte Bingham sich gerne um den lästigen Papierkram, die Staupläne und Lastenverteilung, kümmern und sich mal richtig in die Riemen legen. Babić hingegen zog es in den *Duckdalben*. Nur von dieser Seemannsmission aus, die sich auf sämtliche Anliegen von Seeleuten eingestellt hatte, war es ihm möglich, Geld nach Hause zu überweisen.

Dass Bingham sich um sein Wohlergehen sorgte, glaubte er ohnehin nicht, er wollte ihn loswerden, um sich beim Käpt'n einzuschleimen. Dass niemand die vorgeschriebenen Ruhezeiten einhielt, war die Regel und nicht die Ausnahme. Babić arbeitete manchmal mehr als dreihundert Stunden im Monat, und Bingham machte keine Anstalten, ihm Arbeit abzunehmen. Die reinste Ausbeutung, aber er brauchte das Geld. Und die Reedereien nutzten das Schlupfloch schon lange für sich. Einfach das Schiff ausflaggen und die kostengünstigeren Betriebsbedingungen eines fremden Staates nutzen. Das Fahren unter der Billigflagge Zyperns machte es möglich: Durch die laschen arbeitsrechtlichen Vorschriften herrschten mangelnde Sicherheit an Bord, ein niedriges Lohnniveau, und unendliche Überstunden waren die Regel … ach, er wollte nicht darüber nachdenken, sondern die Container schnell von Bord bekommen. Dann wäre Platz für gefüllte Stahlkisten mit Waren für Afrika. Wie so oft kutschierten sie die leeren Standardboxen durch die Weltgeschichte und die vollen zurück nach Afrika. Klar, Ghana konsumierte hauptsächlich, der Export dagegen hielt sich in überschaubaren Grenzen. Auch für Nigeria hatten sie massenhaft Container auf ihrem Stauplan stehen. Hoffentlich schaffte das Terminal die Beladung, bevor der

Sturm zu heftig wurde. Nicht, dass er seinen Flug verpasste. Einen Ersatzflug zahlte die Reederei sicher nicht.

Der Alte, Kapitän Wilhelm Fischer, ein überkorrekter Deutscher, hatte in Antwerpen barsch angewiesen, dass die Mannschaft an Bord bleiben solle, um ja nicht eine einzige Minute zu verschwenden. Aber wenn Babić heute nicht endlich vom Schiff zum Landgang herunterkam, dann … Er mochte gar nicht daran denken. Er musste in Ruhe skypen, um seine Familie zu beruhigen, und dazu brauchte er eine stabile Internetverbindung, die es an Bord nicht gab.

Bingham sollte die Schnauze halten und seine Arbeit machen. Dem Kapitän war es sicher recht, wenn Babić ein Auge auf das Entladen hätte. Er war einfach der bessere Offizier.

Babić sah Bingham mit undurchdringlicher Miene an. Der Engländer duckte sich förmlich unter seinem Blick weg. Babić wusste, dass er mit seinen tief liegenden Augen und einen Kopf größer als Bingham Furcht einflößend wirkte. Gut so, dann stellte er keine Fragen.

In diesem Moment betrat der Alte den Kommandostand. Kapitän Fischer sah nicht so ausgeschlafen aus wie sonst, obwohl er sich die ganze Scheißnacht nicht auf der Brücke hatte sehen lassen. Geschlafen hatte er offenbar nicht viel. Kein Wunder bei dem Wetter. Vielleicht war er seekrank geworden. Oder der Druck der Reederei setzte ihm zu. Wusste er gar etwas, worüber die Crew noch nicht informiert war? Babić betrachtete die trotz seiner fünfzig Jahre sportliche Gestalt des Kapitäns, seine blonden Haare, die jedes Jahr lichter wurden. Sie fuhren mit dieser Mannschaft bereits im fünften Jahr und konnten sich aufeinander verlassen. Die Claims waren abgesteckt, und Babić stand in den Startlöchern, mehr Verantwortung zu übernehmen und damit auch mehr Geld zu verdienen. Hatte die Reederei neue Pläne?

»*Captain*«, flüsterte Babić auf Englisch, der offiziellen Sprache an Bord, »die Hafenbehörden kommen an Bord, der Bootsmann bringt gleich die Pässe und die Crewliste!«

Nur mit dem Chief Engineer, seinem schlaksigen Kumpel Petar Horwat, einem kroatischen Landsmann aus Dubrovnik, konnte er sich in seiner Muttersprache unterhalten. Petar war der einzige Lichtblick an Bord dieses verdammten Frachters.

»Danke, Babić!«, murmelte der Kapitän. Er hob nicht mal den Kopf von den Monitoren, um ihn anzusehen.

Auf der Brücke sprachen sie aus Gewohnheit leise. Der Funk musste jederzeit einwandfrei zu verstehen sein. Doch das hieß nicht, dass man sich nicht ansehen durfte. Der Alte beugte sich erst über das große Pult mit den Radarschirmen, den Knöpfen und Hebeln und ließ sich dann schwerfällig auf dem Kapitänssitz nieder.

»Ist in der Maschine alles klar?«, fragte er.

Bingham preschte nach vorn, um sich nicht von Babić ausbooten zu lassen. »Der Chief Engineer hat ›Hauptmaschine aus, Hilfsgeneratoren klar‹ gemeldet. Bunkern von Wasser ist angemeldet.«

Er warf Babić einen unruhigen Blick zu. Erwischt, dachte Babić. Du hast gar nicht mit Petar gesprochen. Na, dann wollen wir mal hoffen, dass deine Versprechungen auch stimmen. Aber wie er seinen Landsmann kannte, war die Maschine tatsächlich in Ordnung. Petar hatte seine Maschinencrew im Griff, was Babić von seinen Mitarbeitern nicht behaupten konnte.

Wo blieb Timon?

Der wieselige Bootsmann, ein Kiribati von dem gleichnamigen Inselstaat im Pazifik, war sein Assistent und tat mal wieder nicht das, was er sollte. Die Pässe hätten längst beim Kapitän bereitliegen sollen.

Als ob Michael Timon seine Gedanken erraten hätte, kam er mit einem strahlenden Lächeln und einem Karton voller Reisepässe auf die Kommandobrücke gestolpert. Er trug noch Mickeymäuse auf dem Kopf, so nannten sie die Gehörschützer, als ob er aus dem Maschinenraum gekommen wäre. Was hatte er dort zu suchen gehabt?

Babić nickte ihm zu und gab ihm ein Zeichen, die Dinger von den Ohren zu nehmen. Der Mitte Dreißigjährige mit den blendend weißen Zähnen zog sie mit einer fließenden Bewegung herunter, als handele es sich um ein gewolltes Deko-Element seines Auftritts.

Der Kapitän wies Timon mit einer beiläufigen Geste an, die Pässe in den an die Brücke angrenzenden Konferenzraum zu bringen. Er rieb sich mit der Hand über die Stirn, als hätte er Kopfschmerzen.

»Es wird Veränderungen in den Verträgen geben, und wir bleiben nicht in Hamburg liegen. Wir laufen trotz des Sturms sofort wieder aus, sobald die Hafenbehörden es erlauben!«

Die Temperatur im Raum sank um ein paar Grad.

»Was denn für Veränderungen?«, brach es aus Babić hervor. Er hatte es befürchtet. Rollte eine Entlassungswelle auf sie zu? Wurde ein Offizier eingespart? Traf es nur die Filipinos in der Maschine? Was? Kein Wunder, dass der Kapitän so zerknittert aussah.

»Später!«, winkte Fischer ab.

»Soll ich den Landgang für die Crew streichen?«, warf Bingham ein. »Kapitän, wir könnten Zeit sparen.«

Babić explodierte in der gleichen Sekunde und blitzte den Schleimer Bingham hasserfüllt an. »Unmöglich, Käpt'n, die Leute müssen nach Hause telefonieren.«

Fischer sah vom Pult auf und rieb sich wieder müde die Stirn. Babić sah ihm an, wie er die Vor- und Nachteile des Landgangs seiner Crew gegeneinander abwog.

»Ich weiß. Ruft die Seemannsmission an, dass die Mannschaft, die nicht an Bord gebraucht wird, einen kurzen Aufenthalt im Seemannsclub *Duckdalben* bekommt. Maximal eine Stunde!«

Eine Stunde? Das war doch nicht sein Ernst! Wie sollte Babić in sechzig lausigen Minuten alles erledigen? An- und Abfahrt gar nicht eingerechnet. Nein, das würde er nicht mit sich machen lassen.

In diesem Moment tönte mit lautem *Ping* das an der Wand hängende Bordtelefon durch die Stille der verheerenden Ankündigung. Die Hafenbehörden kamen an Bord.

Kurz darauf führte ein Filipino zwei Beamte der Wasserschutzpolizei und eine Frau vom hafenärztlichen Dienst in den Konferenzraum.

Der Kapitän schleppte sich hinterher und deutete mit einer einladenden Geste auf den langen Tisch. Die Frau übernahm sofort das Kommando, sie hatte es offenbar eilig. Kein Wunder bei diesem Wetter.

»Gab es Krankheitsfälle oder Unfälle an Bord?«

Bingham warf sich in die Bresche. »Nein, alle sind wohlauf.«

Sie lächelte. »Prima, dann möchte ich gerne einen Blick in das Schiffshospital und die Bordapotheke werfen, und dann sind Sie mich auch schon wieder los.« Sie stand auf. »Bunkern Sie noch Trinkwasser?«

Der Bootsmann Michael Timon sprang auf, nickte und zeigte mit ausgestrecktem Arm und einem Lächeln auf die Tür. Er würde die Frau zur Bordapotheke führen. Die beiden Polizisten von der Wasserschutzpolizei glichen derweil die Crewliste mit den Pässen ab. Einen Pass nach dem anderen blätterte der ältere Beamte durch und hakte dann das dazugehörige Crewmitglied auf der Liste ab.

»Wechseln Sie Besatzung aus? Irgendwelche Besonderheiten auf der Reise?«, fragte er, ohne aufzusehen.

Bingham, der Vollpfosten, schüttelte den Kopf, was der Beamte natürlich nicht sehen konnte, sodass Babić eingriff: »Nur den Sturm, wir liegen hinter unserem Zeitplan!«, murmelte er.

»Brauchen Sie einen Sammelpassierschein für den Landgang?«, fragte der jüngere Polizist mit besorgter Miene. »Es ist gefährliches Unwetter vorausgesagt! Es kommt zu Straßensperrungen, da wird es umständlich mit dem Taxi, wenn Sie überhaupt eins bekommen. Ich rate Ihnen dringend davon ab«, sagte er und füllte die Schiffsmeldung aus.

Bevor Babić antworten konnte, ließ Bingham erstmals etwas Sinnvolles verlauten.

»Wir bestellen den Wagen vom *Duckdalben*. Die Filipinos müssen dringend nach Hause telefonieren. Der Kapitän hat eine Stunde erlaubt.« Dass er eben noch eine andere Meinung vertreten hatte, störte ihn nicht.

Der Wasserschutzpolizist nickte und holte einen Passierschein heraus, füllte ihn aus und hielt ihn dem Kapitän hin. Binghams ausgestreckte Hand ignorierte er. »Das reicht für Ihre Drittstaatler, die brauchen damit kein Visum für den kurzen Aufenthalt in der Seemannsmission. Willkommen in Hamburg!«

»Kommt der Zoll noch an Bord?«, fragte Fischer.

Er betrachtete die Bescheinigung der Einklarierung, als sähe er sie zum ersten Mal. Was brachte den Kapitän so aus der Fassung? Verlor jemand seinen Job? Babić ahnte, dass der Kapitän genau wusste, was die Reederei verändern wollte. Warum sagte er nichts?

»Bei dem Wetter wohl nicht«, unkte der Ältere der beiden Beamten.

Babić war es nur recht. Hauptsache, er verpasste den Transport zum *Duckdalben* nicht. Er hatte Petar versprochen, dass sie Gelegenheit bekämen, das Geld anzuweisen.

Das durfte nicht schiefgehen, sonst wären sie verdammt noch mal am Arsch!

KAPITEL 7

Global Endeavour, Travehafen - 09.00 Uhr

Tarik war wieder in die Mülltonne gekrochen, nachdem Ebo von Bord gesprungen war. Inzwischen waren sie im Hafen von Hamburg angekommen, denn das Schiff lag still an einer Pier. Er traute sich nicht, sein ursprüngliches Vorhaben in die Tat umzusetzen. Er hätte sich bemerkbar machen können, nachdem das Schiff angelegt hatte, um Asyl bitten und sich vom Kapitän an die Hafenbehörden ausliefern lassen. Was aber, wenn er gar nicht bis zum Kapitän gekommen wäre? Ebo und er waren Zeugen der schrecklichen Tat geworden. Würden sie ihn nicht loswerden wollen – und zwar nicht gerade in die Hände der Hafenbehörden?

Nie würde er die gebrochen toten Augen der Frau vergessen.

Nie den glühenden Hass in dem Blick des Mannes, der die Frau den Niedergang hinuntergeprügelt hatte. Ebo und Tarik waren Zeugen seiner Tat, und der Kerl würde dafür sorgen, dass sie niemals jemanden davon erzählen konnten. Er würde sie nicht von Bord lassen, das war Tarik so klar wie das Wasser, nach dem es ihm so sehr dürstete.

Wem konnte er noch trauen?

Ebo hatte recht behalten. Seine Chancen zu überleben, waren außerhalb dieses Schiffs größer.

Tarik hatte gebetet, dass Ebo den Strand erreichte und Hilfe holte. Er wartete auf den Moment, in dem Ebo den Deckel der Mülltonne anhob und ihm ins Gesicht lachte. Bis dahin waren die Millimeter Plastik um ihn herum die dünne Schutzhülle, die ihn davor bewahrte, entdeckt zu werden.

Aber die Zeit verging, und nichts geschah.

Draußen wütete der Sturm, und Tarik musste sich entscheiden. Warten und gefunden werden, wenn die Tonnen im Hafen entleert wurden? Oder versuchen, von Bord zu kommen, um selbst die Polizei zu alarmieren? Hatte er eine Chance?

Was, wenn der Täter ihn sah, ihn wiedererkannte? Wahrscheinlich gab es kein afrikanisches Crewmitglied an Bord.

Er war der Entscheidungen müde und blieb bewegungslos sitzen.

Letztlich trieb ihn der Durst aus der Tonne.

Der Tag wollte nicht richtig hell werden, sondern tauchte das Achterdeck in ein diffuses Licht. Tarik kletterte aus der Mülltonne, strich sich über seinen Overall und zog den Helm tief ins Gesicht. Er würde das Schiff verlassen, aber vorher brauchte er Wasser, sonst verdurstete er.

Der Sturm schob ihn das Deck entlang zum nächsten Schott, das ins Innere führte. Dort hörte er nur das Brummen der Hilfsgeneratoren. Er sah sich unauffällig um und versuchte, gleichzeitig, so zu tun, als hätte er ein Ziel. Zu mehr Planung war er nicht fähig, bevor er nicht einen Schluck Wasser bekam. Er sackte beinahe in die Knie vor Erleichterung, als er eine Tür passierte, auf der das Toilettensymbol angebracht war. Er öffnete die Tür und zuckte zurück. Am Waschbecken stand ein Filipino. Er wusch sich mit grimmigem Gesicht die Hände und blickte nur für eine Sekunde in den Spiegel.

»Hey«, murmelte Tarik mit gesenktem Kopf und verschwand sofort in einer der Kabinen. Er hyperventilierte vor Angst, war aber dazu verdammt zu warten, bis der Matrose die Toilette verlassen hatte. Wummerte der gleich gegen die Tür und schrie, dass er öffnen solle?

Er ballte die Fäuste, als das quietschende Geräusch der zuschnappenden Tür ihm signalisierte, dass der Weg zum Wasser frei war. Tarik betätigte vorsichtshalber die Toilettenspülung und öffnete die Kabinentür. Die Luft war rein. Er stürzte zum Wasserhahn und hielt sein Gesicht darunter. Er trank in gierigen Schlucken. Köstliches Nass.

Er nahm den Sicherheitshelm ab, schöpfte sich das Wasser in die Hände. Tränen der Erleichterung schossen ihm in die Augen.

Langsam stillte er seinen Durst. Im Spiegel über dem Waschbecken sah er eine müde, abgezehrte Version seiner selbst.

Sein kurz geschnittenes dunkles Haar klebte ihm fettig am Kopf. Seine Augen blickten glanzlos und müde. Der Geschmack in seinem Mund bereitete ihm Übelkeit. Die Tage auf See hatten seinen schwarzen Bart sprießen lassen.

Er verzog das Gesicht und riss sich von dem deprimierenden Anblick los. Er musste flüchten, solange er noch frei war, dann könnte er sich auch um seine Gesundheit und sein Äußeres kümmern. Bis auf die Schuhe und die Hautfarbe war er von der Crew nicht zu unterscheiden. Er streckte die Schultern, atmete tief durch und öffnete die Tür.

Er brauchte eine gefühlte Ewigkeit, bis er die Gangway fand. Der Sturm drückte ihn gegen die Aufbauten, und als er am Ende der Containerreihe aus dem Windschatten trat, stieß ihn eine Windbö so hart, dass er das Gleichgewicht verlor und stürzte. Die Überfahrt hatte ihn mehr geschwächt, als er sich eingestand. Er rappelte sich mühsam wieder auf, sein Herz raste, er schwitzte trotz der schneidenden Kälte des Windes. Er traute sich nicht, sich umzusehen. Hatte ihn jemand beobachtet? Geduckt stapfte er voran und hielt erst inne, als er die Gangway-Wache sah. Er wusste, dass der Aufgang zum Schiff strenger kontrolliert wurde als der Abgang. Trotzdem konnte er es nicht riskieren, aufgehalten zu werden, weil die Gangway-Wache ihn nicht erkannte und feststellen würde, dass sein Name nicht auf der Crewliste auftauchte.

Er wartete, hoffte auf eine Idee, wie er die Wache ablenken konnte. Von der Seite sah er ein Crewmitglied an die Gangway herantreten, um mit dem Mann zu sprechen. War er jetzt abgelenkt genug, dass Tarik es wagen durfte? Er schob sich auf die beiden Männer zu, mit tief gesenktem Kopf und leichtem Vorwärtsdrall, weil er sich mit seinem ganzen Körpergewicht gegen den Wind stemmte.

Er war da. Die Crew im Gespräch vertieft. Er griff nach dem Handlauf und setzte einen ersten Fuß auf die Gangway. Einen zweiten … einen dritten.

»Hey!«, schrie plötzlich jemand.

Tarik ahnte, dass er gemeint war, aber er tat so, als hätte er nichts gehört, und ging langsam weiter, eine Hand fest an den Gangway-Handlauf geklammert.

»Hey, Buddy! Stopp!«, schrie jemand. Zwei Stufen noch, und er hatte endlich festen Boden unter den Füßen. Drei weitere Schritte, dann drehte er sich um, sah am Schiff empor. Natürlich! Der Mann stand zwei Decks über ihm, klammerte sich mit beiden Händen an die Reling und sah zu ihm hinunter. Er war es. Tarik hätte ihn unter Tausenden wiedererkannt. Der Mann, der der armen Frau das Genick gebrochen hatte.

Und der Täter hatte auch Tarik identifiziert.

Die Gangway-Wache und sein Gesprächspartner sahen irritiert zu ihm herunter und kniffen die Augen zusammen.

Tarik fluchte innerlich, hob aber die Hand zu einem lässigen Gruß. Konnte er die Gangway-Wache übertölpeln? Die sah ja nicht, dass über ihnen jemand stand, der mit dem Finger auf ihn zeigte. *Ich krieg dich,* drohte diese Bewegung, *ich krieg dich.*

Tarik rang sich ein Lächeln ab, drehte sich um und ging, als sei es das Normalste der Welt.

Ein paar Schritte später siegte der Fluchtinstinkt. Tarik rannte auf die Containerstapel zu, um sich zwischen den Reihen verstecken zu können. Er wusste, dass der Täter ihn weiter beobachtete. Von seiner Position hatte er beste Aussicht auf Tariks Fluchtweg. Aber was sollte er sonst tun?

Ein schriller Piepton ließ ihn zusammenfahren. Instinktiv

duckte er sich, als ein tonnenschwerer Hubwagen einen Container in seiner Nähe auf einen Stapel bugsierte. Er musste achtgeben, um nicht zwischen die fahrenden Vehikel zu geraten.

Endlich war er in den Containerreihen verschwunden und sah das Schiff nicht mehr. Er sank auf die Knie und versuchte, seinen rasenden Herzschlag zu beruhigen, indem er sich auf seinen Atem konzentrierte. Über ihm kreischten Möwen in den fliegenden Wolken.

Wie sollte er bemerken, wann die Polizei kam, um die Frauenleiche abzuholen? Er konnte nur der Polizei trauen, keinem Hafenarbeiter. Andererseits beschlich ihn die Ahnung, dass es gar keinen Polizeieinsatz geben würde. Sie wären schon längst da gewesen, wenn der Tod der Frau gemeldet worden wäre.

Was hatte der Täter mit der Leiche gemacht? Vertuschte er einen tödlichen Streit? Oder wollten sie ihm, Tarik, die Tat in die Schuhe schieben?

Er schaute auf die Uhr, klopfte darauf, wusste, dass etwas nicht stimmte. Es war weder drei Uhr nachts noch drei Uhr nachmittags. Die verdammte Uhr war stehen geblieben. Er holte tief Luft. Das Schicksal hatte sich gegen ihn verschworen. Eisiger Wind biss ihn in die Nase, und er schloss für einen Moment die Augen. Er musste weiter, das Terminalpersonal durfte ihn nicht finden, sonst würden sie ihn womöglich zurück aufs Schiff bringen. In die Arme des Mörders.

Wie sollte er vom Terminal herunter und in die Stadt kommen?

Er streckte sein Gesicht in den Himmel. Der Sturm erinnerte ihn daran, wie zerbrechlich Pläne sein konnten, aber auch, wie widerstandsfähig sein Geist war.

Es war noch nicht ausgestanden.

Er war zwar am Ziel angekommen, doch nach wie vor auf der Flucht.

Aber er war stark. Er würde kämpfen.

Er hatte gute Gründe, nicht aufzugeben.

KAPITEL 8

Anleger Dockland - 10.00 Uhr

Jonna stieg erst aus dem zivilen Dienstwagen, als sie das Boot der Wasserschutzpolizei näher kommen sah. Bei dem Wetter stand niemand länger als nötig im Freien herum. Nicht mal am Anleger Fischereihafen mit Blick auf das beeindruckende Dockland. Ein hohes Gebäude, als Parallelogramm gebaut und wie ein Schiffsbug über das Wasser hinausragend.

Bei dem Wetter tummelte sich nicht ein einziger Tourist in der Nähe. Auch die Rettungssanitäter saßen in ihrem Krankenwagen im Warmen. Sie hatte über Funk schon erfahren, dass die Wiederbelebungsmaßnahmen an Bord des Streifenboots eingestellt worden waren. Trotzdem konnten sie nicht auf das Bestattungsunternehmen für den Transport in die Rechtsmedizin warten. Das Institut, mit dem die Polizei zusammenarbeitete, hatte mal wieder stundenlange Wartezeiten. Gestorben wurde in Hamburg offenbar bei jedem Wetter.

Sie fragte sich, wie hoch die Wahrscheinlichkeit war, dass Tom Bendixen das Streifenboot steuerte. Hatte er Dienst? Sammelte er eine Wasserleiche ein, oder saß er mit seiner Ehefrau gemütlich am Frühstückstisch?

Der Wasserstand erschien ihr normal, obwohl das Radio penetrant vor einer Sturmflut warnte. Doch sie wusste schon, dass der Anleger, auf dem sie am Dockland stand, mit dem Wasser aufschwamm. So viel hatte sie in ihrem ersten und bisher einzigen Einsatz mit der Wasserschutzpolizei gelernt.

Jonna hatte freiwillig die Hand gehoben, als der Leichenfund vom Führungs- und Lagedienst in ihre Abteilung gemeldet worden war. Ungeklärte Leichensachen gehörten genauso in ihr Sachgebiet wie Mord und Totschlag. Sie gab zu, dass die Aussicht, einen weiteren Einsatz im Hafen zu haben, sie motiviert hatte, trotz des Unwetters an die Hafenkante zu fahren. Sie hätte die Ergebnisse der rechtsmedizinischen Untersuchung und den Bericht der Kollegen von der Wasserschutzpolizei abwarten können. So arbeitete sie aber nicht. Sie wollte sich vor Ort ansehen, was es mit der Wasserleiche auf sich hatte, um eine erste Lageeinschätzung zu gewinnen. Mit allen Sinnen wahrnehmen und mit den Beteiligten sprechen: die gute alte Art. Warten auf das Kribbeln im Bauch, mit dem ihr Instinkt ihr mitteilte, dass mehr dahintersteckte als vermutet. Wenn es sich um einen Unfall oder Suizid handelte, kämen überschaubare Ermittlungen auf sie zu, die sie gerne übernahm, und außerdem würde ihre Vorgesetzte Heide Meyfahrt sie in Ruhe lassen.

Die Xanthippe, wie die meisten Kripoleute Heide Meyfahrt heimlich nannten, und Jonna verband eine heftige Antipathie, die auf Gegenseitigkeit beruhte. Jonna konnte und wollte aber ihr Sachgebiet nicht wechseln, um sie loszuwerden. Sie war beinahe zwei Jahrzehnte bei der Mordkommission – sie konnte nichts anderes mehr. Peinlich, aber wahr. Sie hatte keine Lust auf das Raubdezernat oder Wirtschaftskriminalität. Sie war wie ein Trüffelschwein, das die Erde so lange umgrub, bis sie die Täter gefunden hatte. Vier Jahre vor der Pension war sie nicht bereit, sich umzustellen. Also hielt sie die Meyfahrt aus und versuchte, ihr klarzumachen, dass sie jemand anderen ärgern sollte. Da passte es Jonna gut in den Kram, dass sie Heide Meyfahrt zufällig beobachtet hatte, als diese sich mit ihrem Liebhaber, Romeo, Bettgenosse, wie immer man es nennen wollte, getroffen hatte. Jonna hoffte, dass das Karma ihr anerkannte, dass sie gewisse berufliche Nebenwirkungen dafür verantwortlich machen durfte, dass sie ihrer Chefin heimlich gefolgt war. Sie hatte die beiden beschattet, um herauszufinden, wie privat dieses Treffen war. Und es war verdammt privat geworden. Die zwei waren in einer Hotelbar gewesen und dann auf ein Zimmer verschwunden.

Die Tatsache, dass ihre Vorgesetzte dieses Risiko einging und sich auf einen solchen Mann einließ, der ihre eigene Position derart kompromittierte, hatte Jonna auch Anerkennung abgerungen. Beinahe machte es die Meyfahrt sympathisch. Auf alle Fälle aber interessant.

Dieser Abend hatte Jonnas Leben auf dramatische Weise verändert. Die Atmosphäre der Hotelbar, der Whisky, den sie dort getrunken hatte, nachdem ihre Chefin in den Fahrstuhl gestiegen war, hatten sie gefesselt. Sie hatte sich einen Single Malt gegönnt und die Menschen beobachtet. Die Mischung aus erschöpftem Ankommen und aufgeregten Abreisen, die Melange aus Einsamkeit und freudiger Erwartung hatte sie elektrisiert. Sie war an diesem Abend mit dem Barkeeper über die Vielfalt verschiedener Whiskysorten ins Gespräch gekommen. Mehr hatte er nicht wissen wollen, und Jonna war froh darüber gewesen und hatte ihre berufliche Rolle als Mordermittlerin abgelegt.

In gewisser Weise war sie Meyfahrt dankbar, denn seither hatte sie diverse Hotelbars aufgesucht, bis sie ihren Favoriten, die *Residenzia Alessia,* ein Fünfsternehotel, gefunden hatte. Dort verbrachte sie wohltuende Nächte, wenn ihre Arbeit es zuließ. Die Bar, der Whisky, die fremden Menschen und der Pianist. Alles gehörte ihr allein. Niemand wusste davon, und das sollte auch so bleiben.

Die zweite Veränderung hatte ihr Leben wesentlich erleichtert. Bei der Bearbeitung des Falles des toten Barkassenkapitäns hatte Meyfahrt unnötigen Druck aufgebaut und sich in die Aufgabenverteilung eingemischt. Jonna hatte die Schnauze voll gehabt und eine Andeutung fallen lassen. Seither ließ Meyfahrt sie in Ruhe. Denn natürlich hatte sie sich den Liebhaber der Chefin genauer angesehen. Dieser Amor war in Hamburg kein Unbekannter für die Polizei. Er hatte ein typisches POLAS-Gesicht. Mit anderen Worten: Meyfahrts Liebster hatte ein Vorstrafenregister so dick wie ein Telefonbuch.

Tja, man sollte sich seine Partner sorgsam aussuchen. Wobei Jonna sicher nicht diejenige war, die in dieser Hinsicht das Vorzeigeobjekt der Landfrauen war. Ihre Ehe war gescheitert, als ihr Ex, Robert, sich in ihre beste Freundin verliebt hatte. Na ja, vielleicht war die Ehe bereits vorher zerrüttet gewesen, aber hatte er sie ausgerechnet für ihre engste Vertraute verlassen müssen? So hatte sie die beiden wichtigsten Menschen in ihrem Leben auf einen Schlag verloren. Insgeheim konnte sie Robert sogar verstehen. Tanja war eine tolle Frau, klug, hübsch, witzig. Trotzdem, fair war das nicht gewesen. Nur gut, dass sie jetzt ihr eigenes Geheimnis hatte.

Ein Polizist trat an den Bug des Streifenboots. Das war doch Tom? Sie lächelte, ihr Glückstag.

Als das Boot anlegte, stieg Jonna aus dem Wagen und ging Tom entgegen. Sie freute sich, ihn wiederzusehen. Er war ein Kollege, wie man ihn sich nur wünschen konnte. Eine Frohnatur, die sich voller Begeisterung in Abenteuer stürzte und mit dem man auch mal ungewöhnliche Wege beschreiten konnte, ohne dass er gleich mit Vorschriften um die Ecke kam. Langeweile kam mit ihm nicht auf. Ihr gemeinsamer Einsatz in der Mordsache des Barkassenkapitäns Dominic Lutteroth hatte sie zusammengeschweißt wie Puzzleteile, die ineinandergreifen und eine neue Einheit bilden.

»Hey!«, rief er. »Was machst du denn hier?«

Er sprang vom Streifenboot auf den Anleger und zögerte nicht eine Sekunde, auf sie zuzugehen und sie in den Arm zu nehmen.

Jonna lachte, das brauchte sie heute. Ehrliche Zuneigung ohne Hintergedanken. Tom war dreizehn Jahre jünger als sie und damit über jeden Zweifel erhaben.

»Mir war danach, Elbluft zu schnuppern«, erwiderte sie und winkte Quetsche zu, der gerade auf den Anleger sprang. Wie sie wusste, Toms Lieblingskollege und Buddy.

»Die Elbe riecht doch gar nicht!«

»Na, dann eben den Wind um die Nase wehen lassen. Im Präsidium ist es immer so windstill.«

»Na, dafür hast du einen richtig guten Tag erwischt …« Er drehte sich zu den Rettungssanitätern um, die bereits mit dem Notarzt an Bord gegangen waren.

»Was ist dein Eindruck?«, fragte Jonna und sah zu, wie die Rettungssanitäter den Leichnam in einen Leichensack legten. »Komm, lass uns im Wagen warten, es ist sauungemütlich hier draußen.«

»Der Mann scheint ein Crewmitglied von einem Containerschiff zu sein«, sagte Tom, als er sich auf den Beifahrersitz fallen gelassen hatte. »Er trägt einen Overall der Rieckmann & Jansen-Reederei. Er hat keine Schuhe an … Das interpretierst du besser selbst. Aber ich kann herausfinden, zu welchem Schiff er gehört, und du kannst dann die Crew befragen, wie es sein kann, dass ein Mannschaftsmitglied fehlt, ohne dass es offenbar jemand gemerkt hat.«

»Keine Vermisstenmeldung?«

Sie sah aus den Augenwinkeln, wie Tom den Kopf schüttelte, während die Rettungssanitäter die Leiche an ihnen vorbei auf der Bahre in den Rettungswagen schoben.

Sie drehte das Seitenfenster herunter. »Ich komme gleich«, rief sie den Sanitätern zu. Dann wandte sie sich wieder Tom zu. »Ich fahre mit in die Rechtsmedizin und anschließend zum Schiff. Kommst du mit an Bord?«

Tom presste bedauernd die Lippen zusammen. »Ich versuch's! Der Sturm und das auflaufende Wasser machen uns heute das Leben verdammt schwer. Ich weiß nicht, ob ich die Zeit finde, aber ich halte dich auf dem Laufenden.«

Sie nickte. Das hatte sie sich schon gedacht. »Darf ich überhaupt an Bord ermitteln? Ist doch ein anderes Staatsgebiet, oder?«

»Wie kommst du denn darauf?« Er drehte sich überrascht auf seinem Sitz zu ihr um.

»Na, kennt man doch aus dem Fernsehen: Flaggenstaat im Ausland und Reederei aus Deutschland.«

»Glaub nie, was du im Fernsehen siehst. Der Flaggenstaat mag ein ausländischer sein, aber das Seerechtsübereinkommen von 1995 regelt, dass das Schiff kein Hoheitsgebiet ist, sondern nur die Rechtsordnung des Flaggenstaates an Bord gilt. Das bezieht sich vor allem auf das Arbeitsrecht, Sicherheitsbestimmungen und so weiter.« Er lächelte. »Bei Todesermittlungsverfahren darfst du selbstverständlich handeln. Der Kapitän und die Reederei haben ja ein Interesse daran, wieder auslaufen zu dürfen. Und das könnten wir verhindern, wenn sie nicht mitarbeiten.« Er überlegte kurz. »Im Übrigen erstrecken sich die Folgen des Vorfalls auf Hamburg, und da gilt der Artikel 27 der Strafgerichtsbarkeit an Bord eines fremden Schiffs.«

Jonna starrte ihn mit offenem Mund an. »Das hört sich total kompliziert an. Bin ich froh, dass ich dich an meiner Seite habe. Wenn ich diese Frage an unsere Rechtsabteilung gegeben hätte …«

»Hättest du ewig lange auf eine Antwort gewartet.« Seine Augen funkelten.

Jonna lachte. Damit hatte er verdammt recht. »Und weißt du auch, wem das Meer gehört?«, foppte sie ihn.

Tom grinste. »Nach den Seerechtskonventionen der Vereinten Nationen ist das Meer gemeinsames Erbe der Menschheit. Es gehört uns allen.«

Jonna stutzte. Diese Antwort hatte sie nicht erwartet. »Und ich dachte immer, das Meer gehört zu dem Land, vor dem es liegt.«

»Der Küstenstaat darf ein Gebiet von zwölf Seemeilen vor seiner Küste als eigenes Küstenmeer beanspruchen. Und er darf zweihundert Seemeilen des Meeres vor seiner Küste als Wirtschaftszone nutzen, um zum Beispiel zu fischen.« Er dachte kurz nach. »Die UN hat auch festgelegt, was auf, in und unter den Meeren erlaubt und was verboten ist, egal, ob es die Schifffahrt oder den Tiefseebergbau betrifft.«

»Und halten sich alle daran?«

Jemand klopfte auf das Autodach. Quetsche war an Jonnas halb geöffnete Scheibe herangetreten. »Ich störe euch Musterschüler ja nur ungern …«, sagte er, »… aber vielleicht interessiert es euch, dass der Tote keine Papiere bei sich hatte. Der Doc hat keine Anzeichen auf Fremdeinwirkung entdeckt. Wenn ihr keine Einwände habt, sind sie bereit zum Abmarsch in die Rechtsmedizin.«

KAPITEL 9

Global Endeavour, Travehafen - 10.45 Uhr

Babić sah den Transporter mit dem Schriftzug der Seemannsmission *Duckdalben* von Weitem über die Pier anfahren. Er hetzte zum Maschinenraum, um seinem Freund Petar Horwat Bescheid zu geben, dass sie sich beeilen müssten, die knappe Zeit für die Seemannsmission zu nutzen. Petar war als Chief Engineer dem Kapitän beinahe gleichgestellt, so wichtig war seine Rolle an Bord und im Maschinenraum, dem Herz des Frachters.

Wusste Petar mehr zu den Vertragsveränderungen?

Babić und Petar kannten sich seit der Schulzeit. Ihre Ehefrauen waren ein Herz und eine Seele, und ihrer beiden Häuser standen nicht weit voneinander entfernt im Süden von Dubrovnik. Petar und seine Ehefrau Lucija waren stets für einen feuchtfröhlichen Grillabend zu haben, und die beiden Paare teilten sich ein Boot im Westhafen von Dubrovnik, mit dem sie Tagestouren und kleinere Reisen unternommen hatten. Petar und Lucija sammelten leidenschaftlich gerne Uhren und Muscheln. Die eine Passion kostete sie ein Vermögen, das andere gab es umsonst. Und so gegensätzlich wie ihre Hobbys waren auch ihre Charaktere. Petar der gelassene Kumpel, der verlässlich auf jeder Baustelle aushalf, solange es ein kühles Bier gab, und Lucija, deren komödiantische Auftritte legendär waren. Babić und seine Frau Ana hatten immer etwas zu lachen, wenn sie mit den beiden unterwegs waren.

Auch wenn Babić' Heimaturlaub kurz bevorstand, war es dringend nötig, Ana Geld anzuweisen. Der Innenausbau ihres Hauses stoppte, weil der Fliesenleger und der Elektriker noch kein Geld gesehen hatten. Wenn Babić die Handwerker nicht vergraulen wollte, musste er sich beeilen. Auch Petar hatte angedeutet, dass Lucija sofort Kohle brauchte. Sie hatten beide keine Zeit zu verlieren.

Babić riss die Tür zum Maschinenkontrollraum auf. Ein Filipino starrte auf die Bildschirme mit haufenweise Reglern, deren Werte er in einen Ordner eintrug. Der Raum bestand auf der ganzen Längsseite nur aus Kippschaltern und Anzeigen. Eine Vielzahl von Monitoren zeigten Messwerte und Füllstände an, die Babić, auch wenn er sich auskannte, in diesem Moment herzlich egal waren. Petar hingegen liebte seine Zeiger, Knöpfe und die Geräusche der Maschine, Abgaslader und Pumpen. Er war ein Nerd. Ein liebenswerter Tüftler. Einer, mit dem Babić gerne feierte.

»Wo ist der Chief?«, rief er in den Raum.

Der Filipino zuckte mit den Schultern. Na toll, danke für nichts. Babić eilte durch die seitliche Tür in Richtung Maschinenraum. Sofort schlug ihm der Krach des Hilfsdiesels entgegen. War der Kontrollraum noch wohltemperiert gewesen, herrschte hier eine schweißtreibende Hitze. Er entdeckte Petar nirgendwo. Wie hielt sein Kumpel es nur hier unten aus?

»Petar! Bist du hier?«

Blöde Frage, wo sollte er sonst sein? Babić stürmte den ersten Niedergang hinunter, sah um die Ecke, nahm den zweiten Niedergang und schrie weiter. Erst als er in der Mitte des dritten Niedergangs war, sah er Petar aus dem Wellentunnel kommen. Er hatte seine Mickeymäuse über den Ohren, sodass er Babić' laute Rufe nicht gehört hatte. Er schrieb auf einem Klemmbrett. Vermutlich hatte er die Antriebswelle kontrolliert. Endlich hob er den Kopf, und Babić winkte ihm hektisch zu.

»Petar! Schnell! Wir müssen den Shuttle nehmen.«

Petar nahm lächelnd die Lärmschützer ab und ging ihm langsam entgegen. »Was hat dich denn in die Maschine verschlagen?«

»Komm, komm, dalli. Der Shuttle zur Seemannsmission fährt ab. Der Alte hat uns nur eine Stunde gegeben!«

Petar erbleichte. »Ist nicht wahr!«

Vor Schreck blieb er wie angewurzelt stehen, sodass Babić ihn wieder zur Eile antrieb. »Ja, komm! Lass den Overall an, alles egal. Es gibt nur den einen Shuttle.«

Petar hatte endlich kapiert und lief auf den Niedergang zu, nahm zwei Stufen auf einmal. Babić drehte sich um und eilte ihm nach. »Fischer hat mächtig Dampf von der Reederei bekommen. Er will sofort wieder los …«, keuchte er. »Bingham hätte beinahe dafür gesorgt, dass wir nicht mal die sechzig Minuten kriegen.«

»Warum nicht? Herrgott, was ist denn oben bei euch los? Verschweigst du mir was?«

Babić lehnte sich kurz gegen das Schott, um von seinem Sprint zu verschnaufen. Sein Freund Petar atmete nicht mal schneller. Er war schlank und durchtrainiert und verbrachte gerne seine Zeit im winzigen Fitnessraum der *Global Endeavour*. »Der Käpt'n macht Andeutungen, dass die Reederei Vertragsänderungen ausklamüsert. Mit Details rückt er nicht raus.« Er seufzte und schob Petar vor Richtung Gangway. »Ich kann dir sagen, ich brauche meinen Job. Wehe, die kündigen mir!«

Sie stürmten weiter durch das Schiff an Deck.

Babić nickte dem Filipino an der Gangway zu. »Wache, trag uns aus. Chief Engineer und Erster Offizier verlassen das Schiff zum *Duckdalben*.«

Petar rührte sich nicht. »Kündigung?« Er schleppte sich mühsam vorwärts. Offenbar lähmten ihn die neuen Entwicklungen, die Babić ihm anvertraut hatte. Babić winkte dem Fahrer des Transporters zu, doch der bemerkte ihn nicht.

Panik stieg in Babić auf, sein Herz raste, und sein Mund war trocken. Der Wagen durfte nicht ohne sie abfahren! Bei dem Wetter bekämen sie niemals ein Taxi.

Eine Stunde. Sie hatten nur ein Zeitfenster von einer lausigen Stunde.

In diesem Moment stieß Bingham einen gewaltigen Schrei aus. Er war ein paar Meter weiter vorne aufgetaucht, winkte dem Fahrer zu und brüllte, dass er warten solle.

Der Fahrer gab ein Zeichen. Er hatte sie gesehen.

Eine gute Tat. Ausgerechnet vom dicken Bingham.

KAPITEL 10

Containerterminal Tollerort - 11.00 Uhr

Die schwarzen Wolken am Himmel zogen über seinen Kopf hinweg. Tarik kauerte zwischen zwei Blöcken von Containerstapeln und fragte sich, wie lange es noch dauern würde, bis der Wolkenbruch auf ihn niederprasselte. Bislang war kein Tröpfchen gefallen, was bedrohlich war, da der Regen dann umso heftiger ausfallen würde.

Er war erschöpft, aber doch voller Adrenalin. Er irrte auf dem Terminal umher, ohne einen Ausweg zu entdecken. Er schickte ein Stoßgebet in den finsteren Himmel und flehte ihn an, den Sturm an Stärke zulegen zu lassen. Dann würden sie vielleicht das Entladen der *Global Endeavour* stoppen. Solange das Unwetter anhielt, steckte der Frachter im Hafen fest. Und das gab Tarik die Zeit, den Täter zur Rechenschaft zu ziehen.

Wo blieb die Polizei? Hatte Ebo es nicht geschafft, sich zu einer Polizeistation durchzuschlagen? Hoffentlich war er sicher an den Strand gelangt.

Wie hatte Tarik es zulassen können, dass Ebo in Ghana mit an Bord der *Global Endeavour* gekommen war? Das war sein erster Fehler gewesen. Der zweite Fehler war, ihn von Bord und in das tosende Wasser springen zu lassen. Er hatte keine Kraft mehr gehabt, ihn davon abzuhalten. Und nun fehlte ihm die Fantasie, sich vorzustellen, wie Ebo gegen die Wellen gekämpft hatte.

Er nahm den Schutzhelm ab und ließ den Kopf zwischen seine Knie sinken. Er sah den Moment vor sich, als Ebo mitten in der Nacht neben ihm im Hafen von Tema aufgetaucht war und geflüstert hatte, dass er mitkäme nach Europa, nach Deutschland. Der

Schleuser, dem Tarik viel Geld gezahlt hatte, damit er sie an Bord der *Global Endeavour* brachte, ging zwei Schritte voraus, und Tarik hatte keine Möglichkeit gesehen, das mit Ebo auszudiskutieren.

Ein Donnergrollen beendete Tariks Grübeln. Regnete es endlich, oder waren seine Wangen nass von Tränen?

Er wischte sich mit der Hand über die Augen und schlug sich gegen den Kopf. Schluss!

Er rappelte sich auf, setzte den Helm wieder auf und schlich sich durch die perfekt ausgerichteten und gestapelten Reihen von Containern, die streng choreografiert auf ihren nächsten Einsatz warteten. Ein Summen lag in der Luft und vermischte sich mit dem Heulen des Windes, als die Greifer der Containerbrücken die Container verriegelten, sie in die Luft hoben und präzise auf den Boden oder die wartenden Lkw setzten. Tarik riss sich von diesem faszinierenden Ballett der Logistik los, um zurück Richtung *Global Endeavour* zu laufen.

Das Schiff wurde noch entladen, wobei die Container sich gegen den tobenden Sturm stemmten, als würden sie mit einer unsichtbaren Macht kämpfen. Tarik konnte sich nicht vorstellen, dass das Entladen ewig so weiterginge, wenn der Sturm nicht bald nachließ.

Er hatte gelesen, dass die Greifer von dem Brückenkranfahrer mit Augenmaß über den Container dirigiert und an vier Stellen kleine Zapfen in den Container platziert wurden, die als Drehverschlüsse fungierten. Für ihn war es unvorstellbar, wie jemand aus dieser luftigen Höhe den schwankenden Greifer mit seinen vier Zapfen in die dazugehörigen Löcher der Container bugsieren konnte. Aber er beobachtete, dass Sekunden später die Winde den Container anzog und der fest verriegelt am Greifer hing. Der Container schwebte vom Schiff an Land, wurde dort von einem Hubwagen übernommen und zu seinem Bestimmungsort auf dem Terminal gebracht.

Es hatte beinahe etwas Meditatives, diesen sich ständig wiederholenden Vorgängen zuzusehen. Tarik schüttelte sich. Dafür war keine Zeit.

Wohin? Sobald er die Reihen der Stahlboxen verließ, würden ihn die Brückenfahrer aus ihrer luftigen Höhe an seinem orangefarbenen Overall schneller erkennen, als er rennen konnte. Er hatte bisher keinen Menschen auf dem Terminal herumlaufen sehen. Er hatte nur die Brückenfahrer, die Fahrer der Hubwagen und Lkw-Fahrer entdeckt. Aber jeder saß in seinem Gefährt, niemand stiefelte zu Fuß über das Terminal.

Er würde auffallen wie ein öliger Fleck in klarem Wasser.

Die Straße konnte er aus dem gleichen Grund nicht nutzen, obwohl ihn diese direkt zum Ausgang gebracht hätte.

Die Straße … ein Gedanke formte sich … Vielleicht könnte er versuchen, auf einen Sattelschlepper zu springen, einen Fahrer um Hilfe bitten. Die Lkw verließen mit ihrer Ladung das Terminal.

Die Lastwagen! Warum war er da nicht gleich draufgekommen. Die Lkw waren seine Chance.

Er versuchte, sich zu orientieren. Von wo kamen sie, und wo fuhren sie hin? Er hörte Motoren röhren, Hydrauliksysteme quietschen, und ab und zu ratterten Metallketten gegen den heulenden Sturm an.

Von seiner momentanen Position konnte er nur nach links oder rechts. Er hatte keine Ahnung, wo die Bürogebäude standen. Er erhob sich und stapfte tief geduckt nördlich entlang an den Containerreihen, parallel zur Pier.

Nach einer gefühlten Ewigkeit erreichte er merkwürdig aussehende, mit einer Schranke gesperrte Einfahrten. Er sah sich verstohlen um. Vor einer dieser schmalen Zufahrten stand ein Lkw, und dessen Fahrer schwankte auf die Schranke zu. Tarik wunderte das nicht, denn wenn man aus einer geschützten Ecke ins Freie kam, haute einen der Wind beinahe um. Wie kam Tarik auf diesen Lkw? Er würde mit seiner Ladung das Terminal verlassen, und Tarik wäre in Sicherheit. Er brauchte den Fahrer nur zu bitten, ihn an der nächsten Polizeiwache rauszulassen.

Tarik eilte auf den Mann zu, der sich abmühte, durch Hin- und Herdrehen seine Chipkarte von der Transpondersäule lesen zu lassen.

»*Excuse me!*«, schrie er.

Der Fahrer fuhr erschrocken herum, und Tarik beeilte sich, stehen zu bleiben und beide Hände hochzuheben, um ihm zu zeigen, dass er nichts Böses im Schilde führte. »*Excuse me! Can you please take me to town … in your truck?*«

Der Mann taxierte ihn mit gerunzelter Stirn und zusammengekniffenen Augen von oben bis unten.

»*Do you understand me?*« Tarik zeigte auf den Lkw und bedeutete ihm, dass er einsteigen wolle.

Der Fahrer schüttelte den Kopf.

Sprach er kein Englisch, oder wollte er Tarik nicht helfen?

Tarik presste flehentlich die Handflächen gegeneinander und zeigte auf das Fahrerhäuschen. »*Help me! Please, help!*«

Der Mann zog die Augenbrauen zusammen, als überlege er, ob Tarik in Not war, dann wischte er ihn mit einer abwehrenden Bewegung beiseite, als wäre er eine lästige Fliege. In diesem Moment öffnete sich die Schranke, und der Mann sprang in seinen Lkw. Langsam fuhr er in die schmale Lücke, die sich geöffnet hatte, ohne Tarik auch nur eines Blickes zu würdigen.

Oh nein, er durfte nicht weiterfahren. Bitte. Warum ließ er Tarik stehen? Er drängelte sich unter der Schranke durch, dem Truck hinterher, doch er kam seitlich nicht an ihm vorbei. Er hörte ein Geräusch und sah mit einem Blick nach oben, dass ein Container auf den Lkw zuflog. Es rumste ordentlich, als die Stahlbox auf dem Lkw auftraf. Das Fahrzeug wankte unter dem

Gewicht. Er musste hier raus, sonst würde er noch zwischen Wagen und Wand zerdrückt werden. Wie kam er auf den Lkw? Es gab keinen verdammten Weg. Frustration stieg ihm sauer die Speiseröhre hinauf. Der Wagen rollte aus der engen Gasse, und Tarik rannte ihm hinterher. »*Help! Wait!*«, schrie er.

Kaum aus der Gasse entlassen, gab der Fahrer Gas.

Warum half er ihm nicht? Tarik fluchte. Er hatte sein ganzes Leben lang geholfen. Als Arzt war das sein Lebenselixier. Bis er an den falschen Mann geraten war. Den Greis, der verletzt auf der Straße gelegen und dem er das Leben gerettet hatte. Den Mann, dessen Gesicht er nie hätte sehen, die Schussverletzung, von der er nichts hätte wissen dürfen.

In diesem Moment fuhr ein Kleintransporter an ihm vorbei Richtung Pier. Tarik rannte zurück, um dem Transporter zu folgen. Er war kopflos. Verzweifelt. Er wollte in ein Auto, runter von dem Terminal. Sofort.

Er brauchte eine neue Chance.

Der Wagen hielt direkt vor der Gangway der *Global Endeavour*.

Tarik konnte von seiner Position aus nicht sehen, ob in dem Auto Leute saßen, die an Bord des Frachters gingen, oder … nein, in diesem Moment sah er die Filipinos die Gangway heruntereilen. Der Wagen holte die Crew ab. Konnte Tarik es riskieren, sich dazuzugesellen?

Der Schriftzug *Duckdalben – Seemannsmission* auf der Seite des Transporters gab Tarik den Hinweis, wohin die Crew unterwegs war. Würden sie ihn enttarnen, wenn er versuchte mitzufahren? Auf dem Schiff arbeiteten um die zwanzig Seeleute. Man kannte sich untereinander. Ihn kannte niemand.

Er zögerte und hatte plötzlich das unbestimmte Gefühl, dass auf dem Schiff nicht alles so reibungslos verlief, wie es bislang den Anschein gehabt hatte. Und dann verstand er. Die Containerbrücken setzten zurück. Sie stoppten das Entladen.

Das Terminal stand still.

Er konnte sein Glück kaum fassen. So gewann er wertvolle Zeit, denn die *Global Endeavour* konnte nicht auslaufen. Er musste sich trotzdem beeilen, denn … plötzlich durchfuhr ihn ein Schauer.

Ein Pulk Seeleute bestieg den Transporter, und in dieser Sekunde sah er *ihn*. Da stand er. Der Kerl, der die Frau die Treppe hinuntergestoßen hatte.

Wo war der hergekommen?

Tarik sprintete zurück in das Labyrinth aus Stahlboxen, als wäre der Teufel hinter ihm her.

Er sah sich nicht um.

KAPITEL 11

Uniklinik Eppendorf, Rechtsmedizin - 12.10 Uhr

Dr. Falk Leitner stand so lässig an die Wand gelehnt, mit den Daumen in der Hosentasche, dass nur die Kippe im Mund fehlte, um an James Dean zu erinnern. Der Eindruck wurde allerdings durch das blaue OP-Outfit und den weißen Kittel gestört. Jonna seufzte vor Erleichterung, als sie mit den Rettungssanitätern, die die Wasserleiche vor sich herschoben, die Annahmestelle des Instituts für Rechtsmedizin betrat.

»Wenn das nicht die furchtlose Kriminalhauptkommissarin Jonna Jacobi ist, die den Weg in die dunkelsten Ecken der menschlichen Natur gefunden hat. Willkommen, Jonna!«

»Felix! Immer ein Vergnügen, in dieser fröhlichen Atmosphäre zu sein.« Jonna begrüßte ihn mit einem sanften Blick. »Du bist mein zweiter Glücksgriff heute!«

Leitner zwinkerte ihr zu. »Wen hast du mitgebracht?«

Er stieß sich von der Wand ab, zog den Reißverschluss des Leichensacks auf und half den Sanitätern beim Umbetten des Toten auf die Stahlliege.

Die Sanitäter verabschiedeten sich, und Jonna dankte ihnen für die Mühe. »Habt einen ruhigen Dienst!«

»Klar, wir zeigen dem Sturm, wer hier das Sagen hat«, murmelte einer der beiden.

Falk Leitner schrieb erste Daten in das Aufnahmebuch. »Identität unbekannt? Auffindeort in der Elbe, Höhe Övelgönne, ja?«

Jonna nickte.

»Er wiegt siebenundfünfzig Kilogramm bei einem Meter siebenundsiebzig. Ein untergewichtiger junger Mann, ich schätze ihn auf Mitte zwanzig. Komm, wir bringen ihn in den Sektionssaal, und los geht's mit der äußeren Leichenschau. Dann sehen wir weiter.«

Jonna schob die Stahlliege gemeinsam mit Leitner den Gang hinunter.

»Wann habt ihr ihn geborgen?«

»Kurz nach neun Uhr.«

Im Obduktionssaal erwarteten sie ein Assistenzarzt und der Sektionsgehilfe, der einen Wagen mit dem sterilen Obduktionsbesteck heranschob. Seziermesser, Darmschere, Hirnmesser, Rippenschere, Schädelmeißel … Jonna seufzte. Das hatte der junge Mann nicht verdient.

»Kannst du rausfinden, wie lange er im Wasser lag?«

Leitner warf einen kurzen Blick zu seinem Assistenten, der wie aus der Pistole geschossen antwortete: »Ich schätze, ein bis drei Stunden. Die Waschhaut ist im Anfangsstadium, noch nicht besonders aufgequollen.«

Jonna nickte und schoss erste Fotos. Sie würde die Details fotografieren.

Falk Leitner zeigte auf den Mund und die Nase des Mannes. »Siehst du, hier sind Reste des Schaumpilzes zu sehen. Er hat das Wasser eingeatmet und ist daran erstickt. Fragt sich nur, wer oder was dazu geführt hat, dass der junge Mann bei dem Wetter in der Elbe unterwegs war.«

»Wir kennen die Reederei, zu der der Overall gehört. Die Wasserschutzpolizei ermittelt in diesem Moment, von welchem Schiff und ob ein Crewmitglied fehlt, dann wissen wir, wann der Frachter in Hamburg eingelaufen ist.«

»Ein Seemann? Ist er bei dem Sturm über Bord gespült worden?«, fragte der Assistenzarzt und stoppte mitten in der Bewegung.

Jonna beugte sich dicht über das Gesicht des Opfers, um eine Nahaufnahme zu machen. »Das hätte die Crew gemerkt und ihm einen Rettungsring hinterhergeworfen. Es gibt nicht mal eine Vermisstenmeldung.«

»Keine Schuhe und Strümpfe. Keine Tattoos. Ein paar kleinere Narben. Hm, hm«, murmelte Leitner.

Jonna fotografierte die Narben.

»Das Schwimmen dürfte ihn bei der massiven Strömung in der Elbe schnell überfordert haben«, fuhr Leitner fort. »Und bei dem Wetter heute wird es wellig gewesen sein. Er verschluckt sich, hustet, atmet Wasser ein, kommt in Atemnot …«

»Hoffentlich ist er sofort ohnmächtig geworden.«

Leitner schüttelte den Kopf.

»Ertrinken ist kein schöner Tod. Die Krämpfe, die Schnappatmung, die Todesangst … nee, gar nicht gut. Wir werden sehen, was ich in der Lunge finde.« Er seufzte. »Kann ich loslegen?«

Jonna nickte. Leitner setzte den Inzisionsschnitt und öffnete den Bauchraum.

Jonnas Ehrgeiz war es zwar, in die Psyche der Kriminellen mit der gleichen Unerschrockenheit und Präzision einzudringen wie Leitner in die körperlichen Überreste der Toten. Aber würde sie je verstehen, warum sich Liebe in Hass wandelte? Freundschaft in Verrat. Harmonie in Konflikt. Hoffnung in Verzweiflung.

Was war passiert, dass dieses junge Leben ein jähes Ende gefunden hatte? Hoffentlich schaffte es Leitner, dem Toten ein paar Antworten zu entlocken.

Jonna würde sich nie an eine Obduktion gewöhnen. Sie hatte ihre Tricks, wie sie die Tortur der Gerüche und Geräusche überstand, aber die Tatsache, dass der junge Mann heute Morgen noch gelebt hatte, war wie immer schwer zu verstehen. War es ein Unfall – ohne Schuhe? Hatte ihn jemand erst geliebt und dann gehasst und über Bord befördert? Hatte ein Freund ihm das angetan? Ein Feind? Wer war bei ihm gewesen? Hatte er sein Leben mit Absicht selbst beendet, weil es ihm nicht mehr lebenswert vorkam? Was war passiert?

»Akutes Lungenemphysem«, unterbrach Leitner ihre Gedanken.

»Was bedeutet das?«

»Er hat Schaum in Luftröhre und Bronchien. Er hat noch gelebt, als er ins Wasser fiel. Im Magen habe ich nur Flüssigkeit gefunden. Wir lassen das analysieren, aber ich gehe von Elbwasser aus. Und etwas ist ungewöhnlich: Er hat lange, und ich spreche von Tagen, kaum gegessen. Er ist regelrecht ausgezehrt und dehydriert. Bist du sicher, dass er ein Seemann war? Warum hat er dann gehungert?«

Bevor Jonna antworten konnte, klingelte ihr Handy.

»Darf ich? Es ist die Wasserschutzpolizei.«

Leitner nickte.

Jonna nahm den Anruf an und stellte den Anruf auf den Lautsprecher.

»Ich habe Neuigkeiten«, sagte Tom.

»Leg los, Falk Leitner hört uns zu!«

»Ich habe das Schiff identifiziert, von dem der orangene Overall stammt, den die Leiche anhatte. Die *Global Endeavour*. Ein etwas kleinerer Containerfrachter, der noch die Erlaubnis bekommen hat, den Hafen trotz des Sturms anzulaufen. Zehntausend TEU Ladung, Flagge Zypern. Der Frachter kommt aus Ghana, über Nigeria, Benin und Antwerpen und ist heute Morgen in Hamburg eingelaufen.«

»Und welches Crewmitglied fehlt?«

»Tja, das ist das Merkwürdige. Es liegt kein Hinweis auf einen Vermissten vor. Die Einklarierung war unauffällig, der Kapitän hat keine Probleme berichtet. Wir müssen noch mal an Bord, um eine Nachkontrolle zu machen. Irgendwas stimmt da nicht.«

Leitner mischte sich ein. »Der Mann ist ertrunken, massiv dehydriert und abgemagert …«

Erst reagierte niemand auf diesen Satz, dann sprachen plötzlich beide gleichzeitig.

»Ein Einschleicher!«, rief Tom.

»Ein blinder Passagier«, sagte Leitner.

»Und ich sag euch was«, ergänzte Tom. »Wo einer ist, sind noch weitere. Niemand flüchtet ohne Unterstützung!«

Jonna war wie elektrisiert. Da war es wieder. Das sichere Gefühl, dass hier wesentlich mehr dahintersteckte als ein Suizid. Das Kribbeln, das ihr signalisierte, dass sie tiefer graben musste, um herauszufinden, was an Bord der *Global Endeavour* passiert und dem toten Afrikaner zugestoßen war.

Sie hatte Fährte aufgenommen, und der Kapitän würde ihr ein paar gewichtige Fragen beantworten müssen.

KAPITEL 12

WSPK 2 - 13.00 Uhr

Tom starrte auf seinen Computerbildschirm, ohne die aufgerufenen Daten des SMIS, des Schiffsmelde- und Informationssystems, wahrzunehmen. Er steckte sich ein weiteres Stück Mandelschokolade in den Mund. Für ein richtiges Mittagessen war keine Zeit.

Hatte die *Global Endeavour* womöglich einen blinden Passagier an Bord gehabt? War der junge Mann von Bord gefallen? Ein Unfall? Oder hatte jemand nachgeholfen? War er gar freiwillig von dem Frachter gesprungen?

Der Containerriese lag gleich gegenüber am Containerterminal Tollerort. Der Name kam von der einstigen Zollstation, der *Toll Station,* die vor circa zweihundertfünfzig Jahren die Grenze zwischen dänischem und Hamburger Gebiet markierte.

Seine Kollegen hatten die *Endeavour* einklariert, ohne dass es irgendeinen Hinweis auf Einschleicher gegeben hatte, sonst hätten sie an ihn berichtet. Es war kaum vorstellbar, dass der Kapitän … Die Tür öffnete sich, und der Wachhabende steckte den Kopf herein.

Tom löste sich vom Bildschirm und lächelte ihn an, schließlich hatte er etwas gutzumachen bei seinem Kollegen.

»Tom, das sieht schlimm aus da draußen. Windstärke 9 und zunehmend! Sie haben den Flugverkehr eingestellt! Das vermaledeite Wasser steigt, als wolle es uns ersäufen.«

Tom holte tief Luft, ließ sich seine Absicht ein letztes Mal durch den Kopf gehen. Er hatte mit dem Revierleiter gesprochen, der ihm den Rücken freihielt, seine Maßnahme unterstützte und die

Teppichetage auf sein Zeichen in ein Lagezentrum verwandeln würde. Also, worauf wartete er?

»Wir geben Vollgas. Nimm das obere Lagezentrum in Betrieb, ich komme gleich hoch. Wir erweitern die Maßnahmen auf Wasserstandsstufe 1, informiert den Michel-Sprecher darüber, dass wir einen Einsatzabschnitt mit Führungsstab am WSPK 2 einrichten und die Hochwasserlage für alle Wasserschutzreviere von hier aus leiten. Ob der Rest von Hamburg mitzieht, ist mir egal, wir schützen unseren Hafen!« Er klopfte mit der Faust auf den Tisch und stand auf. »Fordere mindestens fünf besetzte Fahrzeuge von der Landesbereitschaftspolizei zur Verstärkung an! Alle Funksprüche gehen über mich.«

Mit neu gewonnener Energie schob Tom seinen Schreibtischstuhl an den Tisch und griff nach dem Funkgerät, um es sich an die Brusttasche zu klippen.

Der Wachhabende starrte ihn einen Moment bewegungslos an, schob dann langsam seine Brille höher. »Ui. Wird es so schlimm? Okay, alles hochfahren!« Er hatte sich schon umgewandt, als er doch noch einmal stehen blieb. »Und was machen wir mit der ollen Kiste?«

Tom brauchte einen Moment, bis er kapierte. Ach herrje, die Kiste von heute Morgen. Die hatte er vergessen. »Wo ist das Ding?«

»Die steht bei mir am Wachtresen. Quetsche hat sie von Bord holen lassen, mir hingestellt, aber nicht geöffnet. Soll ich mal reinschauen?«

Tom überlegte kurz. »Sag Quetsche, ich komm gleich, dann machen wir sie gemeinsam auf.«

Der Wachhabende nickte und wandte sich um.

»Warte kurz, wer hat die *Global Endeavour* einklariert?«

»Ist was nicht in Ordnung? Das Schiff war der letzte dicke Pott, der noch in den Hafen einlaufen durfte. Hirschfeld und Wagner.«

»Schick die beiden her!«

Der Wachhabende zog die Stirn in Falten. »Die Wasserleiche?«

Tom nickte. »Treffer. Versenkt!«

Die Kollegen Hirschfeld und Wagner schüttelten gleichzeitig die Köpfe. Nein, niemand hatte blinde Passagiere erwähnt. Es hatte keinen Anlass für Zweifel gegeben. Die Pässe stimmten mit der Crewliste überein. Kein Crewwechsel, nur ein Sammelpassierschein für die Teile der Mannschaft, denen ein kurzer Aufenthalt in der Seemannsmission *Duckdalben* erlaubt worden sei. Aus grenzpolizeilicher Sicht war die *Global Endeavour* unauffällig. Ein Einschleicher hätte mindestens vierundzwanzig Stunden vor Einlaufen in Hamburg durch den Kapitän gemeldet werden als auch auf der Deklaration für den hafenärztlichen Dienst, der sogenannten *Health Declaration,* vermerkt sein müssen!

Das war die Theorie. Tom hatte sich entschieden, trotz der schwierigen Wetterlage mit Jonna an Bord des Frachters zu gehen, um in der Praxis die Theorie zu überprüfen. Er ahnte, dass der tote Afrikaner die Reise nicht allein gewagt hatte. Wenn er mit einem Kumpel unterwegs war, hatte der ihn womöglich über Bord geworfen. Ein Streit? Er musste Jonna helfen, diese merkwürdige Sache zu klären.

Tom ging vor den Kollegen auf und ab, um besser denken zu können. Er würde heute ohnehin nicht mehr am Schreibtisch sitzen. Er kannte die Aussicht auswendig, doch die Welt da draußen war in Aufruhr, und dunkle Wolken zogen in Schichten über den Hafen, als wollten sie ihm drohen.

Und noch etwas war anders. Die Geräusche … er hörte nur den Sturm.

Dann begriff er!

Die Container rumpelten nicht mehr. Die Krane quietschten nicht mehr … das war es!

Das Terminal hatte die Arbeit eingestellt!

Warum hatte er das nicht bemerkt?

Die Ruhe war bedrückend. Sie hing wie eine düstere Vorahnung in der Luft.

Die Tür zum Konferenzraum und Lagezentrum stand weit offen. Die Kollegen der Einsatzabteilung, das Geschäftszimmer und der stellvertretende Revierführer richteten sich zügig ihre Arbeitsbereiche an verschiedenen Tischen ein. Es sah aus wie Routine, aber die Vorhersagen sorgten dafür, dass erste Nervosität aufkam.

»Moin!«, rief Tom. »Laufen alle Telefone?«

Es roch nach Kaffee und Druckertinte.

»Na klar«, rief der stellvertretende Revierführer. Wir übernehmen die Koordination der Kräfte und halten den Lagedienst in Alsterdorf sowie den Stab auf dem Laufenden. Was hast du denn mit dem Stabsleiter angestellt, der war ja ziemlich kleinlaut?«

Tom lachte.

»Na, jedenfalls hat die Innenbehörde den Katastrophendienststab ZKD eingerichtet und die Arbeit aufgenommen. Wir führen den Einsatzabschnitt Hafen. Bezirksämter, Feuerwehr, Rettungsdienste, Bundespolizei, Technisches Hilfswerk … du weißt schon, alle legen los!«

Tom stellte sich zum stellvertretenden Revierführer. »Die Kollegen der Landesbereitschaft sind auf dem Weg, um die Sperrstellen zu besetzen.«

»Prima, nur wo sind die verdammten Dreikantschlüssel für die Schranken?«

»Die müssten in der Ledertasche im Stahlschrank des Geschäftszimmers liegen.« Er wandte sich zu Marvin um, den er auf dem Weg nach oben ins Schlepptau genommen hatte. »Am besten bleibst du hier und mischst mit! Heute lernst du was.«

»Was sind denn Sperrstellen?«, flüsterte Marvin, damit die deutlich ranghöheren Kollegen ihn nicht hörten.

»Das sind fest installierte Schranken oder Schwenktore am Straßenrand. Der Hafen hat einige Areale, die geschlossen und als Hochwassersperrgebiet ausgewiesen werden, wenn das Hochwasser die Straßen überflutet. An neuralgischen Punkten stellen wir zusätzlich zwei Posten und passen auf, dass sich kein Witzbold durchmogelt und sich in Lebensgefahr bringt. Das kennst du von den Bahnübergängen, wo irgendwelche Schlaumeier bei geschlossener Schranke meinen, sie würden es noch rüberschaffen und dann … bämm … rammt der Zug sie weg.«

»Und wenn das Wasser noch höher steigt? Bis über die Sperrstelle?«

»Dann werden wir die Wasserstandsstufe 2 aufrufen, im schlimmsten Fall 3 oder 4.«

»Und wenn das nicht reicht?«

Tom musterte ihn nachdenklich. »Weck mir nicht den Klabautermann! In dem Fall ginge die Eigensicherung vor, und wir würden das Hafenareal aufgeben.«

Er sah auf die Uhr. Dreizehn Uhr. Die Pegelstände jagten zu neuen Höchstwerten, und wenn der Sturm bis heute Nachmittag nicht abflaute und ablaufendes Wasser gemeldet würde, dann würde die Katastrophe ihren Lauf nehmen. Dann staute sich das neue Hochwasser auf das alte, und die Deiche kämen an ihre Grenzen. Darauf hatte er keinen Einfluss, er konnte es nicht verhindern, aber er konnte so viele Menschen aus dem Hafen in Sicherheit bringen wie nur irgend möglich.

Anspannung flirrte wie eine elektrische Ladung durch den Raum.

Tom klopfte auf den Tisch. »Alle mal kurz herhören«, rief er laut. »Ich brauche bitte die Stärkemeldungen von allen betroffenen Unterabschnitten. Wie viele Kräfte haben wir in Waltershof,

Wilhelmsburg, Harburg und der Süderelbe? Die Abschnittsleiter sollen sich bei Problemen sofort an uns wenden. Darüber hinaus stündliche Meldung der Gesamtlage an den Stab und an mich!«

»Wann schließen wir die Fluttore? Wir brauchen einen kurzen Vorlauf, um die Polderverantwortlichen der Firmen, die Fachberater der HPA und Stromversorger zu kontaktieren!«

»Sofort! Die Straßenhöhen reichen bald nicht mehr aus. Das Wasser steigt weiter, und es ist nur eine Frage der Zeit, bis hier alles überflutet ist. Schließt alle Fluttore der Räumzone 1.«

Er zählte die Gebiete auf, um sich selbst Mut zu machen. Es gab keine Alternative, er musste diese Entscheidung treffen. »Stadtteil Kleiner Grasbrook, alles nordöstlich vom Hansahafen und den Stadtteil Steinwerder nördlich vom Querkanal. Räumung der gesamten Zone! Dort dürfen keine Lkw mehr rumstehen. Öffnet die Notparkräume für die Lkw-Fahrer.« Er bat einen Kollegen, die Karte mit der Räumzone 1 auf den großen Monitor zu spielen, damit alle die Dimensionen klar vor Augen hatten. Ein Kollege färbte den angesprochenen Bereich auf der Karte rot ein, und der Beamer übertrug sie an die Wand. Es sah wirklich beeindruckend aus. Für einen Moment starrten sie schweigend auf die Darstellung.

»Informiert den Hamburger Verkehrsverbund, dass die S-Bahn den Bahnhof Veddel nicht mehr anfahren darf. Das Gleiche gilt für den Bus. Die HADAG-Fähren haben meines Wissens bereits den Betrieb eingestellt, aber überprüft das bitte. Sprecht euch eng mit der Hamburg Port Authority ab. Denkt an das Hafenmuseum, und arbeitet unsere Listen mit den Firmen ab, die sollen ihre Notfallpläne in Gang setzen. Die paar Einwohner evakuieren wir mit unseren Kleinbussen. Die Streifenwagen der Hafenreviere raus auf die Straße. Das Bezirksamt soll die Notunterkünfte für die Bürger in Betrieb nehmen.«

Tom holte tief Luft. Er wiederholte nur die Anweisungen, die schriftlich in den Katastrophenschutzordnern niedergelegt waren, aber es fühlte sich nach so viel mehr an. Die Wasserstandsstufe 2 mit 6,08 Metern über Normalnull hatten sie 2013 zuletzt ausgerufen, und da war er nicht im Dienst gewesen. Besser, er wärmte sich auf, bevor er loslief und sich ins Getümmel stürzte. Sechs Meter fünfzig könnten es heute locker werden. Noch hatten sie genug Vorlaufzeit, aber er hatte schon Sachen erlebt, die selbst für einen Zirkus zu verrückt waren. »Ich befürchte, wir haben schlimme Stunden vor uns. Richtet euch auf eine lange Nacht ein. Wenn nicht noch ein Wunder geschieht, gibt es keinen Dienstschluss für die Schichten!« Er hörte ein paar Kollegen nach Luft schnappen. »Wenn jemand krank ausfällt oder dringende private Angelegenheiten hat, soll er sich an mich wenden.« Er zögerte. »Der Hafen braucht uns. Wir brauchen den Hafen. Halten wir ihn trocken und bringen die Bevölkerung in Sicherheit!«

Die Kollegen nickten zustimmend, und Sekunden später hingen sie an den Telefonen.

Marvin trat an ihn heran. »Was ist mit der Blume & Lorrenzen-Werft, der maritimen Liegenschaft, dem Cruise Center Steinwerder? Soll ich was davon übernehmen?«

Tom lächelte ihn an. »Du hast deine Hausaufgaben gemacht! Finde mal raus, welcher Kreuzfahrer heute in Steinwerder liegt, der kommt da nicht mehr weg. Ansonsten wird das Cruise Center geräumt und geschlossen. Die haben ihre Notfallpläne und machen das selbstständig. Wenn da ein Kreuzfahrtschiff liegt, sind vielleicht noch unsere Kollegen von der Grenze, WS 62, vor Ort. Ruf dort an und frag, wie weit die sind. Das Gleiche gilt für *König der Löwen* und das andere Theater. Frag, ob die auf das Ausfallen der Vorstellung und die Räumung vorbereitet sind. Die sollen das Licht ausmachen und nach Hause gehen.«

Marvin schrieb mit, was Tom ihm diktierte, und schien froh, endlich mehr Verantwortung übertragen zu bekommen.

»Deine Maßnahme gibst du in die Maske ein«, Tom zeigte auf einen der an die Wand projizierten Bildschirme. »Dann wissen alle, dass diese Punkte abgearbeitet sind.«

»Ich hab gerade mit der Schule telefoniert …«, Marvin verhaspelte sich vor Aufregung. »Ich meine die Wasserschutzpolizeischule. Die wissen Bescheid und haben geräumt.«

Tom nickte anerkennend. »Prima. Und kannst du irgendwoher Mittagessen für die Mannschaft bestellen? Ich weiß nicht, ob wir heute noch mal Gelegenheit dazu bekommen.«

»Es sind haufenweise Dosen mit Würstchen in der Küche«, murmelte Marvin.

»Hm, dann gibt es wohl ›besoffenen Koch mit einem Klecks konspirativem Scharfsinn‹.«

»Hä?«

Tom grinste. »In der Seefahrt ist die heiße Bockwurst das einzige Gericht, das der Koch noch hinbekommt, wenn er betrunken ist oder einen Kater hat.« Er schnalzte. »Ein armes Würstchen. Mit Senf.«

Marvin runzelte die Stirn. Kochen gehörte ganz offensichtlich nicht zu seinen Leidenschaften, und da verstand er keinen Spaß.

»Das schaffst du auch«, Tom schlug Marvin lachend auf die Schulter. »Aber die Dosen vorher aufmachen! Und nimm den Senf aus allen vier Kühlschränken!«

»Das gibt Ärger. Wir dürfen nicht an die Kühlschränke der anderen Schichten.«

Tom schmunzelte. Der Rookie war gut angelernt worden. Jede Schicht hatte ihren eigenen Kühlschrank, und man durfte sich nicht aus denen der anderen bedienen. Das hatte er verinnerlicht.

»Not bricht Gebot. Ich ersetze den Senf, keine Sorge.«

Dem Rookie war nicht zum Lachen zumute. »Und wenn wir durcharbeiten müssen? Ich kann doch nicht für alle kochen, ausgeschlossen!«

Tom überlegte kurz. »Wende dich an den Wachhabenden. Der soll klären, ob aus der Logistikabteilung des Präsidiums eine Verpflegungslage angeordnet ist. Dann bekommen wir heute Abend warmes Essen aus der Wirtschaftsabteilung in Alsterdorf.« Tom zeigte bedauernd auf die Phalanx von Aktenordnern, die auf den Tischen lagen.

Marvins Kugelschreiber flog nur so über die Seiten. »Die Polder«, fragte er, »diese Gebiete im Hafen … sind die wirklich sicher?«

Tom lächelte innerlich. Die gleiche Frage hatte er auch gestellt, als er im WSPK 2 anfing. »Wenn alles vorbei ist, fahren wir beide in zwei oder drei Polder, und ich zeige dir die Fluttore. Da kommt kein Wasser rein. Jedenfalls nicht, wenn es nicht über 7,80 Meter steigt. Und das wollen wir mal nicht hoffen, sonst saufen wir alle ab.« Er legte Marvin die Hand auf die Schulter. »Gut, dass du da bist, du bist eine große Hilfe! Und … ja, erinnere doch bitte die Hamburg Port Authority daran, dass sie den Alten Elbtunnel von der St.-Pauli-Seite schließen. In Steinwerder bleibt der Tunneleingang offen …«

»Als Fluchtmöglichkeit!« Marvin strahlte.

Der Rookie war in seinem Element.

Funksprüche

»Michel von Elbe 52.«
»Hört!«
»Wir haben einen eigenen Funkkreis eingerichtet. Rufname 52/0 ist der Führungsstab am WSPK 2. LBP ist angefordert und im Zulauf, die ersten Fahrzeuge sind eingetroffen. Erreichbar über Rufname: Brise.«
»Verstanden, 52/0.«

»Elbe 52 von Elbe 52/2.«
»Hört!«
»HILOPE. Hilflose ältere Person am Veddeler Damm. Kann sich nicht ausweisen, Wohnanschrift unbekannt. Kann uns den jemand abnehmen?«
»Bleibt vor Ort. Wir schicken euch ein Brise-Fahrzeug vorbei.«

»Elbe 52 von Michel.«
»Hört!«
»Am Kirchenpauerkai wurde dortige Baustelle überflutet. Dixie-Klo in die Elbe gespült. Habt ihr ein Boot?«
»Michel, sitzt noch jemand drauf?«
»Unbekannt.«
»Dafür haben wir keine Kapazitäten. Gute Reise!«
»Verstanden.«

»Elbe 52/0 von Brise 24/2.«
»Hört.«
»Mitarbeiter Stromversorger will Sperrstelle Harburger Chaussee passieren. Muss Abschaltung an wichtigen Anlagen vornehmen. Hat Notdienstausweis.«

»Welche Anlage? Wo genau?«
»Hafenbahn, Veddeler Damm.«
»Passieren lassen!«

»Elbe 52/0 von Michel.«
»Hört.«
»St.-Pauli-Fischmarkt. Feuerwehr meldet, zwei Pkw können nicht geborgen werden. Könnt ihr was mit dem Boot machen?«
»Die Autos müssen aufgegeben werden. Haben andere Prioritäten.«
»Verstanden. Versuchen PK 15.«

»Elbe 52/10 von Elbe 52/0.«
»Hört.«
»Hauptzollamt meldet Umzug in sicheres Gebäude. Sprechfunkzentrale unter Rufname Hansa erreichbar.«
»Verstanden.«

KAPITEL 13

WSPK 2 – 13.30 Uhr

Der Wachhabende hatte Jonna und Daan Van der Waal nach oben ins Lagezentrum geführt. Sie blieben beide im Eingangsbereich stehen und verschafften sich einen Überblick. Jonna nahm ihre Mütze vom Kopf und sog die hektische Betriebsamkeit in sich auf. Die Aktivität im Raum kam ihr vor wie ein Bienenschwarm im Frühlingsrausch. Die Luft war von summendem Fleiß erfüllt und pulsierte vor geschäftiger Energie.

Sie verglich die Aufregung mit der, die sich im Konferenzraum der Mordkommission ausbreitete, wenn eine Ermittlung in Schwung kam und Erkenntnisse zusammengetragen, Hypothesen besprochen und Aufgaben verteilt wurden. Der Unterschied war schnell deutlich: Hier arbeitete jeder still für sich, telefonierte, schrieb am Laptop, und die Ergebnisse wurden auf drei Leinwänden angezeigt: Wettervorhersagen, eingeleitete Maßnahmen und aktuelle Einsatzmeldungen. Auf den ersten Blick ein wüstes Durcheinander, für die Beteiligten eine Ordnung, die ihnen die Sicherheit vermittelte, an alles gedacht zu haben. Jeder war vertieft in seine Aufgabe, und in der Luft lag ein Hauch von Dringlichkeit. Telefone klingelten, Stimmen murmelten, und als rhythmische Hintergrundmusik hörte Jonna das Klackern von Computertastaturen.

»Hey, da seid ihr ja schon, ich hatte viel später mit euch gerechnet!«

Tom eilte auf sie zu und drückte Van der Waal fest die Hand. Sie hatten sich seit dem letzten Einsatz nicht mehr gesehen.

Daan nickte anerkennend. »Sieht nicht so gut aus für deinen Hafen, oder?«

Tom verzog den Mund. »War schon mal ruhiger.«

»Dann hast du sicher keine Zeit für den Frachter?«, fragte Daan.

»Ohne mich kommst du Quiddje doch gar nicht klar.« Tom lächelte. Sein Funkgerät quäkte, er stellte es lauter und hob kurz die Hand, weil er den Funkspruch mithören wollte.

»Elbe 52 von Michel.«

»Hört!«

»Fahrt mal Tunnelstraße. Dort Kollegen der Bereitschaftspolizei ortsunkundig, finden eure Wache nicht.«

»Verstanden. Schicken Streifenwagen.«

Jonna grinste. »Ihr kommt ja prima klar.«

Tom verdrehte die Augen.

»Im Ernst«, sagte Jonna mit einem Lächeln. »Wir müssen mit dem Kapitän von diesem Schiff sprechen.« Tom hatte ihr den Schiffsnamen und die Daten aufs Handy geschickt. »Wenn der Tote ein blinder Passagier war, will ich wissen, warum der Kapitän die Hafenbehörden nicht informiert hat. Und wenn es womöglich noch mehr von diesen armen Schweinen an Bord gibt, müssen wir die finden, bevor sie verdursten oder verhungern!« Jonna zückte ihr Handy und hielt Tom das Foto der Leiche hin. »Du hast den Toten gesehen! Wir sind ihm verpflichtet. Was ist mit ihm geschehen? Wir haben einen Zug der Landesbereitschaftspolizei geordert, um das Schiff durchsuchen zu lassen. Hilfst du uns, die Sprache und Gepflogenheiten an Bord zu begreifen?«

Tom schürzte die Lippen, und Jonna ließ sich von ihm in den Gang schieben, wo die Stimmen der Kollegen in den Hintergrund traten.

»Ich verstehe euch und helfe gerne, aber ich muss an zwei Fronten gleichzeitig kämpfen. Und ganz ehrlich, die Bereitschaften in allen Ehren, aber das wird nix. Da müssen unsere Wasserschutzkollegen ran. Hast ja gehört, die jungen von denen finden nicht mal unser Revier im Hafen. An Bord müssen der Maschinenraum, jede Last, jede Kammer, jeder Hohlraum, alle Ritzen und Winkel des Schiffs durchsucht werden, und da muss man wissen, wie ein Schiff gebaut ist. Ich habe unseren maritimen Einsatzzug bereits alarmiert, und es kommen zwanzig Mann direkt zum Schiff.«

»Cool! Dann bestelle ich unsere Bereitschaften ab«, sagte Daan erfreut. »Sollen sie es trocken haben. Ich bleibe im Lagezentrum und koordiniere und recherchiere von hier. Kann ich mich mit meinem Laptop an einen der Tische setzen?«

Tom nickte. »Natürlich, wenn du hier arbeiten kannst, gerne!«

»Er mag eure Atmosphäre, aber er mag keine Schiffe!«, sagte Jonna und knuffte Tom in den Arm. »Toll, danke! Lass uns gleich losfahren, dann bist du umso schneller wieder zurück.«

Schon kam der nächste Funkspruch, den Tom lauter stellte.

»Elbe 52/0 von Michel.«

»Hört.« Ein Kollege, der nur wenige Schritte von ihnen entfernt stand, nahm den Funkspruch an.

»Baumwall. Dortige Brücke. Zeugen melden: Ein Auto hat Geländer durchbrochen und ist in Kanal gestürzt. Feuerwehr ist ausgerückt.«

Stille. Der Kollege sah zu Tom und hob fragend eine Augenbraue.

»Unsere großen Boote können die Brücken nicht mehr passieren«, sprach der Kollege ins Funkgerät. »Wir schicken ein Schlauchboot. Hat keinen Funk. Meldet sich über Krabbe.«

»Verstanden.«

Tom schüttelte den Kopf. »Das muss Quetsche übernehmen.«

»Krabbe?«, fragte Jonna ihn mit einem schiefen Grinsen im Gesicht. »Doch die Entenpolizei?«

»Wir nennen unsere kleinen Handfunkgeräte Krabbe. Quetsche kann das Schlauchboot übernehmen, und die Landseite ist vom PK 14 abgedeckt. Wir müssen die Insassen des Wagens rausfischen, wenn sie sich nicht schon selbst aus dem Auto befreien konnten. Hoffentlich kommen wir nicht zu spät. Heute hat sich aber auch alles gegen uns verschworen.«

Jonna und Tom eilten nach unten zum Wachtresen. Dort stand Quetsche und streifte sich seinen wasserfesten Anzug über. Jonna bekam ein schlechtes Gewissen, als sie hörte, wie Tom mit seinem Kollegen verhandelte.

»Quetsche, kachel da bitte mit dem Schlauchboot rüber. Nimm Hirschfeld mit! Ich bringe Jonna an Bord der *Global Endeavour.* Ich muss mit unserem Einsatzzug das Schiff durchsuchen.«

Toms Kollege kniff die Augen zusammen. Offenbar war er mit dieser Aktion nicht einverstanden.

»Du ziehst uns die Leute ab? Wir brauchen jeden Mann für die Hochwasserlage!« Er schüttelte den Kopf.

»Kein Problem, wichtige Funksprüche gehen über mich. Du kannst mich jederzeit erreichen!«

Jonna hörte, dass Quetsche etwas vor sich hinmurmelte, während er sich den Bootsschlüssel aus der Hand des Wachhabenden schnappte. »Das riecht nach Ärger«, glaubte sie zu verstehen.

Er hatte ja recht. Wo die Mordkommission auftauchte, gab es Ärger … und Tote. Jonna atmete tief durch. Das war ihr Schicksal. Niemand freute sich, wenn sie irgendwo aufkreuzte, nicht mal die eigenen Kollegen. Sie war sogar schon mal von einem Reporter angesprochen worden, als sie in der Innenstadt einkaufte. Er hatte wissen wollen, wo die Leiche lag, und glaubte ihr nicht, dass sie ein Privatleben hatte und es keinen Toten gab.

Sie nickte Tom dankbar zu und ging hinter ihm durch die Tür.

Im Streifenwagen schwiegen sie, und jeder hing seinen eigenen Gedanken nach. Der Blick auf die Straßen war niederschmetternd. Der höher gelegte Roßdamm war zwar trocken, doch ein

Blick in den Travehafen zeigte, wie hoch das Wasser gestiegen war.

»Wie viele blinde Passagiere habt ihr pro Jahr?«, fragte Jonna. »Kommen so viele Flüchtlinge wie über den Landweg?«

Tom lachte. »Um Gottes willen! Seit dem ISPS-Code, das sind die Antiterrormaßnahmen für die internationale Schifffahrt, ist es kaum noch möglich, die Kaianlagen oder Schiffe unbefugt zu betreten.«

»Heißt das, ich suche an Bord der *Global Endeavour* auch einen Schleuser? Jemanden, der den Toten an Bord gebracht hat?«

Tom zuckte mit den Schultern. »Eher einen Hafenarbeiter in einem der Häfen, die das Schiff angelaufen hat. Es ist unwahrscheinlich, dass der Tote es ohne Hilfe geschafft hat. Nicht nur, weil er nicht auf die Pier kommt, das mag in den afrikanischen Häfen anders aussehen, sondern weil diese Einschleicher, so nennen wir sie, der absolute Reederschreck sind. Die Crew an Bord wird angewiesen, das Schiff vor jedem Auslaufen akribisch nach Einschleichern abzusuchen, sonst wird es richtig teuer für alle.«

Sie fuhren den Roßweg entlang. Die Straße schlängelte sich durch das Hafengebiet, über die kleine Roßbrücke, vorbei an Lagerhallen und Industrieanlagen. Der Blick auf die Containerstapel am Horizont verriet die Nähe ihres Zielorts, des Containerterminals Tollerort.

»Die wenigen jungen Männer, die es trotzdem versuchen, kommen meist aus Westafrika.«

»Warum wird es teuer für die Reederei? Zahlen die Strafe?«

»Die Schiffe werden direkt vor dem Auslaufen penibel von der Crew kontrolliert. Das kostet die Unternehmen Zeit und Geld. Die Reedereien sind zwar heutzutage gegen blinde Passagiere versichert, aber sie haben einen hohen Selbstbehalt. Die Versicherungen geben die Kosten mit zehn bis zwanzig Millionen Dollar pro Jahr an. Weltweit.«

»Wow, das hab ich noch nie gehört. Klingt nicht nach einem lukrativen Modell für die Versicherungen.«

»Für die Schiffsversicherer sind die westafrikanischen Häfen sogenannte Hochrisikohäfen. Der Kapitän eines Schiffs hat kein Interesse, sich als Schleuser zu betätigen. Wird er erwischt, haftet er für die Kosten. Entkommt der blinde Passagier an Land, macht der Kapitän sich der illegalen Schleusung strafbar. Bleibt er an Bord, muss er ihn bewachen und versorgen. Und dann wird er den blinden Passagier in keinem Hafen los. Niemand nimmt den Illegalen auf. Die Menschen werden auf Kosten des Reeders in ihr Heimatland zurückgebracht – so die bereit sind, ihn zurückzunehmen.« Tom fuchtelte mit den Händen. »Kostenexplosion! Diesen Ärger wollen sich viele ersparen. Deshalb gibt es immer wieder blinde Passagiere, die einfach über Bord geschmissen werden.«

»Wie, über Bord schmeißen? Der Kapitän entledigt sich seiner Probleme, indem er Menschen tötet?«

Tom nickte. »Das Risiko, entdeckt zu werden, ist gering. 2022 hat ein Kapitän elf Nigerianer an Bord aufgespürt und vor Liberia einfach in die Fluten geworfen. Nur weil Crewmitglieder ihn angezeigt haben, kam die Sache an die Öffentlichkeit. Den Kapitänen lässt sich kaum etwas nachweisen. Die Leichen verschwinden auf Nimmerwiedersehen im Meer. Blinde Passagiere vermisst niemand, es gibt keine Hinweise darauf, dass sie jemals an Bord waren.«

Das musste Jonna erst mal verdauen. »Diesmal nicht«, murmelte sie dann und wusste, dass sie diesen Fall nicht auf sich beruhen lassen konnte, bis sie herausgefunden hatte, was an Bord passiert war.

Endlich kamen sie am Empfangsgate des Terminals an. Krane reckten sich in den Himmel, und die Lichter ließen diesen tristen Tag heller erscheinen. Tom hielt vor der Schranke, schaltete das Blaulicht an und kurbelte das Seitenfenster herunter. Ein Security-Mann lehnte sich aus dem Wachhäuschen.

»Wir müssen zur *Global Endeavour.* Es folgen fünf Streifenwagen mit unserem Einsatzzug.«

Der Mann riss die Augen auf. »Scheiße, was Großes?«

»Das wollen wir rausfinden.«

»Wie lange wird das dauern? Wir schließen das Terminal, der Sturm macht das Arbeiten mit den Containerbrücken unmöglich.«

Tom zuckte mit den Schultern.

»Die Vorbereitungen für die Schließung laufen auf Hochtouren, wissen Sie. Die Containerbrücken stehen schon still. Die Hafenbahn fährt noch, aber wenn das so weitergeht, knips ich hier bald das Licht aus und sehe zu, dass ich nach Hause komme.«

Die Schranke öffnete sich.

Radio Hamburg

»Liebe Hörer von Radio Hamburg, nach den Meldungen folgt eine Sturmflut- und Unwetterwarnung! Bevor wir im Programm weitermachen, wollen wir Sie auf dem Laufenden halten. Wir verfolgen stündlich für Sie die Wettersituation in Hamburg.
Puh, es bleibt richtig fies. Entgegen den Erwartungen fließt das Wasser nicht ab, sondern steigt, und der Sturm nimmt weiter zu auf Windstärke 9. In Böen müssen wir uns auf mehr als 90 Kilometer pro Stunde einstellen. Das ist heftig. Es besteht bereits ein Ein- und Auslaufverbot für Schiffe von über 330 Metern Länge. Die AIDAprima liegt im Cruise Center Steinwerder fest. Bleiben Sie bloß zu Hause! Denn der Regen wird ebenfalls bald einsetzen. Vielleicht vermischt sich der noch mit Graupel.

ACHTUNG! Es folgt eine amtliche Sturmflutwarnung der Behörde für Inneres Hamburg: Der Hamburger Sturmflutwarndienst warnt vor einer schweren Sturmflut im Verlaufe des heutigen Abends!
Der Hochwasserscheitel wird am Montag, den 25. 11. 24, gegen 21. 30 Uhr am Pegel St. Pauli mit einer Höhe von 5,01 bis 5,50 Metern über Normalhöhennull, das entspricht 2,88 bis 3,37 Meter über dem mittleren Hochwasser, erwartet.
Durch den Sturm kann es zu umherfliegenden Gegenständen, abbrechenden Ästen oder umstürzenden Bäumen kommen. Meiden Sie den Aufenthalt im Freien.
Verlassen Sie tief liegende Gebiete, insbesondere im Hafen, in der HafenCity und den elbnahen Orten, und umfahren Sie diese weiträumig. Bringen Sie Ihre Fahrzeuge in höher gelege-

ne Gebiete. Sichern Sie tief liegende Gebäude vor dem Hochwasser.
Verständigen Sie bitte auch Ihre Nachbarn, insbesondere diejenigen, die aufgrund von Behinderungen, Sprachbarrieren oder eingeschränkter Mobilität möglicherweise Unterstützung brauchen.«

KAPITEL 14

An Bord der *Global Endeavour* – 14.50 Uhr

Sie fuhren auf den markierten Wegen langsam über das Terminal. Im Radio lieferten sich die Moderatoren eine wilde Diskussion über die aktuelle Wetterlage als Folge der Klimakrise.

Dann sah sie das Schiff. Die *Global Endeavour* lag majestätisch an der Pier und war hochbeladen mit Containern.

»Das fängt ja gut an«, bemerkte Wagner irritiert.

Toms Kollege Gunnar Wagner hatte den Streifenwagen direkt an der Pier vor dem Frachtschiff geparkt, und die beiden Männer blickten ratlos zur Gangway.

»Keine Wache!«

»Ist das schlimm?«, fragte Jonna und sah an dem Containerriesen empor, der wie ein Hochhaus vor ihr lag.

»Das hier ist eine *Restricted Area* nach dem ISPS-Code«, antwortete Tom und eilte die Gangway hinauf. »Nach den Terroranschlägen auf das World Trade Center 2001 hat die Welt umfangreiche Zugangskontrollen an Häfen erlassen. Der Zugang zum Schiff muss immer gesichert sein. Dafür gibt es strenge Vorschriften. Schließlich will niemand Terroristen an Bord haben.« Oben angekommen, sah er sich suchend um. »Dahinten kommt jemand.«

Ein junger Filipino rannte den Gangbord herunter auf sie zu und schrie erschrocken auf, als die drei von der Gangway an Bord traten.

»*Good Morning! Take us to the Captain, please!*«, verlangte Tom, ohne auf dessen Unachtsamkeit einzugehen.

Der Filipino erstarrte. Er hatte die Polizeiuniformen sofort erkannt, konnte sich aber offenbar keinen Reim darauf machen. Er griff an der Seite in einen Kasten und förderte ein Buch zutage, das er Tom hinhielt.

»Das Gangway-Buch.« Tom duckte sich in den Windschatten der Aufbauten. »Wir müssen unsere Namen, Behörde und Uhrzeit eintragen. So wird jeder Schiffsfremde registriert, der an Bord kommt und wieder geht.« Er reichte das Buch an Wagner weiter, der sofort anfing, die Spalten auszufüllen. Er trug sie namentlich in das Buch ein, und der Filipino sprach hektisch in sein Funkgerät, dass die Polizei an Bord sei und er Unterstützung bräuchte.

Tom gab Jonna ein Zeichen, ihren Polizeiausweis herauszuholen, und hielt seinen dem Filipino hin, der eingeschüchtert einen Blick darauf warf.

Jonna sah sich um, so gut es in dem Sturm ging. Sie war froh, eine dicke Mütze zu tragen, damit ihr nicht die Haare vom Kopf gerissen wurden. Sie war das erste Mal an Bord eines Containerschiffs. Sie standen in einem schmalen Gang an den Aufbauten, die sich links und rechts in die Höhe schraubten. Das Deck war rot gestrichen, und es roch durchdringend nach Öl und Diesel.

Der Filipino reichte ihnen Besucherausweise, die sie sich an ihre Jacken hefteten.

Lautlos war ein weiteres Crewmitglied herangetreten und bat sie lächelnd, ihm zu folgen, er würde sie zum Kapitän bringen. Der Mann mit den kurz geschorenen schwarzen Haaren und den blendend weißen Zähnen eilte durch das nächste Schott. Im Inneren blieb er vor einem Fahrstuhl stehen und stellte sich als der Bootsmann der *Global Endeavour* vor. Sein Name sei Michael Timon, wenn sie etwas bräuchten, würde er sich darum kümmern.

»Ein Fahrstuhl in einem Schiff?«, raunte Jonna Tom hinter vorgehaltener Hand zu.

Tom nickte. »Wir stehen auf dem Hauptdeck. Es geht zwei Decks nach unten und vor allem sieben Decks nach oben. Die

Kommandobrücke ist immer der höchste Punkt des Schiffs, damit die Schiffsführung über die Container aufs Wasser davor sehen kann.«

Der Bootsmann Timon lächelte breit, als verstünde er jedes Wort.

»*Where do you come from?*«, fragte Jonna ihn. »*Do you speak german?*«

»*Kiribati! A wonderful place!*«

»Südsee, oder?«, flüsterte Jonna Tom zu.

»Ja, eine Inselrepublik in der Südsee. Sechstausend Kilometer nordöstlich von Australien. Man glaubt es kaum, aber die Reederei Hamburg-Süd bildet auf dem Atoll an einer eigenen Seefahrtsschule Seeleute für ihre Flotte aus.«

Jonna hatte von Kiribati nur einmal zuvor gehört, als in der Coronazeit das Land seine eigenen Bürger aus Angst vor dem Virus nicht mehr einreisen ließ und die kiribatischen Seeleute weltweit strandeten. Hamburgs Reedereien erbarmten sich ihrer und flogen sie aus der ganzen Welt nach Hamburg, damit die Landsleute zusammen sein und von hier aus die Verhandlungen über eine Rückführung nach Hause aufgenommen werden konnten. Es dauerte über ein Jahr, bis die ersten Seemänner über die Fidschi-Inseln nach Kiribati geflogen wurden.

Auf dem G-Deck angekommen, bogen sie in einen langen Gang ein. Sie kamen an Türen mit verschiedenen Aufschriften vorbei und zweigten immer wieder ab. Schließlich öffnete der Bootsmann ihnen die schwere Sicherheitstür zur Kommandobrücke. *Restricted Area. Authorized Personal Only. No Smoking.* Die großformatigen Schilder auf der Tür ließen keine Zweifel aufkommen, dass sie das Allerheiligste des Schiffs betraten. Timon tippte einen Zahlencode ein, und die Tür öffnete sich.

Jonna seufzte. Eine fremde Welt. Nur gut, dass Tom sie begleitete.

»*Captain! German Police!*«, kündigte Timon sie an und trat zur Seite, die Arme hinter dem Rücken verschränkt, auf Anweisungen wartend.

Die zwei Männer, die rechts und links von der vor Anzeigen, Schaltern und Hebeln nur so strotzenden Mittelkonsole saßen und in Papieren blätterten, fuhren herum, als hätte man sie mit einem Pornoheft in der Hand erwischt.

Jonna lächelte innerlich und ließ Tom den Vortritt. Sie sah sich den Kapitän, der aufgesprungen war, aus der zweiten Reihe an. Er war groß und sah körperlich fit aus, doch es war nicht seine Statur, die ihr imponierte. Es war vielmehr die ausholende Gestik und der breitbeinige Stand, der sofort signalisierte, dass sie auf seinem Territorium eingedrungen waren und er keinen Millimeter zurückweichen würde. Er versprühte eine Aura der Macht, und Jonna ahnte, dass sie mit heftigem Widerstand rechnen musste.

»Wasserschutzpolizei?« Der Kapitän runzelte die Stirn. »Wir sind längst einklariert!«

»Captain Fischer, Sie sind Deutscher?«, erwiderte Tom, blieb aber im Englischen, damit auch der andere Offizier, der sich als Harry Bingham vorgestellt hatte, ihn verstand. »Es gibt eine neue Sachlage. Ich habe die Kriminalpolizei mitgebracht. Das hier ist Hauptkommissarin Jonna Jacobi.« Tom drehte sich zu ihr um.

»Ich untersuche einen ungeklärten Todesfall und muss Ihre Crewliste einsehen«, erklärte Jonna, damit gleich klar war, dass sie sich nicht von den Seeleuten einschüchtern lassen würde. »Es gibt Hinweise darauf, dass die verstorbene Person zu Ihrem Schiff gehört.«

»Ein Todesfall? Wen meinen Sie?«

Der Kapitän riss ehrlich erstaunt die Augen auf, oder er war ein exzellenter Schauspieler. So oder so, Jonna ging nicht darauf ein.

»Wie viele Seeleute mit welchen Nationalitäten gehören zu Ihrer Crew?«

Der Kapitän seufzte und sah sie aus zusammengekniffenen Augen an. Er hatte sofort begriffen, dass sie seine Frage ignorierte, um ihrerseits die Gesprächsrichtung zu bestimmen.

»Zwanzig Mann Besatzung aus sechs Nationen. Philippinen, Sri Lanka, Kroatien, Kiribati, Großbritannien, Deutschland ... Sehen Sie sich die Crewliste an.«

Er antwortete, aber überließ ihr die Arbeit. Kein Abblocken, aber auch kein Entgegenkommen.

Er nickte seinem Offizier zu, und der rothaarige Brite tuschelte mit dem Bootsmann, der sofort den Raum verließ.

»Sie vermissen kein Crewmitglied?« Sie hob eine Augenbraue. »Ich habe hier ein Foto, das Sie sich bitte ansehen und uns sagen, um wen aus Ihrer Mannschaft es sich handelt.«

Der britische Offizier stürzte sich auf Jonnas Handy und nahm es ihr aus der Hand, bevor der Kapitän sich auch nur gerührt hatte. Er reichte das Telefon zitternd an seinen Vorgesetzten weiter. War er erleichtert? Schuldbewusst? Jonna vermochte es nicht zu sagen.

Der Kapitän sah sich das Foto auf dem Handy lange an, schüttelte den Kopf. »Es tut mir leid, ich kann Ihnen nicht helfen. Der Mann gehört nicht zu meiner Crew!«

»Warum trägt er den Overall Ihres Schiffs?«

»Wir sind vollzählig!« Er reichte ihr das Handy zurück.

Tom hatte sich an einen Tisch gelehnt und warf beinahe beiläufig ein, dass er die Passkontrolle wiederholen wolle.

»Wir führen eine Face-to-Face-Kontrolle durch. Alle Pässe, alle Crewmitglieder. Am besten ...« Er drehte sich suchend um. »... gehen wir in den Konferenzraum.«

Er überschreitet die Grenze, dachte Jonna. Er diktierte das weitere Vorgehen, und Kapitän Fischer mutierte zum Befehlsempfänger. Das schmeckte ihm sicher nicht.

»Sie können mir glauben, es ist niemand von meinen Jungs«,

blaffte Fischer. »Gesichtskontrolle, wie denn? Ich habe Crew in der Freiwache und im Arbeitsprozess.«

»Wecken Sie die Mannschaft der Freiwache, und lassen Sie vollständig antreten.«

Jonna wusste, dass der kleine Schlagabtausch die Weichen stellte.

»Das geht nicht. Ein Teil der Crew ist beim *Duckdalben*. Wir haben den Transport sofort nach dem Einlaufen bestellt. Ich bin extra nicht mitgefahren, um hier alles zu beschleunigen«, entgegnete Bingham.

Jonna sah Tom fragend an. »Die Seemannsmission«, erklärte er, und der Kapitän ergänzte, dass die Mannschaft ein Recht auf ein paar freie Stunden an Land hätte, um mit der Familie zu telefonieren, zu skypen, Landsleute zu treffen. Wegen des verdammten Sturms hätte der *Duckdalben* nicht ausreichend Telefonkarten übrig gehabt, die sie hätten an Bord bringen können. Er habe die Leute nicht zurückhalten können, da er schon in Antwerpen den Landgang untersagt habe. »Wissen Sie eigentlich, wie einsam sich so ein Filipino fühlt, wenn er monatelang von seiner Familie getrennt lebt?«

»Rufen Sie die Crew zurück an Bord! Der Sturm wird noch heftiger«, insistierte Tom. »Wir zeigen jedem das Foto, vielleicht erkennt ihn jemand.«

In diesem Moment kam der lächelnde Bootsmann zur Tür herein und hielt Tom ein Blatt Papier hin. Die Crewliste.

»All passports«, bellte ihn der Kapitän an.

Tom sah von der Liste auf. »Kein Afrikaner.« Er reichte Jonna das Blatt. »Niemand verlässt das Schiff, bis das LKA seine Ermittlungen abgeschlossen hat.«

»Das melde ich der Reederei«, drohte der Kapitän. »Wir laufen wieder aus! Wir haben schon genug Zeit mit dem Unwetter verschwendet.«

»Daraus wird nichts. Der Sturm nimmt richtig Fahrt auf. Seien Sie froh, dass Sie im geschützten Hafen liegen! Um es ganz deutlich zu sagen: Ich spreche Ihnen eine Festlegeverfügung und Landgangsuntersagung aus. Alle an Land befindlichen Crewmitglieder müssen sofort zurück an Bord. Sie bekommen keinen Schlepper und keine Lotsen.« Er schüttelte bedauernd den Kopf. »Sie kommen nicht weg!«

Fischer schnappte nach Luft. Damit hatte er nicht gerechnet.

Jonna war beeindruckt. Tom hatte die Maßnahmen bei der Nautischen Zentrale angekündigt und setzte sie kompromisslos durch.

In die unangenehme Stille plärrte Toms Funkgerät: »Elbe 52/0 für Brise.«

»Hört.«

»Räumzone 1, Räumung abgeschlossen. Ein paar Personen in sicheren Gebäuden. Alle Fahrzeuge haben das Gebiet verlassen.«

»Danke. Verstanden.«

Fischer zog irritiert die Augenbrauen zusammen: »Sie räumen den Hafen?«

»Wie gesagt, seien Sie froh, dass Sie in Sicherheit sind.«

Der Offizier Bingham nickte. Er erkannte langsam die Dimensionen. »Käpt'n, ich telefoniere mit der Reederei.«

»Wir führen die Befragungen gleich hier durch«, sagte Tom. »Die Feststellung der Identität des Toten hat oberste Priorität.« Er wies den Bootsmann, der in diesem Moment mit einer langen Box voller Pässe und den Seefahrtsbüchern hereinkam, an, diese dort auf den Tisch zu stellen. »Schicken Sie uns die Crew einen nach dem anderen herauf.«

Tom ging dem Bootsmann hinterher. »Die Pässe bleiben für die Dauer einer Reise beim Kapitän oder dem zuständigen Offizier«, flüsterte er Jonna zu. »Der Kapitän benötigt die Pässe bei Ankunft und Auslaufen aus den Häfen für die Behörden.«

Jonna lächelte innerlich. Das hätte sie nie ohne Tom hinbekommen. Die Seemänner hatten ihre eigene Sprache, und Tom strahlte Autorität aus, ohne sich dessen bewusst zu sein. Das Schiff und seine Besatzung waren ein geschlossenes System. Wenn an Bord ein Verbrechen passiert sein sollte, würde sie in Kürze dem Täter gegenübersitzen. Es war nur die Frage, ob sie ihn erkennen würde. Das war ihre Stärke. Irgendjemandem war etwas aufgefallen. Es gab immer einen Zeugen! Sie musste ihn nur finden und zum Reden bringen.

KAPITEL 15

An Bord der *Global Endeavour* – 15.20 Uhr

Das erste Crewmitglied klopfte.

Der Koch. Ein Filipino namens Jayke Domingo. Er trug eine Kochjacke voller Flecken und maulte, dass er einen Kuchen im Ofen hätte. Er blieb stehen, nannte seinen Namen, Gunnar Wagner suchte den Pass heraus, und Tom hakte ihn von der Crewliste ab. Domingo warf einen Blick auf das Foto des Toten und schüttelte den Kopf. Auf die Fragen von Jonna antwortete er, dass er es feststellen würde, sollte in seiner Kombüse auch nur ein Reiskorn fehlen.

Eine Stunde später seufzte Tom, und sie merkte ihm die Frustration an. Niemand kannte den Toten, niemand hatte Ungewöhnliches bemerkt. Sie kamen keinen Schritt weiter. Sie ahnte, dass Tom draußen im Hafen unterwegs sein und nicht seine Zeit mit einsilbigen Seeleuten verplempern wollte.

»Zwitscher ruhig ab, ich komme klar«, sagte Jonna. »Ich ruf dich an, wenn ich Unterstützung brauche! Du könntest Van der Waal eine Kopie der Crewliste mitnehmen, damit er den Hintergrund der Mannschaft checkt. Vom Kapitän nach unten durch bis zum Steward.«

Nach einem Blick auf sein Handy fragte Tom: »Der Einsatzzug ist da. Wann soll ich den Kapitän ins Bild setzen?«

Jonna überlegte. »Es stehen nur noch vier Namen auf der Liste. Der Bootsmann, der Erste Offizier, der Chief Engineer und der Nautische Offiziersanwärter.«

Es klopfte an der Tür. Der Bootsmann Timon steckte den Kopf herein.

»Kommen Sie!« Tom ließ sich den Pass des Kiribatis zeigen, blätterte darin und strich ihn auf der Crewliste ab. Jonna zeigte ihm das Foto des Toten.

»Ich hab gehört, dass er …«, er zeigte vage auf das Handy, »… keine Schuhe anhatte.«

Jonna horchte auf. »Das stimmt, wissen Sie etwas darüber?«

»Nein, nein, es ist nur … ich habe ein Paar Schuhe auf dem Achterdeck gefunden und mich gewundert, wer seine Schuhe an Deck stehen lässt. Ich habe sie in die Last gestellt … dachte … aber vielleicht gehören die nicht einem von uns, sondern dem …« Er zeigte wieder in Richtung des Telefons.

Sie hielt ihm ihr Handy näher hin, damit er sich das Foto in Ruhe ansah. »Kennen Sie den Mann?«

Timon schüttelte den Kopf. In seinem Blick lag Mitleid.

»Bringen Sie uns die Schuhe, und bitten Sie den Nautischen Offiziersanwärter zu uns!«

»Wen?«, fragte der Kiribati, mit einem deutlichen Unterton der Verwirrung.

Jonna suchte auf ihrer Liste in den Spalten mit den Namen und las diesmal alle Spalten. »Mittermaier … Annika! Eine Frau?«

Der Kiribati strahlte übers ganze Gesicht und nickte geflissentlich.

»Die haben eine Frau an Bord …«, murmelte Jonna. »Da schau an.«

»Schicken Sie uns Frau Mittermaier hoch«, befahl Tom.

Der Bootsmann verließ hastig den Konferenzraum.

»Vielleicht geht jetzt was voran. Bleib doch noch! Die Schuhe müssen zur Spurensicherung, dann wissen wir bald, ob sie dem Toten gehört haben.« Jonna sah auf die Crewliste. »Fahren viele Frauen an Bord von Containerschiffen? Ich meine, sie ist die einzige Frau unter all den Männern, kann das gut gehen?«

»Es gibt nicht viele weibliche Seeleute, aber es gibt sie. Vor allem im Bereich der Nautischen Offiziere. Soweit ich weiß, liegt der Frauenanteil bei insgesamt zwei Millionen Seeleuten nur bei einem Prozent. Und von diesen Frauen fährt nur ein Bruchteil zur See.« Tom zögerte. »Es ist sicher eine psychische Belastung, die einzige Frau an Bord zu sein.«

Jonna gab sich mit der Antwort nicht zufrieden. Sie suchte nach einem möglichen Angriffspunkt für ihre Untersuchung. »Wie ist die Akzeptanz einer Frau an Bord? Ich brauche nicht viel Fantasie, um mir Belästigungen jedweder Art an Bord oder in fremden Häfen auszudenken! Auf hoher See ist sie doch vollkommen ungeschützt und ohne Rückzugsmöglichkeiten.«

Es klopfte. Der Bootsmann. Er habe die Offiziersanwärterin Annika noch nicht gefunden, aber lasse nach ihr suchen. Er stellte ein Paar zerfledderte Turnschuhe auf den Tisch und zuckte mit den Schultern. »Sehen nicht wie unsere Schuhe aus.«

»Schicken Sie uns bitte den Kapitän, bis Sie Annika Mittermaier gefunden haben«, sagte Jonna, ohne den Blick von den schmuddeligen Turnschuhen zu wenden. Waren das die Schuhe des Opfers? »Bringen wir den Kapitän in Wallung, er hatte genug Zeit zum Nachdenken …«

Ein Funkspruch quäkte in ihren Satz. Tom hatte sein Funkgerät schon leise gestellt, doch diese Meldung drehte er auf. Offenbar gab es ein Problem an einer der Sperrstellen. Aufgeregte Lkw-Fahrer bestanden darauf, die Kattwykbrücke zu passieren. Jonna wiederholte, sie käme allein zurecht. Tom griff in den Funkverkehr ein und kündigte sein Kommen an.

Gunnar Wagner schob die Papiere zusammen und erhob sich. »Ich hole den Einsatzzug an Bord.« Wagner gab sich mit Kapitän Fischer die Klinke in die Hand.

»Wir sind fast fertig«, informierte Tom ihn. »Wie es aussieht, kennt niemand den Toten. Er trug den Overall Ihres Schiffs, und soeben haben wir erfahren, dass Schuhe an Bord gefunden wurden.

Wenn es also keiner von Ihrer Crew ist, dann bleibt nur eine Erklärung.« Er ließ den Satz folgenschwer in der Luft hängen.

Der Kapitän erblasste, seine Pupillen bewegten sich rasch zwischen Tom und Jonna hin und her. »Unmöglich. Meine Männer hätten mir das gemeldet. Ich passe höllisch auf, das können Sie mir glauben. Es ist ausgeschlossen. Fragen Sie die beiden Offiziere, die bestätigen Ihnen, dass Ihr Verdacht unbegründet ist.«

Jonna sah, dass sich auf seiner Stirn Schweißtropfen bildeten. Er hatte nicht nur sofort gewusst, wovon Tom sprach, sondern rechtfertigte sich im vorauseilenden Gehorsam.

Der Zweite Offizier Harry Bingham betrat ohne Klopfen das Konferenzzimmer. »Ich habe Babić holen lassen, er ist erst seit zwei Minuten zurück an Bord«, platzte es ungefragt auf Englisch aus ihm heraus.

Tom nickte dem Bootsmann zu. »Er soll die Nautische Offiziersanwärterin und den Chief Engineer gleich mitbringen.«

Der Kapitän hatte sich in der Zwischenzeit einen Stuhl herangezogen und ließ sich schwer darauf fallen. Das drohende Unheil, das Tom andeutete, nahm ihm offensichtlich sämtliche Kraft.

»Was steht in Ihren Verträgen, wie Sie zur Rechenschaft gezogen werden, sollten blinde Passagiere an Bord sein?«, wandte sich Tom wieder an ihn. Fast tat er Jonna leid. Der Kapitän alterte vor ihren Augen.

Fischer setzte zum Sprechen an, doch es kam kein Laut aus seinem Mund.

»Erklären Sie mir bitte das Vorgehen bei blinden Passagieren an Bord«, sagte Jonna mit sanftem Tonfall. Der Kapitän sah aus, als würde er gleich in Ohnmacht fallen. Zeit, etwas Druck herauszunehmen und ihn gleichzeitig wissen zu lassen, was auf dem Spiel stand. »Haben Sie mit Repressalien zu rechnen, wenn wir Einschleicher an Bord finden?«

Fischer suchte nach Worten, bevor er erklärte, dass Menschen in Afrika versuchten, irgendwie an Bord zu kommen, und schmierten, wen immer sie im Hafen mit Geld bestechen konnten. An Bord versteckten sie sich so lange, bis sie Europa erreicht hatten, und dann baten sie um Asyl. Die Reedereien reagierten allergisch, da sie die blinden Passagiere in keinem europäischen Hafen loswürden. So seien sie gezwungen, sie so lange an Bord zu behalten und zu versorgen, bis sich ein Land fände, das die Menschen aufnähme, oder bis die Reederei einen Rücktransport in ihr Heimatland organisiert habe.

»Was sind die Konsequenzen, die Sie persönlich tragen?«, fragte Tom nach. Er stand schon, zum Gehen bereit.

Fischer rieb sich lange den Nacken, bevor er antwortete.

»Die Behörden beschuldigen uns eines ISPS-Verstoßes. Wir schreiben uns an Berichten einen Wolf, müssen Rechenschaft ablegen, warum die Sicherheit an Bord nicht gewährleistet ist, und geraten in den Verdacht der illegalen Schleusung.«

»Und?«, insistierte Tom.

»Wenn wir Pech haben, bekommen der Kapitän und der zuständige Wachoffizier keine weitere Vertragsverlängerung!«

Fischer schlug plötzlich so hart mit der Hand auf den Tisch, dass Jonna erschrocken zusammenzuckte.

»Das ist reine Schikane. Deuten Sie nichts an, was Sie nicht beweisen können!«

Tom hob beide Hände, wie um sich zu ergeben, doch seine Wortwahl hatte einen harten Unterton. »Sie stehen unter Zeitdruck, vielleicht ist Ihnen ein Fehler unterlaufen, und Sie wollten ihn wiedergutmachen! Ich weiß, dass die Reedereien das Problem auf die Kapitäne abwälzen. Das ist hart und ungerecht, da kann man Ihnen nicht verdenken, dass Sie Lösungen suchen. Immer wieder kommt es vor, dass die unbequemen Illegalen über Bord geworfen werden und damit auf Nimmerwiedersehen verschwinden. Es vermisst sie ja niemand.«

Jonna war sich nicht sicher, ob sie diese Provokation von Tom hilfreich fand. Was, wenn der Kapitän sie von Bord schmiss? Sie könnten ihn am Auslaufen hindern, aber sie war sich nicht sicher, ob er sie auf dem Schiff dulden musste.

Fischer zeigte mit dem Finger auf Tom und drohte ihm. »An Bord gelten meine Regeln, und die fangen mit Höflichkeit an. Sie sind impertinent! Das muss ich mir nicht anhören. Ich stoße keine Menschen über Bord, und so blöd, dass ich das in der Hafeneinfahrt tue, bin ich schon gar nicht.«

Tom nickte anerkennend. »Okay, das verstehe ich. Vielleicht ist einem Crewmitglied die Sicherung durchgebrannt? Wer hat denn noch Repressalien zu befürchten? Die Offiziere? Wer hat den meisten Druck, seinen Vertrag zu behalten?«

Tom legte den Kopf schief und fixierte den Kapitän, dem der Schweiß an der Schläfe hinabrann.

»Wir brauchen alle eine Arbeit, wir sind leider keine Beamten«, ätzte Fischer.

»Der Mann kam von Ihrem Schiff, und Sie wissen, dass diese Leute sich nicht allein auf die gefährliche Reise begeben.«

»Was?« Die Stimme des Kapitäns schnappte über. »Jetzt sollen noch mehr Fremde an Bord sein? Es reicht!«

Es klopfte an der Tür, und ein groß gewachsener Mann betrat den Raum. Innerhalb von Sekunden veränderte sich die Atmosphäre. Jonna konnte den Blick nicht von ihm wenden. Die Augen des Offiziers glänzten so dunkel wie der Nachthimmel über dem Hafen. Er wirkte anziehend und beängstigend zugleich. Er grüßte sie sparsam mit einem kaum merklichen Nicken.

»Käpt'n, sollen wir noch zwei Querleinen ausbringen? Der Sturm hat enorme Wucht!«

Fischer nickte. »Das ist mein Erster Offizier Alexander Babić«, stellte er ihn vor. Er erzählte ihm sofort von den Anschuldigungen.

Der Mann verzog während des Vortrags keine Miene, und deshalb zuckte Jonna zusammen, als er plötzlich schallend lachte.

»Mumpitz. Wir durchsuchen das Schiff, bevor wir auslaufen. Hier kommt niemand an Bord, ohne dass ich es weiß! Es hat auch kein Fremder Hurra geschrien, als wir in Europa angekommen sind.«

»Wir sind beinahe unbemerkt an Bord gekommen«, warf Tom ein.

Babić warf dem Bootsmann einen vernichtenden Blick zu und raunte: »Gangway-Wache zum Rapport!«

»Haben Sie die Durchsuchung des Schiffs in jedem Hafen angeordnet?«, fragte Jonna.

Der Mann nickte und lächelte. Flirtete der Erste Offizier mit ihr? Sein Blick hatte etwas Verführerisches, was sie irritierte. Begriff er den Ernst der Lage nicht? Sie nahm ihr Handy vom Tisch auf, suchte das Foto des Toten und hielt es Babić hin.

»Kennen Sie diesen Mann?«

Er schüttelte den Kopf.

»Sie haben ihn nie gesehen?«

»Nein!«

»Wir haben den Verdacht, dass sich weitere Einschleicher an Bord befinden, und deshalb durchsuchen wir jetzt das Schiff!«, sagte Tom entschieden.

Der Kapitän schob krachend den Stuhl zurück und würgte schwer an den Worten. »Das können Sie nicht machen! Die Reederei wird …«

»Wir fangen sofort an.« Tom stand auf. »Der maritime Einsatzzug steht bereits auf der Pier.«

KAPITEL 16

An Bord der *Global Endeavour* - 16.00 Uhr

Babić saß in der Offiziersmesse und stocherte in einem Stück Käsekuchen. Es gefiel ihm zwar, dass der Koch sich bemühte, die Crew bei Laune zu halten, aber das Wetter war ein unfairer Gegner, gegen den Babić nicht gewinnen konnte.

Er war vor Erschöpfung am Tisch eingeschlafen, bis Petar ihn geweckt und mit einer großen Mug Kaffee wieder munter bekommen hatte.

Das Terminal hatte mittags das Entladen eingestellt.

Die Reederei lief Amok.

Die Wasserschutzpolizei hatte eine Festlegeverfügung ausgesprochen.

Und jetzt durchsuchten sie auch noch das Schiff!

Babić konnte sich an drei Fingern abzählen, wen die Reederei für diesen Schlamassel verantwortlich machen würde. Der Kapitän, Petar und Babić saßen auf dem Schleudersitz – in jeder Hinsicht, denn er hatte keine Zeit gehabt, seiner Frau Ana Geld zu überweisen.

Er schob gereizt das Körbchen mit den verschiedenen Gewürzen, Senf, Ketchup und Maggi, das auf jedem der Tische stand, zur Seite.

Der Kapitän schien wütender über die Anordnung der Durchsuchung des Schiffs als über die ständigen Anrufe der Reederei. Wahrscheinlich kratzte es an seiner Ehre, dass die Polizei annahm, er hätte den Frachter und seine Crew nicht unter Kontrolle.

Pah, drauf geschissen, dachte Babić. Wen interessierte es, was ein Hamburger Wasserschutzpolizist dachte? Tom Bendixen. Nie gehört, sofort vergessen.

Er schenkte sich und Petar noch eine Tasse Kaffee ein und schob sie ihm über die weiß-rot karierte Wachstuchtischdecke zu. Sein Kumpel saß ihm gegenüber und hatte den Kopf auf beide Hände gestützt, als könne er sich sonst nicht mehr aufrecht halten. Er sah übernächtigt aus und musste sich dringend mal wieder rasieren.

»Hast du den Wetterbericht gehört?«, fragte Babić.

Petar schüttelte den Kopf.

»Soll noch schlimmer werden.«

»Kann ich mir nicht vorstellen«, antwortete Petar. »Ist doch schon alles scheiße!«

Damit meinst du nicht den Sturm, dachte Babić.

»Ich hab Lucija das Geld nicht anweisen können, bevor der Alte uns zurück an Bord beordert hat«, brach es aus Petar hervor. »Eine Riesensauerei!«

Babić nickte, trank einen Schluck Kaffee und grübelte weiter. Die Durchsuchung lief auf vollen Touren, und gefunden hatte die Polizei bislang nichts. Hätte Babić ihnen gleich sagen können.

»Wenn die was finden …«, nuschelte Babić. Er kaute an einem weiteren Bissen Käsekuchen, obwohl er keinen Appetit hatte. »… dann dauert es drei Tage, und wir sitzen im Flieger nach Hause – aber ohne Vertrag! Und dann, Petar? Was machen wir dann?«

Petar stöhnte auf. »Kannst du nicht Bingham ausquetschen, wenn der Alte schon nicht redet? Was hat die Reederei mit uns vor? Ich brauche dringend einen Anschlussvertrag!«

Babić war konsterniert. »Glaubst du, der englische Blassmops erfährt mehr als ich? Mir vertraut der Alte, nicht Bingham, dem sabbernden Süßholzraspler. Der hechelt doch nur den ganzen Tag hinter Annika her, dass es nicht mehr feierlich ist.« Angewidert schob er den Kuchenteller beiseite.

Für eine Sekunde hob Petar den Blick. »Lass Annika aus dem Spiel.«

»Ich hab dem Alten von Anfang an gesagt, dass es eine blöde Idee ist, eine Frau an Bord zu nehmen, aber Fischer hat sich nicht durchgesetzt. Völlig saft- und kraftlos, der Käpt'n. Die Reederei hat ihn vollgelabert von wegen Frauenquote und Chancen und ach, wie toll die Annika ist. Die Zukunft!«

»Du spuckst.«

Babić waren ein paar Kuchenkrümel aus dem Mund gespritzt. Er regte sich wirklich auf. Auf dieser Fahrt ging alles schief. Eine Frau an Bord, der notgeile Bingham, ein verkaterter Kapitän, der Sturm und die Polizei. Jesus, er brauchte seinen Urlaub!

»Was wollte die Kripotante von dir?«, fragte Petar wieder ernst.

»Meine Filipinos tuscheln, dass die einen Mann aus der Elbe gefischt haben und annehmen, der käme von unserem Kahn. Die Frau ist alt, macht sich sicher nicht mehr krumm. Hat mir ein Foto gezeigt und gefragt, ob ich ihn kenne. Ein Afrikaner. In welcher Reihenfolge wir das Schiff absuchen? Was passiert, wenn wir einen blinden Passagier finden? Ob wir ihn über Bord gestoßen haben, solche Sachen. Die sind wir bald wieder los.«

In diesem Moment stürmte Bingham in die Messe.

»Hier seid ihr! Kuchen essen, während die Polizei den Laden auseinandernimmt? Eure Ruhe möchte ich haben.«

Babić wies generös auf den Tisch. »Bedien dich.«

Bingham bemerkte nicht, dass Babić das ironisch gemeint hatte, setzte sich und schaufelte sich ein großes Stück Käsekuchen auf den Teller.

»Habt ihr eine Ahnung, wo die Annika ist? Ich suche sie überall!«

Babić konnte es sich nicht verkneifen, kurz die Tischdecke anzuheben und unter den Tisch zu sehen, um Bingham zu foppen. »Hier ist sie nicht.«

»Lustig! Ich bin ihr Ausbilder, sie sollte an meiner Seite sein, statt ständig auf dem Schiff rumzulaufen. Sie soll hochkommen auf die Brücke zur Passkontrolle.«

Petar ergänzte auf Kroatisch: »Er meint ja wohl an seiner Seite im Bett?«

Bingham langte mit einem tiefen Seufzer nach der Kaffeekanne. »Sprecht englisch, sonst verstehe ich euch nicht. Es ist ein Elend. Überall hängen die Polizisten rum und stochern in jede Ecke.«

»Was wollten sie von dir wissen?«, fragte Petar.

»Nichts, sie haben die Pässe geprüft und nach einem potenziellen Einschleicher gefragt.« Er zuckte mit den Schultern.

Babić wollte gerade einhaken, als die Tür aufging und der Bootsmann Timon hereinkam. Er strahlte übers ganze Gesicht, als er den Kuchen sah. Er kam näher und griff nach einem Teller.

»Sir, die Gangway-Wache kommt gleich zum Rapport.«

»Warst du der Trottel, der der Polizei Schuhe vorgeführt hat? Wem gehören die?«, fragte Babić.

Timon setzte sich und suchte mit den Augen auf dem Tisch nach einer Kuchengabel. Schließlich griff er nach einem Teelöffel.

»Die standen an Deck. Merkwürdig.«

»Papperlapapp … Damit rennt man doch nicht zu den Bullen, du Trottel. Was an Bord passiert, bleibt an Bord.«

Timon verzog den Mund und schwieg. Er schenkte sich und Bingham eine Tasse Kaffee ein.

Babić reichte es. Was bildete sich der kleine Insulaner eigentlich ein? »Du hast in der Offiziersmesse nichts zu suchen, verschwinde! Sofort!«

Timon legte den Teelöffel neben seinen Teller, schob den Stuhl lautstark zurück und stand auf. Er lächelte, als ob Babić ihm ein Kompliment gemacht hätte. »Der Chief Engineer soll auf die Brücke kommen«, erwiderte er süffisant.

Babić sah Petar zusammenzucken. »Das sagst du erst jetzt?«, schnauzte der den Bootsmann an.

Der Kiribati drehte sich wortlos um und war schon fast an der Tür, als er umkehrte und nach dem Teller mit dem Käsekuchen griff und ihn mitnahm.

KAPITEL 17

Kattwykbrücke – 16.30 Uhr

Tom hatte Jonna nur ungern allein an Bord zurückgelassen, aber den Protest an der Kattwykbrücke konnte er nicht ignorieren. Gunnar fuhr ihn mit Blaulicht und Martinshorn zügig zum Ort des Geschehens. Da das Hochwasser inzwischen weite Teile des Hafens überflutet hatte, kamen sie vom Containerterminal nicht mehr auf direktem Weg zum Kattwykdamm. Die Hohe-Schaar-Straße und die Retheklappbrücke waren unpassierbar, sodass sie über die Köhlbrandbrücke und das Finkenwerder Kreuz ausweichen müssten. Die Kattwykbrücke querte die Süderelbe und verband Moorburg mit der Wilhelmsburger Halbinsel Hohe Schaar. Die Hubbrücken ließen sich auf dreiundfünfzig Meter Durchfahrtshöhe anheben und ermöglichten auch großen Frachtern die Fahrt die Süderelbe hinunter. Die Straßen der Halbinsel waren bei dem fatalen Hochwasser unpassierbar und daher die Brücken gesperrt.

Dank ihrer Sonderrechte gelangten Tom und Gunnar Wagner schneller durch den Verkehr. Aber auch die Polizei kam nicht durch das Flutgebiet, warum glaubten die Lkw-Fahrer, sie wären gegen das Wasser gewappnet? Dem Hochwasser ließ sich nur mit Geduld begegnen.

Wagner fuhr in Neuhof auf die Köhlbrandbrücke, und Tom hatte Zeit, die Befragung der Crew zu rekapitulieren. Viel war bei den Gesprächen nicht herausgekommen. Hatte die Mannschaft den Einschleicher wirklich nicht bemerkt? Schwer vorstellbar. Er seufzte. Wagner warf ihm einen fragenden Blick zu.

»Seufzen ist gut für die Psychohygiene«, erklärte Tom. »Man setzt sich mit sich selbst auseinander!«

Wagner ließ diesen Einwand unkommentiert, und Toms Gedanken wanderten zurück zur *Global Endeavour*. Daan Van der Waal und Jonna. Heute Morgen hatte nichts darauf hingedeutet, dass sie noch am gleichen Tag wieder in einen gemeinsamen Fall involviert sein würden. Plötzlich stand alles kopf, und für Tom fühlte es sich an, als ob das Universum beschlossen hätte, mitten in seinem langweiligen Alltag einen Salto zu schlagen.

Er stöhnte. Es änderte nichts, es fühlte sich genauso merkwürdig an wie vorher. Es war der falsche Zeitpunkt, sich in die Arbeit der Mordkommission einzumischen. Aber … er brachte es nicht über sich, sich herauszuhalten.

Beim Blick aus dem Seitenfenster sah Tom den Trucker-Treff Altenwerder vorbeifliegen. Der riesige Parkplatz war überfüllt mit Sattelschleppern. Viele hatten hier Zuflucht gefunden. Es war nicht der schlechteste Platz, um sich die Zeit zu vertreiben, bis das Wasser wieder sank. Das hässliche Areal unter der Autobahn A 7 war Zufluchtsort und Ersatzheimat für die Helden der Landstraße geworden. Die Betreiberin des Autohofs kümmerte sich nicht nur um die Fahrzeuge, sondern auch um das leibliche Wohl und die seelischen Kümmernisse der Brummifahrer.

Toms Handy summte. Das Lagezentrum mit dem stündlichen Update.

»Ich höre!«

Der stellvertretende Revierleiter des WSPK 2 berichtete die neuesten Ereignisse. Die Räumung verlief anstandslos, die Verpflegungslage war geklärt. Es hatte eine Ablehnung aus dem Präsidium gegeben. Es sei kein warmes Essen in dieser Menge und Zeit verfügbar. Der Hafen musste sehen, wie er klarkam.

»Hungern ist angesagt«, meinte der Revierleiter lapidar.

»Ist nicht dein Ernst!« Tom war empört. Er überlegte einen Moment. »Und wenn wir versuchen, eine Firmenkantine in einem der Polder anzufragen? Vielleicht können wir von dort Essen abholen?«

»Ich kläre das!«

Immerhin war ein Verkehrstelefon für die Bürger eingerichtet und beriet jeden Anrufer über die weitreichenden Sperrungen im Hafengebiet und die möglichen Ausweichrouten. Leider stieg das Wasser weiter, und man rechnete in der Nacht mit Wasserständen, die die Deichverteidigung notwendig werden ließen. Das Technische Hilfswerk, THW, bereitete sich vor, und Fachleute suchten die Deiche akribisch auf Risse oder Löcher ab.

Tom beendete das Gespräch. Er bemerkte Wagners Seitenblicke, aber brauchte einen Moment, um sich zu sammeln. Er wusste, was Hochwasser bedeutete, nur dass das Wetter immer schlechter vorhergesagt wurde und das Wort Deichverteidigung fiel, ließ ihn hilflos erschauern. Es war verdammt ernst. Hielten die Deiche? Erstmals kam ihm in den Sinn, dass sein eigenes Häuschen hinter dem Hower Hauptdeich lag.

Warum hatte er nicht früher daran gedacht?

Ihm wurde heiß, und er brauchte Luft. Er ließ das Seitenfenster herunter, um den eiskalten Luftzug im Gesicht zu spüren. Was wäre mit seinem Zuhause, wenn der Deich brach? Lisa musste sofort zu ihrer Freundin fahren!

Sie fuhren den Moorburger Elbdeich entlang, und so blieb ihm kurz Zeit, sie anzurufen.

»Das THW aktiviert die Deichverteidigung«, sagte er zu Wagner. »Ich muss meine Frau warnen, damit sie das Haus verlässt. Ist deine Familie in Sicherheit?«

Gunnar Wagner nickte, starrte geradeaus auf die Straße. Was hätte er auch sagen sollen?

Das Telefon klingelte, aber Lisa ging nicht ran. Er hinterließ ihr die Nachricht, dass sie eine Tasche packen und zu einer Freundin oder besser noch zu seinen Eltern fahren sollte. Sie möge ihn bitte zurückrufen. Er versuchte, seiner Stimme einen ruhigen Klang zu geben, doch er wusste genau, dass Lisa in Panik geraten könnte. Elende Möwenkacke!

Der Wind heulte, als sie in den Kattwykdamm einbogen, direkt in das Chaos hinein. Bereits ab hier stauten sich die Lkw in einer endlosen Schlange auf der Straße zurück. Wagner lenkte den Streifenwagen auf die freie Gegenspur, während links von ihnen die Bäume am Deich sich im Sturm bogen, als ob sie jeden Moment brechen würden.

Die Lkw-Fahrer, manche neben ihren Fahrzeugen, andere in Grüppchen zusammenstehend, wirkten angespannt bis verzweifelt.

Erstmals stöhnte Wagner, und Tom warf ihm einen Blick zu.

»Mein Chef meint, das ist gut für die Psychohygiene«, nuschelte Wagner und wies mit der Hand voraus auf die Menschenansammlung.

Als sie an der Sperrstelle neben dem anderen Streifenwagen anhielten, empfing sie ein Crescendo aus wütenden Stimmen und wilden Gesten. Die Fahrer wollten Deutschlands größte Hubbrücke und ein Wahrzeichen Hamburgs passieren, um auf die andere Seite zu kommen und ihre Waren auszuliefern. Aber daraus würde nichts werden.

Tom stieg aus und kämpfte sich gegen den Wind zu dem vordersten Pulk aus Lkw-Fahrern vor. Wie sollte Tom die aufgeheizte Stimmung beruhigen? Er konnte ja verstehen, dass die Männer ihre Waren ausliefern wollten. Sonst konnten sie weder nach Hause noch neue Ware aufnehmen. Ein Lkw, der stillstand, brachte kein Geld.

Er bahnte sich seinen Weg durch die aufgebrachte Gruppe. Eine Gänsehaut lief ihm den Rücken hinab.

»Wir müssen anliefern, verdammt!«, rief ein Fahrer und ballte seine Hände zu Fäusten. »Lassen Sie uns durch!«

Ein anderer, mit faltiger Landkarte in der Hand, drängte Tom entgegen. »Keine Zeit zu verlieren! Wir müssen da rüber! Lassen Sie uns fahren!«

Tom kam näher. »Ihr beide«, Tom zeigte auf zwei der Männer. »Steigt ein! Sofort!«

Der Mann ließ verdutzt seine Karte sinken.

»Komm, steigt ein, wir fahren euch rüber!« Tom griff nach dem Arm des einen Fahrers, den er als Wortführer identifiziert hatte. Eine Diskussion war sinnlos, es fielen ihm auch keine guten Worte ein für das, was diese Fahrer nicht ahnten. Er würde ihm zeigen, was der Mann partout nicht glauben wollte.

Die beiden Männer setzten sich murrend auf die Rückbank des Streifenwagens, und Wagner umfuhr die Sperrschranke und über die Brücke. Als sie die andere Seite der Brücke erreichten und auf die Halbinsel Wilhelmsburg abbogen, kamen sie keine zweihundert Meter weit.

Die Fluten ergossen sich über die Straßen und hatten die Kontrolle übernommen. Das Wasser überschwemmte die Halbinsel Hohe Schaar, die von drei Seiten von der Elbe und deren Kanälen umzingelt war. Die über die Ufer getretenen Kanäle strömten unkontrolliert in die Senken.

Wagner traute sich noch etwas weiter mit dem Auto durch das Wasser, als einer der beiden Lkw-Fahrer ihm auf die Schulter tippte und ihm bedeutete zu stoppen.

»Ich hab's kapiert. Heilige Scheiße, so was hab ich noch nie gesehen!«

Er versuchte ein schiefes Grinsen, was sofort wieder zerfiel und nur die Falten auf der Stirn zurückließ.

Der Straßenverlauf war nur noch zu erahnen, und die vom Wasser umspülten und verlassenen Autos lösten ein Gefühl der Beklemmung aus.

Wagner wendete mühsam den Wagen durch die großen Pfützen. Weiter hätten sie sich nicht vorwagen dürfen.

Tom hatte nicht einen einzigen Satz gesagt. Manchmal musste man das, was man nicht glauben konnte, eben mit eigenen Augen sehen. Die Fahrer würden abrücken – es blieb ihnen auch nichts anderes übrig. Es gab keinen Alltag mehr im Hafen. Für niemanden.

Der Fahrer stieg aus dem Wagen, als sie wieder an der Sperrstelle ankamen. Er überlegte, was er sagen sollte. Am Ende nickte er nur und wandte sich sofort an seine Kollegen. Seine Gesten waren eindeutig. Rückzug. Maulend und fassungslos folgten sie seiner Aufforderung.

Sie waren besiegt von den Kräften der Natur. Tom beobachtete, wie die Fahrer zurück zu ihren Lkw schlichen. Ein Moment der Stille in der sonst so lauten Auseinandersetzung zwischen Mensch und Natur.

Wagner grunzte zufrieden, gab Gas, und sie rauschten über den Damm zurück Richtung Stadt und zur *Global Endeavour.*

Tom fischte eine Tafel Schokolade aus dem Handschuhfach, brach einen Riegel für seinen Kollegen ab und steckte sich selbst ein Stück in den Mund. Nugat. Es klebte zäh am Gaumen.

Wie alles, was er im Moment tat.

Er sah auf die Uhr. Siebzehn Uhr.

Lisa hatte nicht zurückgerufen.

KAPITEL 18

An Bord der *Global Endeavour* – 17.00 Uhr

Jonna hatte ihr großes A4-Notizbuch vor sich liegen und starrte auf die Eintragungen. Die Durchsuchung des Schiffs lief auf vollen Touren. Tom hatte den maritimen Einsatzzug in drei Trupps unterteilt. Ein Trupp sollte die Aufbauten vom Schornstein bis in die Kammern durchsuchen. Die zweite Gruppe nahm sich das Deck, das Vorschiff und die Spitze des Schiffs, die sogenannte Back, mit ihren verschiedenen Lasten und Stores vor. Der dritten Kolonne wies er den Maschinenraum zu. Tom hatte sie angehalten, in jede Ritze zu leuchten und auf Essensreste, Wasserflaschen und Kotreste zu achten.

Von Zeit zu Zeit kam der Zugführer auf die Brücke und meldete, dass sie noch nichts gefunden hätten. Da die Befragung der letzten Crewmitglieder sich wegen der Durchsuchung verzögert hatte, wollte Jonna endlich damit fortfahren.

Sie sah auf die Uhr im Handy. Schon fünf Uhr nachmittags. Der Tag verging wie im Fluge, aber sie war keinen Schritt weiter in der Beantwortung der Frage, wer der tote Mann aus der Elbe war und was ihm an Bord der *Global Endeavour* passiert sein mochte.

Daan Van der Waal hatte inzwischen Kontakt mit der Reederei aufgenommen und widerstrebend Auskünfte zum Schiff und der Crew erhalten. Sie wartete noch auf seinen Bericht. Der Schiffsmakler hatte sich an Bord angekündigt. Vermutlich wollte er sich schützend vor die Mannschaft stellen und Jonna auf den Füßen rumstehen. Sie war Kummer gewohnt und würde sich dadurch nicht irritieren lassen.

Jonna seufzte. Manchmal war sie es leid, in allen Aussagen immer nur die Lüge zu suchen. Das Leben dieser Seeleute war hart genug, und vielleicht lag Tom auch falsch mit seiner Hypothese, dass der Tote aus der Elbe von diesem Schiff kam. Was, wenn er nur zufällig den Overall getragen hatte? Geklaut? Geschenkt bekommen? Es war schon ein starker Vorwurf, den sie in den Raum gestellt hatten, dass jemand einen blinden Passagier einfach über Bord geworfen haben könnte. Taten Menschen einander so etwas an? Die Antwort lautete zwar ja – und Schlimmeres –, aber dennoch konnten sie diesmal falschliegen.

Es gab keine Zeugen, niemand hatte etwas bemerkt. Es gab keine Kampfspuren an der Leiche. Es gab keine verdammten Hinweise auf gar nichts – außer den Schuhen.

Immerhin. Die Schuhe. Wenn die dem Toten gehörten, wussten sie, dass er an Bord gewesen war.

Gut, dass der Bootsmann die Schuhe abgegeben hatte. Sie sah nach seinem Namen. Michael Timon. Ein Kiribati. Sie hatte sich erklären lassen, dass er an Bord die »Decksgang« anleitete. Sie hatte über den Ausdruck für die Mannschaft an Deck gelächelt, aber sofort verstanden, was der Bootsmann sagen wollte. Er überwachte das Festmachen des Schiffs, war für die Ladung während der Reise, die Arbeitseinteilung und die Pflege des Frachters zuständig.

In ihren Ohren klang das nach einer verantwortungsvollen Aufgabe, doch der Erste Offizier hatte abgewunken. Offenbar hielt er nicht allzu viel von seinem Assistenten. Jonna hatte bemerkt, dass es so einige Abneigungen und Rivalitäten an Bord gab.

Alexander Babić hatte mit einer einzigen Geste offenbart, dass er sich für etwas Besseres hielt. Überhaupt schien er sehr von seiner Männlichkeit überzeugt. Jonna waren seine mehr oder weniger subtilen Flirtversuche nicht entgangen.

Sie wartete noch auf den Offizier aus der Maschine. Angeblich neben dem Kapitän der wichtigste Mann an Bord. Hoffentlich hatte er weniger frei flottierendes Testosteron im Blut. Wer sie wirklich interessierte, war die einzige Frau an Bord. Auch Annika Mittermaier hatte sich noch nicht die Ehre gegeben.

Sowie sie mit den beiden gesprochen hätte und die Durchsuchung ohne Ergebnis blieb, wollte Jonna das Schiff verlassen.

Sie schlug ihr Notizbuch zu.

Der Chief Engineer Petar Horwat sah dem Ersten Offizier Babić in seinem dunklen Äußeren, unrasiert und mit Augenringen, zwar ähnlich, war aber vom Habitus das genaue Gegenteil seines kroatischen Kollegen. Schmal und schmächtig saß er verstockt vor ihr und ließ sich jedes Wort aus der Nase ziehen. Jonna war es leid.

»Sehen Sie es doch mal so. Je eher ich erfahre, ob der Mann hier von diesem Schiff kommt, desto eher bin ich wieder weg. Es ist offen, ob der Mann gestoßen wurde, es ein Unfall war oder er vielleicht selbst gesprungen ist. Niemand wird Ihnen Vorwürfe machen, wenn Sie nichts von dessen Absichten wussten.«

Horwat rutschte zwar auf dem Stuhl hin und her, als müsse er die Antwort erst aus seinem Körper schütteln, aber er schwieg.

»Wenn ich Sie richtig verstehe, wollen alle, so schnell es geht, wieder auslaufen. Ein Teil der Crew wird in Antwerpen ausgetauscht und fliegt von dort nach Hause, stimmt's?«

Er nickte. Ein Lebenszeichen.

»Wenn Sie also einen Illegalen an Bord finden, noch dazu so kurz vor Hamburg, dann ist es einfacher, den loszuwerden, statt sich lange mit den Hafenbehörden zu streiten und hier festgelegt zu werden, richtig?«

Die leichte Kopfbewegung ließ sich nur mit extrem gutem Willen als Nicken interpretieren. Immerhin war da noch eine winzige Bewegung gewesen.

»Und loswerden heißt in diesem Fall, ihn über Bord zu befördern, damit er an Land schwimmt und das bekommt, was er will. Asyl. Dabei nimmt man billigend in Kauf, dass er nicht am Strand ankommt, sondern in der Strömung untergeht, ist es nicht so?«

Diesmal saß Horwat wie tot auf seinem Stuhl.

Sie gab auf. »Sie können gehen, aber das Schiff verlässt den Hafen nicht.«

Der Blick, den sie erntete, war wie der eisige Sturm, der Hamburg überzog und alle menschliche Wärme absaugte.

Es klopfte an der Tür, und der Bootsmann Timon trat mit ernster Miene ein. Er habe alles abgesucht, könne aber leider die Nautische Offiziersanwärterin nicht finden.

»Sie ist nicht an Bord«, schloss er seinen Bericht.

»Nicht an Bord?«, fragte Jonna ungläubig. »Sie muss an Bord sein, die Polizei hat eine Landgangsuntersagung ausgesprochen.« Sie sah zu Petar Horwat hinüber, der den Kopf schüttelte und mit den Schultern zuckte. Er konnte sich das offensichtlich nicht erklären.

»Hast du in ihrer Kammer nachgesehen?«, fragte er.

Der Bootsmann nickte und lächelte wie schon so oft. »Ihre Sachen sind da.«

»Sie verstehen Deutsch, oder? Jedes Wort!« Jonna sprach den Mann auf Deutsch an und beobachtete ihn genau.

Erstmals seit sie an Bord war, verrutschte das Dauerlächeln für eine Sekunde aus dem Gesicht des Kiribati, bevor wieder die Sonne aufging.

Hatte sie es sich doch gedacht. Der kleine Bootsmann sprach mindestens ein paar Brocken Deutsch. Woher? Und was bedeutete das?

In diesem Moment erschien Kapitän Fischer in der Tür.

»Ich habe gehört, dass die Nautische Offiziersanwärterin noch nicht gefunden wurde. Dafür gibt es sicher eine Erklärung. Wir werden lachen …«

Jonna unterbrach seine Beschwichtigungsversuche und stand auf. »Wenn sie bei der Durchsuchung nicht auftaucht, wird sie zur Fahndung ausgeschrieben! Vielleicht hat sie ja den Einschleicher über Bord gestoßen und ist auf der Flucht«, sagte sie provozierend. Der Kapitän reagierte prompt.

»Flucht? Geht's noch? Und was für ein Einschleicher?«, schrie er. Offenbar war seine Geduld erschöpft. »Haben Sie irgendetwas auf meinem Schiff gefunden? Auch nur ein Krümelchen, was nicht da hingehört?« Er rieb sich die Stirn, als ob sein eigener Ausbruch ihm Kopfschmerzen bereite. »Sie haben gar nichts vorzuweisen außer Anschuldigungen. Mir reicht es. Ich werde mich über Sie beschweren!«

Jonna hatte beobachtet, dass Horwat und Timon beim Wutausbruch des Kapitäns zusammengezuckt waren. Offenbar kam das nicht so oft vor. Vielleicht hatte der Mann sogar recht, aber irgendetwas stimmte hier dennoch nicht. Wo war die einzige Frau an Bord? Warum fehlte sie ausgerechnet, als ein Mann mit dem Overall des Schiffs tot aus der Elbe gezogen worden war? Nein, das war kein Zufall. Nur durchschaute Jonna die Zusammenhänge noch nicht.

Verdammt, wo war Tom, wenn man ihn brauchte? Hoffentlich war sein Einsatz bald beendet. Der Gedanke löste eine Assoziation aus. Sie sah sich im Geiste das Schiff betreten, wie sie aufgehalten worden waren: »Das Gangway-Buch!«, rief sie. »Bringen Sie mir sofort das Buch. Ist Annika Mittermaier in diesem Buch ausgetragen? Müsste sie doch, oder?«

Der Bootsmann schüttelte traurig den Kopf. »Manchmal ist die Wache etwas … nachlässig … aber nur selten … vielleicht hat Annika …«

Na toll, dachte Jonna. Natürlich, die unzuverlässige Gangway-Wache. An der kam sicher jeder vorbei, der es nur versuchte.

»Holen Sie Bingham«, wandte sich der Kapitän an den Bootsmann. »Er ist ihr Anleiter und für Frau Mittermaier und ihre Ausbildung an Bord zuständig.«

Der Bootsmann nutzte die Gelegenheit und schlängelte sich aus dem Konferenzraum und seiner angespannten Atmosphäre.

»Was ist los auf Ihrem Dampfer? Sie haben …« Jonna kam nicht mehr dazu, den Satz zu beenden. Ein junger Kollege der Wasserschutzpolizei polterte herein.

»Fund! Sie müssen sofort kommen!« Er japste nach Luft. »Wir haben die Frau gefunden!«

KAPITEL 19

An Bord der *Global Endeavour* – 17.30 Uhr

Tom wusste, dass etwas geschehen war. Als er und Gunnar Wagner an der *Global Endeavour* ankamen, stand kein Seemann Wache an der Gangway, dafür parkte ein Rettungswagen davor. Es kam noch schlimmer, ein Crewmitglied im Overall und mit Helm eilte an ihnen vorbei Richtung Bug und ignorierte sie, statt sie aufzuhalten.

Tom stutzte. Wie auf Kommando sah er einen Kollegen vom Einsatzzug, der weiter vorne aus einem Schott trat und an der Reling entlanglief. Er rief ihn. Momente später standen sie im Inneren des Schiffs. Es war eine Wohltat, dem eisigen Wind zu entkommen.

»Was ist denn hier los? Wird der Frachter nicht mehr bewacht?«

»Ihr kommt gerade zur rechten Zeit. Das müsst ihr euch ansehen.«

Sie folgten ihm ein Deck höher, wo der Gang von Crewmitgliedern bevölkert war, die sich vor einem Raum drängten und offenbar einen Blick erhaschen wollten. Die Luft war stickig, und leises Gemurmel war zu hören. Der Kollege bahnte sich einen Weg durch die Seeleute.

»Macht Platz. Habt ihr nichts zu tun? Hier gibt es nichts zu sehen. Abmarsch! Kommt, Leute, lasst uns durch.«

Es kümmerte ihn keinen Deut, dass er deutsch sprach und ihn niemand verstand. Seine Autorität lag in der Körpersprache, nicht in seinen Worten. Die Seeleute bildeten eine Gasse, durch die Tom eilte. Trotz der Mannschaft war es merkwürdig still im Gang. Beängstigend ruhig.

Dann stand er endlich am Türeingang und konnte einen ersten Blick in die Messe erhaschen. Er riss ungläubig die Augen auf. Jonna kniete neben einer Frau … Rettungssanitäter schoben sich vor die Gruppe.

In diesem Moment quäkte Toms Funkgerät unnatürlich laut in die Stille.

»Elbe 52/10 von Brise 23/1.«

Er riss sein Funkgerät aus der Brusttasche. Er verhedderte sich, und erneut schrillte die Funkkennung unangenehm in das Schweigen.

»Elbe 52/10 von Brise 23/1. Bitte kommen.«

Tom fühlte alle Augen auf sich gerichtet. »Was?«, blaffte er ins Funkgerät und versuchte, die Lage, die sich ihm in dem Raum darstellte, zu erfassen.

»Wir stehen hier am Kleiner Grasbrook. Lkw-Fahrer brauchen Ausweichparkplätze. Wo sollen wir die hinschicken?«

Tom fing Jonnas Blick ein. Sie lächelte amüsiert. Dahinter sah er in ihren Augen bitteren Ernst. Und tiefstes Mitleid.

»Guckt in die Ordner, Herrgott! Ruft den Wachhabenden an, was weiß ich, aber nervt mich doch nicht mit so einer Lappalie! Schickt sie zu den Autobahn-Raststätten Stillhorn oder Harburger Berge. Da passen über fünfzig Lkw hin. Tankstelle Altenwerder Hauptdeich oder Frascati-Platz. Mensch, wir haben genug Notparkräume. Entscheidet mal selber was! Haltet die verdammte Straße frei für die Rettungsfahrzeuge.«

Stille.

Dann: »Verstanden!«

Tom ärgerte sich die Pest, dass er selbst verfügt hatte, die Funksprüche über ihn laufen zu lassen. Jetzt war er zwar informiert, wurde aber mit Unwichtigem belästigt. Er hatte in seinem ganzen Leben noch nicht so einen langen Funkspruch abgelassen, aber das musste mal raus!

Er stopfte das Funkgerät zurück in seine Lederjacke und betrat den Raum.

Vorsichtig ging er auf die kleine Gruppe zu. Er sah die Angst in den Augen der Frau, als er näher kam. Angst, Erschöpfung und der Wille, an ihr Ziel zu kommen. Sie war vielleicht dreißig, schlank, trug ihr Haar in ein Tuch gewickelt, und ihr Blick wanderte durch den Raum. Erwartete sie ein bekanntes Gesicht? Oder suchte sie einfach nur Halt?

Sie saß mit durchgestrecktem Rücken auf dem Stuhl und presste ein vier- oder fünfjähriges Kind fest an ihre Brust. Ein Rettungssanitäter wollte ihr das Kind aus dem Arm nehmen, was sie mit einem heiseren Laut verhinderte. Ein weiterer Rettungssanitäter packte eine Blutdruckmanschette zurück in seinen Koffer.

Jonna stand auf und streckte ihre Hand nach Tom aus.

Ein Signal für diese Mutter, dass er kein Feind war?

»Das sind Abina und ihr Sohn Sisii. Wir haben die beiden im Kettenkasten gefunden. Mehr als ihre Namen hat sie uns nicht gesagt. Ich habe den Eindruck, sie versteht Englisch.«

Jonna lächelte der Frau zu. Der Junge lag apathisch in den Armen seiner Mutter. Er hatte die Augen offen, schlief also nicht, zeigte aber keine Regung. Stand er unter Schock? Die Mutter ließ erstmals eine Hand von ihm, um nach einer Wasserflasche zu greifen. Tom sah, wie ihre Hand zitterte.

Abina. Sisii.

Eine Frau mit einem kleinen Kind. Unfassbar! Die beiden konnten unmöglich im Kettenkasten als blinde Passagiere mit der *Global Endeavour* nach Hamburg gekommen sein. Das war zu gefährlich, zu eisig, zu rau, zu stürmisch … ihm fielen keine Worte dafür ein, sich vorzustellen, wie die beiden den tosenden Sturm der Nordsee auf der Ankerkette sitzend durchgestanden hatten.

Jetzt verstand Tom den Blick der Frau.

Sie hatte Todesangst. Sie riss sich zusammen, um das Kind nicht noch mehr zu verunsichern, aber sie hatte Angst. Panik flackerte in ihren Augen.

Für sie war es nicht vorbei.

Sie verstand nicht, dass sie in Sicherheit war. Oder sie traute den Fremden nicht zu, sie zu schützen. Vor wem auch immer.

»Wir bringen sie sofort runter von dem Schiff. Sie hat Angst!« Er trat einen Schritt zurück und versuchte, seiner Stimme einen sanften Klang zu geben. »Habt ihr einen Arzt gerufen?«

Jonna schüttelte den Kopf. »Noch nicht. Die Rettungssanitäter sagen, ihre Vitalwerte seien normal.«

»Wie geht es dem Jungen? Hat er einen Schock?«

Der Rettungssanitäter mischte sich ein. »Wir haben ihn schlafend angetroffen. Er wirkt eher …«, er suchte nach Worten. »… sediert, als ob er Beruhigungsmedikamente bekommen hätte. Beide sollten zum Check-up in eine Klinik gebracht werden.«

Tom drehte sich um und ließ seinen Blick über die Crew schweifen, bis er gefunden hatte, wen er suchte.

»Sie! Kommen Sie her!« Er zeigte auf einen Filipino, der unschwer als der Koch der *Global Endeavour* zu erkennen war, da er eine bekleckerte Kochschürze trug. »Bringen Sie ein paar Portionen Kompott. Apfel, oder was Sie haben. Hauptsache, fruchtig und süß. Und Tee mit Honig.«

Der Mann war offenbar froh, etwas tun zu können, denn er drehte sich sofort um und verschwand.

»Wir wärmen sie langsam auf, aber sie sind gut angezogen«, sagte der Rettungssanitäter. »Sie sind auf den ersten Blick vor allem erschöpft, hungrig und dehydriert, aber wer weiß, was da noch ist.«

»Wir bringen sie runter vom Schiff und zunächst ins WSPK 2. Später sorgen wir für den Transport ins Krankenhaus«, erklärte Tom. »Wir übernehmen.«

Der Sanitäter zögerte kurz, als ob er überlegte, ob das medizinisch vertretbar wäre, zuckte dann mit den Schultern und fuhr fort, seine Sachen einzupacken.

»Ich rufe Charly an. Sie soll sich auf den Weg ins WSPK 2 machen«, mischte Jonna sich ein. »Vielleicht schafft sie es, Kontakt zu der Mutter aufzunehmen, und …« Jonna brach ab. Wieder sah Tom das Mitleid in ihren Augen.

»Glaubst du, es ist seine Frau?«

Sie nickte. Jonna vermutete, dass der Tote aus der Elbe mit Frau und Kind geflüchtet war. Aus Ghana? Nigeria? Im Kettenkasten? Warum war er dann dort herausgeklettert? War er entdeckt worden? Musste er deshalb sterben? Wie hatten sie auf der Ankerkette ausgeharrt? Das war Kamikaze. Wenn die *Global Endeavour* den Anker benutzt hätte, wäre die kleine Familie von der Kette zerrissen worden.

Und der Sturm und die Kälte. Wie hatten sie das überlebt?

»Vielleicht möchte sie nicht mit uns sprechen, weil sie uns nicht vertraut. Würde ich auch nicht.« Tom war vom Deutschen ins Englische gewechselt und sah an dem kurzen Zwinkern der Augenlider, dass die Frau ihn bestens verstand. »Sie muss erst spüren, dass sie in Sicherheit ist. Sie ist in Deutschland angekommen, und es kann ihr niemand mehr etwas antun.« Er nickte der Frau zu, und sie nickte zurück. Hatte er es doch gewusst. Sie verstand jeden Satz. Jedenfalls die auf Englisch gesprochenen Worte. »Wir bringen sie mit dem Streifenwagen rüber ins Revier. Dort ist sie in absoluter Sicherheit!«

»Ich komme mit«, erwiderte Jonna. »Ich muss eh mit Daan sprechen. Wir müssen die Nautische Offiziersanwärterin zur Fahndung ausschreiben. Sie ist nicht mehr an Bord.«

»Was meinst du damit, sie ist nicht mehr an Bord?« Tom fiel aus allen Wolken. »Ich habe eine Landgangsuntersagung ausgesprochen«, schimpfte er. »Sie muss in der Nähe des Schiffs sein!«

»Und wo ist sie dann?«, fragte Jonna. »Deine Leute haben sie bei der Durchsuchung nicht gefunden.«

Tom schossen die Gedanken schneller durch den Kopf, als er sie fassen konnte.

In diesem Augenblick kam ein junger Kollege des Einsatzzugs herein und flüsterte mit dem Zugführer. Tom erkannte die Dringlichkeit hinter dem Getuschel.

»Fund!«, sagte der Zugführer laut und deutlich. »Wir haben Blut am Fuß eines Niedergangs gefunden.«

Jonna sprang auf. »Tom, du fährst die beiden ins WSPK 2. Daan wird sich um sie kümmern, bis Charly da ist. Ich bleibe an Bord, fordere die KTU an und schaue mir die Kammer von Annika Mittermaier an. Sie hat doch eine eigene Kammer, oder?«, sie zögerte. »Du wirst für das Hochwasser gebraucht.«

Tom nickte.

Ein Toter in der Elbe. Eine Familie als blinde Passagiere. Eine vermisste Offizierin. Der Sturm. Das Hochwasser.

Heute schüttete das Universum eine wuchtige Ladung Chaos über ihm aus!

KAPITEL 20

HafenCity – 17.45 Uhr

Charlotte schob die Teetasse von sich. »Sie will morgen wieder in die Schule, freiwillig! Ich kann Nathalie nicht länger hier einsperren.« Sie seufzte. »Meine Zeit läuft ab.«

Ada schwieg. Ihr Blick wanderte an Charlotte vorbei zu dem Panoramafenster, das ihr die wilde Schönheit des Hafens eröffnete.

Der Sturm hatte den ganzen Tag gewütet und ließ nicht nach. Charlotte hatte die Wohnung nicht verlassen, und als ihre Freundin Ada zu Besuch kam, hatte sie erzählt, dass die Straßen wie leer gefegt seien und das Wasser weiter stiege. In ein paar Stunden wären Teile der HafenCity überspült und würde alle Bewohner in den Häusern einschließen, die sich nicht vorher über die Notbrücken in Sicherheit gebracht hatten. Charlottes Straße lag immerhin erhöht und bekäme wohl keine Probleme. Die Neubauten der HafenCity galten als hochwassersicher, aber konnte man sich darauf verlassen?

Charlotte wusste genau, dass Ada nicht aus dem Fenster sah, um die Aussicht zu genießen oder das Hochwasser zu diskutieren. Sie war ohnehin nicht besonders beeindruckt von ihrer derzeitigen luxuriösen Unterkunft. Ihre Freundin war mit materiellen Gütern nicht zu bestechen. Für sie zählten nur der Charakter einer Person und das, was diese tat. Ada war Krankenschwester auf der Intensivstation und hatte dort die reichsten und mächtigsten Menschen als hilflose, wimmernde Wesen erlebt. Ada war sicher mit ihren Gedanken bei Daniel und der Bedrohung, die er für Charlotte und Nathalie darstellte.

Charlotte hatte ihr die Nachrichten, die er hinterlassen hatte, gezeigt und das Entsetzen in der Miene ihrer besten Freundin gesehen. Das war Bestätigung genug, dass Charlotte nicht übertrieb oder hysterisch war und eine Übermutter, die die Maßstäbe verloren hatte. Ada kannte Daniel so gut wie Charlotte, und wenn sie Angst vor ihm hatte, dann war diese Angst berechtigt.

»Weißt du noch, als ich in diesem Fall des toten Barkassenkapitäns Lutteroth geholfen habe, da hast du mal angedeutet, dass du noch eine Möglichkeit siehst«, flüsterte Charlotte und griff nach Adas Hand. »Jetzt ist der Zeitpunkt, darüber zu sprechen.«

Ada nickte versonnen. Sie entzog Charlotte ihre Hand und strich sich durch ihre kurzen schwarzen Haare. Eine Verlegenheitsgeste. Charlotte sah ihr an, dass es ihr nicht leichtfiel, die Schmetterlinge fliegen zu lassen. Denn einmal ausgesprochen, ließen sich die Worte nicht wieder einfangen.

»Wir sind seit unserer Kindheit befreundet«, begann Ada stockend. »Wir haben eine Menge durchgemacht. Wir stehen nun an einem Punkt, an dem sich unsere Freundschaft bewähren muss. Was ich dir jetzt offenbare, muss unter uns bleiben, und du darfst niemals jemandem davon erzählen. Davon hängt mein Leben ab. Schaffst du das? Kannst du deine Rolle als Polizistin ablegen? Kannst du nur meine Freundin sein, nichts anderes? Oder meinetwegen auch eine Psychologin? Nur keine Kripobeamtin!«

Charlotte zuckte innerlich zurück. Sie hatte nicht gewusst, dass Ada derartig ans Eingemachte gehen würde. »Dein Leben hängt davon ab, wie meinst du das?«

Ada antwortete nicht sofort.

»Weißt du noch, als mein Vater damals an unsere Schule kam, um mich aus dem Unterricht zu holen?«

»Deine Mutter?« Charlotte hatte den traurigen Unterton in Adas Stimme gehört und wusste sofort, was sie meinte.

»Genau. Er kam, um seiner sechzehnjährigen Tochter zu sagen, dass ihre Mutter tot sei. Erhängt im Keller. Müde von den gewalttätigen Ausbrüchen ihres Ehemannes, hat sie keine Kraft mehr zum Leben gehabt. Ich habe es ihr nie übel genommen. Ich war nie wütend, dass sie sich davongeschlichen hat. Ich habe ihre Not gefühlt, ihre Verzweiflung mit jeder Faser meines Körpers gespürt. Verstehst du, Charly, sie ist lieber gestorben und hat ihre Tochter verlassen, als noch einen Tag länger in Angst zu leben. Mein Vater hat ihr keine Träne nachgeweint, stattdessen auf sie geschimpft, dass sie ihn mit dem Balg zurückgelassen habe. Ich habe ihn immer gehasst, aber in diesem Moment war ich kurz davor, ihn einfach im Schlaf abzustechen. Nur hätte das meiner Mutter auch nichts mehr genützt. Es war zu spät.«

»Ich weiß, was du durchgemacht hast. Du bist nicht die Einzige mit Narben.« Charlotte strich sich unbewusst über ihre Narbenlinie im Gesicht. Das Überbleibsel des Cuttermessers, mit dem Daniel durch ihre Wange geschnitten hatte. Natürlich wusste sie, wie Ada unter den Schlägen, den Lügen und dem Hass ihres Vaters gelitten hatte. Nur zu oft hatte sie ihr Unterschlupf gewährt. Jedenfalls so lange, bis ihr eigener Vater sich positiv über Adas Vater geäußert hatte. Dann hatten sie sich ein anderes Versteck gesucht. Charlotte stellten sich die Härchen auf den Armen auf zu einer Gänsehaut. Oft hatten sie über ihre Kindheit gesprochen, doch noch nie hatte Ada diesen ernsten Tonfall angeschlagen. Ein Gefühl von Angst und Sorge vermischte sich in Charlottes Brust und ließ sie schwer atmen.

»In meiner Ausbildungszeit im Krankenhaus habe ich eine Patientin kennengelernt, die von ihrem Ehemann misshandelt wurde. Die Polizei war mehrmals zu Befragungen da, und ich war erstaunt, wie ruhig diese Frau blieb. Beinahe gelassen. So, als hätte sie mit ihrem Leben abgeschlossen und das Unausweichliche akzeptiert. Würde sie den gleichen Weg gehen, den meine Mutter gewählt hatte? Ich habe sie direkt darauf angesprochen.«

Ada sah immer noch stur an Charlotte vorbei. Sie mied den Blick, als könne sie nur erzählen, wenn sie aus dem Kontakt ging.

»Nachts, wenn die Station ruhig dalag, kamen wir ins Gespräch. Sie ... weißt du, sie hätte unsere Freundin sein können. Wir waren auf einer Wellenlänge. Sie erzählte mir von ihren jahrelangen Demütigungen. Von ihren Versuchen, der Gewalt zu entkommen. Von den Rückschlägen bei der Polizei, vor Gericht, in der Familie und dem Freundeskreis. Es war zum Verrücktwerden, wie sehr die Geschichte meiner eigenen ähnelte. Sie war gefangen. Eines Nachts berichtete sie mir von einer Gruppe von Frauen, die sich vor vielen Jahren zusammengeschlossen hätten, um sich nicht länger der Gewalt von Männern hilflos auszuliefern. Eine Art Selbstverteidigungsgruppe. Eine Gruppe von Frauen, die nicht miteinander befreundet sind, die sich nicht mal kennen, die sich niemals treffen, die keinerlei Verbindungen zueinander aufbauen. Eine geheime Gruppe, die nur online kommuniziert. Die sich komplizierten Gruppenregeln unterwirft. Ein Bündnis von Frauen, wo eine für die andere einsteht. Die die Probleme der Betroffenen löst.«

»Warte! Du meinst, ein Geheimbund oder so was?«, Charlotte lachte trocken auf.

Erstmals sah Ada sie direkt an. Was Charlotte in Adas Gesicht sah, ließ sie frösteln. Ihre Freundin meinte es bitterernst, und sie zeigte eine Härte, die Charlotte nicht kannte.

»Wir schützen uns gegenseitig vor männlichen Übergriffen! Wir operieren im Geheimen und haben eine Reihe von Maßnahmen ergriffen, die verhindern, dass die Polizei uns auf die Spur kommt.«

Charlotte war geschockt. »Was treibst du da?«

»Das willst du nicht wissen. Wir schützen Menschen vor gefährlichen Feinden. Du bringst dein Problem ein, es wird analysiert und geprüft, und wenn es angenommen wird, löst jemand aus der Gruppe dieses Problem. Wie? Nun, wir operieren im Verborgenen.«

»Wir?«

»Ich gehöre dazu, seit diese Frau auf meiner Station lag. Sie hat mich eingeführt, und ich habe es nie bereut!«

Charlotte glaubte einfach nicht, was sie da hörte. Das war doch nicht Ada, ihre Ada. Ada im kriminellen Milieu? »Ada, ich weiß nicht, was ich sagen soll. Ahnt Valentina, was du tust?«

Valentina war Adas Lebensgefährtin, eine Violinistin im Elbphilharmonie-Orchester, und Charlotte gab viel auf ihre Meinung.

»Ich habe keine Geheimnisse vor Valentina. Wir sind ein Paar, gehen durch gute und schlechte Zeiten. Natürlich weiß sie davon. Sie gehört ebenfalls dazu!«

»Valentina? Ich kann es nicht glauben. Wir sind seit unserer Kindheit befreundet, und ich wusste nichts von eurem Treiben? Ich meine, worüber reden wir hier? Über eine mystische Gesellschaft, die sich hamburgweit als Netzwerk eingerichtet hat und sich als Rächer misshandelter Frauen aufführt?«

Adas Lippen deuteten ein Lächeln an. »Eher eine geheime Gesellschaft. Und wir operieren deutschlandweit.«

Charlotte schüttelte ungläubig den Kopf. Wieso hatte sie nie etwas bemerkt? Wann hatte Ada überhaupt Zeit für eine solche Mitgliedschaft? Nie, niemals hatte sie auch nur einen Hauch einer Ahnung gehabt. Ada und Valentina. Diese beiden zarten Frauen. Die Heilende und die Künstlerin. Sie gehörten einem solchen Netzwerk an? Unvorstellbar.

»Ich habe lange mit Valentina darüber gesprochen, ob wir dich einweihen sollen. Wir haben uns immer dagegen entschieden, um dich nicht in einen Loyalitätskonflikt mit deiner beruflichen Rolle zu bringen. Nun brauchst du Hilfe, die dir niemand gibt. Ich musste es wagen. Ich sage dir gleich, Valentina war dagegen.«

»Ich kann das nicht. Nein! Das … ich will gar nicht wissen, was ihr da treibt. Ich habe nichts gehört.« Charlotte hielt sich die Hände auf die Ohren. Es war einfach zu krass.

»Sei nicht albern. Du hast keine Ahnung, mit wie viel Ernst und Verantwortungsbewusstsein die Frauen agieren. Es ist ja nicht so, dass wir jede Woche einen Mord begehen. Also entspann dich!«

In diesem Moment vibrierte Charlottes Telefon auf dem Holztisch. Ein Blick auf das Display verriet ihr, dass Jonna Jacobi, ihre Kollegin aus der Mordkommission, am Apparat war. Na großartig! Konnte die Gedanken lesen und wollte Charlotte über die Konsequenzen aufklären, die sie zu erwarten hätte, sollte sie auch nur einen Moment länger mit Ada über dieses Netzwerk sprechen?

»Da muss ich rangehen!« Charlotte griff nach dem Telefon.

»Natürlich«, murmelte Ada und stand auf. Sie nahm die Tassen, in denen ihr Tee mittlerweile kalt geworden war, und trottete Richtung Küche. Vielleicht setzte sie neues Teewasser auf.

»Jonna? Wie schön, von dir zu hören«, sagte Charlotte.

»Nein, leider hört niemand gern von mir. Wenn ich anrufe, ist es immer schwierig. Und ich brauche mal wieder deine Hilfe. Nervt dich das nicht?«

»Ruf halt mal an, um mich auf ein Glas Wein einzuladen!«

Stille.

»Das ist eine verdammt gute Idee! Warum bin ich da noch nie drauf gekommen?«

»Was gibt es denn? Sag nicht, dass ihr bei diesem Scheißwetter Mörder jagt.«

»Wir haben einen Toten aus der Elbe gezogen, und so, wie es sich im Moment darstellt, ist er als blinder Passagier auf einem Containerfrachter mitgefahren. Ob es Suizid, Unfall oder Mord war, weiß ich noch nicht. Aber … und da kommst du ins Spiel.

Wir haben zwei weitere blinde Passagiere an Bord gefunden. Eine Mutter mit ihrem circa vier- bis sechsjährigen Jungen.«

»Du scherzt! Versteckt auf einem Containerschiff? Gibt's so was heute noch?«

Aus der Küche hörte Charlotte den Kaffeevollautomaten knattern.

»Die Frau hat sicher viel durchgemacht, wir müssen ihr trotzdem ein paar Fragen stellen und … möglicherweise die Nachricht überbringen, dass ihr Ehemann tot ist. Vielleicht kann sie uns bei der Identifizierung des Toten aus der Elbe helfen. Ich vermute, dass die drei als Familie unterwegs waren, aber verifizieren lässt sich das nicht ohne die Aussage der Mutter.«

Charlotte lauschte gebannt. Sie hatte noch nie gehört, dass eine Frau mit Kind als blinde Passagiere unterwegs waren.

Es fühlte sich an wie ein Déjà-vu. Erst vor ein paar Wochen hatte Jonna Charlotte zu dem Fall des erschlagenen Barkassenkapitäns dazu gerufen, um dessen Ehefrau und die kleine Tochter Fenja zu betreuen. Nachdem Fenja dann auch noch ihre Mutter verlor, blieb sie zunächst in der Obhut des Jugendamtes. Charlotte hatte sich für die Nachbarn der Lutteroths eingesetzt, die sich sehnlichst ein Kind wünschten und einen guten Draht zu Fenja hatten. Sie waren zunächst als Pflegeeltern eingesetzt worden. Noch nichts Endgültiges, aber mit Chance konnten sie Fenja adoptieren.

Ada erschien mit zwei Bechern in der Hand. Dem Duft nach dampfte frischer Kaffee darin. Als sie einen Becher vor Charlotte hinstellte, sah sie, dass eine dicke Schicht Milchschaum auf dem Kaffee thronte und ein Herz aus Kakaopulver das Friedensangebot vervollständigte.

Charlotte konnte ihr Lächeln nicht zurückhalten, während sie weiter mit Jonna redete.

»Ich soll also Mutter und Kind betreuen? In welcher Sprache?

Wir brauchen einen Dolmetscher. Wo denn? Bei dem Wetter lasse ich Nathalie nicht allein in der Wohnung. Das ist …«

»Bei Tom am WSPK 2. Daan ist auch vor Ort. Du bekommst alle Unterstützung, die du brauchst. Sag nur, was du haben willst.«

Ada zeigte mit dem Zeigefinger auf sich selbst. War das das Angebot, sich um Nathalie zu kümmern? Natürlich, Ada war immer da, wenn man sie brauchte. Jetzt hatte sie eine Seite gezeigt, die Charlotte neu war und über die sie unbedingt mehr erfahren wollte. Aber nicht erfahren durfte, um Ada nicht zu kompromittieren. Warum war das Leben immer so kompliziert?

Charlotte überlegte kurz, dann sagte sie ihr Kommen zu. Jonna freute sich und wollte ihr sofort einen Streifenwagen schicken. Charlotte fiel gerade noch rechtzeitig ein, dass auch Jonna ihre neue Adresse nicht kannte, sodass sie als Treffpunkt die Kehrwiederspitze ausmachte, vor dem Gebäude, in dem die grenzpolizeiliche Dienststelle der Wasserschutzpolizei untergebracht war. Jonna fragte nicht weiter, sondern beendete das Gespräch nach einer Bestätigung.

Charlotte legte das Handy zur Seite und suchte Adas Blick.

»Denk in Ruhe drüber nach«, flüsterte Ada. »Ich könnte dich in unsere Gemeinschaft einführen. Nur wenn du drin bist, gibt es kein Zurück mehr, das muss dir klar sein. Dann helfen wir dir, und irgendwann erwartet jemand von dir einen Gegengefallen. Nicht morgen ober übermorgen, vielleicht erst in zehn Jahren, aber irgendwann wirst du dich revanchieren müssen.«

Charlotte zögerte noch eine Sekunde. »Ich danke dir für dein Vertrauen, Ada! Ich werde es nicht enttäuschen. Aber das kommt für mich nicht infrage. Ich kann das nicht, und ich will das nicht. Ich werde vergessen, dass wir dieses Gespräch geführt haben, und euch nicht verraten. Ehrenwort!«

Ada lächelte. »Verstehe. Ich habe nichts anderes von dir erwartet!«

KAPITEL 21

Containerterminal Tollerort – 17.50 Uhr

Tarik musste wieder eine Pause einlegen. Er war am Ende seiner Kräfte, obwohl er zwischendurch in einen Erschöpfungsschlaf gefallen war. Seit Stunden irrte er auf dem Terminal hin und her. Erst war er nach Norden gelaufen. Der Weg endete am Wasser. Dort kam er nicht weiter, er konnte nicht schwimmen. Dann war er in westlicher Richtung weitergegangen. Immer an Zäunen lang. Immer am Wasser entlang. An den Bahngleisen. Er kam einfach nicht herunter von diesem verdammten Terminal! Inzwischen lief er zwar zwischen Bürogebäuden herum, aber alle Türen waren verschlossen, alle Lichter gelöscht. Das Terminal war evakuiert worden. Hinter den Gebäuden fand er endlich das Gate zum Ausgang. Doch schon bevor er einen Weg hinausgefunden hatte, sah er das Wasser auf der anderen Seite. Das Hochwasser machte vor dem Terminal nicht halt.

Abina. Sisii.

Der Schmerz der Erinnerung zerrte an ihm wie der eisige Wind, der in jede Ritze seiner Seele blies.

Wie ging es den beiden? Er hätte sie nie allein lassen dürfen. Tarik schlug sich gegen den Kopf. Er hatte Angst? Wie mochte es dann erst seiner Frau und seinem Sohn gehen?

Abina. Sisii.

Er hatte sie unschuldig in diese aussichtslose Lage manövriert. Sein wundervoller Sohn. Wie sollte er je verstehen, was sein Vater ihm angetan hatte? Auf ein Schiff verschleppt, gehungert, fast verdurstet und unter Drogen gesetzt, damit er sich nicht muckte. Dabei hatte Tarik vorgesorgt. Doch ein Esser mehr und der Sturm hatten alles durcheinandergebracht. Hatte Ebo inzwischen die Polizei verständigt? Waren Abina und Sisii in Sicherheit?

Es war schon wieder dunkel, doch das Terminal noch erleuchtet und seltsam still. Die Containerbrücken hatten ihre Arbeit schon lange eingestellt, und es fuhren keine Lkw mehr. Der Orkan heulte in den Containerschluchten und schob vor sich her, was nicht fest im Boden verankert war.

Der Wind war zwar eine Naturgewalt, aber er hatte es nicht persönlich auf Tarik abgesehen. Der Sturm war nicht sein Verfolger. Also musste Tarik auch nicht weglaufen, sondern konnte sich dem Sturm entgegenstemmen.

Er seufzte. Er durfte sich nichts vormachen. Er musste sich entscheiden, ob er durch das Wasser schwimmen wollte, um zur Polizei zu gelangen und den Täter zu stellen, oder ob er seine Familie von dem Schiff herunterholen sollte, bevor sie verdursteten.

Seine wunderbare Ehefrau, die er verehrte. Die ihm, ohne zu zögern, gefolgt war, als er mit dem Rücken zur Wand stand. Die ihr vertrautes Leben aufgegeben hatte, damit die Familie in Sicherheit käme. Was hatte er ihr angetan? In Sicherheit waren sie weniger denn je in den letzten Wochen.

Er traf die Entscheidung. Endlich. Viel zu lange hatte er gezögert und sich falsche Hoffnungen gemacht.

Als Ebo und er nicht in den Kettenkasten zurückgekommen waren, hatte Abina vermutlich schmerzhaft erkannt, dass sie auf sich allein gestellt war. Wofür hatte sie sich entschieden: ausharren oder versuchen, das Schiff zu verlassen? Sie hatte Sisii bei sich und hatte warten müssen, bis die Wirkung der Beruhigungsmedikamente, die Tarik ihm verabreicht hatte, nachließen. Aber selbst wenn der Junge wieder bei Kräften war, wäre die Flucht vom Schiff nicht unbemerkt zu schaffen. Wartete sie also noch im Kettenkasten darauf, dass Tarik seine Pflicht erfüllte und sie beschützte?

Er durfte jetzt nicht versagen. Er musste sie holen.

Er stand auf und ging zurück Richtung Container am westlichen Ufer. Von hier wollte er versuchen, quer durch das Terminal zum Schiff zu gelangen.

Selbst von hier sah er, dass die wasserseitigen Ausleger der Containerbrücken in eine beinahe senkrechte Position hochgeklappt und wie Mahnmale am Rand der Pier standen. Die Metallgerüste wirkten wie bedrohliche Riesen, die über ihn wachten.

Als Tarik zwischen den Containerreihen herlief, riss eine Windbö ihn um, er stürzte schwer auf die Seite und schürfte sich bei dem Versuch, den Sturz abzufangen, die Handflächen auf.

»Ja, zeig mir deine Kraft«, schrie er. »Ich habe gebetet, dass du stürmst und wütest! Ich werde es mit dir aufnehmen, Hauptsache, du sorgst dafür, dass der Frachter nicht ausläuft.« Es war wie das Pfeifen im Walde. Er hatte gefleht, dass der Sturm weitertoben solle, aber gleichzeitig verfluchte er sich für seine Dummheit. Wenn Abina und Sisii geflohen waren, schwebten sie in Lebensgefahr. Was wäre es für eine Ironie des Schicksals, wenn sie alle im sicheren Hafen angekommen, auf der Flucht einem Mörder entkommen, am Ende im Hochwasser ertrinken würden?

Er atmete schwer. Als nähme ihm der Wind die Luft zum Atmen.

Möwen schrien in einem erzürnten schwarzen Himmel.

Er kam nur langsam voran, ging geduckt und stemmte sich mit jedem Schritt gegen den Wind. Ab und an fiel er auf die Knie, rappelte sich wieder hoch.

Eine plötzliche Bewegung ließ ihn innehalten. Der Lichtstrahl einer Taschenlampe streifte über einen nahe stehenden Container. Dann sah er sie.

Dass es eine Frau war, erkannte er sofort an ihrer grazilen Figur und den langen Haaren, die unter dem Sicherheitshelm hervorlugten. Auf der schweren Windjacke, die sie trug, stand *Security.*

Eine Frau! War es seine Chance, sich ihr anzuvertrauen? Würde sie ihm helfen? Sie ging die Reihen der gestapelten Container ab, hatte aber nur Augen für die Pier und die Containerbrücken.

Sein Verstand schrie ihm zu, Hilfe zu holen, doch seine Beine fühlten sich an wie Blei. Tat er das Richtige?

Er fasste sich ein Herz und trat zwischen den Containern hervor. Sein Herz raste, und er schwitzte in der Kälte.

»*Hello! Please, Help!*« Er hob die Hände, um ihr zu signalisieren, dass er keine bösen Absichten hatte. Er ahnte, welchen erschreckenden Anblick er bot. Zerschlissener und dreckiger Overall, ungepflegt, ungewaschen und mit Panik im Blick.

Die Frau wirbelte herum und griff nach ihrem Funkgerät.

Er senkte den Kopf, versuchte, mit jeder Faser seines Körpers, Unterwürfigkeit zu signalisieren. Er war keine Gefahr für sie, er brauchte Hilfe.

Sie zögerte, näherte sich ihm mit langsamen Schritten.

»*Stop and stand still! Don't move. I want to see your hands.*«

Er bewegte sich keinen Millimeter.

»Was machen Sie hier?«, fragte sie auf Englisch. »Sind Sie in Ordnung?«

Der Hauch von Besorgnis in ihrer Stimme gab ihm Mut. Er hob den Kopf und bemerkte erstaunt, dass er sie nur verschwommen erkennen konnte. Tränen standen ihm in den Augen. »Ich … brauche Hilfe. Ich muss zur Polizei!«

Sie runzelte die Stirn und betrachtete ihn von Kopf bis Fuß.

»Warum wollen Sie zur Polizei? Wo kommen Sie überhaupt her, das Terminal ist ein Hochsicherheitsgebiet, Sie dürfen hier nicht herumlaufen.«

Er schluckte schwer. »Es ist gefährlich. Ich habe etwas gesehen, Dinge, die ich nicht sehen sollte. Ich kann nicht mehr zurück.«

Die Security-Frau runzelte die Stirn. »Kommen Sie von der *Global Endeavour?*«

Er zuckte zusammen. Natürlich fragte sie nach dem Schiff. Es war das Einzige, das hier an der Pier lag. Sie durfte nicht die Crew alarmieren.

Sie hatte seinen erschrockenen Ausdruck bemerkt und zeigte auf seinen orangefarbenen Overall.

»Beruhigen Sie sich. Ich werde die Polizei rufen, und die werden Ihnen helfen!«

Sein Atem stockte, als sie das Funkgerät benutzte und in einer unbekannten Sprache hineinsprach. Waren es diese fremden Laute, die seine Angst überborden ließen? Er durfte niemandem vertrauen. Er durfte keine Fehler mehr machen. »Nein, nein, ich kann nicht. Er wird mich finden!« Sein Herz schlug wie wild in seiner Brust, und die eisige Luft fühlte sich plötzlich so dicht und schwer an, dass ihm die Luft wegblieb.

Bevor sie reagieren konnte, drehte er sich um und rannte zurück in die Schatten der Containerreihen. Sie lief ihm hinterher, doch ihre Rufe verhallten im Wind.

Er hastete weiter, versuchte, seinen Atem zu kontrollieren, dabei schnürte ihm die Panik die Kehle zu. Ein kalter Schweißfilm bedeckte seinen ganzen Körper, als er zwischen den Reihen entlanghetzte, um sich unsichtbar zu machen. Jeder Schritt dröhnte in seinem Kopf wider wie das Pochen seiner Angst. Er fühlte es wie die Schläge des Mannes, die auf die Frau niedergeprasselt waren, bis sie tot zu seinen Füßen gelegen hatte.

Er war zu keiner Kontrolle mehr fähig. Suchte nur noch nach einer Möglichkeit, sich vor der Hilfe zu verstecken, die er so dringend gesucht hatte.

KAPITEL 22

WSPK 2 – 18.40 Uhr

Charlotte betrat das WSPK 2 eine Stunde, nachdem Jonna sie alarmiert hatte. Es war leicht gesagt, ihr einen Streifenwagen zu schicken, aber schwierig umzusetzen. Sie hatte lange gewartet, bis ein Wagen frei war, und dann mussten sie lange Umwege fahren, da viele Straßen gesperrt waren und der Verkehr sich in alle Richtungen staute. Selbst mit Blaulicht und Martinshorn kamen sie nur langsam voran. Der Sturm hatte die Bahnverbindungen unterbrochen, und viele Leute waren auf das Auto umgestiegen.

Daan Van der Waal hatte sie am Empfang abgeholt und auf dem Weg durchs Revier auf den neuesten Stand gebracht. Die Ermittlungen liefen auf Hochtouren, und von Charlotte erhofften sie sich, dass sie von der unbekannten Frau herausbekam, was an Bord geschehen war.

Daan verzog entschuldigend den Mund. »Wir wissen nicht, ob der Tote aus der Elbe zu ihr gehört, gehen aber davon aus. Du musst wahrscheinlich der Ehefrau eine Todesnachricht überbringen.«

»Sie weiß noch nicht Bescheid?«

Er schüttelte den Kopf und reichte ihr zwei Fotos einer Leiche. Der Afrikaner sah aus, als ob er schliefe. Der Hintergrund des Fotos ließ erkennen, dass er vor gekachelten Wänden auf einer Bahre lag.

»Sie hat keine Ausweispapiere bei sich. Wir haben die Fingerabdrücke und die Daten von dem Toten, Frau und Kind in das polizeiliche Auskunftssystem POLAS und FAST-ID eingegeben, aber es gab keine Treffer. Die Familie ist vorher nie in Deutschland eingereist.«

»Welche Sprache spricht sie?«

»Mit Englisch kann man sich gut mit ihr verständigen. Eine erste Befragung durch die Wasserschutzpolizei hat tadellos geklappt. Sie hat um Asyl gebeten und angegeben, dass sie im Hafen von Tema an Bord gekommen sind.«

»Tema liegt in Ghana?«

Daan nickte.

»Was passiert mit den beiden?«, fragte Charlotte.

»Wenn du mit ihr gesprochen hast, bringt die Wasserschutzpolizei die beiden zur Untersuchung in ein Krankenhaus und anschließend in die Zentrale Erstaufnahme für Asylbewerber.«

»Ist Tom da?«

»Rotiert oben im Lagezentrum. Er hat alle Hände voll zu tun.«

Charlotte seufzte. Natürlich. Sie würde warten müssen, bis er eine ruhige Minute für sie hatte. Durfte sie ihn an einem solchen Tag mit ihren Problemen belästigen? Die Eröffnung, die Ada ihr gemacht hatte, das Angebot – wenn man es so formulieren wollte –, hatte Charlotte verstört. Sie hätte Tom gerne gefragt, ob er noch eine Idee hätte. Über Adas Geheimnis durfte sie nicht mit ihm sprechen, denn sie hatte der Freundin ihr Ehrenwort gegeben. Oh Gott, sie fand einfach keine Lösung! Sie brauchte mehr Zeit. Zeit, die sie nicht hatte.

Sie ging hinter Daan den Gang hinunter Richtung Aufenthaltsraum und hatte nicht bemerkt, wie ihre Schritte langsamer geworden waren, als drücke sie die Last, die sie auf ihren Schultern trug, zu Boden.

»Alles in Ordnung?«, fragte Daan und runzelte die Stirn.

Nein, dachte Charlotte, aber diese Bürde trage ich allein. Sie lächelte. »Ich brauche einen Moment, um mich vorzubereiten.«

»Natürlich.« Daan hatte eine Thermoskanne mit Tee und drei Becher in der Hand, die es ihm unmöglich machten, ihr beruhigend den Arm zu drücken. Dachte er, der warme Tee könnte das

Eis brechen? War es so einfach? Zwar hatte es die Mutter mit ihrem Kind bis nach Deutschland geschafft, doch welchen Preis hatte sie dafür gezahlt? War es ihr Ehemann, der tot in der Rechtsmedizin lag?

Daan wartete geduldig, bis Charlotte tief ausatmete und ihre Schultern straffte.

»Ich hoffe, du findest einen Draht zu der Frau. Wenn du Hilfe brauchst, ruf mich, ich bin nur ein paar Türen weiter.« Er gab ihr die Teekanne und die Becher in die Hand.

Ja, sie hoffte auch, dass sie einen Zugang zu der Frau fand, denn mit den Fotos des Toten aus der Elbe hatte sie eine traurige Nachricht im Gepäck, die das Leben der Frau zerstören würde. Und das in einem fremden Land.

Sie drückte die Klinke herunter.

Der Aufenthaltsraum strahlte eine Mischung aus Funktionalität und Spannung aus. Die Wände waren in einem nüchternen Beige gestrichen, in den Regalen standen diverse polizeiliche Ordner in akkurater Ordnung. Die Atmosphäre war durch das helle Neonlicht von einer gewissen Ernsthaftigkeit geprägt, und eine achtlos auf den Tisch geworfene Fleecejacke zeugte von einem schnellen Aufbruch.

In der Mitte des Raums stand ein großer, rechteckiger Tisch, umgeben von stapelbaren Kunststoffstühlen. Die Oberfläche des Tischs war von Kratzern und Spuren gezeichnet, ein stummer Zeuge zahlreicher Besprechungen und Planungen.

An der Wand hingen Tafeln, auf denen Fahndungsaufrufe neben Postkarten angebracht waren. Ein Fernseher starrte schwarz vor sich hin. Kleine Souvenirs in den Regalen zeugten davon, dass die Polizisten in diesem Raum nicht nur Informationen, sondern auch gemeinsame Pausen, Geschichten und ein Stück ihres Alltags miteinander teilten.

An dem Tisch saß eine Frau mit ihrem Kind. Der Junge starrte Charlotte mit offenem Mund an. Die Frau schien zu schlafen. Sie hatte ein ebenmäßiges Gesicht und einen wunderschön geschnittenen Mund. Als sie die Augen öffnete, sah Charlotte in eine dunkelbraune Iris, in deren Glanz sich eine Mischung aus Sanftmut und eiserner Entschlossenheit spiegelte.

Wie viel Mut musste es sie gekostet haben, ihre eigene Gesundheit und die ihres Kindes aufs Spiel zu setzen, um in einem fremden Land ein neues Leben anzufangen? Was war ihr widerfahren, dass dieser verzweifelte Schritt nötig geworden war?

Die Frau setzte sich auf, und die Pupillen veränderten in dem Neonlicht ihre Farbe. Charlotte ging zu einer Stehlampe in der Ecke, dimmte sie und schaltete das Deckenlicht aus.

Sofort herrschte eine angenehmere Atmosphäre, und die Frau lächelte. Charlotte schenkte heißen Tee aus der mitgebrachten Thermoskanne ein und schob den beiden die Becher hin.

Niemand hatte ein Wort gesprochen. Charlotte setzte sich zu ihnen an den Tisch, pustete in ihren Becher und trank einen Schluck. Dann öffnete sie ihren Rucksack und holte den Zeichenblock und die Schachtel mit den Malstiften heraus und legte beides vor sich hin. Die Frau verfolgte jede ihrer Bewegungen. Ihre Augen drückten sich in einer Sprache aus, die ohne Worte auskam – die Stimme der Hoffnung und der Träume, die sich in einem stillen Dialog zwischen ihr und Charlotte entfaltete.

Charlotte wusste, dass diese Frau, ohne zu zögern, ihr Leben für ihr Kind geben würde. Und so musste es auch dem Ehemann ergangen sein. Sie warf ihren Plan über den Haufen, erst die Frau zu befragen, um anschließend die Identität des Toten zu klären. Unmöglich! Sie durfte diese Mutter nicht im Unklaren lassen, sie ausfragen, um sie dann mit diesem furchtbaren Verlust zu konfrontieren. Das war nach dem Blick in diese Augen undenkbar.

»Mein Name ist Charlotte Severin. Und ich bin für Sie da.« Charlotte mühte sich mit den ersten Worten in Englisch.

Die Frau neigte kurz den Kopf.

Charlotte sah auf die Box mit den Malstiften vor sich. »Wie heißt du?«, fragte sie den Jungen.

Er sah seine Mutter fragend an.

Erstmals hörte Charlotte die weiche Stimme der Frau, die ihrem Kind die Frage übersetzte. Sie fiel in eine Art Singsang, der etwas Beruhigendes hatte. Sie zeigte auf den Jungen und sagte: »Sisii.« Der Kleine lächelte. »Ich heiße Abina Rasheed.«

»Sisii. Ein schöner Name. Ich habe dir Stifte und Papier mitgebracht, Sisii. Vielleicht hast du Lust, zu malen?«

Sie schob dem Jungen den Zeichenblock und die Buntstifte hin, nach denen er neugierig griff. Nach einem weiteren Blick zur Mutter und deren stiller Erlaubnis öffnete er vorsichtig die Box mit den Malstiften und bestaunte die verschiedenen Farben.

»Ich möchte mich gerne mit Ihnen über Ihre Reise unterhalten. Ich möchte herausfinden, was Ihnen passiert ist, warum Sie unter diesen furchtbaren Umständen nach Deutschland gekommen sind. Ist das möglich, Abina? Verstehen Sie mich?«

Abina neigte erneut hoheitsvoll den Kopf.

Charlotte schluckte. Sie musste eine Entscheidung treffen.

»Ich möchte Sie so viel fragen, aber ich kann das nicht, bevor ich Ihnen nicht … kann sich Sisii vielleicht zum Malen auf den Teppich setzen?«

Abina schluckte trocken, als ahne sie, was auf sie zukäme. Sie wies Sisii mit einer kurzen Bewegung ihrer Hand an, vom Tisch aufzustehen. Er nahm wortlos den Zeichenblock und die Stifte und ging an das andere Ende des Raums zu einem Sessel. Dort legte er sich auf einen schmalen Teppich und vertiefte sich ins Malen.

»Abina, Sie und Sisii waren nicht allein auf dem Schiff, stimmt's?«

»*Yes.*« Die Stimme zitterte.

»Ich muss Ihnen leider sagen, dass wir einen Mann aus der Elbe geborgen haben, der in den Fluten ertrunken ist. Sind Sie mit Ihrem Ehemann geflüchtet?«

Abina nickte, ohne ihren Blick von Charlotte zu wenden.

»Ich zeige Ihnen jetzt ein Foto. Können Sie mir sagen, ob Sie den Mann erkennen? Ob es der Mann ist, mit dem Sie auf dem Schiff waren?« Charlotte holte eines der Fotos aus ihrem Rucksack und reichte es Abina.

Sie zeigte keine Regung. Erst als eine Träne aus ihrem Auge tropfte und sie hochschaute, bemerkte sie, dass Charlotte sie beobachtete.

»Abina?«

»Ist er tot?«

»Es tut mir sehr leid! Er ist ertrunken.«

»Er war ein guter Schwimmer!«

Sie kannte den Mann! Es war logisch gewesen, und doch berührte Charlotte diese Bestätigung. Bevor sie sich weitere Gedanken machen konnte, flüsterte Abina: »Ebo. Der beste Schwimmer, den ich in Ghana kenne.«

»Sie sind Ghanaerin?«

Sie nickte, und Tränen liefen ihr über die Wangen.

Sie küsste das Foto.

Plötzlich riss jemand die Tür auf, und zwei junge Beamte polterten lachend in den Raum. Charlotte sprang auf und stellte sich schützend vor Abina. Die beiden Polizisten stoppten abrupt und versuchten zu verstehen, was sie sahen.

»Im Moment ist hier kein Zutritt!«

»Entschuldigung, wir wussten nicht …«

Sie traten rückwärts aus der Tür und schlossen sie leise.

Charlotte drehte sich um und wollte zu einer Erklärung ansetzen, als Abinas Blick sie aufhielt. Hatte sie je so viel Schmerz und unausgesprochene Fragen in einem Gesicht gesehen?

»Wo ist er?«

»Im Krankenhaus, in der Rechtsmedizin. Ich werde versuchen, Sie bald zu ihm zu bringen, aber der Sturm …« Sie hielt inne. Der Sturm war nicht der wahre Grund, warum Abina ihren Mann nicht sehen durfte. Sie steckte mitten in einer Untersuchung und wusste es nicht. »Wir müssen erst seine Todesumstände klären, dann bringe ich Sie zu ihm. Helfen Sie mir!«

Abina sank in sich zusammen und weinte lautlos.

Ein schneller Blick zu Sisii zeigte Charlotte, dass er nicht mitbekommen hatte, welche dramatische Wendung das Gespräch genommen hatte. Wie gut, dass er kein Englisch verstand.

Charlotte zögerte, sich zu nahe zu Abina zu setzen. Sie wusste nichts über die kulturellen Gepflogenheiten der westafrikanischen Frau. Würde sie Körperkontakt als tröstlich empfinden? Abina hatte sich eine Hand vor den Mund gepresst, um keinen Laut von sich zu geben. Sie schützte ihren Sohn vor ihrem Schmerz.

Charlotte hielt es nicht aus. Eine Mutter war eine Mutter, egal, von welchem Kontinent sie kam. Sie kniete sich neben den Stuhl und legte eine Hand auf das Knie von Abina. Die zog das Bein nicht weg. Ihr Körper wurde von lautlosen Schluchzern geschüttelt. Wie viel Kraft mochte es sie kosten, ihren Schmerz nicht in die Welt zu schreien?

Trotzdem würde der Moment kommen, in dem Sisii erfahren musste, dass sein Vater gestorben war. Ertrunken auf dem Weg in ein Land, das sie zur Rettung ihrer Familie auserkoren hatten. Es war nicht Charlottes Aufgabe, diesen Zeitpunkt zu bestimmen. Sie hatte größten Respekt davor, denn die Vorstellung, dem kleinen Jungen den Vater zu nehmen, ließ sie erschauern. Sie hatte ihrer eigenen Tochter den Vater vorenthalten müssen. Ein Vater, der sich als ein Psychopath herausgestellt hatte und Charlotte nach dem Leben trachtete.

Sie holte ein Paket Taschentücher aus ihrer Jackentasche und zog sich einen Stuhl heran.

Abina hob den Kopf. »Wir hatten nicht mehr genug zu trinken. Wir waren so durstig!«, flüsterte sie.

Er wollte Trinkwasser für die Familie auftreiben, dachte Charlotte. Aber warum war er in die Elbe gesprungen? Das ergab keinen Sinn. Hatte ihn jemand von der Crew über Bord gestoßen?

Charlotte nickte und wartete noch einen Moment, ob Abina sich wieder abwandte. Doch die nahm die Taschentücher und schnäuzte sich.

»Wie haben Sie sich die ganzen Tage versorgt?«, fragte Charlotte vorsichtig.

»Wir hatten Essen und Trinken, aber nicht genug ... der Sturm ... es hat gedauert ... der Mann ist nicht mit Wasser gekommen ... Versprechen gebrochen.«

Sie hatten ihre Flucht also geplant. Natürlich. Mit einem Kind. Sie sah zu Sisii hinüber, der eifrig malte und die Erwachsenen nicht beachtete.

»Wie sind Sie auf das Schiff gekommen?«

Abina zögerte mit der Antwort. »Nachts an Bord geschlichen.«

»Hat Ihnen jemand geholfen? Warum *dieses* Schiff?«

Charlotte erhielt keine Antwort. Selbst schuld, warum bedrängte sie Abina? Geduld, ermahnte sie sich, hab Geduld. Sie schwieg, ließ der Mutter Zeit und stellte die nächste Frage erst, als Abina wieder den Blickkontakt aufnahm.

»Haben Sie jemandem Geld gegeben, um an Bord zu kommen?«

Abina nickte.

Nicht so hastig, mahnte sich Charlotte im Stillen. »Im Hafen von Tema?«

Wieder nickte Abina. »Ein Mann hat uns auf das Schiff geführt. Versteckt. Es stank. Es war eng. Sisii hatte Angst!«

Es fiel Charlotte nicht schwer, sich vorzustellen, dass alle drei fürchterliche Stunden und Tage ausgestanden hatten. Was hatte sie zu diesem Wagnis getrieben?

In diesem Moment drängte sich Sisii an seine Mutter. Sie hatte den Jungen nicht aufstehen hören.

Er streichelte ihr die Hand, und Charlotte stand auf, um den beiden den Moment zu geben.

Abina nahm ihren Sohn in den Arm und sprach leise auf ihn ein. Charlotte fühlte sich als Störenfried und stellte sich ans Fenster. Sie verstand die Sprache nicht, in der Abina ihrem Sohn mitteilte, dass sein Vater gestorben war. Es war egal. Es gab keine gute Sprache, einem Kind diese Nachricht zu überbringen.

Charlotte sah in den schwarzen Nachthimmel. Im Licht der Laternen an der gegenüberliegenden Böschung des Travehafens beobachtete sie, wie der hemmungslose Wind die Bäume zwang, sich weit hinunterzubeugen.

Plötzlich rannten Polizisten aus der Wache und auf den beleuchteten Anleger hinunter zum Boot.

Charlotte erkannte Tom sofort.

Er redete gestikulierend auf einen Kollegen ein, der die Leine des Bootes löste. Offenbar gab er ihm letzte Anweisungen für den eiligen Einsatz.

Die Bewegungen der Männer wirkten konzentriert, aber angespannt. Wohin schickte Tom sie? Was war passiert?

Vier Kollegen sprangen an Bord des Streifenbootes, und zwei machten ein Schlauchboot klar.

Tom redete weiter auf sie ein. Durch die geschlossenen Fenster verstand Charlotte nicht, was gesprochen wurde, und selbst wenn das Fenster offen gewesen wäre, hätte der Sturm jede Stimme verweht.

Toms Anblick beruhigte sie. Er kümmerte sich um alles. Er hatte die Lage im Griff. Im Gegensatz zu ihr.

Sie drehte sich zu Abina um. Sisii saß auf ihrem Schoß und hatte den Kopf an ihre Schulter gelehnt. Abina hielt ihn eng umschlungen, und Charlotte konnte nicht erkennen, wer hier wem Halt gab.

»Wusste Ebo, dass er stirbt? Hat er um Hilfe gerufen?«, flüsterte Abina.

Charlotte schwieg. Diese Frage konnte niemand beantworten. Ihr Blick war Abina Antwort genug.

»Sie müssen ihn finden! Er kann nicht schwimmen«, sagte Abina mit fester Stimme.

Charlotte war irritiert. »Sie sagten, Ebo konnte schwimmen wie ein Fisch.«

»Ebo, ja! Aber Tarik kann nicht schwimmen.«

»Tarik? Wer ist Tarik?«

Abina sah ihr in die Augen. Sie hatte offensichtlich eine Entscheidung getroffen. »Mein Ehemann!«

»Ihr Mann? Ich verstehe nicht.« Charlotte zeigte auf das Foto, das Abina noch immer in einer Hand hielt. »Und wer ist Ebo?«

»Mein Bruder!«

Charlotte keuchte erschrocken auf. Das durfte doch wohl nicht wahr sein. Warum sagte Abina das erst jetzt? »Ihr Ehemann war auch an Bord? Der Vater von Sisii? Auf der *Global Endeavour?*«

»Er hat uns in Sicherheit gebracht. Sie wollten uns töten!«

Charlotte schwindelte. Warum wollte jemand die Familie töten? Wo war Tarik? Ein weiterer blinder Passagier, von dem noch niemand wusste. Einer, der nicht schwimmen konnte.

War er noch in der Elbe?

Sie musste sofort mit Jonna und Daan sprechen.

KAPITEL 23

WSPK 2 – 19.00 Uhr

Der Anblick von Mutter und Sohn ging Tom nicht mehr aus dem Kopf. Er stand im Lagezentrum, und um ihn herum arbeiteten die Kollegen die Einsatzlagen ab, die im Minutentakt auf sie einprasselten. Er versuchte, sich auf die nächste Aufgabe zu konzentrieren, aber es wollte ihm nicht gelingen. Sie waren gerade so eben noch vom Terminal heruntergekommen, bevor das Wasser die Brücken überspülte. Die Frau hatte still im Heck des Streifenwagens gesessen, das Kind fest an sich gedrückt. Jedes Mal, wenn er in den Rückspiegel geschaut hatte, waren sich ihre Blicke begegnet. Er hatte nicht lesen können, was ihre Augen ihm sagen wollten, und fühlte sich hilflos angesichts des Elends, das sie durchgemacht hatte, und das, was noch vor ihr lag. Er hatte nie gehört, dass unter blinden Passagieren eine Frau mit Kind gewesen wäre. Wie hatten sie die Überfahrt überstanden? Sie hatten Essen und Trinken, sogar Medikamente bei sich. Das war von langer Hand geplant gewesen – nur von wem? Er war gespannt, was Charlotte herausfinden würde. Ihr blieb mal wieder die traurige Aufgabe, der Frau den Tod ihres Ehemanns zu übermitteln. Ertrunken in den Fluten der Elbe.

Daan hatte Charly sofort zu ihr geführt, und er war ihr noch nicht begegnet. Aber sie war im Revier, und es war nur eine Frage der Zeit, bis sie in Ruhe ein paar Worte wechseln konnten.

Inzwischen war das Wasser weiter gestiegen. Es machte einfach keinen Halt, sondern ließ sich vom Sturm die Elbe hochdrücken. Selbst das WSPK 2 war nicht mehr auf trocknem Weg zu erreichen. Das Gebäude stand zwar auf Stelzen, aber das reichte gegen die Wassermassen auf der Straße nicht mehr aus. Er hatte die Anweisung gegeben, die Streifenwagen auf der Ellerholzbrücke zu parken und die letzten Meter bis zur Treppe ins Revier mit Wathosen und Gummistiefeln zu überbrücken. Nur die Köhlbrandbrücke, der Veddeler Damm und der östlich etwas höher angelegte Roßdamm waren noch frei für Fahrzeuge passierbar. Selbst Jonna erreichte er auf der *Global Endeavour* nur noch per Boot.

Das verdammte Hochwasser führte sich auf, als wolle es alle Rekorde brechen.

Tom rieb sich die Augen. Er brauchte eine Cola oder Kaffee. Am besten beides. Langsam setzte die Art von Müdigkeit ein, die ihm seine Konzentration raubte und die er sich nicht leisten konnte. Er war seit zwölf Stunden im Dienst, und ein Ende war nicht abzusehen. Espresso. Doppelt. Und Schokolade.

Er eilte den Gang hinunter, das Treppenhaus ins Erdgeschoss hinab, um in seinem Büro die Schokoladenvorräte zu plündern. Er stoppte abrupt, als er am Wachtresen vorbeikam und Quetsche und Hirschfeld zur Tür hereinkommen sah. Der Wachhabende stellte den Fernseher leiser, auf dem eine Sondersendung zur Sturmflut lief.

»Mensch, Quetsche, ich dachte schon, du bist mir verloren gegangen!« Tom lehnte sich zu den beiden an den Tresen. Sie sahen zerzaust und durchgefroren aus. Und nass. »Regnet es?«

Quetsche verdrehte die Augen. »Wie du das wieder ermittelt hast. Unschlagbar! Seit ein paar Minuten gießt es in Strömen.«

»Wo wart ihr?« Die beiden Kollegen sahen erschöpft aus. »Wärmt euch auf und esst etwas. Es wird eine lange Nacht!«

Hirschfeld keuchte erschrocken auf.

»Tut mir leid! Wir bleiben alle im Dienst. Heute gibt es kein Schichtende.«

Hirschfelds Augen hetzten zwischen ihm und Quetsche hin und her.

Tom versuchte, ihn zu beruhigen. »Klärt, ob bei euch zu Hause alles okay ist. Wenn es Probleme gibt, meldet euch bei mir. Haut euch eventuell eine Stunde aufs Ohr.« Er verzog den Mund. »Es ist ernst, ich brauche euch! Ich habe noch achtzig weitere Kollegen und einen Zug der Reserve angefordert. Der Verkehr bricht zusammen, und wir müssen die Sperr- und Lenkstellen ausweiten. Die Einsätze trudeln im Minutentakt ein.«

Quetsche grinste. »Yeah, Party! K-Boote?«

Tom nickte und stieß angestrengt die Luft aus. »Jo, ein Einsatzzug durchsucht die *Global Endeavour,* ein anderer Zug ist mit den Katastrophenschutzbooten auf dem Weg zu uns.« Er griff Quetsche am Arm und zog ihn beiseite. »Du glaubst nicht, was wir auf der *Endeavour* gefunden haben!«

Quetsche nickte wissend. »Ich hab's dir gesagt: Die Frau bringt Ärger! Reicht die Wasserleiche nicht? Was denn noch?«

»Einschleicher. Eine Mutter mit Kind.«

Quetsches Augenbrauen schossen in die Höhe.

»Und der Käpt'n hat nicht bemerkt, dass seine Offiziersanwärterin fehlt.«

»Was soll das heißen?«

»Sie wird vermisst. Niemand weiß, wo sie abgeblieben ist!«

»Krass! Gibt es einen Zusammenhang? Ein Liebespaar?«

»Liebe ... wer?«

»Na, die junge Offiziersanwärterin und der Tote aus der Elbe. Sie ist doch jung, oder? Romeo und Julia?«

Tom zuckte mit den Schultern. »Keine Ahnung. Das müssen wir herausfinden.«

»Wir? Nicht schon wieder!« Quetsche drehte sich von Tom weg. »Ey, ich hab eben diese versnobten Bubis aus der Elbe gefischt, die Papas Porsche geschrottet haben und meinten, sie müssten auf dicke Hose machen. Wir haben 'ne Boje an die Stelle gelegt, an der das Auto abgesoffen ist, und wir haben der genervten Feuerwehr Händchen gehalten. Ich brauch 'ne Pause.«

Tom lachte. »Ich bin froh, dass du wieder da bist. Ruh dich kurz aus, und dann wird in die Hände gespuckt.«

»Wie hoch steht das Wasser?«, fragte Quetsche und lehnte sich schwer gegen den Wachtresen.

»Fünf Meter fünfzig, steigt weiter an! Ich richte gerade Unterabschnitte ein für den Verkehr, Presse- und Öffentlichkeitsarbeit sowie Logistik und Kräfte-Einteilung. Da sollen sich die Abschnittsführer dran abarbeiten, wir schaffen das oben nicht mehr. In der Stadt ist Megastau, weil der Hafen unpassierbar ist. Und die Anfragen der Presse und besorgter Bürger überfluten uns.«

»Läuft das Bürgertelefon nicht?«

»Das Bezirksamt ist dran. Wir müssen noch weitere Gebiete evakuieren.«

»Scheiße.«

»Gute Zusammenfassung!« Tom lachte befreit. Es tat gut, Quetsche wieder an der Seite zu haben. »Kurze Pause, und dann komm nach oben ins Lagezentrum.« Tom klopfte auf den Tresen und eilte weiter in sein Büro, um die ersehnte Schokolade zu holen, bevor ihm in der Einsatzzentrale die Probleme um die Ohren fliegen würden.

Als er wieder oben ankam, sah er Daan, der konzentriert in seinen Laptop starrte. Er wollte gleich zu ihm, nachdem er die neuesten Ereignisse abgefragt hatte.

Er stopfte sich ein Stückchen Mandelschokolade nach der anderen in den Mund, ohne viel zu schmecken, aber er hoffte, dass der Zucker kurzfristig Energie freisetzte.

Der Stabsleiter leierte die neuesten Meldungen herunter. HafenCity überschwemmt, Falkensteiner Ufer überflutet, der Strandweg in Blankenese meterhoch unter Wasser, die Hafenbahn hatte den Betrieb eingestellt, Bäume waren entwurzelt, Baustellenabsperrungen umgeweht, die Speicherstadt weiträumig gesperrt, die

HPA hat den Strom der Hafenbahn abgestellt, und immer mehr Menschen riefen direkt in der Wache an. Verängstigt, verunsichert und hilflos.

Tom nickte langsam und entschied sich. Er klopfte energisch auf einen Tisch. »Alle mal herhören!«

Das Stimmengemurmel ebbte ab, ein paar Kollegen kamen näher. Die Telefone klingelten leise im Hintergrund.

»Die Innenbehörde hat die Wasserstandsstufe 2 ausgerufen! Die nächste Flut rollt rein, und wir werden die sechs Meter über Normalnull reißen.« Tom bewegte sich auf die Karte an der Wand zu und zog das Fadenkreuz auseinander, sodass der Sperrbereich sich deutlich vergrößerte. »Wir evakuieren die Räumzone zwischen Steinwerder, Roß, Neuhof, Ellerholzweg, Köhlbranddeich, Reiherstiegdeich und …«, er malte einen Kreis mit dem Finger, »… diesen Bereich. Die eingepolderten Firmen entscheiden selbst über eine Evakuierung. Aber nicht, dass mir da Klagen kommen!« Er überlegte kurz. »Evakuiert die Bewohner des Schanzenwegs, und ein Streifenwagen soll die Räumung der Schleusenwärterwohnung an der Ellerholzschleuse und am Fährkanal die Hausmeisterwohnung sicherstellen. Nicht, dass die alten Haudegen die Warnung ignorieren. Fahrt sie in eine Notunterkunft!« Tom kannte seine Pappenheimer – die beiden Urgesteine des Hafens würden sich mit Händen und Füßen gegen eine Evakuierung zur Wehr setzen.

»Wir schließen sofort sämtliche noch offenen Fluttore. Alle Fluttore sämtlicher Räumzonen. Auf geht's!«

Die Kollegen schwärmten aus.

Marvin näherte sich mit einem Becher Kaffee für Tom.

»Na, heute gibt's viel zu gucken, was? Oder willst du lieber mit in die Einsätze?«

Marvin errötete und stotterte vor Begeisterung. »Oh … also … ja, gerne!«

Tom grinste. »Selbst schuld, wenn du Sturm und Regen einem lauschigen Plätzchen vorziehst. Boot, K-Boote oder Wagen?«

Marvin strahlte. Offensichtlich konnte er sein Glück kaum fassen, dass sein Dienstgruppenleiter ihm auch noch eine Wahl ließ.

»Alles! Hintereinander? Dann kann ich mir gleich die Fluttore ansehen. Ich weiß gar nicht, wie das funktioniert.« Als ob er Angst hätte, dass seine Sprechzeit ablief, schob er haspelnd noch Fragen nach. Warum lief der Strom im Hafen noch, und warum soff die Speicherstadt nicht ab? Oder die HafenCity?

Tom nahm einen Zettel entgegen, den ihm der Stabsleiter im Vorbeigehen zusteckte.

»Die ganze Infrastruktur des Hafens ist auf ein Hochwasser ausgelegt. Die Elektrik ist wasserfest. Hast du noch nie bemerkt, dass die Verteilerkästen auf hohen Sockeln stehen? Die Speicherstadt hat offene Fundamente. Da werden die Keller überflutet, ohne dass die Häuser Schaden nehmen. Manche der Häuser im Hafengebiet haben sogar Panzerglasscheiben!«

Er las den Zettel, drehte sich zu einem Kollegen um und hielt das Papier hoch.

»Warum sind die Unterabschnitte noch nicht besetzt? Was brauchen die so lange?«

Der Kollege zuckte ratlos mit den Schultern.

»Wie viele Ausfälle haben wir?«, rief Tom ihm nach.

Der Kollege hielt drei Finger hoch, während er ein klingelndes Telefon abnahm.

Nur drei Kollegen aus dem Tagdienst waren nach Hause gefahren. Was sie dort wohl für Probleme erwarteten? Auch Polizisten waren Menschen und versorgten kranke Angehörige, kleine Kinder oder Tiere. Drei Ausfälle waren zu verkraften. Immerhin stand auf dem Zettel, dass der Leiter der Wasserschutzpolizei die ganze Nacht im Dienst bleiben und jederzeit ansprechbar sein würde.

»Gesamtlage halbstündlich an mich und Rapport an den WSP-Leiter!«, rief Tom in den Raum und hoffte, dass die Nachricht den Richtigen erreichte. Er drehte sich zu Marvin um. »Die HafenCity wurde bewusst nicht eingedeicht. Sie liegt auf einem neuen Höhenniveau von acht Metern über Normalnull. Das sollte reichen.« Er überlegte kurz. »Du fährst auf dem 3er. Und denk dran: Eigensicherung geht immer vor! Keine Heldentaten, verstanden?«

Marvin strahlte und rannte los, bevor Tom es sich anders überlegen konnte.

Tom setzte sich an den Tisch, von dem aus er einen ungehinderten Blick auf die Bilder hatte, die der Beamer an die Wand warf. Die nächsten sechs Stunden würde das Wasser weiter steigen. Die entscheidende Frage war, wie hoch. Sieben Meter? Acht Meter? Höher?

War diese Sturmflut die eine, die alle Vorstellungen sprengen würde?

Die Stadt Hamburg beschäftigte sich seit Jahren mit den Klimafolgen. Rund fünfundvierzig Prozent der Hamburger Stadtfläche waren durch Sturmfluten gefährdet. Auch das Binnenwasser und die mangelnde Versickerung des Regenwassers durch bauliche Verdichtung der Stadt trugen zur Gefährdung bei. Es gab Konzepte, die Hochwasserlage zu beherrschen, aber reichten die aus?

Tom stellte sich innerlich auf weitere Evakuierungen ein. Im Einzugsgebiet des WSPK 2 gab es kaum Wohnbevölkerung. Nur die beiden Wohnblöcke im Schanzenweg. Vielleicht zwanzig bis dreißig Bewohner. Im Umfeld des WSPK 1 wohnten gerade mal fünf Bürger! Aber das Revier 3 würde ordentlich zu tun bekommen, Tausende Menschen aus Harburg rechtzeitig in höher liegende Gebiete zu bringen. Die Häuser wären verloren, aber das Leben konnte gerettet werden. Und die Tiere? Vor allem in den ländlichen Bezirken, wie bei ihm in Howe … herrje, Lisa! Sie hatte noch nicht zurückgerufen. Er hatte sie vor über zwei Stunden um einen Rückruf gebeten. Was war da los?

Er griff nach seinem Handy.

Der Anruf landete direkt auf ihrer Mailbox. Er sah sich auf der Hamburg-Karte seinen Wohnort an. Der Hower Hauptdeich war hoch genug, um sein Häuschen zu schützen. Aber niemand konnte sagen, was passierte, wenn die Deiche langsam aufweichten, den Wassermassen nicht standhielten, weil eine ungeahnte Sollbruchstelle auftrat. Vielleicht direkt vor seinem Haus? Sollte er einen Kollegen bitten vorbeizufahren? Das war unmöglich, der Weg viel zu weit.

Es probierte es auf seinem Festnetztelefon, aber auch dort erreichte er niemanden. War Lisa nicht mehr im Haus?

Tom drehte sich um. Ließ seinen Blick über das hektische Treiben im Lagezentrum schweifen. Was, wenn es zu Hause einen Notfall gab und er nichts davon mitbekam?

Wo war Lisa?

Beklemmung kroch seinen Hals hoch und blieb als dicker Kloß dort stecken. Erreichte er seine Grenzen? Es passierte einfach zu viel gleichzeitig. Zu viel Sorge um den Hafen, Lisa, Charlotte, Jonna auf der *Global Endeavour.* Von Letzterer hatte er nichts mehr gehört, seit er die Mutter mit dem Kind ins WSPK 2 gebracht hatte. Er suchte Daan, der vorhin mit zwei Telefonen am Ohr nicht ansprechbar gewesen war. Jetzt konnte er ihn nicht entdecken.

In diesem Moment trat Charlotte ins Lagezentrum und nahm ihm die Entscheidung ab.

Sie eilte lächelnd auf ihn zu.

»Ein Lichtblick an diesem trüben Tag!« Er griff nach ihrem Arm und drückte ihn. Mehr traute er sich nicht, inmitten der Kollegen.

»Dass ich meinen Abend bei euch verbringe, hätte ich mir auch nicht träumen lassen.« Sie sah sich in dem Raum um. »Von hier führst du die Lage?«

Er nickte. »Komm, setzen wir uns.« Er zeigte auf den Konferenztisch. »Daan ist auch hier …«

»Bin schon da!«

Daan stand wie aus dem Nichts neben ihm.

»Das Wichtigste zuerst«, sagte Charly. »Ihr müsst einen weiteren blinden Passagier suchen: Tarik Rasheed, zweiundvierzig Jahre, ebenfalls Ghanaer. Er ist der Ehemann und Vater …« Sie zeigte mit dem Finger nach unten und flüsterte, um die Kollegen nicht zu stören.

Tom brauchte eine Sekunde, um diese Information zu begreifen. »Der Tote gehört nicht zu der Frau, die unten sitzt?«

»Doch. Das ist Ebo Paintsiel, der Bruder von Abina. Tarik ist ihr Ehemann. Sie sind zu viert in Tema an Bord gegangen. Die beiden Männer haben das Versteck verlassen, um Wasser zu suchen. Tarik wird seither vermisst!«

Daan zog die Stirn kraus. »An Bord kann er nicht mehr sein, das Schiff wurde stundenlang durchsucht.«

Tom nickte bestätigend. Bedeutete das, dass noch ein weiterer Mann in der Elbe trieb?

Sein Funkgerät schnarrte. Er stellte den Ton ab. Jetzt nicht.

»Ich informiere Jonna«, sagte Daan. »Hat der Mann eine Chance, wenn er noch in der Elbe schwimmt?«, wandte er sich an Tom.

»Um ehrlich zu sein: Nein. Keine Chance. Es ist viel zu kalt.« Er zögerte. »Ich schicke ein Boot raus, aber vermutlich müssen wir warten, bis er an Land gespült wird.«

»Scheiße!« Charlotte seufzte tief. »Abina hat ihren Bruder verloren … ich meine … wie soll sie das aushalten?«

Eine Frage, auf die niemand eine Antwort hatte.

»Tom!« Quetsche kam an ihren Tisch. »Funk ausstellen gilt nicht.« Er grinste Charlotte und Daan an. »Da ist die Truppe ja wieder zusammen. Ihr habt aber auch ein Timing! Musste es ausgerechnet heute Nacht sein?«

Daan zuckte bedauernd mit den Schultern.

»Also: Wir haben einen Einsatz an der Freihafenelbbrücke. Das glaubst du nicht! Heute Morgen haben wir noch geunkt, dass da nie was passiert. Jetzt gleich ein echtes Spektakel.« Er rieb die Hände aneinander vor Begeisterung.

Tom winkte ab. »Lass stecken, ich hab genug große Nummern an der Hacke!«

Quetsches Begeisterung war nicht aufzuhalten. »Ein Schiffsunfall. Ein Binnenschiffer wollte noch Richtung Osten elbaufwärts unter der Brücke durch. Dabei hat er sich den Mast und die Aufbauten abgefahren, bevor er durchgerutscht ist. Eine Meisterleistung, das muss man erst mal hinbekommen. Er hat einen Hilferuf abgesendet, weil ein Decksjunge verletzt worden ist. Notarzt ist raus, unser Boot schon vor Ort.«

Tom schüttelte entgeistert den Kopf. Das war unmöglich. Noch nie hatte jemand bei Hochwasser versucht, die Freihafenelbbrücke zu passieren. War der Skipper betrunken? »Unser Boot soll das Schiff an den Anleger Entenwerder begleiten, da können die Verletzten versorgt werden. Alkohol- und Drogenkontrolle. Das große Programm!«

Quetsche nickte, offenbar hatte er die gleichen Anweisungen gegeben.

»Schäden an der Brücke sofort an mich melden. Wenn das mehr ist … scheiße, dann müssen wir die Brücke sperren. Als ob wir nicht genug Verkehrschaos hätten.« Er schüttelte fassungslos den Kopf. »Nicht, dass die blöde Brücke einstürzt!«

War das die Grenze, von der man immer sprach? Die Grenze, an der einem alles über den Kopf wuchs und man die Kontrolle über sich, den Körper und den Geist verlor. Er fühlte sich, als ob jemand seine Welt auf den Kopf gestellt und geschüttelt hätte. Er strich sich müde übers Kinn und bemerkte erste Bartstoppeln.

»Ich möchte noch etwas loswerden«, sagte Charly in die Stille, die Toms Frage ausgelöst hatte.

Tom stellten sich die Nackenhaare auf.

»Der Schleuser, der die Familie an Bord geführt hat ... er könnte auf dem Schiff sein. Abina sagt, dass er sie nicht versorgt habe. Das klang danach, als hätte es eine Absprache gegeben.«

»Dann war es kein Hafenarbeiter, der sie für Geld auf die *Global Endeavour* gebracht hat?«, hakte Tom nach.

Charlotte zuckte mit den Schultern. »Es klang anders ... ich muss noch mal nachfragen.«

»Wollte der Schleuser die beiden Ghanaer dann vielleicht loswerden?«, fragte Daan.

Charly neigte den Kopf. »Ich weiß es nicht. Ich darf nicht zu viele Fragen stellen, ich verliere sonst womöglich ihr Vertrauen.«

»Okay, Chef«, mischte Quetsche sich ein. »Triff eine Entscheidung. Fahren wir raus zur Freihafenelbbrücke?« Er hielt ein Funkgerät in der Hand und wartete auf Anweisungen.

»Mit dem Wagen? Das dauert doch ewig! Shit! Schick den 3er-Wagen«, wies Tom ihn an. Er sah abwechselnd zu Daan und Charlotte. »Ich brauche ein Schlauchboot. Ich muss auf die *Global Endeavour.* Irgendwo auf diesem verdammten Kahn ist entweder noch ein blinder Passagier oder ein zweifacher Mörder.«

Radio Hamburg

»Liebe Hörer von Radio Hamburg, wir unterbrechen unsere Sendung für eine amtliche Gefahrendurchsage zu Hochwasser und Sturm. Wir wiederholen diese Ansage alle dreißig Minuten und immer dann, wenn es neue Informationen gibt. Bleiben Sie bitte an den Radiogeräten.
Orkanartiger Sturm erreicht in Spitzen 100 Kilometer pro Stunde. Das entspricht Windstärke 10.

ACHTUNG: *Es folgt eine amtliche Gefahrendurchsage der Behörde für Inneres und Sport Hamburg:*
Der Hamburger Sturmflutwarndienst warnt vor einer sehr schweren Sturmflut im Verlaufe der heutigen Nacht.
Der Hochwasserscheitel wird am Dienstag, den 26.11.24, gegen 01.30 Uhr am Pegel St. Pauli mit einer Höhe von 5,51 bis 6,50 Metern über Normalhöhennull, das entspricht 3,38 bis 4,37 Meter über dem mittleren Hochwasser, erwartet. Die Hamburger Hochwasserschutzanlagen schützen Sie bis zu einer Höhe von mindestens 7,30 Metern über Normalhöhennull.
Achten Sie auf Lautsprecherdurchsagen.
Schalten Sie Rundfunk und Fernsehen an. Informieren Sie sich über alle verfügbaren Medien.
Bringen Sie Haustiere und Nutzvieh in Gebäude oder Ställe. Stellen Sie deren Betreuung sicher.
Bereiten Sie sich auf eine Evakuierung vor. Legen Sie Kleidung und wichtige Dokumente sowie Medikamente bereit.
Durch den Sturm kann es zu herumfliegenden Gegenständen oder abbrechenden Ästen kommen. Meiden Sie den Aufenthalt im Freien.
Verständigen Sie bitte auch Ihre Nachbarn.«

KAPITEL 24

An Bord der *Global Endeavour* – 20.05 Uhr

Es hatte eine Weile gedauert, bis wieder Ruhe herrschte und Jonna das erste Mal ihre Gedanken sortieren konnte.

Tom hatte die Frau mit ihrem Kind von Bord gebracht, und da die Durchsuchung des Schiffs abgeschlossen war, hatte er den Einsatzzug abrücken lassen. Allerdings hatte er ihr drei Kollegen zur Sicherung dagelassen. Jonna fand das übertrieben, denn sie hatte ihre Waffe dabei und konnte sich nicht vorstellen, dass ihr jemand von der Crew zu nahe käme, aber Tom ging auf Nummer sicher. Zwei dieser jungen Kollegen patrouillierten durch den Frachter, und einer wich nicht von Jonnas Seite.

Nachdem Tom das Schiff verlassen hatte, wollte sich Jonna selbst ein Bild machen, wo die blinden Passagiere die Überfahrt mitgemacht hatten. Sie ließ sich zum Kettenkasten bringen. Ausweispapiere oder andere Dokumente, die über die Identität der Mutter Auskunft gaben, hatten sie nicht gefunden.

Jonna starrte durch die Öffnung nach unten in den Kettenkasten.

Unfassbar!

Die einzelnen Glieder der Kette waren monströs, länger als ihr Arm, und auf dem aufgetürmten Haufen der Kette sah sie Schlafsäcke und leere Wasserflaschen. Jonna mochte sich nicht vorstellen, was passiert wäre, wenn die Crew den Anker hätte nutzen müssen.

Es roch salzig und metallisch.

Wie hatten sie hier überleben können? Mit einem Kind?

Sie schüttelte fassungslos den Kopf und war froh, dass Daan

und Charlotte Mutter und Kind am WSPK 2 versorgen würden. Jonna brauchte dringend mehr Informationen. Zum Beispiel interessierte es sie brennend, wann der Tote aus der Elbe seine Familie und das Versteck verlassen hatte. Warum hatten sie sich getrennt?

War es denkbar, dass er auf Annika Mittermaier gestoßen war? Wie hatte sie reagiert? Wo war sie? Die Durchsuchung war abgeschlossen, und in keiner noch so kleinen Kammer oder Last war die junge Nautische Offiziersanwärterin gefunden worden.

Hatte der Tote aus der Elbe die Frau angegriffen, als sie ihn aufspürte? Was bedeutete das für den Tatablauf? Der unbekannte Tote hatte keinerlei Verletzungen aufgewiesen. Es konnte kein großer Kampf stattgefunden haben.

Und wenn es alles ganz anders war? Wenn die beiden sich kannten? Waren sie ein Paar und der junge Mann gerade wegen Annika auf dem Weg nach Europa? War das möglich? Was war auf dem Schiff passiert?

Die KTU war inzwischen an Bord der *Global Endeavour* eingetroffen. Sie untersuchten das Blut am Niedergang. Es war noch unklar, ob die an Deck gefundenen Schuhe dem Toten aus dem Elbwasser gehörten. Jonna erwartete nicht, dass das Blut dem jungen Mann zugeordnet werden konnte, denn nach einem Telefonat mit Dr. Falk Leitner, dem Rechtsmediziner, bestätigter dieser, dass er keine Wunden am Leichnam gefunden hätte. Der Tote hatte nicht geblutet!

Gehörte das Blut zur vermissten Offiziersanwärterin? Die Durchsuchung ihrer Kammer hatte ergeben, dass der Raum unberührt war. Ihre private Kleidung hing im Spind, das Handy lag auf dem kleinen Sekretär. Jonna hatte angewiesen, zunächst alles so zu lassen und die Kammer zu versiegeln, denn noch war nicht geklärt, ob sie noch lebte oder tot war.

Hätte sich der Afrikaner nicht am Sockel des Bojenmannes

verfangen, läge er auf dem Grund der Elbe. Lag dort auch Annika Mittermaier? Was verband die beiden miteinander?

Es klopfte. Der Zweite Offizier Harry Bingham, der rothaarige Engländer, stand im Türrahmen.

»Sie wollten mich sprechen?«

Er klang erstaunt, als hätte er noch nie in seinem Leben mit einem Polizisten gesprochen und könnte sich keinen Grund vorstellen, warum sich daran etwas ändern sollte.

»Setzen Sie sich.«

»Ich habe Ihnen doch gesagt, dass ich den Mann auf dem Foto nicht kenne, was ist denn noch?«, fragte er und lehnte sich in die offene Tür.

Der geht ja mächtig in die Defensive, dachte Jonna, ließ sich aber nicht beirren. »Der Tote aus der Elbe ist das eine, das andere ist das Verschwinden von Annika Mittermaier!«

Bingham verschlug es die Sprache. Er trat näher und ließ sich schwer auf einen Stuhl fallen.

Offenbar hatte es sich noch nicht bei allen Crewmitgliedern herumgesprochen, dass die junge Offiziersanwärterin vermisst wurde.

»Sie ist verschwunden?«, platzte es aus ihm heraus. »Wieso denn?«

»Sie ist bei der Durchsuchung nicht an Bord gefunden worden. Wann haben Sie Frau Mittermaier zuletzt gesehen oder gesprochen?«

»Haben Sie sie angerufen? Geht sie nicht an ihr Handy?«

Jonna sah Bingham interessiert an. Seine Hände zitterten, und die Sorge stand ihm ins Gesicht geschrieben. Oder war es Angst?

Der Beamte, den Tom ihr zur Unterstützung dagelassen hatte, saß stumm in einer Ecke und verfolgte den Schlagabtausch mit zusammengekniffenen Augen.

»Welche Aufgaben hat Annika an Bord?«

Bingham ließ sich Zeit mit der Antwort, als müsste er erst darüber nachdenken. »Darf ich?« Er kramte sein Handy aus der Hosentasche.

Jonna neigte den Kopf. Was sollte das werden? Aber sie ließ ihm den Spielraum. Vielleicht war er anschließend auskunftsfreudiger. Er wusste offenbar nicht, dass Annikas Handy in ihrer Kammer gefunden worden war.

Bingham wählte eine Kurzwahlnummer und erreichte die Mailbox.

»Hm, sie geht nicht ran. Eigentlich hat sie ihr Handy immer bei sich! Ist ständig in den sozialen Medien.« Er seufzte. »... wenn wir Netz haben. Ihr Akku muss leer sein.«

»Und nun?« Jonna durchschaute das Manöver sofort. Mit diesem Anruf wollte Bingham ihr signalisieren, dass er davon ausging, dass Annika Mittermaier noch lebte.

Sie beobachtete Bingham genau. Bei welchen Fragen blinzelte er? Gab es Verlegenheitsgesten? Hatte er Angst, oder agierte er gegen jemanden? Sie hatte genug von den Spielchen. Irgendetwas lief hier an Bord gehörig schief, und sie wollte wissen, was das war.

Bingham sah sie ratlos an. Dann besann er sich auf die gestellte Frage, setzte sich auf und dozierte, dass die Nautische Offiziersanwärterin von ihm vor allem auf der Kommandobrücke eingesetzt wurde. Sie lernte den Umgang mit Seekarten und die Navigation des Schiffs, übte das An- und Ablegen, beobachtete die Wetterlage und die Anpassung der Route, assistierte ihm bei der Überwachung der Ladevorgänge und lernte die Grundlagen der Arbeit an Deck und in der Maschine.

»Wie läuft die Zusammenarbeit?«

»Annika ist klug und interessiert. Sie wird eine gute Offizierin.«

»Hat sie einen Freund an Bord?«

Bingham zog fragend eine Augenbraue hoch.

»Die einzige Frau unter zwanzig Männern? Sind da keine Begehrlichkeiten entstanden? Flirts? Affären?«

»Wir arbeiten alle professionell miteinander.«

Bingham blickte nach unten auf den Tisch und seufzte.

Er war ihrer Frage ausgewichen. Also hatte es Probleme gegeben.

»Gibt es jemanden, mit dem Frau Mittermaier sich besonders gut versteht?«

Bingham zuckte mit den Schultern. »Wir kommen alle gut miteinander aus.« Er dachte eine Weile nach. »Sie ist oft in der Kombüse beim Koch. Sie kocht gerne.«

»Sie kocht für die Mannschaft?« Das war reichlich viel Frauenklischee, oder?

Bingham seufzte wieder. »Nein, nicht für die Mannschaft. Sie backt auch mal einen Kuchen für die Offiziere und hat Babić zu seinem Geburtstag mit einer Torte überrascht.«

Sieh an, schon wieder Alexander Babić. Er hatte sich auch vor ihr in Pose geworfen, und nach dem Passbild war Annika eine schöne Frau. Trotzdem, irgendetwas störte Jonna an diesem freiwillig gegebenen Hinweis, für den sie eigentlich dankbar hätte sein können.

»Haben Sie Fotos von der Crew auf Ihrem Handy? Fotos, auf denen Annika zu sehen ist?«

Bingham nahm das Handy und entsperrte es. Er fand sofort ein Foto, dann stutzte er.

Jonna lächelte, er war ihr auf den Leim gegangen. Automatisch hatte er nach dem Handy gegriffen und ein Bild der Frau gesucht, von der er haufenweise Aufnahmen gemacht hatte. »Nun zeigen Sie schon!«

Widerwillig drehte er das Handy zu Jonna herum.

Sie besah sich das Foto und glich es im Geiste mit dem Passbild ab. Die Frau auf diesen Fotos war hübsch. Mit einem fordernden und flirtenden Blick. Selbst in dem legeren Overall der Reederei sah man ihre gute Figur, da sie einen engen Gürtel um die Taille trug. Jonna wischte auf dem Display nach rechts und sah ein weiteres Bild einer lachenden Annika. Und das nächste und noch eines.

Bingham hatte Dutzende Schnappschüsse von ihr.

Er war verliebt!

»Sind Sie eifersüchtig?« Jonna beschloss, ihn aus der Reserve locken. Ein wenig Provokation schadete dabei sicher nichts.

Bingham stöhnte genervt. »Nur, um das klarzustellen. Sie ist viel jünger als ich, und ich bin ihr Vorgesetzter. Da läuft nichts.«

»Hätten Sie es gerne, dass es eine feste Beziehung wird? Oder eine kleine Affäre?«

An Binghams Hals bildeten sich verräterische Flecken.

Treffer. Der Offizier war nicht zum Zug gekommen. Das war aber noch kein Grund, das Mädchen verschwinden zu lassen.

Bingham wollte widersprechen, aber er winkte ab.

Gut, das wäre klargestellt.

»Sie mögen sie. Sie sind also derjenige, der am ehesten eine Ahnung hat, wo Frau Mittermaier sich im Moment aufhält. Ein Crewmitglied verlässt doch sicher nicht das Schiff, ohne jemandem Bescheid zu sagen. Hat sie mit Ihnen gesprochen?«

Bingham lachte laut und gekünstelt auf. »Sie legt niemandem Rechenschaft darüber ab, was sie tut. Sie ist … ein Freigeist.« Er rieb sich über die Stirn, auf der sich erste Schweißtropfen bildeten.

»Freigeist … Heißt das, sie ist schwierig? Unberechenbar? Hält sich nicht an Absprachen?«

»Das habe ich nicht gesagt!« Er straffte die Schultern. »Ich meinte, während wir hier in unseren täglichen Routinen feststecken, lebt Annika jeden Moment in vollen Zügen. Es ist inspirierend, wie sie ihren Leidenschaften folgt.«

»Leidenschaften? Wofür hat sie sich denn begeistert?«

Bingham sah Jonna an, als hätte sie ihm eröffnet, dass sie ihm gleich alle Zähne ziehen wollte. Er litt sichtlich darunter, dass sie seine platonische Zuneigung zu der jungen Frau infrage stellte. Er schloss die Augen. »Sie liebt das Meer und dessen Weite, die Ruhe, die es ausstrahlt, und die Kraft, die es hat. Sie fotografiert Sonnenaufgänge. Sie hat viele Aufnahmen vom Leben auf See und der Crew gemacht.«

Jonna notierte sich, dass sie sich das Handy von Annika näher ansehen wollte, vielleicht fanden sich dort ein paar Antworten. Das Gewäsch von Bingham wollte sie sich aber nicht länger anhören. »Schluss mit der Seefahrerromantik und Klartext: Sie hat also nicht mit Ihnen gesprochen, wo sie hinwill? Hatte sie Probleme an Bord? Ist etwas vorgefallen?«

Er schüttelte vehement den Kopf. »Sie war vorher auf einem anderen Schiff … sie ist oft seekrank … sie wollte von Bord.«

Bingham senkte den Kopf, als sei dieser zu schwer geworden, nachdem er verraten hatte, was er nicht hatte preisgeben wollen.

Jonna versuchte, ihm anzusehen, ob er die Wahrheit sagte oder ihr einen Brocken hinwarf, den sie schlucken sollte, um von der Wahrheit abzulenken.

»Warum wollte sie von Bord? Wovor ist sie geflüchtet?«

Bingham verlor langsam die Nerven. Er hob den Zeigefinger und drohte Jonna über den Tisch hinweg.

»Sie … Sie … Sie liegen vollkommen falsch. Geflüchtet! Sie ist nicht geflüchtet. Annika wollte in Antwerpen von Bord! Sie sollten lieber Ihren Job anständig machen, statt unschuldige Menschen zu verdächtigen!«

Jonna war beeindruckt, dass Bingham sich für seine Auszubildende so in die Bresche warf. Muss Liebe schön sein, dachte sie.

Oder wollte er davon ablenken, dass Annika Mittermaier seine Avancen brüsk zurückgewiesen hatte und es zum tödlichen Streit gekommen war? Klar, er war verheiratet und wesentlich älter, aber Eifersucht war ein klassisches Tatmotiv. Eine Affekttat. Warum nicht?

»Kann sie so einfach das Schiff verlassen? Ihr Pass liegt beim Kapitän, wie weit kommt sie ohne Pass?«

Binghams Ausbruch hatte sich schon wieder gelegt. Resigniert schüttelte er den Kopf. »Natürlich kann man nicht einfach abhauen. Aber Annika … sie war eben anders. Ich weiß doch auch nicht. Ich bin davon ausgegangen, dass sie an Bord geblieben ist … und mir aus dem Weg geht.« Sein Hals war inzwischen von flammenden, rötlichen Flecken überzogen.

»Sie haben sie nicht mehr gesehen?«

Er schüttelte den Kopf. »Nein, da war der Sturm, und ich wollte eh nicht mit ihr reden. Wir hatten uns gestritten. Ich dachte, sie bleibt auf der Kammer. Ich, ich … ich bin so ein Idiot!«

Da hatte er vermutlich recht, aber das hieß noch lange nicht, dass er nicht etwas mit dem Verschwinden von Annika Mittermaier zu tun hatte.

Es wurde Zeit, dass sie mehr über die junge Frau erfuhr, bevor sie mit Bingham weitermachte.

Funksprüche

»Michel von Elbe 52/0!«
»Michel hört.«
»Einsatzzug eingetroffen. WSPK 2 hat ab sofort zwölf Katastrophenschutzboote im Einsatz. Anforderung über Führungsstab.«
»Verstanden, die werden wir brauchen!«

»Hier spricht Elbe 52/0 für alle Brise-Kräfte. Wir riegeln den Hafen ab. Alle Kräfte ziehen raus. Wir erweitern den Sperrkreis auf Wasserstandsstufe 2! Achtung: Eigensicherung beachten! Bei unmittelbarer Gefahr sofortiger Rückzug aus den Überflutungsgebieten. Ich wiederhole: Eigensicherung beachten!«

»Elbe 52/10 von Brise 24/3.«
»52/10 hört!«
»Brauchen Abschlepper für Lkw. Technischer Defekt, bewegt sich nicht von der Stelle.«
»Negativ. Hat der Lkw Gefahrgut geladen?«
»Nein. Möbel.«
»Stehen lassen. Wird ein Versicherungsfall. Nehmt den Fahrer mit.«
»Verstanden.«

»Elbe 52/0 von Michel.«
»52/0 hört.«
»Barkasse mit Wassereinbruch durch geborstene Frontscheiben. Menschenleben in Gefahr. Höhe Grasbrookhafen, Elbphilharmonie.«

»Hä? Es fahren keine Barkassen mehr!«
»Sollte man meinen ... Welle hat die Scheibe eingeschlagen, Fahrgastraum unter Wasser.«
»Idioten! WS 23 und zwei K-Boote gehen raus.«
»Verstanden.«

»Elbe 52/0 von Michel.«
»52/0 hört.«
»Versmannstraße ist eine Baustelle abgesoffen. Feuerwehr bittet um Unterstützung. Improvisierter Damm gebrochen.«
»Menschenleben in Gefahr?«
»Negativ. PK 14 hat keinen Wagen frei.«
»Wir schicken einen Wagen.«
»Anfahrt nur über Autobahn und Elbbrücken.«
»Verstanden.«

»Elbe 52/0 von Michel.«
»Ihr schon wieder.«
»Hochbahn stellt Busbetrieb im Süden der Stadt ein.«
»Na toll!«

»Michel von Elbe 52/0!«
»Michel hört.«
»Bäume im Reiherdamm umgestürzt. Streifenwagen und Feuerwehr vor Ort. Brauchen einen Kran. Achtung, der vordere Teil des Reiherdamms ist schon überflutet, müsste gerade noch so passen.«
»Verstanden. Mächtig was los bei euch!«
»Eben. Lasst uns mal eine Pause.«
»Negativ.«
»Na, besten Dank auch!«

KAPITEL 25

An Bord der *Global Endeavour* – 20.30 Uhr

Tom ließ sich von seinem Kollegen Gunnar Wagner mit dem Schlauchboot durch den strömenden Regen zum Containerterminal Tollerort bringen. Durch den heftigen Wind war das Anlegemanöver selbst mit dem kleinen Schlauchboot schwierig.

Wagner stoppte es an der Kaikante und ließ sich gegen den Tidenstrom so dicht herantreiben wie möglich. Der Tidenstrom verlangsamte das Boot zusätzlich, sodass Tom die Steigleiter greifen und hinaufklettern konnte. Ehe er oben war, hatte Wagner das Boot schon wieder gewendet und raste zurück zur Wache.

Gebückt lief Tom durch den Regen auf die Gangway der *Global Endeavour* zu. Als er hinaufhastete, um dem pladdernden Regen zu entkommen, war weit und breit nichts von einer Wache zu sehen. Das Schiff lag unbewacht an der Pier. Selbst wenn gerade niemand auf dem Terminal war, stellte das einen eklatanten Sicherheitsverstoß dar. Tom seufzte. Auf diesem Dampfer lief es gar nicht rund.

Bei ihm auch nicht. Er hatte Lisa noch immer nicht erreicht. Wo, verdammt, war sie? Warum rief sie nicht zurück? War ihr Handy-Akku leer?

Als könnten seine Gedanken das Geschehen beeinflussen, klingelte es in diesem Moment. Er schlüpfte durch das Schott ins Innere und blieb im Gang stehen. Enttäuscht nahm er das Gespräch der Wache an. Leider nicht Lisa.

»Ich höre?«

»Tut mir leid, dass ich dich damit behelligen muss, aber die *Global Endeavour* taucht im Schiffsmelde- und Informationssystem als Terminschiff auf. Das ist in dem Trubel hier untergegangen. Eine Kontrolle lässt sich heute nicht mehr realisieren, aber dass du zumindest schon mal davon gehört hast.«

»Wusste ich doch, dass der Frachter auffällig ist!« Tom zog sich die Strickmütze vom Kopf und schüttelte die Regentropfen ab. Wenn die *Global Endeavour* als Terminschiff im SMIS eingetragen war, bedeutete dies, dass es schon einmal Probleme mit ihr gegeben hatte.

»MARPOL!«, sagte der Wachhabende. »Ich melde mich, sollte ich dir Leute schicken können.«

Das MARPOL-Übereinkommen zur Verhütung von Meeresverschmutzung war nicht das, was Tom sich gewünscht hatte, und stand auf seiner Prioritätenliste weit unten, aber vielleicht ließ sich diese Information nutzen, um dem Kapitän einzuheizen. Der wollte den Hafen verlassen, und sich mit Umweltvergehen zu beschäftigen, passte ihm sicher nicht in den Kram.

»Schick mir ruhig zwei Kollegen, das wäre super! Ich möchte den Kapitän nicht mit einer Sauerei davonkommen lassen.« Er machte eine Pause, sollte er es versuchen? »Was ganz anderes: Hast du was von unserem Boot in Entenwerder gehört?«

»Du meinst den Einsatz Freihafenelbbrücke? Alles klar, der Decksjunge des Binnenschiffs ist im Krankenhaus, das Boot liegt in Entenwerder und die Ladung …«

»Nee, das meinte ich nicht.« Tom traute sich nicht, das Thema direkt anzusprechen und zwei Kollegen zu sich nach Hause zu schicken. »Wie sieht der Deich unten in Howe aus?«

Stille.

Hatte er keinen Empfang mehr?

»Hallo?«

»Howe? Bist 'n Büxenschieter?«

Die Stimme des sonst so knurrigen Wachhabenden klang, im Gegensatz zu der Bezeichnung Hosenscheißer, mitfühlend. Er wusste, dass Toms Haus direkt hinter dem Deich lag und damit im flutgefährdeten Gebiet.

Dann also doch volle Fahrt voraus. »Ich erreiche Lisa nicht, und sie ruft nicht zurück. Sie muss das Haus verlassen und sich in Sicherheit bringen! Sie soll nicht auf die Evakuierung warten!«

»Jo! Ich spreche mit der Außenstelle des PK 43 am Zollenspieker. Entweder wissen die mehr zum Deich oder butschern dann mal bei deinem Haus vorbei. Ist ein Katzensprung.«

»Bitte, tu das. Das wäre fantastisch«, sagte Tom erleichtert.

»Ich kenn da einen Kollegen. Geiht nich', givt nich'. Ich melde mich!«

Tom fand Jonna direkt am Fahrstuhl, aus dem er auf dem G-Deck ausstieg. Sie stand mit dem kiribatischen Bootsmann davor und war offenbar auf dem Weg nach unten.

Der Bootsmann starrte Tom erstaunt an. Tom schwieg. Es war nicht sein Versäumnis, wenn die Gangway-Wache sich mal wieder anderweitig vergnügte.

Jonna strahlte ihn an. »Ich wollte in die Kombüse, zum Koch. Du kommst gerade recht.«

»Hast du Hunger? Ich bringe eine Menge Neuigkeiten.« Tom sah sofort, dass sich Jonnas Augen zusammenzogen, so als wolle sie ihn warnen. Wovor? Neben ihr stand nur der freundliche Bootsmann. Er würde warten, bis sie anfing zu sprechen.

Schweigend ließen sie sich in die Crewmesse bringen und überließen es dem Kiribati, den Koch Jayke Domingo aus der Kombüse zu holen.

Zwei große Esstische nahmen fast den ganzen beengten Raum ein. Die Tischplatte bestand aus abgenutztem Pressholz, dessen Oberfläche von zahllosen Kratzern und Flecken übersät war, gezeichnet von den Spuren vergangener Mahlzeiten und ungestümer Seereisen. Die Tische erzählten von der harten Realität eines Containerfrachters.

Drum herum drängten sich klapprige Stühle mit Sitzflächen, die Tom bestenfalls als zweckmäßig bezeichnet hätte. Die Polsterungen waren durchgesessen, und der Bezug trug die Spuren von verschütteten Getränken und öligen Händen. Diese Stühle waren keine Kunstwerke, sondern funktionale Überlebenskünstler, die der müden Besatzung einen notwendigen Platz zum Ausruhen boten.

Zusätzlich zu dem Neonlicht an der Decke schaukelten über den Tischen heruntergekommene Schiffslampen an rostigen Haken. Das Licht, das sie verbreiteten, war nicht warm und einladend, sondern eher trüb und flackernd. Die Schirme aus Metall hatten ihren Glanz längst verloren.

Trotz des schäbigen Erscheinungsbilds des Raums blieb er ein Ort des Rückzugs für die Besatzung. Hier teilten die Seeleute ihre Mahlzeiten und tauschten sich aus.

»Der Koch bittet um ein paar Minuten Geduld, er ist gleich da«, teilte der Bootsmann mit.

»Danke, wir kommen erst mal allein zurecht«, sagte Jonna und wandte sich an Tom. »Ich glaube, er versteht Deutsch«, flüsterte sie.

Tom lächelte belustigt. Er mochte es, wie sie ihre Haare hinters Ohr schob und die Stirn kräuselte. »Der Kiribati?« Tom rückte sich einen Stuhl zurecht, zog seine schwere Lederjacke aus und legte sein Handy und die klitschnasse Mütze neben sich auf den Tisch. Er griff in seine Hemdtasche und holte das Notizbuch heraus. Er hatte sich seit Tagesbeginn zu allen Ereignissen Notizen gemacht, sonst hätte er den Überblick verloren. »Pass auf! Das Wichtigste zuerst! Charly hat mit der Mutter gesprochen und uns die ersten Informationen hochgegeben. Der Tote aus der Elbe ist Ghanaer und heißt Ebo Paintsiel, sechsundzwanzig Jahre alt.

Er ist der Bruder der Frau, die wir auf der Ankerkette gefunden haben.«

»Der Bruder?«, fragte Jonna mit gerunzelter Stirn.

Tom nickte. »Es kommt noch besser!« Er hob den Zeigefinger. »Sie war mit ihrem Mann auf der Flucht, als der Bruder sich angeschlossen hat. Das war nicht geplant, daher hatten sie nicht genügend Wasservorräte dabei. Dann kam der Sturm ... na ja, den Rest kannst du dir ja denken. Der Ehemann, Tarik Rasheed, zweiundvierzig Jahre, ist mit seinem Schwager aus dem Kettenkasten geklettert, um Wasser zu besorgen.«

»Und wo ist dieser Tarik Rasheed?«

»Das ist die Eine-Million-Dollar-Frage! Er wird vermisst!« Tom sah Jonna an, wie ihr die verschiedenen Szenarien durch den Kopf schossen und sie versuchte, die Puzzlesteine neu zusammenzufügen.

»Verdammt, noch ein Vermisster!«

Tom nickte. »Wir müssen nach ihm und nach Annika Mittermaier suchen.« Er blätterte in seinem Notizbuch und holte dazu aus seiner Jackentasche, die über der Stuhllehne trocknete, noch ein paar gefaltete Zettel. »Daan hat mir Informationen für dich mitgegeben. Er hat zur gesamten Crew und vor allem zu Annika Mittermaier bei der Reederei recherchiert.«

Jonna nahm die Zettel entgegen und vertiefte sich in Daans schriftliche Ausführungen. Tom hatte die Berichte bereits gelesen.

Die *Global Endeavour* gehörte mit einer Kapazität von zehntausend TEU eher zu den kleineren Containerschiffen, die vor allem auf der Route von Ghana über Nigeria, Benin und Antwerpen nach Hamburg und zurück pendelte. Die zuständige Reederei Rieckmann & Jansen war in Rostock ansässig und vertraute ihrem Kapitän Fischer und den Offizieren seit Jahren.

Die Nautische Offiziersanwärterin Annika Mittermaier war am Ende ihrer Ausbildung zur Schiffsmechanikerin und brauchte noch weitere fünf Monate auf See, die sie als Nautische Offiziersassistentin mitfuhr. Anschließend sollte sie ihr Nautikstudium an einer Hochschule antreten. Sie war bereits auf einem anderen Frachter gefahren, dort aber mit der Crew nicht zurechtgekommen. Im maritimen Kompetenzzentrum Elsfleth hatte Mittermaier ihre theoretische Ausbildung mit sehr guten Noten absolviert.

»Ich verstehe Daan so, dass Annika Mittermaier zwar gute Noten hatte und intellektuell gut mithalten konnte, aber sozial nicht ganz so verträglich war.« Tom stand auf. Er konnte beim Hin-und-her-Gehen besser nachdenken.

Daans Unterlagen war zu entnehmen gewesen, dass Kapitän Fischer Annika nicht an Bord nehmen wollte, da er mit einer einzigen Frau auf dem Schiff Unruhe und Konflikte innerhalb der Crew befürchtete. Die Reederei war jedoch stolz auf ihre weibliche Offiziersanwärterin gewesen und wollte mit Annika ihr Image aufpolieren.

Es wäre interessant zu erfahren, ob Fischer mit seinem Kollegen des anderen Schiffs gesprochen hatte, um mehr über Annika zu erfahren. Hatte er Informationen, über die die Reederei nicht verfügte? Weswegen war Mittermaier dort gescheitert? Hatte das etwas mit ihrem Verschwinden zu tun?

In diesem Moment trat der Koch aus der Pantry. Er wischte sich die Hände an einem Geschirrhandtuch trocken und nickte ihnen zu.

»Möchten Sie etwas essen? Das Abendessen ist durch, aber ich kann Ihnen ein Hamburger Rundstück warm anbieten …«

Tom winkte ab. »Nein, danke. Aber könnten wir einen Kaffee bekommen? Schwarz. Das wäre nett. Es war ein langer Tag, und er ist noch nicht zu Ende.«

Der Koch drehte sich um und verschwand wieder.

»Er bietet uns ein warmes Brötchen an? Nicht besonders üppig.« Jonna schmunzelte. »Guck mal, was es zum Abendessen gab.« Sie zeigte auf eine weiße Tafel an der Wand. Dort stand mit einem Marker das Menü geschrieben. *Broccoli Cream Soup, Roast Lamb Leg, Potatoes, Green Beans, Chocolate Pudding.*

Tom grinste. »Essen ist wichtig an Bord, und das Hamburger Rundstück ist lecker. Eine Scheibe heißer Schweinebraten im Brötchen mit Bratensauce übergossen. Ein typisches Resteessen.«

»Also ich hätte gerne eine Kleinigkeit gegessen«, sagte Jonna und winkte dann ab. »Ich weiß … wir dürfen nichts annehmen.«

Sie vertiefte sich wieder in die Berichte und studierte die Seiten, die Daan über den Kapitän und die Offiziere zusammengestellt hatte. Kapitän Fischer wollte das Schiff nach dieser Reise verlassen. Er hatte sich mit der Reederei auf eine Abfindung geeinigt, aber die Reederei schwieg sich zu den Gründen aus. Auch dazu mussten sie den Kapitän dringend befragen. Wer wohl Ambitionen auf seinen Stuhl hatte? Die Reederei hatte noch keinen Nachfolger ernannt.

Der Koch kehrte mit zwei Bechern und einer Kanne Kaffee zurück. Er stellte beides vor sie auf den Tisch, blieb aber demonstrativ vor ihnen stehen, obwohl Tom sich an den Tisch setzte.

»Nehmen Sie doch Platz, Herr Domingo. Wir beißen nicht«, lockte Jonna. Der Koch zog sich vorsichtig einen Stuhl vom Nachbartisch heran und hockte sich auf die Kante.

Jonna seufzte. »Sie haben gehört, dass die Nautische Offiziersanwärterin Annika Mittermaier vermisst wird? Wann haben Sie sie das letzte Mal gesehen?«

Der Mann überlegte kurz, dann schüttelte er den Kopf. »Keine Ahnung. Heute noch nicht. Gestern? Vorgestern? Ich weiß es nicht.«

»Ihr Ausbilder Harry Bingham erzählte uns, Annika hätte sich gerne in der Kombüse aufgehalten, um Ihnen beim Kochen zu helfen. Erzählen Sie uns mehr über Frau Mittermaier.«

Jonna blieb freundlich und einladend.

»Ich brauche keine Unterstützung beim Kochen! Das ist eine Beleidigung!«

Tom lehnte sich vor und fixierte den Koch mit durchdringendem Blick. »Herr Domingo, wir suchen nicht nach Ihrem persönlichen Kochdrama. Wir suchen Annika Mittermaier. Sie haben also keine Ahnung, wann Sie sie zuletzt gesehen haben?«

Der Koch verzog ironisch den Mund. »Kochdrama? Dass ich nicht lache. Die Prinzessin kocht nicht, die will bekocht werden! Und dann belehrt sie einen ständig, wie man es besser machen soll.« Er schüttelte fassungslos den Kopf. »Sie will nur Kuchen backen, um sich bei den Offizieren einzuschleimen. An der Kombüse ist sie nicht interessiert.«

Deutliche Worte, die Tom dann doch verblüfften. Was hatte Mittermaier angestellt, dass der Mann derartig gekränkt auskeilte?

In diesem Moment öffnete sich die Tür zur Crewmesse, und der Erste Offizier Alexander Babić betrat den Raum. Sofort setzte sich der Koch auf. Seine Miene umwölkte sich womöglich noch mehr.

Babić trat an den Tisch und ließ seinen Blick zwischen ihnen hin und her schweifen, als könne er von den Augen ablesen, was in den letzten Minuten gesprochen worden war.

»Sie sind einer der Offiziere, die in den Genuss der selbst gebackenen Kuchen von Frau Mittermaier kommen, oder?«

Babić lächelte Jonna zu, ohne Tom eines Blickes zu würdigen. »Der Kapitän bittet Sie, auf die Brücke zu kommen. Und natürlich, Essen ist wichtig, wenn man lange auf See ist!«

»Setzen Sie sich zu uns, Herr Babić. Wir brechen gleich auf zum Kapitän, aber vorher sagen Sie mir bitte, wann Sie Annika das letzte Mal gesehen haben.«

Babić fläzte sich mit verschränkten Armen auf den Stuhl und verzog das Gesicht zu einer skeptischen Miene. »Annika? Ich sehe sie jeden Tag.«

Toms Handy vibrierte. Er griff danach, drehte es herum und sah, dass es der Wachhabende des WSPK 2 war.

»Da muss ich kurz ran.« Er ging zur Tür und trat auf den Gang, behielt Jonna und die beiden Männer im Auge.

»Ich höre!«

»Es kommen zwei Kollegen vom Revier 1 zur MARPOL-Inspektion. Sie sind entzückt, dich um diese Uhrzeit und bei unserer Einsatzlage unterstützen zu dürfen!« Die Ironie war überdeutlich zu hören.

Vermutlich hatte er recht, aber Tom hatte sich entschieden. Etwas anderes fiel ihm siedend heiß ein. Er war peinlich berührt, dass er vergessen hatte zu fragen, für welches MARPOL-Delikt die *Global Endeavour* gerügt worden war. Wie hatte ihm das durch die Lappen gehen können? Weitere Anzeichen der Müdigkeit und Erschöpfung eines langen Tages.

»Danke, das ist toll! Sag dem DGL von Revier 1, dass er was bei mir guthat!« Er seufzte. »Und du natürlich auch!«

»Das will ich wohl meinen!«

»Noch etwas. Ich hab vergessen zu fragen, welche MARPOL-Kontrolle auf der *Endeavour* nachgeholt werden soll.« Er hörte eine Weile zu und ließ sich diese Information durch den Kopf gehen.

Der Koch hatte eine Achillesferse!

Er ging zu Jonna zurück, die damit beschäftigt war, Domingo zum Reden zu bringen und Babić' herablassende Art zu ignorieren. Vielleicht konnte er helfen.

Er trat hinter seinen Stuhl und stützte sich mit den Händen auf die Lehne. »Wir haben bei einem der letzten Einläufe der *Endeavour* in Hamburg festgestellt, dass das Mülltagebuch leer war. Kein Eintrag über Essensreste oder die Küchenabfälle. Von literweise Küchenöl will ich gar nicht reden. Warum ist das so?«

Der Koch erbleichte, aber Babić rollte genervt mit den Augen.

»Ist das Ihr Ernst? Sie durchsuchen Mülltagebücher? Das sind doch Belanglosigkeiten. Da hat der Smutje mal was vergessen.«

Tom ließ sich nicht beirren. »Kleinigkeiten können manchmal große Geschichten erzählen, Herr Babić. Denn da wäre ja noch die Sache mit der Sicherheitsleistung, die die Reederei für das fehlerhafte Mülltagebuch hinterlegen musste. Zweitausendsiebenhundert Dollar sind ja keine Kleinigkeit. Die Reederei ist nicht gut auf Sie zu sprechen, oder?«

Babić stand auf. »Was haben Sie eigentlich gegen uns, dass Sie alles auf unserem Schiff schlechtmachen?«

Tom sah sich Babić an. Unruhe flackerte in dessen Blick.

Der Koch starrte auf die Tischplatte.

»Wackelt Ihr Vertrag? So wird das aber nichts mit der Nachfolge für Kapitän Fischer …«

Ein Schuss ins Blaue, aber warum nicht mal was wagen? Wenn Fischer von Bord ging, könnten sich Bingham oder Babić Chancen auf die Nachfolge ausrechnen.

Babić' Wut explodierte wie ein Blitz, der die Dunkelheit durchbricht und alles im grellen Licht erhellt. »Mein Vertrag? Mein Vertrag?« Er zeigte mit dem Finger auf den Koch. »Fragen Sie doch, wer es war, der Domingo verpfiffen hat. Na?« Er zog beide Augenbrauen hoch. »Unsere reizende Annika! Scharwenzelt um den Koch rum, sieht sich in den Kühlräumen um, dass die arme Sau denkt, er könne sich mit ihr die Zeit verkürzen.«

Tom wandte sich direkt an den Koch, der sich die verächtlichen Worte von Babić, ohne mit der Wimper zu zucken, gefallen ließ. »Hat Annika Mittermaier Sie erpresst?«

»Ich sollte ihr ein paar Geschenke backen …«, malte er Gänsefüßchen in die Luft, »… mit denen sie sich einschleimen konnte.«

»Bei wem?«

Er zuckte mit den Schultern, wandte dann minimal seinen Kopf Richtung Babić.

Der trug seinen Zorn durch den Raum wie der peitschende Wind draußen die Blätter.

»Nur kein Neid, du steifer Lauch!«, ätzte Babić.

Tom war erstaunt über dessen plötzlichen Stimmungsumschwung. Zuerst noch lässig ignorant, war er nun offensichtlich aus der Fassung geraten, wenn es um die sexuellen Avancen der Nautischen Offizierin ging.

»Beruhigen Sie sich«, sagte Jonna, die dem Streit interessiert zugehört hatte. »Sie halten sich bitte zu unserer Verfügung«, wandte sie sich an den Koch.

»Es kommen gleich zwei Kollegen an Bord, die eine komplette MARPOL-Inspektion durchführen«, ergänzte Tom. »Und in der Küche fangen wir an!«

Der Koch sprang mit einem Keuchen auf, und Babić winkte ab: »Ja, genau, MARPOL. Beschissener kann der Tag ohnehin nicht mehr werden.«

»Kommen Sie, Herr Babić, wir machen auf der Brücke weiter.« Jonna erhob sich von ihrem Stuhl. »Sie müssen bald mal kapieren, dass mehr auf dem Spiel steht als ein verschwundener Kuchen oder Ihr überdimensionales Ego. Ich muss wissen, wo Annika Mittermaier ist!«

Babić riss die Augen auf, als hätte eine Nachricht verspätet seinen Verstand erreicht und ihm gerade erst signalisiert, dass er etwas Wichtiges übersehen hatte. »Was meinten Sie damit, dass Fischer einen Nachfolger braucht?«

KAPITEL 26

An Bord der *Global Endeavour* - 21.00 Uhr

Jonna sah durch das Fenster der Kommandobrücke. Draußen war es stockdunkel. Nur ein paar Lichter tanzten auf dem Terminal im Sturm. Ein Geruch von Salz und Maschinenöl hing in der stickigen Luft.

Nachdem Tom, Alexander Babić und sie die Brücke betreten hatten, verstummten in der gleichen Sekunde die Gespräche. Die Luft war aufgeladen von unterdrücktem Ärger, Angst und Schweiß. Der Kapitän schien sich mit seinen Offizieren Bingham und Horwat gestritten zu haben. Der Bootsmann Timon hielt sich im Hintergrund. Aber selbst sein Lächeln fiel deutlich verhaltener aus als noch vor ein paar Stunden. Kein Wunder, sie hatten sich ihren Aufenthalt in Hamburg anders vorgestellt.

»Wie schön, dass Sie alle versammelt sind. Sie haben uns rufen lassen«, wandte sich Jonna direkt an den Kapitän.

»Es ist spät geworden. Ich möchte wissen, wann Sie hier fertig sind, damit die Crew schlafen gehen kann. Sie können mit Ihren Befragungen morgen früh fortfahren.«

Jonna sah Fischer nachdenklich an. Grundsätzlich hatte er recht, ihr lief niemand weg. Aber der Kapitän wusste nicht, dass es neben dem Toten aus der Elbe und der unauffindbaren Annika einen weiteren vermissten Einschleicher gab. Sollte sie die versammelten Crewmitglieder damit konfrontieren und sehen, was die Sprengladung anrichtete?

Kapitän Fischer interpretierte Jonnas Zögern falsch und gewann Oberwasser. »Sie müssen allmählich von Bord!«

»Wir haben eine MARPOL-Kontrolle angeordnet, die nach

Eintreffen der Kollegen durchgeführt wird.« Damit hatte sie die erste Bombe platzen lassen. »Wer wird eigentlich Ihr Nachfolger?«, legte sie nach.

Fischer schrie überrascht auf. »Wieso MARPOL? Mitten in der Nacht? Geht's noch?« Er machte drohend einen Schritt auf sie zu.

Tom ging dazwischen. »Das habe *ich* angeordnet. Sie wissen selbst, dass Sie bereits haufenweise Ärger wegen verschiedener Umweltdelikte hatten. Sowie meine Kollegen an Bord kommen, schauen wir uns als Erstes in der Kombüse um. Das dauert nicht lange.«

Die Atmosphäre war zum Zerreißen gespannt, und Jonna war froh, dass Toms Kollege als Verstärkung im Hintergrund stand.

Fischer starrte Jonna an. Seine Halsschlagader war so geschwollen, dass ihr kurz der Gedanke durch den Kopf schoss, dass es schwierig werden dürfte, einen medizinischen Notfall von Bord in ein Krankenhaus zu bringen.

»Sie haben keine Ahnung, was hier vor sich geht«, fauchte Fischer und deutete auf die anderen Männer. »Annika ist durchgebrannt. Das passiert eben. Deshalb müssen Sie uns nicht fortwährend schikanieren!«

»Ich denke nicht, dass es so simpel ist«, erwiderte Jonna mit ruhiger Stimme. »Sie haben hier nicht nur eine vermisste Offizierin, sondern auch einen toten Einschleicher.«

Fischer ballte die Fäuste, aber bevor er etwas erwidern konnte, platzte Bingham heraus: »Das ist alles lächerlich! Annika ist nicht hier, sie hat sich wahrscheinlich in Antwerpen verlaufen. Sie geht nicht ans Handy, um uns eins auszuwischen, so ist das Biest.«

Ein Schatten der Unsicherheit huschte über Fischers Gesicht, als er sich schwer auf einen Sessel stützte.

»Mich würde interessieren, warum Sie Annika Mittermaier an Bord aufgenommen haben«, wandte sich Jonna an den Kapitän. Sie sagte Bingham mit Absicht nicht, dass Annikas Handy bei ihr in der Kammer lag. Wer wusste schon, wozu sie diese Information noch verwenden konnte. »Haben Sie keine Konflikte befürchtet? Sie ist doch schon mal von einem anderen Schiff geflogen!« Jonna goss weiter Öl ins Feuer, um zu sehen, wer der Hitze standhielte.

Babić zeigte mit einem Finger auf Jonna. »Was meint sie mit Nachfolger? Sie hören doch nicht auf, Käpt'n, oder?« Seine Stimme klang deutlich dunkler als sonst.

Horwat legte beruhigend die Hand auf seinen Arm. »Bleib ruhig!«

Fischer ignorierte die Frage und holte tief Luft. »Annika hat verschiedene Stationen an Bord durchlaufen. Wir sind alle mit ihr klargekommen.«

Jonna sah die Männer der Reihe nach an.

»In meiner Wache hat sie den Mund gehalten und was gelernt!«, knurrte Babić, der nur Augen für den Kapitän hatte.

Bingham stöhnte auf. »Ja, klar!«

Jonna sah den Chief Engineer fragend an. Der zuckte mit den Schultern.

»Bei mir war sie nur ein- oder zweimal. Sie wollte sich die Hände nicht schmutzig machen.« Horwat tat, als ginge ihn das alles nichts an.

»Hast *du* sie nicht gesehen?«, raunte Alexander Babić seinem Bootsmann Timon zu.

Der schüttelte den Kopf. »Wieso denn *ich?*«

»Hängst ständig an Deck rum, bist nie da, wo man dich braucht!«, Babić presste die Worte ärgerlich hervor. »Rauchst Joints mit der Kleinen, statt dich um deinen Job zu kümmern.«

Timon erblasste unter diesem Angriff, und bevor er reagieren konnte, schrie ihn der Kapitän an: »Sie sollen bei dem Wetter nicht an Deck gehen, Himmel, Arsch und Zwirn! Ich kann keine Verletzten gebrauchen!« Er hob drohend eine Hand. »Drogen an Bord? Es ist nicht zu fassen!«

Jonna bemerkte, wie sich die Spannung zwischen den Männern aufbaute und sich ihre Körpersprache veränderte. Sie war sicher, dass ein Funken genügte, um das Pulverfass explodieren zu lassen.

Und dieser Funke entstand auch ohne weiteren Anlass.

Bingham schrie plötzlich: »Ihr seid alle verrückt! Dieses Schiff ist ein Saustall! Jeder hat was zu verbergen. Und du, Fischer, hast die Kontrolle längst verloren. Wird Zeit, dass du abmusterst!«

Die Worte knallten wie ein Feuerwerk durch den Raum. Der in die Enge getriebene Kapitän holte tief Luft, um zu kontern. Doch bevor er sprechen konnte, brach das Chaos aus.

Horwat keuchte erschrocken auf, als Babić sich auf Bingham stürzte. »Du wusstest davon?« Seine Fäuste prasselten wild durch die Luft und landeten auf Binghams Kopf und Rücken, während Bingham versuchte, sich mit seinen Armen zu schützen. Babić' Angriff glich dem wütenden Sturm draußen. Horwat, Tom und sein Kollege kämpften darum, die beiden Streithähne voneinander zu trennen, aber ihre Bemühungen schienen aussichtslos inmitten des Tumults.

Jonna schoss das Adrenalin ins Blut, aber sie trat zurück, um Platz zu machen.

Dann zog sie Fischer, der kraftlos im Raum stand, von den Kampfhähnen weg.

»Sie hatten einen Hintergedanken, als Sie Annika an Bord nahmen. Welchen?« Sie flüsterte Fischer ihre Frage zu, um die Gunst der Stunde zu nutzen und ihn in einem Moment der Ablenkung zu einer Antwort zu verleiten. Fischer hatte allerdings nur Augen für das Spektakel, das sich vor ihnen abspielte – die wütende Eskalation einer Mannschaft, die in einem Netz aus Lügen und Geheimnissen gefangen war.

Babić und Bingham waren ineinander verkeilt und taumelten auf das Steuerpult, das bedrohlich anfing zu piepen.

Plötzlich gelang es Horwat, Bingham von Babić wegzureißen. Doch Babić holte zu einem wuchtigen Aufwärtshaken aus.

Die Zeit stand für einen Herzschlag still, als Babić' Faust auf Binghams Gesicht traf. Ein knirschendes Geräusch begleitete den Schlag, und Bingham taumelte zurück. Blut schoss ihm aus der Nase.

Er schrie auf und hielt sich die Hände vors Gesicht. Ein Alarm schrillte, gefolgt von einem mechanischen Klacken. Alle starrten entsetzt auf die Kontrollkonsolen und duckten sich instinktiv.

In diesem Moment gelang es Tom, Babić den Arm auf den Rücken zu drehen und ihn von Bingham wegzuziehen, was den Ersten Offizier nicht davon abhielt, Bingham wütend anzustieren. Ganz offensichtlich war er begierig darauf, weiter auf ihn einzuschlagen.

Fischer bewegte sich ermattet auf die Konsolen zu und legte zwei Schalter um, sodass endlich der enervierende Ton des Alarms erstarb. »Annika spaziert irgendwo durch Antwerpen, will uns eins auswischen, und Sie gehen ihr auf den Leim!«

Bingham japste nach Luft. Er wischte über sein blutverschmiertes Gesicht und funkelte Babić wütend an. Die Feindseligkeit in seinem Blick war nicht zu übersehen.

»Mein Gott, wir haben uns gestritten, und ich hab sie links liegen gelassen. Wer ahnt denn, dass sie Ernst macht und in Antwerpen abhaut? Ihre …«, er atmete schwer durch den Mund, »… ihre Karriere kann sie knicken!«

»Erzähl von eurem Streit, du Wichser«, pampte Babić zurück. »War ja durch das ganze Schiff zu hören. Sie hat jedem an Bord erzählt, wie eklig sie deine Nachstellungen fand.«

Tom hob Babić' auf den Rücken gedrehten Arm nach oben. Er beugte sich zwar unter dem Schmerz nach vorn, trotzdem hatte Tom Mühe, den Offizier im Zaum zu halten.

»Ruhe! Herrgott! Jetzt beruhigt ihr euch alle, sonst sorge ich dafür, dass ihr morgen das Schiff verlasst – und zwar ohne Vertrag!« Fischer schrie, als hätte er plötzlich eine zweite Luft bekommen. »Ihr arbeitet verdammt noch mal mit der Polizei zusammen, beantwortet deren Fragen, und wenn Annika wieder auftaucht, werde ich höchstpersönlich dafür sorgen, dass sie kein Bein mehr aufs Deck bekommt. Klar?«

In diesem Moment vibrierte Jonnas Handy.

Unpassend wie immer. Sie zog es aus der Jackentasche, denn um diese Zeit erreichten sie nur wichtige Anrufe. Sie wandte den anderen den Rücken zu und meldete sich.

Es war Daan.

Sie hörte ihm zu. Ließ den Blick aus dem Fenster ins Dunkel schweifen. Sie hatte es geahnt. Nun kam die Bestätigung. »Wo?«, fragte sie.

Daan erklärte es, und Jonna fiel auf, dass der Bootsmann Timon direkt neben ihr stand. Lauschte er?

»Alle Details, bitte!«, flüsterte sie.

Daan hatte einen Anruf vom Maritimen Lagezentrum des Havariekommandos in Cuxhaven erhalten. Eine Bohrinsel hatte sich beim Lagezentrum gemeldet und die Sichtung einer Leiche beschrieben. Kameras hatten den Körper entdeckt.

»Was für Kameras?«, fragte Jonna und drehte Timon den Rücken zu.

Sie erfuhr, dass sowohl auf den Arbeitsschiffen der Offshore-Öl- und Gasplattformen als auch für die Plattformen selbst Hightech-Kameras für Sicherheit und Übersicht sorgten. Daan hatte keine Sekunde gezögert und mit dem Lagezentrum die Identität des Opfers geklärt.

Annika Mittermaier war im eisigen Wasser der Nordsee ums Leben gekommen.

Sowohl der positive Fotoabgleich als auch die Tatsache, dass sie den Overall der Reederei mit ihrem eingestickten Namen trug, erhärteten den schrecklichen Verdacht. Sie war an der Gasbohrinsel im sogenannten Entenschnabel des deutschen Nordseesektors angespült worden.

»Ich melde mich gleich noch mal bei dir. Ich denke, es ist an der Zeit, dass du an Bord der *Global Endeavour* kommst. Schick mir bitte alle Kontaktdaten auf mein Handy.«

Jonna wischte das Telefonat weg und drehte sich langsam zur Mannschaft um. Man sah ihr offenbar an, dass etwas Wichtiges geschehen war, denn es trat Stille ein, und die Blicke der Männer durchbohrten sie. Selbst Babić hatte sich beruhigt und stand gegen die Wand gelehnt in der Ecke.

Tom war der Einzige, dessen Augen nicht auf sie gerichtet waren, sondern die Reaktionen der Crew beobachtete.

»Ich muss Ihnen leider mitteilen, dass man Annika Mittermaier aus der Nordsee geborgen hat. Ihre Kollegin ist tot!«

Das Entsetzen war spürbar, nicht nur, weil Bingham taumelte und alle Farbe aus seinem Gesicht wich. Auch weil der Kapitän anfing zu wimmern. Der starke Mann an Bord der *Global Endeavour* kaute wie ein Kleinkind auf seiner Faust.

»Aus der Nordsee … geborgen?«, fragte Horwat mit heiserer Stimme. »Wie ist das möglich?«

Jonna konterte mit einer Gegenfrage: »Ist die *Global Endeavour* mit einem Kamerasystem ausgestattet?«

Niemand reagierte.

Horwat führte den Kapitän zu seinem Stuhl. Dann schüttelte er den Kopf. »Wir haben nur Kameras auf dem Deck, um die Be- und Entladung zu kontrollieren. Der Rest des Schiffs hat keine Überwachung.«

Jonna nickte. »Alle Aufzeichnungen sind beschlagnahmt.«

KAPITEL 27

Uniklinik Eppendorf, Institut für Rechtsmedizin - 21.30 Uhr

Charlotte warf einen Blick zu Abina, die still und in sich gekehrt neben ihr saß. Ihre Hände lagen ruhig in ihrem Schoß, und Charlotte fragte sich, ob sich die Frau auf das letzte Zusammentreffen mit ihrem Bruder vorbereitete oder ob sie an ihren vermissten Ehemann dachte.

Die innere Ruhe, die Abina ausstrahlte, war Charlotte schon aufgefallen, als sie nach dem Gespräch mit Daan und Tom in den Aufenthaltsraum zurückgekehrt war. Die Stimmung hatte sich kaum merklich verändert.

Sisii hatte eifrig Bilder gemalt, und Abina hatte am Fenster gestanden und in die Dunkelheit hinausgesehen.

Vermutete sie ihren Ehemann Tarik dort draußen? Hatte sie Angst, dass er ebenso wie Ebo in der Elbe ertrunken war? Erkennen konnte sie in der Schwärze der Nacht jedenfalls nicht viel.

Charlotte hatte sich schweigend neben sie gestellt.

»Sie … schön hier. Ich liebe Wasser«, sagte Abina in die Stille. Sie lächelte. »Trotz dieser … Überfahrt.«

»Wie ist es in Ihrem Land?«, flüsterte Charlotte, als könnte sie Abinas Ruhe stören. »Sie sagten, dass Sie in der Hafenstadt Tema an Bord gegangen sind, wohnen Sie da?«

Abina ignorierte ihre Frage und folgte ihren eigenen Gedanken. »Sie müssen Tarik suchen – und ich muss zu Ebo. Beides kann nicht warten, bis es hell wird!« Sie holte tief Luft. »Wenn Sie helfen, erzähle ich alles.«

Charlottes gefühlte Sicherheit war mit einem Schlag dahin. Die

Staatsanwaltschaft lehnte Verabschiedungen nach ungeklärter Todesursache normalerweise ab.

Abina neigte den Kopf auf eine Weise zur Seite, die Charlotte signalisierte, dass es in diesem Punkt keinen Verhandlungsspielraum gab. Die Frau wollte zu ihrem Bruder! Sofort!

Charlotte massierte sich den verspannten Nacken. Abinas Anliegen war verständlich, auch Charlotte hätte ihren Bruder Lars sofort sehen wollen, sollte ihm etwas zustoßen. Niemals würde sie sich mit der Aussage eines Fremden zufriedengeben. Sie musste Daan bitten, eine Ausnahmegenehmigung zu erwirken. »Ich versuche es, aber ich kann Ihnen nichts versprechen. Es ist spät, ich weiß nicht, ob wir den zuständigen Staatsanwalt erreichen!«

Abina sah weiter in die Dunkelheit, ihre Lippen zu einem schmalen Strich zusammengepresst. »Sisii ist hier in Sicherheit! Er schläft auf dem Sessel. Ich hole meinen Mann zurück!«

Charlotte war wie vor den Kopf geschlagen. »Woher wissen Sie, wo Ihr Mann ist und dass er noch lebt?« Niemand überlebte so viele Stunden in der kalten Elbe.

»Ich spüre es!« Abina ging zu Sisii, setzte sich auf die Sessellehne, und in einem ihr eigenen Singsang perlten Worte aus ihrer Heimatsprache aus ihrem Mund.

Damit war das Gespräch beendet, und Charlotte war nichts anderes übrig geblieben, als ihr Glück bei Daan zu versuchen.

Und Daan hatte Erfolg gehabt, deshalb saßen sie hier und warteten auf Leitner. Nie hätte Charlotte gedacht, dass Daan es schaffen würde, die Staatsanwaltschaft zu überzeugen, einer Not-Abschiednahme zuzustimmen. Vielleicht hatte er seinen holländischen Charme eingesetzt. Fakt war, dass Abina ihren toten Bruder sehen durfte, obwohl die Ermittlungen noch nicht abgeschlossen waren. Charlotte hatte sie ins Institut für Rechtsmedizin gefahren. Nun saßen sie in der Sitzecke des Eingangsbereichs und warteten auf Doktor Leitner, der extra aus seinem Feierabend zurückkommen würde, um die Verabschiedung zu begleiten, da der Staatsanwalt auf einer ärztlichen Aufsicht bestanden hatte.

»Wir kommen aus Ghana«, sagte Abina auf Englisch. »Ghana ist ein armes Land. Unsere Jugend hat wenig Chance, sich zu bilden. Viel Bandenkriminalität und schlechte Arbeit. Sie schlachten Elektroschrott aus Deutschland aus. Ebo hatte seinen Platz im Leben noch nicht gefunden. Er war ... er war ein kleiner Junge ... irgendwie.«

Charlottes Gewissen regte sich, dass sie im reichen Deutschland wohnte und durch den Zufall auf der Sonnenseite des Lebens geboren worden war. Wobei sich das Glück etwas relativierte, wenn sie an ihren psychopathischen Ex-Freund Daniel und seine Nachstellungen dachte. »Wollten Sie Ihrem Jungen eine bessere Zukunft verschaffen? Kennen Sie jemanden in Deutschland?«

Sie schüttelte den Kopf. »Wir hatten ein gutes Leben. Tarik ist mit ganzem Herzen Arzt. Er hat in einer Klinik gearbeitet. Wir wollten nicht weg – wir waren gezwungen, unser Land zu verlassen!«

»Was ist passiert?«, fragte Charlotte.

»Viel mehr weiß ich nicht. Wenn Tarik sagt, unser aller Leben wäre in Gefahr, dann gehen wir. Ich schütze meine Familie um jeden Preis.«

»Und die gefährliche Flucht war die einzige Option?«

»Tarik ist gekommen, hat uns aus unserem Haus herausgeholt und bei einem Freund untergebracht. Wir durften nicht nach draußen. Er hat gesagt, umso weniger wir wüssten, umso sicherer wären wir.« Sie holte tief Luft, so als müsse sie die Anspannung der Nacht wegatmen. »Tarik hat mit unserem Freund einen Plan entworfen, und ein paar Tage später sind wir erst nach Accra und dann nach Tema gereist. Wir haben uns versteckt, bis wir an Bord gegangen sind.« Abina drehte sich zu ihr um und blitzte sie aus zusammengekniffenen Augen an. »Mein Mann hätte seinen Beruf niemals freiwillig aufgegeben. Keine Chance, in der Heimat zu bleiben. Er weiß, dass er in Deutschland nicht als Arzt arbeiten darf. Er hat alles geopfert, was er liebte – außer Frau und Kind. Er darf uns nicht verlieren!«

Oder sein Leben in der Strömung der Elbe, dachte Charlotte.

In diesem Moment öffnete sich die Tür zum Inneren des Instituts, und Leitner trat in den Empfangsbereich.

»Entschuldigen Sie, ich bin so schnell gekommen, wie ich konnte.«

Die Hand, die er Charlotte reichte, war warm und drückte sanft zu.

»Mein Assistent hat Herrn Paintsiel in den Verabschiedungsraum gebracht, wir können jederzeit zu ihm hinuntergehen, wenn Sie so weit sind.«

Kurze Zeit später stand Abina vor ihrem Bruder.

Tapfer. Stark. Fassungslos. Kein Wort und keine Träne waren Ausdruck dessen, was in ihr vorgehen mochte. Leitner rücke ihr einen Stuhl heran. Die Armlehne berührte die Bahre.

Abina streichelte sanft Ebos Stirn, seine Hand und betrachtete ihn mit zärtlichen Blicken.

Der Raum war erfüllt von Liebe.

Leitner stand hinter ihr an der Wand, und Charlotte stellte sich zu ihm. Abina brauchte sie nicht. Sie war im stillen Zwiegespräch mit ihrem toten Bruder.

Sie hielt seine Hand in ihrer, was Leitner erlaubt hatte, und ihr Murmeln ging ganz allmählich in einen leisen Singsang über. Dabei wiegte Abina sich sanft vor und zurück.

Es hatte beinahe etwas Hypnotisches, und Charlotte war beeindruckt von der Kraft und Liebe, die dieser Abschied zum Ausdruck brachte. So wunderte sie sich auch nicht, dass Abina das

Ende des Abschieds bestimmte, aufstand, ihren Bruder auf die Stirn küsste und einfach den Raum verließ.

Charlotte und Leitner folgten ihr schweigend die Treppe hinauf in den Empfangsbereich.

»Hatte mein Bruder Sachen bei sich?«

Ihre Stimme klang so voller Sehnsucht, als erwarte sie einen Abschiedsbrief.

Leitner sah sie nachdenklich an. »Wir haben den Overall, den er trug, keine Schuhe. Um den Hals hatte er eine schmale Goldkette. Mehr hatte Ihr Bruder nicht bei sich, es tut mir leid.«

»Darf ich die Kette sehen?«

Leitner warf Charlotte einen Blick zu und nickte. Er verschwand im Inneren des Instituts, um die Kette zu holen.

In diesem Moment vibrierte Charlottes Handy in ihrer Jackentasche, und sie zuckte zusammen. Abina ließ nicht erkennen, ob sie das Klingeln mitbekommen hatte. Sie setzte sich auf einen Stuhl und wartete gottergeben auf Leitner.

Charlotte warf einen Blick auf das Display. Eine unbekannte Nummer hatte versucht, sie anzurufen. Sie steckte das Handy wieder zurück in die Jacke.

Abina fragte nach einer Toilette. Charlotte führte sie hin.

Wieder vibrierte ihr Handy. Wieder eine unbekannte Nummer. Wer auch immer da anrief, er musste warten.

Abina verschwand in der Toilette, und Charlotte zog genervt ihr erneut vibrierendes Handy aus der Tasche und ging ran.

»Serverin«, meldete sie sich kurz angebunden. Stille. »Hallo?« Charlotte hielt sich das Telefon dichter an ihr Ohr. Sie wusste, dass der Empfang in der Rechtsmedizin mehr schlecht als recht durch die dicken Mauern kam.

Dann hörte sie Jonnas Stimme klar und deutlich. »Ach, du bist es. Hast du's schon mal versucht? Ich bin in der Rechtsmedizin, wir haben Abschied genommen!«

Jonna berichtete, dass die Nautische Offiziersanwärterin, Annika Mittermaier, tot aus der Nordsee geborgen worden war und sie wissen müsse, ob es denkbar sei, dass Ebo die Frau gekannt hatte. War es ein Zufall, dass Abina und ihre Familie die *Global Endeavour* gewählt hatten, oder nicht? Jonna würde ihr sofort ein Foto der toten Frau aufs Handy schicken, mit der Bitte, Abina das Bild zu zeigen.

Nachdenklich starrte Charlotte das Telefon an. Eine Frau der *Global Endeavour* war ebenfalls ertrunken? Was war nur an Bord dieses Schiffs los?

Sie wollte gerade das Handy wieder wegstecken, als es schon wieder vibrierte.

»Jonna?«

Stille.

Dann hörte Charlotte schweres Atmen in der Leitung.

Sie erstarrte. Lauschte. Hörte nur dieses scheußliche Atmen.

»Ich finde dich!«, flüsterte die Stimme im Telefon.

Eine Hand legte sich auf ihren Arm. Charlotte schrie erschrocken auf und wirbelte herum. Es war Abina.

»Hallo?«, fragte Charlotte ins Telefon.

Stille. Atmen. Dann brach die Verbindung ab.

Ihr Herz raste. Daniel. Wer sonst?

Abina sah sie forschend an, runzelte die Stirn und strich ihr beruhigend über den Arm.

»Sie haben Angst!«

Scheiße. Abina hätte dieses Telefonat niemals miterleben dürfen. Warum hatte sie das Gespräch angenommen? Sie atmete tief ein und versuchte ein beschönigendes Lächeln, aber belügen konnte sie die Frau auch nicht.

»Es ist kompliziert. Der Vater meiner Tochter … meine Tochter ist … er bedroht …« Charlotte brach erleichtert ab, als Leitner mit einem schmalen Stoffsack in der Hand zu ihnen trat und ihr Gespräch unterbrach.

Er schüttelte eine goldene Kette aus dem Stoffsack in die hohle Hand und hielt sie Abina hin.

Abina beugte sich tief über die Hand und starrte die Kette an. »Darf ich sie anfassen?«

Leitner nickte. Vorsichtig nahm Abina die Kette und betrachtete sie genau. Sie lächelte.

»Können Sie mir noch eine wichtige Frage beantworten?«, unterbrach Charlotte Abinas Begutachtung, mehr um ihr eigenes Adrenalin abzubauen, als dass Jonna gedrängt hätte. »An Bord der *Global Endeavour* hat es einen weiteren Todesfall gegeben, eine junge Offizierin.«

Charlotte sah aus den Augenwinkeln, wie Leitner eine Augenbraue hochzog.

»Sind Sie dieser Frau zufällig begegnet?« Charlotte hielt ihr das Foto auf dem Handy hin, das Jonna ihr geschickt hatte. Eine lachende junge Frau, beinahe noch ein Mädchen, in einem orangefarbenen Overall und einem Sicherheitshelm auf den dunklen Haaren.

Abina schüttelte den Kopf. Nein.

»Und Ihr Bruder? Ihr Mann? Könnte es sein, dass sie die Frau gekannt haben? Hat sie Ihnen geholfen, auf das Schiff zu kommen?«

»Wir kennen diese Frau nicht. Sie ist tot?«

Charlotte nickte. »Ich weiß nicht viel mehr.«

»Sie meinen, Ebo und diese Frau …« Sie lächelte, als ob sie mit ihrem kleinen Sohn sprach. »Mein Bruder hat nichts mit Frau zu tun. Und Tarik lebt! Wir müssen ihn finden! Bringen Sie mich auf das Schiff!«

Charlotte glaubte, sich verhört zu haben. Abina sprach mit einem neuen Nachdruck, der sie sprachlos machte. »Sie wollen zurück auf das Schiff?«

»Tarik lebt, und ich muss ihn finden.«

Erstmals sah Charlotte in ihrem Gesicht eine Regung, die darauf hindeutete, dass sie nicht ganz so in sich ruhte, wie es nach außen wirkte. Ihr rechtes Augenlid zuckte immer wieder.

Ja, Charlotte hatte sich von Abinas scheinbarer Stärke einlullen lassen. Natürlich klammerte sie sich an die Hoffnung. An den Gedanken, dass ihr Mann nicht ertrunken war, weil nicht sein konnte, was nicht sein durfte. Aber das war nicht die Realität.

»Wir fahren erst mal zurück zu Ihrem Sohn, er wird Sie sicher schon …«

»Tarik lebt.« Abina öffnete die Hand, in der die Goldkette lag. »Das ist nicht Ebos Kette. Ich habe diese Kette Tarik vor Jahren geschenkt. Sie ist sein Glücksbringer.« Sie holte tief Luft, als wolle sie einen riesigen Schluchzer herunterschlucken. »Wenn Ebo die Kette trägt, dann weil Tarik sie ihm umgelegt hat, damit sie ihn beschützt.« Sie reichte die Kette zurück an Leitner. »In meinem Land sagt man, dass wir in den Wellen des Lebens navigieren, aber das Schicksal ist der geheime Kapitän.« Ihre Stimme klang wieder fester. »Mein Bruder ist ins Wasser gesprungen. Vielleicht wollte er Hilfe holen. Aber Tarik ist sicher nicht gesprungen. Sie wussten, dass Ebo sich in Gefahr begab. Sie haben es entschieden. Und so ist es nun.« Sie streckte den Rücken durch. »Tarik lebt! Ich weiß es.«

Charlotte hörte erstmals ein Zittern in ihrer Stimme.

»Wir müssen ihn finden!« Sie zog Charlotte an der Hand Richtung Ausgang. »Beschützen Sie Ihre Tochter. Um jeden Preis.«

KAPITEL 28

Containerterminal Tollerort – 21.50 Uhr

Tarik saß in der Hocke und lehnte sich an einen Containerstapel. Er spürte die Erschöpfung in jedem einzelnen Knochen. Seine Füße schmerzten, seine Finger waren steif, und er fror erbärmlich. Harter Regen drosch auf ihn ein. Der Overall klebte an ihm, und die eisige Nässe durchdrang jeden Zentimeter. Warum musste es zu allem Unglück auch noch regnen? Würde er hier auf dem Terminal an Unterkühlung sterben? Würde er im Regen verdursten?

Er legte den Kopf in den Nacken, öffnete seinen Mund und schluckte die Tropfen. Trotzdem schwanden seine letzten Kräfte. Seine Augenlider waren bleischwer, seine Stimmung düster wie der Himmel, als ob die Kraftlosigkeit nicht nur seinen Körper, sondern auch seine Seele ergriffen hatte, die nichts mehr wahrnehmen wollte.

Er haderte mit seiner Entscheidung, vor der Security-Frau weggelaufen zu sein. Er hatte Unterstützung ausgeschlagen! Das war verrückt, denn er brauchte Hilfe. Er konnte nicht ewig auf der Flucht sein. Vor dem Täter von der *Global Endeavour*. Vor den Drogenbossen aus Ghana.

Er hob eine Hand und sah sie sich an. Würden sie je wieder ein Skalpell halten? Operieren? Seine Finger waren wie dürre Äste, die von einem unkontrollierten Zittern erfasst wurden. Jedes Fingerglied ein Kämpfer gegen die Kälte.

Kämpfer … Die Männer mit den Maschinenpistolen.

Das viele Blut.

Der Alte, der im Sterben lag. Er hörte ihn förmlich röcheln.

Tarik schüttelte den Kopf. Wo kamen diese Bilder plötzlich her? Halluzinierte er? Verlor sein Körper den Kampf gegen die Kälte, den Hunger und Durst, und er fantasierte?

Er war Arzt, er wusste, dass die tauben Fingerspitzen nur der Anfang waren. Die Kapillargefäße zogen sich zusammen, die Extremitäten wurden nicht mehr ausreichend durchblutet. Der Körper brauchte seine Ressourcen an anderer Stelle.

Er drückte und knetete seine Hände, doch jede Berührung war von dumpfer Empfindungslosigkeit begleitet.

Sollte seine letzte Operation mit diesen einst so sensiblen Händen die Entfernung einer Kugel aus dem Bauch eines Drogenbarons gewesen sein?

Plötzlich spürte er mitten im hartkörnigen Regen die Hitze des tropischen Abends in Kumasi auf seiner Haut. Er sah sich den staubigen Weg zu seiner kleinen Klinik gehen, die die humanitäre Organisation eingerichtet hatte. Kumasi, die Stadt, die er seit Jahren sein Zuhause nannte, war zwar nicht die glamouröseste, aber ihre Menschen hatten sein Herz erobert. Als renommierter Arzt war er aus der Hauptstadt Accra nach Kumasi gezogen, um sein Leben der Hilfe für die Bedürftigsten zu widmen. Dann hatte er den Mann auf der Straße liegen sehen.

Wieder schüttelte er seinen Kopf und schlug mit der Hand dagegen. Er durfte nicht den Verstand verlieren, seine Kraft nicht an die Bilder der grausamen Nacht verschwenden. Er liebte seinen Beruf und sein Land. Doch neben der demokratischen Entwicklung Ghanas hatte es sich zum Drehkreuz der Kokainroute von Südamerika nach Europa, für das Heroin von Afghanistan und Pakistan, entwickelt. Und ausgerechnet er war auf diese Männer getroffen, als sie einen Arzt brauchten.

Was für eine unvorhergesehene Kapriole des Schicksals.

Tarik blinzelte die Erinnerung weg, die vor seinen Augen stand, als wäre es in dieser Sekunde passiert. Seine Augen waren vom

Regenwasser gereizt, und er blinzelte immer wieder, aber es half nichts. Die Erinnerung stürzte auf ihn ein. Sein Herz pochte im Einklang mit den dumpfen Schlägen des Regens.

In der Nacht vor ein paar Wochen war es dunkel gewesen, aber als er näher kam, erkannte er sofort, dass es ein Mann war, der dort reglos auf dem Bauch lag. Die große Blutlache um ihn herum hätte ihm Warnung sein sollen. Stattdessen war das viele Blut der Trigger für seine Hilfsbereitschaft, seine Kompetenzen als Arzt, seine Neugier auf die Verletzung. Er traf eine simple, fatale Entscheidung, die ihn in einen Albtraum katapultierte.

Er drehte den Mann herum.

Der dicke alte Mann hatte eine tiefe, blutende Bauchwunde. Das runde Einschussloch war deutlich zu sehen, als Tarik sein teuer aussehendes Hemd aufknöpfte. Die Kugel war auf der Rückseite wieder ausgetreten. Aber er atmete, und als Tarik die Wunde berührte, stöhnte er. Hier draußen auf der staubigen Straße war sein Leben nicht mehr viel wert, trotzdem legte Tarik eine Hand auf die Wunde und versuchte, sich mit der anderen Hand sein Tuch vom Hals zu reißen. Er stopfte das Stück Stoff auf die Einschussstelle, um die Blutung zu stoppen, und wollte den Verletzten herumdrehen, um sich die Austrittswunde anzusehen, als die Männer von zwei Seiten auf ihn zukamen.

Sie hielten Maschinenpistolen im Anschlag und starrten ihn schweigend an.

»Er braucht Hilfe. Ich bin Arzt. Lassen Sie mich einen Krankenwagen rufen. Er muss ins Krankenhaus, sonst stirbt er.« Er bettelte. Flehte um das Leben dieses Mannes und um sein eigenes. Hatten diese Leute auf den Alten geschossen und würden das Gleiche mit ihm tun? Tarik war nicht naiv. Es wusste von der brutalen Bandenkriminalität in seinem Land.

Die Männer hatten sich kurz angesehen, und einer winkte ein

Auto heran, was hinter Tarik an Straßenrand stand. Er hatte nicht bemerkt, dass jemand darin saß.

Sie zerrten ihn ins Auto, nahmen den alten Mann mit dem grauen Bart vom Boden auf und legten ihn auf die Rückbank. Sie fuhren nicht zu einem Krankenhaus, sondern zu einem baufälligen Haus.

Tarik konnte nicht glauben, was er dort vorfand. Eine voll ausgestattete Krankenstation. Er versuchte, die Drohgebärden der schweigenden Männer zu ignorieren, und kümmerte sich um den Verletzten.

Er zog ihn aus, wusch und desinfizierte seine Hände, zog sich Einweghandschuhe über, richtete sich das Operationsfeld ein und versuchte, seinen rasenden Puls zu ignorieren und nicht an seine Familie zu denken.

Er deckte den Mann mit Tüchern ab und erkannte dabei das Tattoo auf dessen Brust. Ein bekanntes Bandenzeichen. Die Botschaft des im Koma liegenden Mannes, dass er besser keinen Fehler machen sollte. Aber auch ohne diese Warnung gab Tarik nicht mehr viel auf sein Leben. Angst durchflutete ihn, und er atmete mehrmals tief durch, um nicht panisch wegzulaufen.

Er sah nach dem Tropf, der die Kochsalzlösung in die Venen des Verletzten spülte, und wünschte sich ein paar Blutkonserven.

»Lasst ihr mich gehen, wenn ich ihn operiert habe?« Warum sollte er diese simple Frage nicht stellen? Mehr als schweigen konnten sie nicht. Tatsächlich grunzte einer der Männer und hob die Waffe an, zielte auf Tarik.

»Du hast besser Erfolg, sonst sieht es für dich und deine Familie finster aus!«

Die Drohung gegenüber seiner Familie ließ sein Herz erstarren. »Ich kann für nichts garantieren. Es war eure Entscheidung, ihn nicht in ein Krankenhaus zu bringen, und ich kann die gefährliche Operation nur unter schlechten Bedingungen durchführen.«

Tatsächlich lachten die Männer. Tarik verstand nicht, was so lustig war. Gefährliche Idioten. Aber er hatte nichts in der Hand, womit er sein Leben hätte erpressen können. Das drohende Lachen hing über ihm wie ein düsteres Gewitter, das nur darauf wartete, seine Blitzschläge zu entfesseln. Gewehrsalven in diesem Fall.

Er versuchte, sich auf seine medizinische Aufgabe zu konzentrieren, und für eine Weile gelang es ihm sogar. Er entfernte die Kugel, reinigte die Wunde und betete, dass der Kreislauf einigermaßen stabil blieb. Schlimm genug, dass er den Alten ohne Narkose behandeln musste. Gott sei Dank lag er in tiefer Bewusstlosigkeit.

Dann entstand vor der Tür Unruhe. Weitere Männer kamen an, und er hörte verschiedene Stimmen, die miteinander tuschelten. Seine Bewacher verließen den Raum, ließen nur einen von ihnen zurück. Offenbar war das, was außerhalb dieses improvisierten OP-Saals stattfand, wichtiger, als einem Arzt bei der Arbeit zuzusehen. Wohin hätte er auch weglaufen sollen? Der Bauchraum des Alten lag offen vor ihm, und bevor der nicht zugenäht war, konnte Tarik nicht an Flucht denken.

Die Stimmen vor der Tür ebbten ab und schwollen wieder an. Sie gaben sich keine Mühe, ihr Gespräch geheim zu halten. Offenbar waren sie sich sicher, dass Tarik ihren Dialekt nicht verstand. Bislang hatte Tarik nur in Englisch kommuniziert. Wie sollten sie wissen, dass er auch Dagbani sprach? Einen Dialekt, der vor allem im Norden von Ghana gesprochen wurde. Dort, wo seine Großeltern herkamen.

Er versuchte, sich nicht anmerken zu lassen, dass er das Palaver darum, dass ihr Unterschlupf aufgeflogen war, der Arzt den Boss erkannt hatte und man ihn deswegen töten musste, sehr wohl verstand.

Sein Schicksal war besiegelt. Wenn er den nächsten Tag erleben wollte, war er gezwungen zu fliehen! Wann konnte er die Operation beenden, abbrechen? Bevor er die Naht vollendet hatte? Mit den letzten Stichen? Ja, das spielte bei dem Blutverlust auch keine Rolle mehr. Das Schicksal des alten Mannes lag in Gottes Hand. Tarik hatte alles für ihn getan, was möglich war.

Mit zitternden Händen und rasendem Herzen hatte er dem Bewacher zugenickt und erfreut gelogen, dass die Operation erfolgreich verlaufen sei. Der Alte sei außer Lebensgefahr. Er würde die Naht schließen, und dann brauche der Mann Ruhe und einen weiteren Tropf. Ob sein Bewacher noch einen Beutel mit Kochsalzlösung besorgen könne?

Dieser warf einen Blick auf die halbe Naht, die Tarik fertig hatte, und nickte. Er ging zur Tür hinaus und ließ sie offen stehen.

Tarik nutzte den Moment und öffnete das Fenster.

Mit einem letzten Blick auf den Alten sprang er hinaus in die Finsternis. Mit den blutigen Händen in den Einweghandschuhen fing er den Fall in den Sand ab. Er rannte, so schnell er konnte, auch wenn er nicht wusste, wo er war. Nur weg, in die Dunkelheit, um seinen Verfolgern zu entkommen.

Er war ein Gejagter. Sie würden schnell merken, dass er geflohen war, und ihn suchen. Er war der Hüter eines gefährlichen Geheimnisses, das sein Leben und das seiner Familie bedrohte.

Das war sein letzter Tag als Arzt gewesen. Tarik wischte sich die Tränen und den Regen aus dem Gesicht und versuchte aufzustehen.

Verdammt noch mal, ein Gejagter konnte auch ein Jäger sein! Er durfte sich nicht länger von seiner Angst den Verstand vernebeln lassen. Warum war er nicht hinter der Security-Frau hergegangen? Sie kannte den Weg aus dem Terminal. Er musste ihr unauffällig folgen, nicht vor ihr weglaufen.

Seine Schritte waren eine mühsame Anstrengung, seine Gelenke steif und widerwillig, als ob der Boden unter seinen Füßen versuchte, ihn festzuhalten. Jeder Atemzug war von einem keuchenden Rasseln begleitet, als er die Containerreihe zurück zur *Global Endeavour* humpelte. Er musste der Frau nicht vertrauen. Er vertraute niemandem mehr. Vertrauen hatte er innerhalb kürzester Zeit verlernt.

Er hätte ihr nur folgen müssen. Und nun war sie weg!

Und er war keinen Schritt weiter. Aber er musste zu seinem Sohn. Sisii war seine Zukunft. Tarik war es ihm schuldig, ihn in Sicherheit zu bringen. Er musste endlich Hilfe holen … in diesem Moment rumpelte es derart, dass der Boden bebte. Das wütende Heulen des Sturms echote in einem Container, der offenbar leer war und sich dem Wind ergeben hatte. Er stürzte in einem unkontrollierten Taumel herab, prallte hart auf dem Boden auf und überschlug sich.

Tarik sah ihn wie in Zeitlupe auf sich zukommen und sprang reflexartig zur Seite. Sein Herz pochte wild gegen seine Rippen. Er strauchelte. Mit einem ohrenbetäubenden Krachen knallte der Container gegen einen anderen und ließ die ganze Reihe erzittern.

Tarik fing sich nur für einen kurzen Moment, dann verlor er das Gleichgewicht. Ein stechender Schmerz durchfuhr seinen Kopf, als sein Schädel gegen das harte Metall krachte. Sternenlicht tanzte vor seinen Augen, während sein Körper mit einer unbarmherzigen Wucht auf den nassen Boden geschleudert wurde.

Sein Schmerzensschrei vermischte sich mit dem Sturm, und für einen Moment fühlte es sich an, als ob die Zeit stillstünde, während er gegen die Schwärze ankämpfte, die sich langsam um ihn herum ausbreitete.

Dann war nichts mehr.

KAPITEL 29

An Bord der *Global Endeavour* – 22.20 Uhr

Die Nachricht vom Tod der Nautischen Offiziersanwärterin traf die Crew wie ein plötzlicher Hagelschlag bei Sonnenschein.

Jonna hatte sich in den Konferenzraum zurückgezogen, um mit dem Havariekommando Cuxhaven und der Bohrinsel zu telefonieren. Tom harrte auf der Brücke aus, um die Crew zu beobachten und deren Gespräche mitzuhören. Soweit Jonna das vom Nebenraum beurteilen konnte, blieb es seltsam still auf der Brücke. Der tätliche Streit der Crew war in sich zusammengefallen, als hätte jemand mit einer Nadel in einen Luftballon gestochen.

Nun war also eingetreten, was Jonna befürchtet hatte. Annika Mittermaier hatte sich nicht an Bord versteckt, sie war auch nicht ohne ihre Papiere einfach von Bord spaziert. Sie war tot im Meer gefunden worden. Sie sah auf ihre Notizen. Eine Gasbohrinsel in der deutschen Nordsee hatte die Leiche der Nautischen Offiziersanwärterin geborgen, und Jonna hatte mit dem Arzt vor Ort gesprochen. Er war kein Rechtsmediziner und hatte sich schwergetan, konkrete Auskünfte zu geben. Jonna nahm sich vor, Leitner zu bitten, direkt mit dem Kollegen zu telefonieren. Es hatte keine erkennbaren Schuss- oder Stichverletzungen gegeben. Der Arzt war sich sicher, dass Annika Mittermaier ein gebrochenes Genick hatte und im Gesicht massive Hämatome aufwies, die von Schlägen herrühren könnten.

Jonna unterstrich die Aussagen des Arztes zum möglichen Todeszeitpunkt. Ihr Kuli strich harsch über das Papier. Sie war seit

Stunden an Bord, die Crew blockte alles ab, und jetzt wusste sie auch, warum. Wahrscheinlich waren die blinden Passagiere noch das geringste Problem auf diesem Schiff.

Annika Mittermaier war an Bord der *Global Endeavour* getötet worden, und Jonna war sich bewusster denn je, dass einer von der Crew der Täter sein musste. Nur hatte sie noch keine Hinweise darauf, wer es sein könnte.

Jonna stützte ihren Kopf in die Hände. Erstmals bemerkte sie die Müdigkeit. Sie sehnte sich nach frischer Luft und nahm sich vor, nach der Befragung des Kapitäns für einen Moment an Deck zu gehen.

Es war wahrscheinlich, dass Annika Mittermaier in Höhe der Bohrinsel ins Wasser gestoßen worden war. Laut Fahrtroute der *Global Endeavour* war das in den frühen Morgenstunden der Fall gewesen.

Dieses Wissen brachte sie jedoch keinen Schritt weiter, denn sie hatte keine verwertbaren Spuren, nicht einmal Zugang zur Leiche. Annika Mittermaiers Leichnam konnte nicht nach Hamburg geflogen werden, da es bei dem Sturm unmöglich war, einen Helikopter aufsteigen zu lassen.

Waren die Angehörigen der Offiziersanwärterin verständigt worden? Sie musste Daan danach fragen, wenn er angekommen war.

Jonna verwarf ihre Hypothese, dass die junge Frau sich mit den blinden Passagieren angelegt hatte. Es machte einfach keinen Sinn. Sie hätte ihnen geholfen, statt sich zu prügeln und dann über Bord werfen zu lassen. Sie war aber auch nicht, wie Bingham behauptet hatte, in Antwerpen von Bord gegangen. Im Gegenteil, jemand musste sie nach Antwerpen noch gesehen haben. Warum schwieg die Crew?

Jonna drehte sich um und bat den Kollegen der Wasserschutzpolizei um einen Gefallen. »Können Sie wohl Ihre beiden Kollegen ausfindig machen, die hier auf dem Schiff patrouillieren? Ich brauche das Handy aus der versiegelten Kammer von Annika Mittermaier.«

Der Mann nickte und machte sich auf den Weg.

Und sie würde die Wartezeit überbrücken, indem sie aus dem Kapitän herauskitzelte, warum er Annika an Bord genommen hatte. Eine Frau unter zwanzig Männern. Eine Frau, die auf einem anderen Schiff mit der Crew in Streit geraten war.

Jonna sprang auf. Sie wollte sich von Fischer nicht länger hinhalten lassen.

Wenig später hatte sie nicht nur eine Flasche Wasser mit zwei Gläsern vor sich, sondern auch den Kapitän der *Global Endeavour*. Seine Miene war eine lebendige Chronik der Ereignisse auf seinem Schiff. Von seinem harschen Auftreten voller Ablehnung war nichts mehr zu spüren.

»Fangen wir noch mal von vorne an«, sagte Jonna. »Wenn Sie mit dem Tod von Frau Mittermaier nichts zu tun haben, dann ist es an der Zeit, alles zu erzählen, was Sie wissen.«

Fischer nickte müde und strich sich mit der Hand durchs Gesicht. »Vor Wochen war meine Welt noch in Ordnung. Seitdem fühlt es sich an, als würde ich die Kontrolle über alles verlieren, was mir jemals etwas bedeutet hat.« Er machte eine ausholende Geste. »Die *Global Endeavour* ist ein wundervolles Schiff. Die Crew ist in Ordnung. Ich liebe meinen Job. Aber jetzt geht alles den Bach runter. Blinde Passagiere, ein totes Crewmitglied …« Er ließ das Ende des Satzes offen.

Jonna schlug ihr Notizbuch auf und tat so, als läse sie etwas nach, dabei hatte sie Daans Rechercheergebnisse im Kopf. »Wenn Sie sich hier so wohlfühlen, warum verhandeln Sie mit der Reederei über Ihren Ausstieg?«

Fischer seufzte, setzte zum Sprechen an, fand nicht die richtigen

Worte. »Ich wollte … meine Familie … Annika.« Er unterbrach sich selbst. »Ich sterbe!«

Jonna zuckte innerlich zurück, versuchte, sich äußerlich nichts anmerken zu lassen. Sie wartete darauf, dass der Kapitän sich genauer erklärte. Aber er schwieg.

»Sprechen Sie bitte weiter!«

Er nahm das Glas und trank es in einem Schluck leer. Dann drehte er es nervös in den Händen.

»Ich habe vor ein paar Wochen eine letale Diagnose bekommen. Davon weiß noch niemand, nicht mal meine Frau. Ich muss erst meine Finanzen regeln und meine Familie absichern, verstehen Sie?«

Jonna schluckte trocken. Fischer war fünfzig Jahre alt. Sechs Jahre jünger als sie. Kein Alter, um zu sterben. »Krebs?«

Er schüttelte den Kopf. »Es gibt andere hässliche Krankheiten. Aber das ist am Ende egal. Wissen Sie, was mir durch den Kopf ging, als Sie mir den Vorwurf der illegalen Schleusung gemacht haben? Ich hätte Sie am liebsten angeschrien, dass ich keine Menschenleben in Gefahr bringe, wenn ich doch weiß, wie wertvoll das Leben ist. Wie schnell es vorbei sein kann. Wie absurd der Vorwurf ist. Aber … die Crew … sie weiß noch nichts, und das sollte auch so bleiben, bis die Verhandlungen mit der Reederei abgeschlossen sind. Illegale Schleusung hätte meine Abmachung mit der Reederei torpediert. Dies ist meine letzte Reise! Können Sie sich vorstellen, was es bedeutet, mein berufliches Leben auf diese Art und Weise zu beenden?«

Das konnte Jonna. Gut sogar. Auch sie hatte Fantasien, dass sie ihren letzten großen Fall vor ihrer Pension vergeigen könnte. Ewig würde ihr dann anhängen, dass sie versagt hätte, Kollegen ihretwegen zu Schaden gekommen wären. Der Albtraum eines jeden Polizisten. Und vielleicht war es nicht nötig gewesen, Fischers Rücktrittspläne zu offenbaren, andererseits hatte es viel

Dynamik gegeben und die Chance, dass das ein oder andere Crewmitglied mehr sagte, als es zunächst gewollt hatte. Den psychologischen Vorteil hatte sich Jonna nicht entgehen lassen wollen.

Trotzdem, das Verständnis für seine Situation änderte nichts daran, dass auf diesem Schiff vier Afrikaner unter lebensgefährlichen Bedingungen geschleust worden waren. Einer war gestorben, einer vermisst. Das ließ sich nicht entschuldigen. »Ist es das erste Mal, dass die *Global Endeavour* blinde Passagiere an Bord hatte?«

Fischer schüttelte den Kopf. »Nein, leider nicht. Es ist schon einmal vorgekommen. Die Reederei wurde von der Ausländerbehörde darüber informiert, dass zwei Asylsuchende angaben, mit diesem Schiff nach Europa gebracht worden zu sein.« Er atmete tief durch. »Die Reederei erwartet von mir, dass das nicht wieder vorkommt.«

Da schau an. Der Kapitän wusste viel mehr, als er bislang zugegeben hatte. »Haben Sie daran gedacht, dass jemand von der Crew der Schleuser gewesen sein könnte?«

Er sah sie aus müden Augen an, deren Weiß um die Iris rot geädert war.

»Deshalb war Annika an Bord!«

KAPITEL 30

An Bord der *Global Endeavour* – 23.10 Uhr

Tom hielt die Stellung auf der Brücke, nachdem Jonna mit dem Kapitän im Konferenzraum verschwunden war.

Auf der Brücke hing nach der körperlichen Auseinandersetzung eine schwere, beinahe greifbare Spannung. Es roch nach Schweiß und Angst. Als Erster hatte der Bootsmann Timon die Brücke verlassen, dann wollte der Chief Engineer zurück in den Maschinenraum. Babić und Bingham umkreisten sich schweigend und mit spürbarer Antipathie, gezeichnet von dem Konflikt und in den Waffenstillstand gezwungen.

Drinnen wie draußen tobte ein Sturm. Draußen der Orkan, drinnen Rivalitäten, verletzte Gefühle, Kränkungen und Existenzängste.

Tom hatte sich eine warme Cola aus der Abseite genommen und beobachtete die beiden Kontrahenten, als das Telefon klingelte. Es war Binghams Wache, und es wäre seine Aufgabe gewesen, das Telefon abzunehmen. Babić stand näher und griff schon nach dem Hörer, als Bingham vorsprang und danach grapschte. Ein erneuter unsichtbarer Kampf, den diesmal Bingham gewann.

Babić zuckte nur mit den Schultern und warf Tom einen undefinierbaren Blick zu.

»Der Kapitän ist nicht zu sprechen«, sagte Bingham ins Telefon. Er hörte der Entgegnung des Anrufers ungeduldig zu. »Herrje, dann bring mir die Frau auf die Brücke. Ich kümmere mich drum.«

Unwirsch legte er auf und murmelte so laut vor sich hin, dass man unschwer hören konnte, wie nachlässig er die Gangway-Wache fand.

»Was ist mit der Gangway-Wache?«, fragte Babić, in dessen Verantwortung die Sicherung des Schiffs fiel.

Bingham tat geschäftig mit irgendwelchen Papieren, die er vom Tisch aufgenommen hatte. Seine stillschweigende Weigerung, Tom und Babić ins Bild zu setzen, kommentierte Babić mit einem genervten Augenrollen, und Tom schüttelte innerlich den Kopf über so viel kindisches Verhalten. Aber er intervenierte nicht. Er wollte sehen, wie weit Bingham das Spiel trieb.

Vorher klopfte es jedoch an der Tür. Babić stand näher an der Tür und riss sie auf. Ein Filipino schob eine auffallend schlanke Frau mit langen Haaren vor sich her. Sie trat ein und verlangte, den Kapitän zu sprechen. Sie trug ihren Sicherheitshelm in der Hand und blickte unruhig zwischen Bingham, Babić und Tom hin und her.

Die Frau war von der Terminal-Security, und damit hatte Binghams Spielchen ein Ende. Tom ging auf die Frau zu. »Tom Bendixen, WSPK 2«, stellte er sich vor.

»Jasmin Schröder, Securitas. Ich muss den Kapitän sprechen.«

Ihre Miene war angespannt, eine Zornesfalte zwischen den Augen ließ sie verärgert aussehen. In der Hand hielt sie ein Funkgerät, aus dem gelegentlich knisternde Laute drangen.

»Der Kapitän ist in einer polizeilichen Vernehmung und steht nicht zur Verfügung. Es findet ein Polizeieinsatz an Bord statt, und Sie sprechen am besten mit mir!«

Die Frau sah zu Bingham und Babić, die nicht intervenierten.

»Also … auf dem Terminal läuft ein Crewmitglied herum. Das ist absolut verboten und ein grober Sicherheitsverstoß. Ich dachte, der Kerl wäre zurück an Bord gegangen, aber jetzt hab ich ihn bei meinem Rundgang kurz wiedergesehen. Die Person muss runter vom Terminal!«

Den letzten Satz hatte sie in Richtung Babić und Bingham gesprochen.

»Wem sind Sie begegnet? Wo?«, fragte Tom.

»Westliche Seite, an den Leercontainerreihen. Ein Crewmitglied. Er trug den orangefarbenen Overall eurer Reederei.« Sie zeigte auf den Filipino, der sie auf die Brücke gebracht hatte und der aussah, als wolle er am liebsten in seinem Schutzanzug versinken.

Tom nickte. »Sprechen Sie weiter!«

»Er war ganz schön verwirrt. Erst wollte er Hilfe, dann ist er weggelaufen. Ich ihm nach, aber ich hab ihn verloren. Ich dachte natürlich, dass er zurück an Bord geht.« Sie breitete fassungslos die Arme aus. »Eben hab ich ihn zwischen den Parkplätzen entlanghuschen sehen. Dann war er wieder weg. Wie ein Geist, der Kerl.« Sie holte tief Luft. »Hören Sie, ich bekomme großen Ärger, wenn der Mann auf dem Terminal irgendwas manipuliert … Er muss da weg. Das ist wirklich gefährlich da. Es sind schon mal Leercontainer vom Orkan runtergefegt worden. Können Sie ihn nicht vom Gelände runterholen?«

Tom dachte fieberhaft nach. »Wie sah er aus?«

»Wie, aussehen? Normal. Groß, schlank, Overall. Ein Schwarzer.«

Das musste Tarik Rasheed sein. Er lebte. Gott sei Dank.

»Unsere Crew ist komplett«, mischte sich Bingham ein. »Der Mann ist nicht von uns. Sie irren sich!«

»Und zu wem gehört er dann? Hier liegt kein anderes Schiff, es kommen seit heute Morgen keine Lkw mehr an. Er muss von der *Global Endeavour* sein!«

Die Schlussfolgerung hing folgenschwer im Raum. Offenbar war den beiden Offizieren sofort klar, dass es sich also um einen weiteren Einschleicher handeln musste, denn sie sahen sich erschrocken an.

»Können Sie das Terminal verstärkt bestreifen?«, fragte Tom.

Die Frau lachte trocken auf. »Sie sind ja lustig! Nee, nee. Bei dem Sturm haben sich alle nach Hause verkrümelt. Wir sind nur eine Notbesetzung, und ich verliere meinen Job, wenn das rauskommt.« Sie strich sich das Haar hinters Ohr und wartete auf Toms Reaktion.

»Na gut, ich kümmere mich darum. Rufen Sie mich an, wenn Sie den Mann noch mal sehen.« Er gab ihr seine Visitenkarte.

Sie nahm die Karte zögernd. »Und was unternehmen Sie? Was soll ich in meinen Bericht schreiben … ich meine …«

»Elbe 52/10 für Elbe 52/0.«

Tom zuckte kurz, als sein Funkgerät den Satz der Frau unterbrach. Er zog es aus der Tasche und warf ihr einen entschuldigenden Blick zu.

»Hört.«

»Medizinischer Notfall in Polder 45, am Worthdamm. RTW-Anfahrt unmöglich. RT-Hub negativ, kann aufgrund der Wetterlage nicht aufsteigen. Erbitten alternatives Vorgehen.«

»Gibt es nähere Infos?«

»Ein Mitarbeiter der Mineralölfirma. Verdacht auf Herzinfarkt.«

Tom stöhnte innerlich auf. Das durfte alles nicht wahr sein. Ausgerechnet in dem Moment, in dem der Polder verschlossen war, erlitt der Mann einen Herzkasper?

Tom ließ seine verspannten Schultern kreisen. Wie sollte er einen Infarktpatienten aus dem Polder evakuieren? Seine Gedanken ratterten wie die Zahnräder einer alten Hafenwinde.

Er könnte den maritimen Einsatzzug erneut anfordern und aufteilen. Einen Teil der Mannschaft auf das Terminal, die restlichen Kollegen in die Boote, um den Notfall zu retten. Sie könnten das Technische Hilfswerk zur Unterstützung holen.

»Rettungswagen zur nächsten Sperr- und Lenkstelle, dort sollen zwei Boote des Einsatzzugs den Notarzt übernehmen und in den Polder bringen. Der restliche Einsatzzug zurück zur *Global Endeavour.* Dringende Suche nach einer unbefugten Person auf dem Terminal.«

Stille. Offenbar brauchte der Kollege aus dem Führungsstab ein paar Momente, um über diese neue Hiobsbotschaft nachzudenken. Er beendete den Funkspruch jedoch mit einem kurzen »Verstanden!«.

Tom drehte das Funkgerät in der Hand und wandte sich wieder an die Securitas-Frau. »Okay, Frau Schröder, wir machen es folgendermaßen. Ich lasse den Mann von unseren Leuten suchen, und Sie halten bitte die Augen offen. Seien Sie unbesorgt, er ist ungefährlich und wird keinen Unfug auf dem Terminal machen.«

»Der war ziemlich durch den Wind. Wer ist er, wenn er nicht zur Crew … Scheiße!« Sie hielt sich die Hand vor den Mund, als die Erkenntnis sie traf. »Ein blinder Passagier?«

Tom nickte. »Er sucht Schutz vor dem Sturm. Machen Sie sich keine Sorgen. Wir finden ihn.«

Die Frau kaute auf ihrer Wange, und ihre Nasenflügel blähten sich auf. Toms Prognose beruhigte sie offenbar nicht besonders. »Na, Sie sind gut. Mein Boss wird mich in Scheiben tranchieren, wenn die halbe Hamburger Polizei auf dem Gelände rumstolziert. Ich rufe ihn gleich an … Scheiße, das gibt Ärger.« Sie drehte sich zu Babić und Bingham um. »Ihre Gangway-Wache hat wohl selig geschlafen, was?«

»Hey, bleiben Sie locker«, motzte Babić sie an.

»Der Mann stellt für das Terminal keine Gefahr dar.« Tom beeilte sich, die Wogen zu glätten. »Er wird sich von allein melden, wenn das Wetter aufklart.« Tom war sich seiner Sache nicht so sicher, wie er tat.

»Na, wenn Sie es sagen. Ich geh dann mal wieder und informiere meinen Chef.« Sie hielt Toms Visitenkarte demonstrativ hoch. »*Sie* tragen die Verantwortung.«

Tom nickte lächelnd. »Tue ich!«

Babić drängte sich nach vorne, um der Frau mit einer Verbeugung die Tür zu öffnen. »Ich bringe Sie persönlich von Bord, nicht, dass unsere Gangway-Wache der Dame nicht wach genug ist.«

Tom stöhnte genervt. Hier war kein Frieden mehr reinzubekommen. Vielleicht gar nicht schlecht, wenn sich die Streithähne trennten.

In dem Moment, in dem Babić die Tür hinter ihnen schließen wollte, kam einer der jungen Kollegen zurück.

»Ich bringe Frau Mittermaiers Handy für die Mordkommission«, rief er.

Tom entging es nicht, dass Bingham merklich zusammenzuckte. Da schau an, dachte Tom, der erwartet nichts Gutes auf dem Mobiltelefon. Er musste unbedingt Jonna von seiner Beobachtung berichten.

Der junge Kollege kam näher, zog Tom beiseite und flüsterte ihm etwas Unfassbares ins Ohr.

»Das ist nicht dein Ernst!«, murmelte Tom. »Das glaube ich einfach nicht!«

Der Kollege zog beide Augenbrauen hoch und nickte eifrig.

Tom ließ ihm den Erfolg. »Das erzählst du Jonna lieber selbst! Und richte ihr bitte gleich mit aus, dass Tarik Rasheed auf dem Terminal gesichtet wurde und wir ihn suchen.«

»Was ist denn passiert?« Bingham kam aufdringlich nahe.

»Nichts!« Tom schob den Kollegen durch die Tür zum Konferenzraum, in dem Jonna mit dem Kapitän saß.

»Überall laufen Ihre Kollegen rum«, sagte Bingham aufgebracht. »Alles versinkt im Chaos. Wer ist denn jetzt dieser Tarik Rasheed?«

Binghams Beschwerde über die vielen Beamten erinnerte Tom an die laufende MARPOL-Inspektion. Die beiden Kollegen vom

WSPK 1 waren auch noch an Bord. Wie weit sie wohl inzwischen mit ihren Ermittlungen waren? Er griff zu seinem Handy. Er erfuhr, dass sie mitten in den Untersuchungen wären und es noch einige Stunden dauern würde. Die Kombüse habe reichlich Stoff zur Beanstandung geboten, und mit dem Maschinenraum hätten sie noch gar nicht angefangen, wenn der auch so schlampig geführt würde, hätten sie alle Hände voll zu tun.

Tom riet ihnen, sich an den Chief-Engineer Petar Horwat zu wenden, der im Maschinenraum zu finden sei. Er musste jetzt zurück zum WSPK 2 und sich um die Polder-Evakuierung kümmern. Die letzten Wasserstände hatte er auch noch nicht abgerufen.

»Sie halten hier die Stellung«, rief er Bingham zu, der in dem Kapitänssessel saß und ihn anstarrte. Bingham trug die Blessuren der jüngsten Geschehnisse nicht nur auf seiner ramponierten Nase, sondern auch in seinem Blick.

Tom wandte sich trotzdem ab. Er hatte keine Zeit für dessen psychische Verfassung. Das Display seines Handys zeigte den Eingang einer WhatsApp-Nachricht von Charlotte. Mein Gott, die hatte er auch vergessen. Und Lisa!

Er verlor den Überblick!

Charlotte schrieb, dass sie zurück am WSPK 2 sei. Die Afrikanerin Abina sei sich sicher, dass ihr Mann noch lebte und sich an Bord der *Global Endeavour* aufhalte. Sie kämen jetzt zum Schiff, um bei der Suche zu helfen.

Um Gottes willen, dachte Tom, nur das nicht! Er schrieb ihr zurück, dass das unmöglich sei, da er keine Boote zur Verfügung hätte, und er käme jetzt zum WSPK 2 zurück, um sie über alle neuen Ereignisse zu informieren. Er hatte keine Zeit, ihr alles per WhatsApp zu erklären. Diese Nacht erfüllte keine Wünsche.

Er griff nach seinem Handy und rief den Wachhabenden am WSPK 2 an. »Hör mal, ich brauche ein Boot zur *Global Endeavour*, das mich abholt. Ich komme zurück zum WSPK.«

»Jo! Quetsche ist gerade auf dem Weg zu euch. Er hat Daan Van der Waal an Bord. Steig bei ihm zu.«

»Okay. Und … hast du was aus Howe gehört? Was ist mit …« Er schaffte es nicht, direkt nach Lisa zu fragen, als er das Zögern des Wachhabenden wahrnahm.

»Sie sind zu deinem Haus gefahren, aber Lisa hat nicht aufgemacht. Es sah alles in Ordnung aus, aber es war niemand da.« Er gab seiner Stimme einen betont munteren Klang. »Wahrscheinlich ist sie schon lange bei ihrer Freundin und schaut sich das Hochwasser im Fernsehen an.« Er lachte trocken. »Na, jedenfalls fahren die Kollegen später noch mal rum und behalten das Haus im Auge, okay?«

Nein, gar nichts war in Ordnung. Wenn Lisa bei einer Freundin war, warum ging sie dann nicht an ihr Telefon?

KAPITEL 31

An Bord der *Global Endeavour* – 23.20 Uhr

»Wie bitte?«, Jonna sog scharf die Luft ein. »Raus mit der Sprache, was läuft hier? Was hatte Annika mit der illegalen Schleusung zu tun?«

Sie blitzte den Kapitän verärgert an. Er hatte gerade zugegeben, dass ihn die Schleusung nicht überrascht und er sie kaltherzig angelogen hatte, um seine eigenen Finanzen unter Dach und Fach zu bekommen. Sie sah, wie sich Fischers Pupillen leicht aufwärts und nach links bewegten. Er rief also Informationen ab und dachte sich keine neue Lüge aus. Wenigstens etwas.

»Kapitän an Bord eines solchen Containerfrachters zu sein, ist eine komplizierte Sache. Ich bin Mutter, Vater, Priester und Mediator gleichzeitig … aber seit ich die Diagnose habe, kann ich mich auf nichts mehr konzentrieren.« Er seufzte. »Die Reederei hat den Verdacht, dass jemand von der Crew den blinden Passagieren an Bord hilft, um sie in europäischen Häfen vom Schiff runterzubringen, wo sie dann Asyl beantragen.« Er sah Jonna an, und seine Augen bettelten um Verständnis.

»Das haben Sie schon gesagt. Sie haben die ganze Zeit gewusst, dass es Einschleicher an Bord gibt, und haben mir Theater vorgespielt, entrüstet getan, als ich Sie mit dem Vorwurf konfrontiert habe?« Jonna war wütend. »Ich will wissen, was das mit Annika Mittermaier zu tun hatte!«

Fischer nahm ein leeres Glas und drehte es nervös in den Händen.

»Ich habe mich vor meine Leute gestellt. Vielleicht habe ich überreagiert, aber … es geht um meine Existenz. Einschleicher zu befördern, ist ein ernstes Vergehen, und als die Reederei mich quasi gezwungen hat, eine Frau an Bord aufzunehmen, wollte ich aus der Not eine Tugend machen. Annika war eine selbst ernannte Umweltaktivistin und eine auffallend extrovertierte, wenn nicht gar manipulative junge Frau. Sie war begeistert, als ich sie ins Vertrauen gezogen und gebeten habe, mir Unregelmäßigkeiten zu melden. Ich selbst habe einfach keine Kraft mehr.« Sein Blick flackerte, und er schloss die Augen. »Ein verhängnisvoller Fehler. Ich befürchte, ich habe ihren Tod verursacht.«

Verflucht, dachte Jonna. Wovon redet er? »Was ist passiert?«

»Ich habe erst nach und nach gemerkt, dass Annika ... na ja, Probleme hatte. Sie hat versucht, mit mir zu flirten. Angesichts meiner Situation natürlich ein hoffnungsloses Unterfangen. Sie suchte die Macht, brauchte die Anerkennung. Sie wurde wütend, als ich sie abgewiesen habe.«

»Flirten? Oder mehr?«

»Sie war sehr direkt. Aber das war nicht das Problem. Ich habe ihr gesagt, dass sie bei mir nicht landen könne und wir einen anderen Auftrag hätten. Ich habe ihr geschmeichelt, und ihre Wut hat nachgelassen.« Fischer stellte das Glas ab und verzog das Gesicht.

»Haben Sie Schmerzen?«

Er winkte ab. »Ich habe mit dem Kollegen des anderen Schiffs gesprochen, der sie loswerden wollte. Ihr manipulatives Verhalten und ihre extremen Gefühlsschwankungen waren dort ein Problem.« Er seufzte. »Ich habe es geduldet, um meine eigenen Probleme zu lösen. Vermutlich könnte man mir vorwerfen, dass ich sie ausgenutzt habe, aber was sollte ich denn machen? Es ist meine letzte Reise, ich musste der Reederei etwas anbieten, um den Deal perfekt zu machen. Wenn ich herausgefunden hätte, wer die Einschleicher an Bord bringt, dann ...«

»Und haben Sie es herausgefunden?«, unterbrach Jonna ihn.

Er schüttelte den Kopf. »Annika hat sich an die Offiziere rangemacht. Bingham. Babić. Sogar mit Timon habe ich sie gesehen … und nicht aufgehalten.«

»Ich verstehe nicht, warum Sie schuld an ihrem Tod sein sollen.«

»Sie hat mir über Jayke Domingo berichtet. Das ist unser Koch. Annika hatte Beweise dafür, dass er Küchenabfälle und Speiseol in die Nordsee entsorgt und das Mülltagebuch fälscht.«

»Das hat Annika festgestellt?« Jonna war konsterniert. Sie hatte also dem Koch hinterherspioniert. Kein Wunder, dass er nicht gut auf sie zu sprechen war.

»Sie hat Fotos vom Mülltagebuch gemacht, und ich … Sie war enttäuscht, dass ich das Vergehen nicht sofort an die große Glocke gehängt und geahndet habe. Es ging mir ja um etwas ganz anderes, was sie nicht wissen konnte.«

»Sie haben sie im Unklaren gelassen, was sie ausspionieren soll?«

»Spionieren, wie sich das anhört … verstehen Sie denn nicht, was passiert sein könnte? Annika war von mir enttäuscht und hat mir deshalb nichts von den Einschleichern gesagt. Sie hat sich mit ihnen angelegt … und den Kürzeren gezogen. Es ist meine Schuld. Sie ist in meiner Obhut getötet worden.«

Es klopfte an der Tür. Der Kollege von der Wasserschutzpolizei steckte den Kopf zur Tür herein.

Jonna atmete tief ein. Sie konnte jetzt keine Unterbrechung gebrauchen, aber vielleicht war es wichtig. »Ja, bitte?«

Er trat in den Konferenzraum und überreichte Jonna ein Mobiltelefon. »Das Handy aus der Kammer der Nautischen Offiziersanwärterin. Wir haben …« Unsicher sah er zum Kapitän.

»Sprechen Sie!« Jonna nickte ihm auffordernd zu.

»Tja, wir haben den Bootsmann in der Kammer des Opfers erwischt! Er hat das Siegel aufgebrochen.«

»Wie bitte?« Jonna schnappte nach Luft. »Wo ist der Mann?«

»Wir haben ihn in seiner eigenen Kammer unter Arrest gestellt. Wollen Sie mit ihm sprechen? Dann bringen wir ihn hoch!«

»Timon?«, fragte Fischer erstaunt. »Warum sollte Timon in Annikas Kammer …?«

Jonna kniff die Augen zusammen vor Konzentration. »Ich komme gleich runter! Sorgen Sie dafür, dass der Mann seine Kammer nicht verlässt!«

»Der geht nirgendwo mehr hin.« Energisch zog der Kollege die Tür wieder zu.

Jonna versuchte, sich auf Fischer zu konzentrieren. Sie musste ein Problem nach dem anderen abarbeiten. Erst Fischer, dann Timon. »Wie hat Annika Ihnen die Beweise vorgelegt?«

»Sie hatte Fotos vom Mülltagebuch auf dem Handy. Man musste nur nachrechnen, und schon konnte ich sehen, dass das Mülltagebuch manipuliert war. Domingo ist ein fauler Hund und schert sich einen Dreck um die Natur.«

Jonna drehte das Handy, das der Kollege ihr überreicht hatte, hin und her. Lagen darin die Antworten, die sie so dringend benötigte? Sie versuchte, es anzuschalten. Weit kam sie nicht, da sie den Entsperrcode nicht kannte. Der Akku war auf 2 Prozent.

»Kennen Sie das Muster, mit dem man Annikas Handy entsperren kann? Wir müssen an die Fotos herankommen.«

Fischer schüttelte den Kopf.

Jonna stand auf und signalisierte ihm, dass ihre Befragung sich dem Ende näherte. »Sie sagten, Sie hätten Timon und Annika zusammen gesehen. Hat Annika etwas über den Bootsmann gesagt?«

Fischer dachte einen Augenblick nach. »Sie haben hin und wieder zusammengesessen. Timon spricht gut Deutsch, und es war für Annika entlastend, nicht immer nur Englisch sprechen zu müssen. Mehr weiß ich nicht.«

Also doch! Jonna hatte es vermutet, aber Timon hatte es nicht zugegeben. Diese kleine Laus. Den würde sie sich gleich aus dem Pelz rupfen. »Ihr Erster Offizier hat angedeutet, dass die beiden zusammen gekifft haben. Wissen Sie etwas darüber?«

Fischer wuchtete sich umständlich aus dem Sessel hoch.

»Nein. Nichts. Ich … darf ich dabei sein, wenn Sie mit Timon sprechen?«

Jonna schüttelte den Kopf »Sicher nicht.« Sie zögerte. »Es tut mir leid, dass Ihre Gesundheit … Ihre Zukunft …«

Fischer winkte ab.

KAPITEL 32

An Bord der *Global Endeavour* – 00.10 Uhr, Dienstag

Jonna sehnte sich nach frischer Luft, um tief durchatmen zu können. Die Unterhaltung mit dem Kapitän, seine Eröffnung, todkrank zu sein, und dazu die Intrigen an Bord der *Global Endeavour* schnürten ihr förmlich die Kehle zu.

Sie ließ sich von Fischer den Außenbereich der Brücke zeigen und die Tür öffnen. Leider goss es noch immer in Strömen, und der Wind schleuderte ihr einen Schwall Regen ins Gesicht. Es kümmerte sie nicht. Sie schloss die Augen und hob den Kopf, um das kühle Nass richtig zu spüren. Selbst die scheinbar unschuldigen Tropfen brachten Gefahr und Leid mit sich, seit sie die Fluten des Hochwassers verursachten. Die Nachrichtensendungen warnten vor der schwersten Sturmflut seit Jahrzehnten, wie Jonna aus dem Radio aufgeschnappt hatte, als sie kurz auf der Brücke stehen geblieben war.

Sie schüttelte den Kopf, atmete noch einmal tief durch und wollte gerade zurück ins Warme gehen, als sie einen Bootsmotor hörte. Sie lauschte dem näher kommenden Geräusch, und dann sah sie ein Schlauchboot der Polizei vor der *Global Endeavour* anlegen. Daan Van der Waal mühte sich die Steigleiter hoch auf die Pier und lief durch den Regen auf die Gangway zu, die knirschte und auf der Pier hin- und herrutschte.

Schnell trat sie zurück in das Brückenhaus und fing Daan am Fahrstuhl ab, als er auf dem Brückendeck ankam. Hinter ihr stand der Kollege vom Einsatzzug, der sie zu der Kabine des Bootsmanns bringen würde.

»Hey, da bist du ja! Ich kann deine Unterstützung gut gebrauchen.« Sie lächelte ihn aufmunternd an. »Komm, wir fahren direkt zur Kammer von Annika Mittermaier. Drückst du mal?« Sie wies auf den Fahrstuhl.

Daan schüttelte sich die Regentropfen aus der Kleidung. »Wusstest du, dass der Fahrstuhlknopf *Anholer* heißt?«

Sie runzelte die Stirn. »Nee, ich möchte lieber wissen, ob du das Handy von Annika Mittermaier entsperren kannst.« Sie reichte ihm das Telefon.

»Hm. Keine PIN, aber ein Wischmuster. Da muss die IT ran.«

»Das dauert zu lange.« Jonna war enttäuscht.

»Bringst du mich auf den neuesten Stand?«, fragte er.

Jonna wartete, bis sie in den Fahrstuhl gestiegen waren. »Derjenige, der Annika Mittermaier das Genick gebrochen hat, muss sich hier an Bord befinden. Der Afrikaner ist nach ihr gestorben. Damit ist eine unserer ersten Theorien, dass die beiden zusammen und freiwillig in die Fluten gesprungen sind, hinfällig. Ebenso die Hypothese, dass Mittermaier dem Afrikaner etwas angetan hat.« Jonna seufzte. »Daran habe ich sowieso nie geglaubt. Bleibt also nur die Crew übrig. Und dieser Jemand könnte auch der Schleuser sein, sozusagen in Personalunion.«

Daans Augenbraue zuckte nach oben. »Die Afrikanerin hat Charlotte gesagt, sie sei sicher, dass ihr Bruder Ebo freiwillig ins Wasser gesprungen wäre. Er soll ein guter Schwimmer gewesen sein, und sie glaubt, dass er vielleicht an Land kraulen wollte, um Hilfe zu holen. Von Annika Mittermaier weiß sie nichts, und sie hat sie noch nie gesehen.«

Jonna rieb sich müde über die Augen. »Der dumme Kerl hat das freiwillig gemacht? Mein Gott, welche Angst muss er ausgestanden haben! Er hat die Strömung unterschätzt. Wie tragisch, da kommt er in Europa an und dann …!« Sie lehnte sich erschöpft an die Fahrstuhlwand. »Das bedeutet, dass die beiden Todesfälle von Ebo und Annika nichts miteinander zu tun haben?«

»Sieht so aus!«

Jonna dachte nach. Was wussten sie über die Nautische Offiziersanwärterin? Eine engagierte Frau, die an Bord gekommen war, um die Crew auszuspionieren. Keine gute Idee. Warum hatte sie sich auf diese Schnüffelei eingelassen? Sie erzählte Daan von den neuesten Erkenntnissen.

Der pfiff durch die Zähne. »Der Skipper von dem Pott ist aber ganz schön hinterhältig. Vielleicht ist er doch nicht so koscher, wie er vorgibt. Muss ja nicht stimmen, dass er todkrank ist.«

»Mag sein. Der Genickbruch deutet auf eine Affekttat hin. Womöglich ein Sturz. Das würde dann auch das Blut am Fuß des Niedergangs erklären.«

»Ein Unfall war das nicht!« Daan schüttelte so vehement den Kopf, dass Jonna Regentropfen aus seinen Haaren abbekam. »Sie hatte massive Hämatome im Gesicht, und außerdem wird sie sich als Tote wohl kaum selbst ins Wasser gestürzt haben.«

»Stimmt. Also ein unorganisierter, impulsiver Täter, einer mit mangelnder Selbstkontrolle. Was wissen wir über diese Frau?«

Daan kramte ein paar lose Blätter aus der Innentasche seiner Jacke. Zu seinen Füßen hatte sich eine kleine Pfütze gebildet, so sehr tropfte die Nässe von seiner Jacke herunter.

»Ich habe ausführlich mit Charlotte gesprochen, bevor ich losgefahren bin. Wir haben die Berichte des Schiffs gelesen, von dem Annika runtergeflogen ist. Sie hat verschiedenen Offizieren sexuelle Avancen gemacht, hat für Eifersüchteleien unter der Crew gesorgt, weil sie einen gegen den anderen ausgespielt hat, und wenn jemand sie abgelehnt hat, ist sie pampig geworden.« Er sortierte die Blätter. »Das könnte darauf hindeuten, dass die Frau vor allem Selbstbestätigung gesucht hat, denn ihre Auswahl an Männern war wahllos. Hauptsache, sie wurde für begehrenswert gehalten.«

»Das passt nicht so richtig. Der Zweite Offizier Bingham war ihr verfallen, aber sie hat ihn abblitzen lassen.«

»Vielleicht hatte sie es auf jemand anderen abgesehen? Und das brachte Bingham zur Raserei?« Er überlegte. »Oder doch der Kapitän? Er hat das Mädchen auf seine eigenen Leute angesetzt. Diese labile junge Frau. Sie sollte für ihn die Kohlen aus dem Feuer holen?« Er schüttelte den Kopf. »Was, wenn sie in seinen Augen nicht erfolgreich war. Sie gestritten haben?«

Jonna nickte. »Er macht sich Vorwürfe, dass er für ihren Tod verantwortlich ist.«

»Auch eine Möglichkeit. Wenn Annika herausgefunden hat, wer der Schleuser war, und es nicht dem Kapitän gesagt hat, sondern den Mann mit dem Vorwurf konfrontiert hat, könnte der Streit eskaliert sein. Scheiße, da hätte ich auch Schuldgefühle! Er hat sie in Gefahr gebracht.«

»Was wissen wir über den Bootsmann Michael Timon?«, fragte Jonna. »Wir sind auf dem Weg zu ihm.«

Daan zog eine Augenbraue hoch. »Ach ja?« Er überlegte kurz. »Ein Kiribati. Ist in seiner Heimat von dieser Reederei zum Seemann ausgebildet worden. Hat mit achtzehn Jahren auf seinem ersten Schiff angefangen. Fährt seitdem für die Reederei, ohne dass es Beschwerden gegeben hätte. Ein unbeschriebenes Blatt.« Er räusperte sich. »Viel mehr haben wir zu den beiden Kroaten. Dem Chief Engineer Petar Horwat und dem Ersten Offizier Alexander Babić.«

Sie waren auf dem Crewdeck angekommen, und die Fahrstuhltür öffnete sich. Der Wasserschutzpolizist aus dem Einsatzzug ging voraus durch die langen Gänge.

»Petar Horwat steckt in Geldschwierigkeiten. Er hat die Reederei schon öfter um Vorschüsse gebeten. Da er ein verlässlicher Chief ist, hat die Reederei sie ihm gewährt. Sie konnten mir allerdings nicht sagen, wofür er das Geld brauchte. Horwat hat Anfang der Neunzigerjahre im Bosnienkrieg gekämpft.«

Jonna stoppte abrupt. »Der Chief Engineer, dieser schmächtige

Typ war im Krieg? Haben wir nähere Informationen, in welcher Einheit er war oder was er da erlebt hat?«

Daan schüttelte den Kopf. »Ich weiß nur, dass es noch einen Landsmann gibt. Der Alexander Babić ist ebenfalls Kroate und ein erfahrener Seemann. Beide fahren schon lange für die Reederei. Sie haben zusammen angefangen, sind aber nicht immer auf demselben Schiff unterwegs gewesen. Auf der *Global Endeavour* fahren sie seit fünf Jahren, und wenn man der Reederei glauben darf, hat Babić das Zeug zum Kapitän.«

Jonna dachte nach. »Horwat vergräbt sich unten in der Maschine«, sagte sie dann. »Wie sollte Annika es auf ihn abgesehen haben? Babić hat zu viel Testosteron, das ist offensichtlich. Die beiden hatten etwas miteinander. Ist Babić verheiratet?«

Daan warf einen Blick in seine Notizen und nickte dann.

»Vielleicht wollte Annika Babić bei seiner Frau verpfeifen?«

»Wie sollte sie an seine Frau rankommen? Und reicht eine Affäre, um sie totzuprügeln? Ich weiß nicht.«

Jonna seufzte. »Ist dünn, ich weiß. Hast du was über den Zweiten Offizier Harry Bingham?«

Der Mann sei verheiratet, zwei Kinder. Unauffällig.

»Er war verliebt in Annika!«

Daan lächelte. »Die Frau muss ja wirklich ein Feger gewesen sein. In ihrer vorherigen Verwendung war Mittermaier genau das vorgeworfen worden. Sie machte den Offizieren schöne Augen, um ihnen dann sexuelle Belästigung vorzuwerfen und sie zu erpressen!«

»Wenn das stimmt, müssen wir herausfinden, womit Bingham erpressbar war. Vielleicht liegt dort ein Motiv.«

Sie erreichten Michael Timons Kabine, die unschwer an den zwei dort postierten Wasserschutzpolizisten zu erkennen war. Jonna grüßte sie freundlich. »Hat er sich ruhig verhalten?«

Die beiden nickten.

»Na, dann auf in den Kampf.« Sie drückte die Türklinke herunter, und die leichte Tür zur Kammer schwang mit einem leisen Knarzen auf. Jonna und Daan betraten den Raum, der sofort mit einer spürbaren Spannung erfüllt war. Der sonst so freundlich lächelnde Kiribati sprang vom Bett auf, und seine Augen funkelten sie wütend an. Jonna hatte keine Zeit, sich umzusehen, bevor ein Schwall von Worten aus Michael Timon hervorbrach. Die Sprache war ihr fremd, rau und scharf wie Splitter, die durch die Luft flogen.

Seine Hände ballten sich zu Fäusten, und seine Stimme schwoll vor Wut an. Sie konnte die Worte nicht verstehen, doch die Verachtung, die in seinem Blick lag, und der aufgeladene Zorn, der seine Züge verzerrte, sprachen Bände.

Jonna trat unwillkürlich einen Schritt zurück. Vorbei war es mit dem ewigen Lächeln. Der Kiribati hatte also auch eine ganz andere Seite.

Daan wurde es zu viel. Er war deutlich größer als der kleine Bootsmann, ging drohend auf ihn zu und schob den Mann zurück auf das Bett. »Beruhigen Sie sich! Sofort!«, fuhr Daan ihn an.

Der Kiribati verstummte.

Jonna sah sich um. Die kühle, nüchterne Atmosphäre des Raums bildete einen scharfen Kontrast zu dem emotionalen Ausbruch des Mannes. Sie trat näher und ließ ihren Blick fest auf Timon gerichtet. Sie wollte ihm klarmachen, dass er jetzt einer Befragung unterzogen werden würde, in der er besser die Wahrheit sagte. Ob auf Englisch oder Deutsch, war ihr egal. Sie war es leid, sich von den Seeleuten hinhalten zu lassen.

»Herr Timon. Meine Geduld ist zu Ende. Rücken Sie mit der Wahrheit raus.« Sie holte kurz Luft und wechselte ins Deutsche. »Warum haben Sie Annika Mittermaier getötet?«

KAPITEL 33

An Bord der *Global Endeavour* - 00:15 Uhr

Er entdeckte Petar auf dem hinteren Deck, der an der Reling lehnte und im Dunkeln auf das Wasser starrte.

Was gab es denn da zu glotzen?

»Ich sag dir, Petar, ich will nicht mehr mit diesem Mistkerl arbeiten!« Babić stellte sich zu ihm. Seine Hände ballten sich zu Fäusten, seine Kiefermuskeln waren angespannt, und die brodelnde Wut, die in ihm loderte, spie er mit jedem Wort aus.

Petar wandte sich zu ihm. »Fischer?«

»Bingham!«

Petar legte ihm beruhigend eine Hand auf die Schulter. »Ich war froh, als ich oben raus war. Die Luft war ziemlich dick. Er ist eben … Annika …«

Babić seufzte schwer. »Hör bloß auf mit Annika. Es ist alles ein Riesenschlamassel. Wenn dieser dämliche Bingham mir in die Quere kommt, dann garantiere ich für nichts.« Er winkte ab. »Und jetzt haben sie den zweiten Einschleicher auf dem Terminal entdeckt. Es gab wohl zwei Afrikaner.«

Petar wirbelte herum und griff Babić am Arm. »Du spinnst! Wo sollen denn diese ganzen blinden Passagiere herkommen? Wir haben doch kein Nest an Bord.«

»Eine Security-Frau vom Terminal hat sich gemeldet und von einem Afrikaner erzählt. Er ist aber vor ihr weggelaufen.«

Petar schüttelte ungläubig den Kopf und drehte sich wieder zur Reling. Beide sahen sie auf das Terminal mit seinen Containerreihen, das verlassen und gespenstisch still vor ihnen lag.

»Das ist ein Labyrinth«, murmelte Petar.

»Er versteckt sich da drin.«

»Das Labyrinth hat seine eigenen Geheimnisse. Einige davon sind vielleicht nicht für jedermann bestimmt.«

Babić suchte Petars Blick, aber der starrte stur geradeaus.

»Ich schätze, manchmal ist es besser, wenn gewisse Dinge ... unentdeckt bleiben«, murmelte Petar.

»Unbedingt!«, bestätigte Babić.

Sie stießen sich im gleichen Moment von der Reling ab und gingen langsam Richtung Gangway.

»Wir melden uns kurz ab, sind gleich wieder da!« Babić schob die Gangway-Wache beiseite.

»Aber wir haben Landgangsuntersagung!«

Babić wirbelte herum. »Ach, auf einmal so pflichtbewusst? Mach dir nicht ins Hemd.« Er schüttelte genervt den Kopf. »Wir gehen bloß die Leinen kontrollieren und die Tiefgangsmarken ablesen. Wir sind gleich wieder da!«

KAPITEL 34

An Bord der *Global Endeavour* – 00.20 Uhr

Der kleine Bootsmann reagierte prompt auf die Unterstellung, er habe Annika Mittermaier getötet. Er presste die Fäuste zusammen und schrie Jonna an. »Ich bin unschuldig. Ich hab nichts getan. Ich will den Kapitän sprechen!«

Fein, dachte Jonna. Er hatte ihren deutschen Satz also bestens verstanden. Er sprach ihre Sprache und konnte nicht länger so tun, als verstehe er sie nicht.

Jonna sah sich in der kleinen Kammer um. Sie war erstaunt, dass es ganz gemütlich aussah. Bett, Schreibtisch mit Laptop und persönlichen Papieren, eine Sitzbank … sie zog sich den Schreibtischstuhl an das Bett, auf dem der Kiribati hockte.

Daan hatte sich gegen den Schrank gelehnt und die Arme überkreuzt. Er sah Michael Timon aus zusammengekniffenen Augen an.

»Was hatten Sie in der Kammer von Frau Mittermaier zu suchen? Sie war versiegelt.«

»Nichts! Ich wollte endlich ein bisschen schlafen … aber keiner hat sich um das Klingeln gekümmert. Ihr Handy. Die ganze Zeit. Wie soll ich da ein Auge zukriegen?«

»Deswegen bricht man nicht in eine versiegelte Kammer ein. Sie wollten sich das Handy holen, stimmt's?«

Timon erblasste.

Treffer, dachte Jonna. Das Teil war wirklich heiß begehrt. »Was ist da drauf, wovor Sie sich fürchten?«

Da Timon verstockt schwieg, entschied sich Jonna, ihn weiter unter Druck zu setzen. Ihr lief die Zeit davon. Sie griff in die Tasche und zog Annikas Handy heraus.

»Wir finden hier belastendes Material gegen Sie?« Sie ließ die Frage in der Luft hängen, in der Hoffnung, dass Timon sich erklärte. Was er nicht tat.

»Sie wird kaum ihren eigenen Tod gefilmt haben. Also geht es um … es geht um die blinden Passagiere.«

»Blinde Passagiere?« Timons Stimme zitterte ganz leicht, aber Jonna hörte es.

»Und es geht um Sie! Was haben Sie getan?«

»Nichts, wirklich!«

Jonna war nie weiter davon entfernt, dem Kiribati zu glauben.

»Annika Mittermaier war schon tot, als der Afrikaner vor Teufelsbrück ertrank. Aber sie wusste etwas. Was?«

»Nichts!«

»Was hat sie Ihnen erzählt? Sie haben zusammengesessen und Deutsch gesprochen.«

Der Kiribati schüttelte den Kopf und wollte gerade widersprechen, doch Jonna unterbrach ihn sofort. »Das hat der Kapitän uns bestätigt. Und Alexander Babić hat verraten, dass Sie mit Annika zusammen gekifft haben. Was ist dabei zur Sprache gekommen? Hat Annika Sie sexuell belästigt?«

Timon riss erstaunt die Augen auf. »Nein, nicht! So was würde sie nie … wir haben geredet!«

»Was hat sie Ihnen erzählt?«

Bevor er wieder den Kopf senkte, hatte Jonna das Blitzen in den Augen bemerkt. Okay, sie lag also richtig, aber … »Verstehe, es ging nicht darum, was Annika Ihnen erzählt hat, sondern Sie ihr! Was? Was war es, dass Annika dafür sterben musste?«

»Nichts!« Timon sprang wieder vom Bett auf. »Sie war die Einzige, die mir zugehört hat. Sie war ehrlich … interessiert an mir.«

»Ehrlich?«

»Sehen Sie, Sie hören mir auch nicht zu. Sie sind voller Vorurteile. Ich weiß, wie das alles aussieht …«

Er knetete nervös die Hände, und Jonna sah in seinen Augen die Suche nach einem Funken Verständnis.

»Sie müssen verstehen, wo ich herkomme, was ich durchgemacht habe …«

Es dauerte einen Moment, bis er fortfuhr. Er ließ sich zurück auf das Bett plumpsen. Jonna warf einen schnellen Blick zu Van der Waal, dessen Lippen leicht zuckten. Abwarten, bedeutete es. Mal sehen, was kommt.

»Ich stamme aus Kiribati, einem Flecken Erde, so verloren im Pazifik, dass die meisten Menschen ihn nicht mal auf einer Karte finden. Unser Leben ist vom Rhythmus des Meeres geprägt. Von den Traditionen meiner Vorfahren. Wir kämpfen gegen die Launen der Natur, gegen Stürme, die unser Zuhause gefährden, und gegen den steigenden Meeresspiegel, der unsere Existenz bedroht.«

Er schluckte schwer, und sein Blick ging über Jonnas Kopf hinweg an die Decke. »Ich war noch sehr jung, als meine Familie beschloss, dass ich zum Seemann ausgebildet werden sollte. Die Reederei Rieckmann & Jansen hat auf den Inseln eine Schule. Ich sollte nicht nur meinen eigenen Lebensunterhalt verdienen, auch den für meine Familie und meine Gemeinschaft. Sie alle haben ihre Hoffnung in mich gesetzt. Ich komme nur alle paar Jahre mal für ein paar Wochen zu meiner Familie zurück. Ich bin für sie verantwortlich, verstehen Sie, was das bedeutet?«

Jonna nickte. Er sollte weitersprechen. Worauf wollte er hinaus?

»Das Meer wurde meine neue Familie. Ich lernte, seine Launen zu respektieren, seine Geheimnisse zu verstehen. Bis … bis zu diesem furchtbaren Sturm!« Seine Stimme klang verzweifelt. »Einer der schlimmsten, die wir je erlebt hatten auf den Inseln. Ich war auf See, und das Schiff, auf dem ich arbeitete, kämpfte verzweifelt gegen die gewaltigen Wellen. Ich dachte, das ist mein Ende. Aber in dieser Nacht, in all diesem Tosen und Toben, dachte ich nicht nur an mein Ende, sondern an mein Dorf und meine Familie, die dort, auf festem Boden, dem Zorn der Natur ausgeliefert war.«

»Weiter.« Jonna zeigte sich unnachgiebig.

»Wir überstanden den Sturm auf dem Schiff. Meine Familie überlebte auf der Insel. Doch als ich zurückkam, fand ich mein Dorf verwüstet. Es war schrecklich!« Er schluckte. »Wir haben angefangen, alles wieder aufzubauen. Als Gemeinschaft.«

»Das haben Sie Annika erzählt?«

Er nickte heftig. »Ich bin kein schlechter Mensch. Ich habe Fehler gemacht. Ich muss immer weiter kämpfen, um zu überleben und zu helfen.«

Er beteuerte stotternd, dass er mit dem Tod von Annika Mittermaier nichts zu tun habe. Im Gegenteil, er vermisse sie schrecklich. Er bettelte um Verständnis. Und für einen Moment wäre Jonna ihm beinahe auf den Leim gegangen. Sie atmete tief ein und aus und überlegte, ob er die Geschichte erzählt hatte, um in einem weniger schlechten Licht dazustehen oder ob noch mehr Informationen darin versteckt waren. Sie probierte es.

»Sie brauchen Geld für den Wiederaufbau Ihrer Gemeinde.«

»Ich versorge meine ganze Familie.« In seiner Stimme schwang für einen Moment Stolz mit.

»Hat Annika Sie mit irgendetwas erpresst? Sollten Sie Geld an sie zahlen? Geld, das Sie dringend woanders benötigen?«

Timon sprang wieder vom Bett auf. »Sie hören mir nicht zu, verdammt!«

Daan trat sofort einen Schritt auf ihn zu. Bereit, ihn zu überwältigen, sollte er Jonna zu nahe kommen.

»Wir haben nur geredet und … über unsere Jobs gesprochen.«

Jonna dachte nach. Was meinte er damit? Warum gab er diese Antwort? Sie war dicht dran. »Sie sind der Bootsmann. Was gehört zu Ihren Aufgaben hier an Bord?«

Timon kniff den Mund so fest zusammen, als wolle er sicherstellen, dass kein übermütiges Wort gegen seinen Willen herausschlüpfen konnte.

»Sie sind für die Wartung und Instandhaltung der technischen Ausrüstung zuständig«, antwortete Daan statt seiner. »Sie koordinieren alle Aufgaben an Deck und in den Laderäumen.« Er überlegte. »Sie kennen sich bestens aus an Bord. Sie haben jeden Winkel des Schiffs im Blick. Ihre Reederei hat mir den Job erklärt. Da gibt es diese alte Bootsmannregel: *Alles, was sich bewegt, wird geprüft. Alles, was sich nicht bewegt, wird bemalt. Alles, was hängt, wird geknotet.*«

»Haben Sie auch die Schlüssel zu allen Räumen, Kammern, Lasten?«, fragte Jonna.

Der Kiribati seufzte. Nickte. »Das Deck ist mein Reich. Hier bin ich der Herrscher!«

Daan trat einen Schritt vor. »Natürlich. Sie sorgen dafür, dass der Anker nicht benutzt wird. Sie wären jedenfalls der Erste, der es erfahren würde. Sie wüssten, wann Sie die blinden Passagiere aus dem Kettenkasten herausholen müssten. Für Sie ist es einfach, sie zu verstecken!«

Der Bootsmann sank förmlich in sich zusammen. »Ich hatte zu viel geraucht. Sie war so nett zu mir. Ich habe ihr vertraut.«

»Oje! Annika hatte herausgefunden, dass Sie der Schleuser sind? Dass Sie für Geld Afrikaner nach Europa bringen.«

Timon schluchzte plötzlich auf. Sein Kopf sank so tief herab, dass das Kinn beinahe seine Brust berührte. »Ich bin hier doch nur ein Mensch zweiter Klasse. Ich brauchte das kleine Extrageld für meine Gemeinde. Bei dem letzten Kapitän war das kein Problem, aber Fischer hat was geahnt. Es sollte das letzte Mal sein, das müssen Sie mir glauben!« Er schüttelte den Kopf, als könne er sein Unglück, entdeckt worden zu sein, nicht fassen.

»Annika … sie hat gesagt, sie geht damit zum Kapitän …«

»Und deshalb sind Sie in Streit geraten? An dem Niedergang?«

Sein Kopf ruckte hoch. »Nein, deshalb wollte ich das Handy haben. Das Klingeln hat mich darauf gebracht, dass es noch in der Kammer liegt. Ich wusste nicht, ob sie unsere Gespräche mitgeschnitten hat. Sie hatte das Ding ständig an, hat alles fotografiert und aufgenommen.«

Jonna beschleunigte ihre Fragen, um Timon unter Druck zu setzen. »Wie haben Sie Annika davon abgehalten, Sie zu verpfeifen?«

»Gar nicht, sie war plötzlich weg.«

»Sie haben ein Motiv!«

»Nein, das stimmt nicht. Sie war weg. Sie konnte mich gar nicht anschwärzen.«

»Weil Sie dafür gesorgt haben, dass sie das nicht kann. Sie haben sie über Bord geworfen.«

»Nein, niemals! Mein Glaube verbietet mir, jemandem Gewalt anzutun.«

Jonna konnte nicht genau sagen, warum sie ihm glaubte. Sie hatte nur seine Beteuerungen, und die waren nicht viel wert. Was hatte er gesagt, was seine Geschichte bestätigte? Hätte er die Kraft gehabt, in dem wilden Sturm eine Frau über Bord zu stoßen? Vermutlich war er einer der wenigen von der Crew, die das nicht geschafft hätten. Aber bevor Jonna nicht einen anderen Täter gefunden hatte, war Timon nicht aus dem Schneider.

»Warum haben Sie die Afrikaner nicht von Bord gebracht?«

»Ich hab's doch versucht! Der Sturm hat alles durcheinandergebracht.«

»Es war ein Kind dabei!«

»Babić stand mir ständig auf den Füßen, ich konnte keinen Schritt tun, ohne dass er davon wusste. Und dann … dann waren Sie plötzlich da!« Er zeigte vage auf Jonna.

»Haben die Afrikaner Sie bei dem Mord an Annika beobachtet?«

»Ich wollte abwarten, bis Ruhe einkehrt. Ich wusste doch nicht, dass sie aus ihrem Versteck kommen.«

Jonna musste sich beherrschen, um ihn nicht anzufahren. Sie leierte ihre nächste Frage in neutralem Klang herunter. »Diese Menschen waren kurz vor dem Verdursten! Sie haben Ihr Versprechen gebrochen.«

Timon schwieg.

»Die Frau hat uns alles erzählt. Wir machen eine Gegenüberstellung im Präsidium, und dann führen wir Sie dem Haftrichter vor. Der entscheidet, was mit Ihnen passiert.«

»Aber sie hätten um Asyl bitten können, warum haben sie ...«

Diesmal hielt sie es nicht aus. »Weil Tarik Rasheed den Mord an Annika Mittermaier gesehen haben muss. Glauben Sie ernsthaft, dann vertraut er sich der Crew an?« Sie seufzte. »Was wissen Sie über Ebos Sprung von dem Schiff?«

Er schüttelte den Kopf. »Ich hab nur die Schuhe gefunden.«

»Um sich unverdächtig zu machen, raffiniert.«

»Bevor wir Sie zu uns ins Präsidium bringen, möchte ich wissen, wer auf Annikas Handy anruft.«

»Ich soll einen Kollegen verraten?«

Jonna explodierte. »Es geht hier um eine tote Kollegin! Einen toten Afrikaner, eine Mutter mit Kind, die beinahe verdurstet wären, und einen Vermissten! Und Sie zieren sich, mir einen Namen zu nennen?«

Timon starrte sie aus unergründlichen Augen an. Dann senkte er den Blick.

»Vielleicht Bingham?«, flüsterte er.

Funksprüche

»Elbe 52/10 an alle Funkstellen. Sämtliche Lagemeldungen ab sofort über 52/0. Nicht mehr an 52/10. Ich bin raus!«

»Michel für Elbe 52/10.«

…

»Michel für Elbe 52/10.«

…

»Michel für Elbe 52/10.«

…

»Elbe 52/0 für Elbe 52/10. Könnt ihr Drahtgespräch mit Michel machen? Ich komme nicht durch.«

»Funkkanal ist überlastet. Handynetz ebenfalls. Musst dir selber helfen!«

»Ende Elbe 52/10.«

»44/2 für Elbe 52/0.«

»Hört!«

»Sperrstelle ist nicht besetzt. Kein Kollege weit und breit zum Einweisen. Wie kommen wir denn zum verdammten Ernst-August-Deich?«

»Da kommt ihr nicht weiter, dreht um und sucht euch einen Weg!«

»Scheiße, das Wasser gluckert hier aus allen Löchern und weit und breit keine WS.«

»Funkdisziplin halten!«

»Elbe 52/0 von Brise 23/1.«
»Elbe 52/0 hört.«
»Stehen Dessauer Straße. Unser Wagen ist abgesoffen. Kann uns jemand hier rausholen?«
»Wie konnte das passieren?«
»Wir wurden überrascht!«
…
»Elbe 52/0?«
»Nehmt Funkausrüstung und Maschinenpistole, schlagt euch Richtung Osten zur Veddel hinter die Flutschutzmauer durch. Wir schicken einen Wagen, wenn einer verfügbar.«
»Danke euch. Echt!«

»Elbe 52/0 von Brise 24/2.«
»Hört.«
»Wir haben eine Person, meldet sich aus einem Bürogebäude im Roßweg. Wie auch immer, der wurde übersehen.«
»Ist das Gebäude stabil? Soll sich in die oberen Stockwerke begeben und abwarten.«
»Verstanden.«

»Elbe 52/0 für Michel.«
»Elbe 52/0.«
»Passanten melden losgerissene Barkasse St. Pauli-Landungsbrücken. Treibt auf der Elbe.«
»Wir informieren die naut…Zentrale, schic…n einen Schl…pper.«
»Sie kom…men hier ab…geriss…en ange…hackt!«
»Michel wiederholen!«
»Sorry, die Verbindung reißt ab.«
»Wir informieren die Nautische Zentrale, schicken einen Schlepper.«

»Michel für Elbe 52/2. Wir brauchen einen Verantwortlichen mit Schlüsselgewalt für Fresenia Logistics.«
»Für wen?«
»Ich buchstabiere die Firma: Foxtrott, Romeo, Echo, Sierra, Echo …«
»Was buchstabieren Sie? Das versteht doch kein Mensch!«
»Oh sorry, ich bin ins internationale Alphabet abgerutscht. Friedrich, Richard, Emil, Siegfried, Emil, Nordpol, Ida, Anton. Telefonnummer folgt.«
»Geht doch. Immer diese Seeleute!«

»Michel für Elbe 52/0.«
»Hört.«
»Steht RT-Hub zur Verfügung? Medizinischer Notfall im Polder am Worthdamm.«
»Ich frage nach.«
…
»Elbe 52/0? RT-Hub negativ, kann aufgrund der Wetterlage nicht aufsteigen. Rettungswagen kommt zur Sperr- und Lenkstelle Freihafen Elbbrücke, bitte dort den Notarzt ins Boot übernehmen.«
»Verstanden!«

»Michel für Brise 26.«
»Michel hört.«
»Im König-der-Löwen-Theater saufen die Versorgungsgänge ab. Wasser unter Keller. Pardon: Keller unter Wasser.«
»Nehme ich zur Kenntnis.«

»Elbe 52/0 für Michel.«
»Elbe 52/0 hört.«
»Anrufer melden rote Seenotrakete in Höhe Bubendey-Ufer. Haben Sie Erkenntnisse?«
»Das hat uns gerade noch gefehlt. Wir schicken ein Boot in die Richtung. Einen Notruf haben wir nicht. Bei dieser Wetterlage ist alles möglich!«
»Bitte überprüfen und Meldung!«

KAPITEL 35

WSPK 2 – 02.00 Uhr

Hunderte von Polizisten waren eingesetzt, alle nur erdenklichen Maßnahmen zu ergreifen, um den Hafen und seine Infrastruktur zu schützen. Tom war von der *Global Endeavour* zurückgekehrt. Er saß mit Quetsche in seinem Büro, und sie besprachen die letzten Einsätze. Tom hatte sich nach der Ankunft im WSPK 2 und Abstimmung mit dem Stabsleiter aus dem Funkverkehr zurückgezogen, der über ihn gerollt war wie eine gewaltige Welle über ein kleines Boot in stürmischer See. Er war nicht mehr erster Ansprechpartner, aber er hörte mit. Gerade lächelten sie über die Kollegen, deren Wagen an der Dessauerstraße abgesoffen war.

»Na, auf den Bericht bin ich gespannt.«

»Vielleicht sollte ich das große Boot nehmen und im zentralen Hafen Streife fahren. Es reißen sich Boote los, und es wäre hilfreich, gleich vor Ort zu sein«, meinte Quetsche und zog seine schusssichere Weste zurecht, die ihn drückte. »Gibt es Neuigkeiten von Lisa?«

Tom erstarrte. Las Quetsche seine Gedanken?

»Ich möchte am liebsten nach Hause fahren und selbst nachsehen. Die Streife der Außenstelle hat nichts entdeckt, aber das ist Stunden her. Eigentlich wollten die Kollegen noch mal rausfahren, aber Dove- und Gose-Elbe sind über die Ufer getreten, und sie haben keine Zeit mehr.« Tom seufzte. »Wenigstens hält der Deich.« Er stockte und warf Quetsche einen flehentlichen Blick zu. »Irgendwo muss sie doch sein! Ich hab kein gutes Gefühl, warum meldet sie sich nicht?«

»Soll ich meine Frau mal fragen, ob sie hinfährt? Habt ihr einen Ersatzschlüssel deponiert? Im Garten oder so?«

»Das ist lieb, aber ein viel zu weiter Weg für deine Frau. Du kannst sie bei dem Unwetter nicht quer durch Hamburg jagen.«

Es klopfte, und Charlotte steckte den Kopf durch die Tür. »Ah, da seid ihr ja, ich hab euch gesucht!«

Tom winkte sie herein. »Wie hast du es hergeschafft?«

Sie verzog das Gesicht. »Über die A 7 und die Köhlbrandbrücke. Andere Möglichkeiten gibt es nicht mehr!«

Quetsche sprang plötzlich auf und zeigte mit dem Finger auf Charlotte. »Sie!«, rief er.

»Was meinst du …« Tom stockte.

»Sie fährt!«

»Wohin fahre ich?«, fragte Charlotte und trat ein.

Tom versuchte, einen klaren Gedanken zu fassen. Charlotte war Polizistin. Aber sie war auch … wollte er, dass sich Lisa und Charlotte begegneten? Nein, besser nicht.

»Doch, Tom, sie fährt!« Quetsche hatte sich entschieden, und seine Stimme ließ keinen Einwand zu.

»Mach ich! Ist aber kein Spaß da draußen!« Charlotte rollte mit den Augen. »Sagt ihr mir schnell noch, wohin ich fahre, bevor ich aufbreche und mich wundere, warum ich nur im Kreis kutschiere?« Sie zog sich einen Stuhl heran. »Ich würde gerne mit Abina auf das Schiff zurück. Ihr Mann, Tarik, muss da noch irgendwo sein. Ich weiß, Tom, dass du das nicht willst, aber ich habe …«

Tom unterbrach sie. »Wir haben Tarik gefunden!«

Charlotte riss die Augen auf.

»Na ja, beinahe. Er ist auf dem Containerterminal Tollerort gesehen worden, und wir … suchen ihn, und wenn …«

»Das ist ja wunderbar. Er lebt! Nur das zählt! Abina wird unendlich erleichtert sein.« Sie rieb beide Handflächen auf den Oberschenkeln. »Gerade hat mich Jonna angerufen, sie hat den

Schleuser an Bord identifiziert. Es handelt sich …« Sie suchte in ihrer Hosentasche nach ihrem Notizbuch, schlug es auf. »Der Bootsmann. Michael Timon.«

Tom und Quetsche sahen sich an und schüttelten gleichzeitig den Kopf, weil sie kaum glauben konnten, was Charlotte berichtete.

»Abina soll den Mann identifizieren«, fuhr Charlotte fort. »Jonna schickt Passfotos an die Wache, die soll ich Abina vorlegen, und sie erkennt den Mann hoffentlich wieder. Er hat sie an Bord gebracht und reichlich Geld von Tarik bekommen. Sie wird euch bitten, ihn abzuholen und zum Erkennungsdienst zu bringen.«

Tom nickte mechanisch. Er war in Gedanken noch bei der Entscheidung, Charlotte zu seiner Frau Lisa nach Hause zu schicken. Charly und Lisa. Was, wenn … hätte er anschließend mehr Probleme als vorher? Aber Lisa meldete sich einfach nicht, und ihm fiel keine Alternative ein.

Er öffnete seine Schreibtischschublade, nahm seinen Schlüsselbund heraus und wog ihn ein paar Sekunden in der Hand, bevor er ihn Charlotte rüberschob. »Fährst du bitte zu mir nach Hause, nach Howe? Wir kümmern uns darum, Abina die Fotos zu zeigen.«

Charlottes Augenbrauen zuckten fragend nach oben.

»Meine Frau wird vermisst.« Er würgte den Satz heraus. »Die Kollegen der Außenstelle Zollenspieker sind schon vorbeigefahren. Es hat niemand aufgemacht, und sie sind nicht im Haus gewesen. Du musst rein. Es muss ihr etwas zugestoßen sein.«

Die nachfolgende Stille schmerzte.

»Handy? Freundin? Nachbarn?«

Charlottes Stimme klang geschäftsmäßig und neutral. Tom begriff sofort, dass sie sich auf ihre Rolle als Polizistin zurückzog. Er wusste nur nicht, ob er dafür dankbar war oder nicht.

Er hatte soeben ihre Beziehung neu definiert.

Er suchte Augenkontakt, doch Charlotte starrte auf die Schlüssel, die sie nicht angerührt hatte.

Er wartete.

Endlich trafen sich ihre Blicke. Er fand nur Wärme und Zuneigung darin.

Erleichtert seufzte er. Und hatte trotzdem einen Kloß im Hals.

»Alles abgeklappert«, antwortete Quetsche, als ob er von der veränderten Atmosphäre im Raum nichts bemerkte. »Sie meldet sich nicht, und das ist nicht ihre Art.« Er langte nach einem Zettel auf dem Tisch und schrieb etwas darauf. »Das ist die Adresse. Es gibt auch einen kleinen Schuppen im Garten. Ruf sofort an, wenn du da bist.«

Tom rang nach Luft. Er musste hier raus.

Charlotte griff nach dem Schlüsselbund und drehte sich zur Tür.

»Danke«, presste er hervor. »Ich weiß, es ist viel verlangt und …«

Charlotte unterbrach ihn mit einer Handbewegung. »Das tue ich gerne. Kümmert ihr euch bitte um Abina.«

Sie hatte sich nicht noch einmal umgedreht.

Quetsche stand ebenfalls auf und rieb sich die Hände, als ob er soeben einen außerordentlichen Coup gelandet hätte. »So, das klärt sich bald auf. Du wirst sehen, Lisa geht es gut. Wahrscheinlich schläft sie mit Ohrstöpseln und hat von der ganzen Aufregung nichts mitbekommen. Das würde ich jedenfalls um diese Uhrzeit tun!« Er klopfte auf den Tisch. »Jetzt ist Schluss mit Trübsal. Der Funk glüht, und wir gehen nach oben und holen uns ein paar Einsätze ab. Die Party ist noch nicht zu Ende!«

Tom durchschaute Quetsches aufgesetzte Fröhlichkeit.

Er hatte also doch begriffen, was es für Tom bedeutete, ausgerechnet Charly um diesen Gefallen zu bitten. Er hatte gewusst, dass Tom diese Entscheidung nicht getroffen hätte.

Aber es musste sein.

Und deshalb hatte Quetsche entschieden.

Tom stand endlich auf.

Quetsche hatte recht. Das Hochwasser war noch nicht vorbei.

In der Einsatzzentrale herrschte angespannte Betriebsamkeit. Der Stabsleiter koordinierte die Evakuierungen und Einsätze mit hoher Professionalität, und doch war eine gewisse Unruhe spürbar.

Der Regen prasselte gegen die Fenster, und draußen tobte die Flut, die unaufhaltsam den Hafen überschwemmte. Selbst das WSPK 2 war nur noch über Boote oder die Köhlbrandbrücke zu erreichen.

Tom war es in diesem Moment so klar wie nie in dieser Nacht: Die Deiche, die Wächter der Stadt, standen vor ihrer größten Bewährungsprobe. Der Hafen wurde evakuiert, die kritische Infrastruktur, die Mineralölfirmen oder das Klärwerk waren hermetisch abgeriegelt worden. Es lief alles nach Plan, doch die Angst waberte durch seinen ganzen Körper. Er biss so fest die Zähne zusammen, dass ihm der Kiefer wehtat. Noch nie hatte er die Warnstufe 3 erlebt. Nun war sie ausgerufen. Was, wenn es zur letzten möglichen, zur Warnstufe 4, kam?

Dann würden die Deiche brechen! Dadurch würde der Hafen zwar entlastet, aber Hamburg würde eine Flutkatastrophe erleben, die weit schlimmer wäre als die von 1962.

Wie paralysiert starrte er auf die Monitore, die die Wasserstände anzeigten. Das verdammte Wasser stieg immer noch.

Der Stabsleiter stellte sich zu ihm. »Sieht finster aus«, sagte er. »In Zukunft werden wir wohl unsere Deiche noch höher bauen müssen.«

Tom drehte sich um. »Glaubst du, dieses Mal halten sie?«

Der Angesprochene zuckte mit den Schultern. »Klar! Dafür sind sie doch gebaut.« Er zögerte. »Na ja, schwer zu sagen. Wenn nach der nächsten Flutwelle die Pegel nicht absinken, sind wir geliefert. Dann werden die Deiche überflutet. Aber das wissen wir erst morgen früh. Ich habe mit dem THW telefoniert. Sie stopfen erste Löcher und bringen Sandsäcke in die Deichverteidigungsstraßen. Mehr können wir nicht tun.«

»Wenn du Kräfte brauchst, hol die Kollegen aus der Freizeit zurück. Ich kann es nicht ändern. Solch einen Notfall hatten wir noch nie!«

Der Stabsleiter nickte. »Die Landesbereitschaftspolizei hat uns drei weitere Züge geschickt. Und einige Kollegen sind freiwillig reingekommen oder haben angerufen. Wir schaffen das!«

»Wir brauchen die Köhlbrandbrücke und die letzten Fluchtwege für die Einsatz- und Rettungskräfte.«

Der Stabsleiter zeigte auf einen Monitor der Verkehrsüberwachung. »Wir haben uns drauf geschaltet und bekommen die Bilder aus Alsterdorf überspielt. Die Rettungswege sind offen. Andere Verkehrsteilnehmer gibt es praktisch nicht mehr. Alle Fluttore in die Stadt sind zu. Um die Bürger mache ich mir im Moment weniger Sorgen als um die eigenen Leute.«

Tom warf ihm einen Blick zu, den der Stabsleiter nicht erwiderte. Er starrte mit angespannter Miene auf die Monitore. »Eigensicherung geht vor. Zur Not geben wir die Gebiete auf!«, bekräftigte Tom.

In diesem Moment ließ ein heftiger Windstoß das Gebäude erzittern. Unwillkürlich duckten sich Tom und der Stabsleiter, weil es sich anfühlte, als würde das Haus einstürzen oder ihnen das Dach vom Kopf fliegen.

Dann standen sie in der Dunkelheit.

Natürlich – jetzt fiel auch noch der Strom aus!

Eilige Rufe schallten durch den Raum, die ersten Taschenlampen gingen an, und jemand rief, dass er sich um das Notstromaggregat kümmern würde.

Tom entschied sich. Er griff zum letzten Mittel, auch wenn das nicht in seine Befugnis fiel. »Wenn wir die 7,25 Meter über Normalnull reißen, dann schmeißen wir die Sturmflutsirenen an.«

Lass sie heulen, dachte er, auch wenn die Menschen in Panik geraten. Wir warnen alle rechtzeitig, dann hat jeder, der es noch nicht getan hat, eine Chance, sich in Sicherheit zu bringen.

Der Stabsleiter nickte. »Bereiten wir sie vor.« Er griff zum Funkgerät: »An alle Kräfte von Elbe 52/0. Achtung! Der Funkverkehr wird eingeschränkt! Nur noch Meldungen mit besonderer Dringlichkeit! Gegebenenfalls Rückzug. Eigensicherung hat Vorrang! Ende.«

Radio Hamburg

»ACHTUNG, ACHTUNG, ACHTUNG!
Wir unterbrechen unsere Sendung für eine amtliche Gefahrendurchsage! Lassen Sie das Radio angeschaltet!
Liebe Hörer von Radio Hamburg. Es kommt so schlimm wie seit Jahrzehnten nicht mehr. Zephyr ist auf Orkanstärke hinaufgestuft worden und stellt jeden Sturm, den wir bislang erlebt haben, in den Schatten. Bleiben Sie unbedingt am Radio.
Es folgt eine amtliche Gefahrendurchsage der Behörde für Inneres und Sport Hamburg: Der Hamburger Sturmflutwarndienst warnt vor einer sehr schweren Sturmflut im Verlauf des frühen Morgens! Der Orkan erreicht Windstärke 11! Es ist mit Verwüstungen zu rechnen!
Der Hochwasserscheitel wird am Dienstag, den 26. 11. 24, gegen 03.00 Uhr am Pegel St. Pauli mit einer Höhe von 6,51 bis 7,30 Metern über Normalhöhennull erwartet!
Die Hamburger Hochwasserschutzanlagen schützen Sie bis zu einer Höhe von mindestens 7,30 Metern über Normalhöhennull.
Achten Sie auf Lautsprecherdurchsagen!
Schalten Sie Rundfunk und Fernsehen an. Informieren Sie sich über alle verfügbaren Medien.
Bringen Sie Haustiere und Nutzvieh in Gebäude oder Ställe. Stellen Sie deren Betreuung sicher.
Bereiten Sie sich auf eine Evakuierung vor. Legen Sie Kleidung und wichtige Dokumente sowie Medikamente bereit.
Durch den Sturm kann es zu herumfliegenden Gegenständen oder abbrechenden Ästen kommen. Meiden Sie den Aufenthalt im Freien.
Verständigen Sie bitte auch Ihre Nachbarn!«

KAPITEL 36

Containerterminal Tollerort - 03.20 Uhr

Tarik schlug die Augen auf und wusste für einen Moment nicht, wo er war. Es war furchtbar kalt, und er war klitschnass. Und es roch nicht nach seinem Haus, seiner Stadt, seinem Land.

Er war noch immer auf dem vermaledeiten Terminal und lag auf dem Boden. Mit dem pochenden Schmerz kam auch die Erinnerung zurück. Der Container, der vom Sturm heruntergerissen worden war, sein Sprung zur Seite. Er war gestolpert und mit dem Kopf an eine Stahlbox geschlagen. Mit einer Hand griff er sich an den Kopf. Eine Beule war unschwer zu ertasten, und als er die Finger dicht vor seine Augen hielt, erkannte er selbst in der Dunkelheit, dass er blutete.

Langsam versuchte er, sich aufzusetzen. Leichter Schwindel ließ ihn innehalten. Er war so müde. So erschöpft. Er sehnte sich nach Wärme. Nach Schlaf. Er war nur noch ein Schatten seiner selbst. Mit jedem Atemzug schnaufte er nach Erlösung, jede Faser seines Körpers schrie nach Hilfe. Und doch kämpfte er sich auf die Beine, in der Hoffnung, dass irgendwo in der Ferne ein Lichtstrahl der Erleichterung auf ihn warten würde.

Er versuchte ein paar Schritte. Sie waren schwer und unsicher von der gnadenlosen Flucht und dem Schmerz. Natürlich hatte er nichts, um die Platzwunde an seinem Kopf zu behandeln. Woher auch? Das Orkantief fegte immer noch über das Terminal.

Er kämpfte sich langsam gegen den Wind voran. Weil es schwer war, sich auf den Beinen zu halten, und weil er verletzt war. Er nutzte die Straße Richtung Gate.

Plötzlich knallte es neben ihm.

Ein Metallteil war vom Wind gegen einen Container geschleudert worden. Er konnte sich nicht darum scheren. Wenn das Schicksal wollte, dass er erschlagen würde, dann passierte es heute Nacht. Andernfalls … musste er endlich Hilfe holen.

Er zögerte. Wer würde ihm glauben? Humpelnd, blutend, kraftlos.

Hatte er vor dem Sturz noch Hoffnung gehabt, war selbst die keine Option mehr. Sein Kopf war leer, der Schmerz vertrieb die letzten Energien und Gedanken.

Er ging weiter.

Einen Fuß vor den anderen.

Ohne Sinn und Verstand.

Ohne Ziel. Einfach die Straße entlang.

Wie konnte etwas so Zartes und Belebendes wie Hoffnung in etwas so Zermürbendes und Dunkles wie die Verzweiflung umschlagen?

KAPITEL 37

WSPK 2 - 03.30 Uhr

Tom wartete.

Er wartete auf Charlottes Anruf, ob sie Lisa gefunden hatte. Sie hatte sich zwischendurch gemeldet, dass sie weite Umwege fahren müsste, weil Straßen wegen umgestürzter Bäume gesperrt waren. Sie würde sich melden.

Hatte sie aber nicht.

Er wartete auf Jonnas Anruf, wer der Täter war. Immerhin hatte er ihr bestätigen können, dass Timon, der Bootsmann, der Schleuser der afrikanischen Familie war. Abina hatte ihn auf den Passfotos zweifelsfrei identifiziert.

Nun wartete er auf Timon, um ihn ins Präsidium bringen zu lassen.

Und er wartete darauf, dass Tarik endlich gefunden wurde.

Wie er es hasste zu warten!

Er starrte auf seinen Monitor, der die stetig steigenden Pegel des Hochwassers anzeigte, und draußen prasselte der Regen gegen das Fenster, als ob er Tom auslachte. Für ihn zog sich jede Minute hin wie ein langsam fließender Tropfen aus einem zähflüssigen Sirup, der sich quälend von der Schreibtischkante löste.

Das Handyklingeln unterbrach seine düsteren Gedanken. Ein Blick aufs Display enttäuschte. Weder Lisa noch Charlotte.

Es war der junge Kollege von der Sperrstelle an der Kattwykbrücke. »Ich höre?«

»Wir haben ein Problem!«

Tom verdrehte die Augen. Na klar, sonst hätten sie ihn ja nicht angerufen. »Und?«

»Es kommt ein Binnenschiff die Süderelbe hoch. Die müssen noch in den Hafen.«

»Ach ja?«

»Ein Lkw hat beim Wenden einen Stromkasten umgefahren, und wir haben erst jetzt festgestellt, dass sich deshalb die eine Hubbrücke nicht mehr bewegen lässt. Wenn die nicht öffnet, passt das Schiff nicht durch!«

Tom fluchte innerlich. Ging denn heute alles schief? »Ist der Stromversorger schon alarmiert?«

»Ja, aber die sind alle unterwegs und haben angekündigt, dass sie erst in ein paar Stunden rauskommen können. Was machen wir mit dem Schiff?«

»Soll sich an die Pfähle legen. Die müssen warten.«

»Verstanden!«

Tom beendete das Gespräch und ließ sich den Einsatz vom Nachmittag durch den Kopf gehen. Er war mit Gunnar vor Ort gewesen, da die beiden unerfahrenen jungen Kollegen beinahe an den renitenten Lkw-Fahrern gescheitert waren. Dabei fiel ihm ein, dass er lange nichts mehr von Marvin gehört hatte. Er griff nach dem Telefon und rief den Wachhabenden am Wachtresen an.

»Haben wir in letzter Zeit was von Marvin gesehen? Fährt der noch auf dem Wagen mit?«

»Er hat auf ein K-Boot gewechselt. Holt sich gerade 'ne nasse Büx.« Der WH lachte schallend. »Hoffentlich bekommen wir keinen Ärger mit den Erziehungsberechtigten.«

»Der Glückliche. Der bekommt ja heute das volle Programm geboten!«

Tom legte auf. Er dachte an seine Anfangszeit zurück. Er hatte nicht so spannende Einsätze gehabt.

Er sah sich als jungen Oberkommissar an der Kattwykbrücke stehen. Vor über zehn Jahren an genau dieser Brücke in der

Absperrung. Es war ein lauer Sommerabend gewesen, und er war mit dafür zuständig, die angemeldete Demonstration gegen das Kohlekraftwerk Moorburg im Auge zu behalten.

Das letzte Licht des Tages hatte die Süderelbe in ein Meer aus Orange getaucht, und der Duft von Elbwasser und Diesel lag schwer in der Luft. Eine Kombination, die ihm so vertraut war wie der eigene Atemzug. Er war am Rande der aufgebrachten Menge auf und ab gegangen, um einzelne Störenfriede zu identifizieren und vor allem nach denen Ausschau zu halten, die aus einem Protest gegen das Kraftwerk einen Kampf gegen die Polizei machen wollten und womöglich bewaffnet waren. Gab es Demonstranten, die aus dem Schutz der Menge mit Steinen oder Flaschen auf die Polizisten warfen?

Plötzlich war aus dem Nebel der Menschenmassen eine Gestalt hervorgetreten, die seine Neugier geweckt hatte. Eine junge Frau, deren Haar im letzten Sonnenlicht wie flüssiges Kupfer glänzte. Sie verteilte Flugblätter, ihre Bewegungen waren flink, ihre Augen blitzten, als sie versuchte, den Beamten in der Absperrung ihre Botschaft in die Hand zu drücken. Tom war stehen geblieben, um sie zu beobachten.

»Wissen Sie, was der Treibhauseffekt mit unserer Erde anstellen wird, wenn die Erderwärmung immer weiter zunimmt?«, fragte sie einen jungen Kollegen, der hilflos versuchte, sie zu ignorieren, und an ihr vorbeistarrte. Ihre Worte prallten an ihm ab wie Wellen an einer Steilküste.

Tom, der sie normalerweise nicht beachtet oder mit einem professionellen Lächeln gebeten hätte, weiterzugehen, hatte sich plötzlich eingemischt. »Ich arbeite auf der Elbe«, antwortete er ihr. »Ich weiß, dass wir jedes Jahr mehr Starkregen haben als im Jahr davor. Aber es gibt einen Klimaplan.«

»Klimaplan? Das reicht nicht. Wir reagieren doch nur, ohne die Ursache zu bekämpfen.«

Sie sprach über die Zukunft des Hafens, über die Bedrohungen für das maritime Ökosystem und über die kleinen Siege, die sie in ihrem Kampf für den Umweltschutz errungen hatte.

Er hing an ihren Lippen und war fasziniert von der Energie, mit der sie für das kämpfte, was ihr wichtig war.

Tom lächelte bei dem Gedanken an ihren Tanz aus seinen vorsichtigen Antworten und ihrem Sturm aus Meinungen und Gegenargumenten. Er war ihrer hitzigen Argumentation, der atemlosen Tirade, die sie auf ihn niederprasseln ließ, und vor allem ihren geröteten Wangen sofort erlegen. Es wurde eine lange Nacht, in der sie sich nicht mehr aus den Augen ließen. Sie erzählten sich über ihre Liebe zum Wasser, zur Elbe, zum Hafen.

Sie, die in Hamburg geboren war und mit ihrem Bruder und ihrem Vater von klein auf an auf der Elbe gesegelt war. Er, dessen Familie seit Generationen im Hafen arbeitete. Sein Vater als Tallymann und Skipper, heute Tom, sein Sohn, bei der Wasserschutzpolizei.

»Es ist das Wasser, das mich immer wieder ruft. Ich könnte niemals in den Bergen leben«, versuchte er, seine Faszination zu erklären.

Sie verstand ihn. »Für mich ist das Wasser ein lebendiges Wesen, eine Quelle des Lebens, die es zu schützen gilt.«

Ihre Worte klangen in seinen Ohren wie der Wind, der die Segel treibt – kraftvoll und richtungsweisend. »Haben Sie jemals das Gefühl gehabt, dass das Wasser zu Ihnen spricht?«, hatte sie flüsternd gefragt.

Bei ihr fiel es ihm leicht, es zuzugeben. »Manchmal. In den stillen Momenten in der Nacht. Wenn der Lärm des Tages verstummt, der Hafen zur Ruhe kommt, dann höre ich in dem Glucksen des Wassers meine eigenen Gedanken und werde ganz ruhig und demütig.«

Schließlich hatten sich ihre Wege getrennt. Er war aufs Revier zurückgekehrt und hatte gewusst, dass das nicht das Ende einer flüchtigen Begegnung war, sondern ein Anfang.

Er hütete sein dienstliches Notizbuch von damals, in das er ihren Namen und ihre Telefonnummer geschrieben hatte, wie einen Schatz.

Heute, über ein Jahrzehnt später, waren sie verheiratet und lebten in einem renovierungsbedürftigen Haus, das sie liebevoll restaurierten. Lisa war eine andere Frau geworden. Die kämpferische Aktivistin von damals war verloren gegangen auf dem Weg, ein Kind zu bekommen. Die ungewollte Kinderlosigkeit zehrte sie auf. Konnte man ihre Stimmungstiefs schon eine Depression nennen? Tom hatte keine Ahnung. Aber er war sich sicher, dass Verschüttetes nicht zwangsläufig verloren war. Man musste es nur wieder ausgraben, und das nahm er sich fest vor!

KAPITEL 38

An Bord der *Global Endeavour* – 03.40 Uhr

Jonna musterte den kleinen Kiribati, der zusammengesunken auf seinem Bett hockte, nachdem er die Schleusung der Afrikaner gestanden und den Zweiten Offizier Bingham hingehängt hatte.

Bingham. Warum sollte der Mann auf dem Handy seiner toten Kollegin anrufen? Nun, sie würde die Antwort schon aus ihm herausbekommen.

Jonna und Daan eilten zurück auf die Brücke und ließen den Bootsmann noch für einen Moment in der Obhut der Kollegen von der Wasserschutzpolizei. Sie mussten seinen Abtransport erst organisieren.

Sie fanden den gesuchten Bingham auf der Kommandobrücke.

»Wo ist der Kapitän?«, fragte Jonna.

Bingham zuckte nur mit den Schultern.

»Na, sei's drum, wir wollten sowieso mit Ihnen sprechen!«

»Mit mir?«

»Geben Sie uns eine Minute«, sagte sie und zeigte auf den Konferenzraum. »Wir telefonieren, und dann erwarte ich, dass Sie uns ein paar Fragen beantworten.«

Sie schob Daan vor sich in den kleinen Konferenzraum.

»Koordinierst du den Transport von dem Bootsmann ins Präsidium? Ich versuche, Tom zu erreichen und nachzufragen, ob sie Tarik endlich gefunden haben.«

Während beide noch telefonierten, klopfte es, und die beiden Wasserschutzpolizisten vom Revier 1 öffneten die Tür. Jonna winkte sie herein, und sie stellten sich als Carlsen und Buhr vor.

»Wir sind durch.« Carlsen ließ sich erschöpft auf einen Stuhl plumpsen. »Ist nicht meine Tageszeit, sorry.«

Jonna warf einen Blick auf ihre Uhr. Drei Uhr fünfzig. Sie seufzte. Was für ein Irrsinn. Als sie sich heute Morgen freiwillig zur Untersuchung der Wasserleiche gemeldet hatte, war nicht im Geringsten abzusehen gewesen, dass sie um diese Uhrzeit noch mitten in der Aufklärung stecken würde. Sie hatte eher mit einem Suizid gerechnet. Identitätsfeststellung, Überbringen einer Todesnachricht an die Familie und erfahren, dass der Verstorbene in einer Lebenssituation steckte, die ihn diesen letzten Schritt gehen ließ. Stattdessen hockte sie seit heute Mittag auf einem Containerschiff! Konfrontiert mit blinden Passagieren, einem kiribatischen Schleuser und einer Nautischen Offiziersanwärterin mit gebrochenem Genick.

»Was habt ihr denn herausgefunden?«, fragte Jonna.

»Wisst ihr, was eine MARPOL-Inspektion ist?« Carlsen wandte sich auch an Daan, der sein Telefonat beendet hatte und sich ihm interessiert zuwandte.

Jonna und Daan schüttelten gleichzeitig den Kopf.

»MARPOL nennt sich das internationale Übereinkommen zur Verhütung der Meeresverschmutzung durch Schiffe. Seit 1973 haben sich Staaten verpflichtet, Regeln einzuhalten, um das Meer nicht mit Öl und Kraftstoffen oder Schiffsabwasser und Schiffsmüll zu verseuchen.«

»Die Wasserschutzpolizei untersucht stichprobenartig die Schiffe nach solchen Vergehen«, ergänzte Buhr.

»Die *Global Endeavour* hatte schon mal Beanstandungen bei einer solchen Kontrolle«, sagte Carlsen. »Der Koch hat illegal Essensreste im Meer entsorgt. Deshalb stand das Schiff auf unserer Terminliste.« Er kniff ein Auge zusammen. »Ihr wisst schon … *die üblichen Verdächtigen* mit Kevin Spacy!«

Buhr rollte genervt mit den Augen. »Seht es ihm nach, er ist ein

Filmfreak. Na, jedenfalls haben wir den Maschinenraum auf den Kopf gestellt und sind die Papiere Ziffer für Ziffer durchgegangen. Die Bilgenwasser-Inspektion hat uns dann auf die richtige Spur geführt.«

Jonna verzog entschuldigend den Mund. Sie hatte keine Ahnung, wovon der Mann sprach.

»Wisst ihr, was die Bilge ist?«

Jonna schüttelte erneut den Kopf. Mein Gott, war so ein Schiff kompliziert!

»Die Bilge ist der unterste Teil des Schiffs, in dem sich Schwitzwasser, Ölreste und Reste aus undichten Leitungen sammeln. Die großen Containerschiffe verbrauchen mehr als zweihundertfünfzig Tonnen Schweröl pro Tag. Das ist keine Kleinigkeit, und das wird noch nicht mal vollständig verbrannt. Im Grunde sammelt sich in der Bilge alles, was aus den Tanks, Rohren und Klimaanlagen leckt, kleckert und ausläuft, und wird dort aufgefangen. Darüber hinaus müssen die Motoren auch noch mit Wasser gekühlt werden. Dieses Wassergemisch enthält Öl, Chemikalien und Schwermetalle. Kurz gesagt: Es ist Giftmüll!« Buhr machte eine Pause, als wäre ihm beim Erklären selbst aufgefallen, was für eine Schweinerei es im Bauch eines Containerriesen gab. »Jedenfalls wird das Bilgenwasser in Tanks gesammelt und im nächsten Hafen umweltverträglich herausgepumpt und entsorgt.«

Er sah Jonna und Daan fragend an, ob sie ihm folgen konnten.

Jonna spielte mit. »Und das ist teuer!«

Carlsen strahlte sie an. Richtige Antwort.

»Die *Global Endeavour* hat ihre Tanks in Antwerpen nicht geleert, und das Öltagebuch wurde manipuliert! Über den Füllstand dieser Tanks wird streng Buch geführt.« Er sah erst auf die Papiere in seiner Hand und hielt sie dann Jonna hin. »Wir haben anhand der Öltagebücher ausgerechnet, wie viel Bilgenwasser in den

Tanks sein müsste. Wir haben die Tanks zur Absicherung gepeilt. Die Stände sind viel zu niedrig und passen hinten und vorne nicht zu der Strecke, die sie ohne offizielle Leerung gefahren sind. Es gibt keinen Nachweis über irgendeine Entsorgung in einem Hafen entlang der Reise.«

»Vielleicht wollten sie in Hamburg die Tanks entleeren«, warf Buhr ein, »aber das wäre selbst ohne Sturm eng geworden. Mit *der* Verspätung … Man könnte die Tanks in die Nordsee entleeren, aber das ist streng verboten, kostet einen den Job, horrende Geldstrafen obendrauf, und ist technisch nicht ganz einfach zu bewerkstelligen.«

»Und doch hat die *Global Endeavour* genau das getan, richtig?« Jonna ahnte, worauf die Wasserschützer hinauswollten und was an Bord des Containerfrachters passiert war.

»Jo! Genau das! Die *Global Endeavour* hat die Bilge mit einer illegalen Außenleitung in die Nordsee entleert, dass einem schwummerig wird. Die Schmutzöltanks sind fast leer.« Buhr schüttelte den Kopf. »Einfach in die Nordsee mit dem Scheiß.«

»Und das merkt niemand?« Jonna war trotz ihrer Müdigkeit empört. Sie hatte noch nie von MARPOL gehört, aber freute sich über derartige Abkommen. Doch was nutzten die, wenn die Schiffe diese ignorierten? Wie war das möglich?

»Doch. Na ja, nicht immer. Es ist mittlerweile so, dass die Europäische Agentur für die Sicherheit des Seeverkehrs, EMSA, mit Radarsatelliten das Wasser beobachtet. Ölteppiche können heute Schiffen zugeordnet werden, deren Positionen ständig verfolgt werden.«

»Ich höre ein *Aber?*«

»Nachts kann man auf dem Radar keine Ölteppiche sehen, und wenn dann noch ein heftiger Sturm wütet, verteilt sich der Dreck schnell im Meer und verschwindet. Letztlich müssen wir den Schiffen die Bilgenwasserverklappung ja auch noch nachweisen.

Satellitenbilder allein reichen da leider nicht. Ihr wisst ja, wie so was vor Gericht läuft.« Carlsen seufzte resigniert.

»Und da kommen wir ins Spiel«, sagte Buhr. »Wir führen eine MARPOL-Inspektion durch. Nur kontrollieren wir erst im Hafen und nicht auf hoher See, wo die Verklappung passiert … und wir können auch nicht alle Schiffe inspizieren. Und wo niemand nachschaut, wird auch nichts entdeckt!«

»Das muss doch auffallen? Wie haben die das gemacht?«

»Über eine Bilgenpumpe wird das Bilgenwasser in einen Abwassertank geleitet, der direkt nach außenbords entleert wird und dort das Meer verseucht. Eine verbotene Leitung nach außenbords, die wieder zurückgebaut wird. Es ist wirklich schwierig, jemanden auf frischer Tat zu ertappen.«

Jonna hob die Hand, sie musste einen Moment nachdenken. Sie kam einfach nicht darauf, was ihr im Kopf herumspukte.

Die *Global Endeavour* leitete Giftmüll ins Meer!

Als wäre an Bord nicht schon genug passiert. Aber vielleicht hatte das eine nichts mit dem anderen zu tun. Wusste Timon, der sich als Schleuser Geld dazuverdiente, nichts von der Umweltsauerei des Schiffs?

»Wer weiß davon?«, fragte sie schließlich.

»Hier an Bord?«, antwortete Carlsen. »Das wird nur einem sehr kleinen Personenkreis bekannt sein. Damit geht man ja nicht hausieren. Ein oder zwei Offiziere, wenn überhaupt. Vielleicht noch ein oder zwei Filipinos aus dem Maschinenraum. Die Letzten in der Hierarchie eines Schiffs kann man gut unter Druck setzen, die Klappe zu halten.«

»Der Kapitän?«

»Eher nicht. Wenn er erwischt wird, ist es seine letzte Fahrt. Und die Manipulation des Öltagebuchs kann meistens nicht mal der Kapitän nachvollziehen. Ob die Eintragungen korrekt getätigt wurden oder nicht, kann er kaum prüfen, ohne die Tanks zu peilen.«

»Was droht ihm für eine Strafe, wenn er es doch wüsste?«, wollte Daan wissen.

»Hohe fünfstellige Summen Bußgeld«, erwiderte Carlsen, »und der Posten an Bord wäre sicher weg! Wenn er es anordnet, macht er sich strafbar und muss mit einer Freiheitsstrafe bis zu drei Jahren rechnen. Ein verdammt hohes Risiko.«

Hatte Bingham nicht erzählt, dass Annika Mittermaier eine engagierte Schützerin der Meere war, fragte sich Jonna. Hatte sie womöglich die Verklappung des Giftmülls entdeckt? War sie damit zum Kapitän gegangen? Fischer hätte doch sicher etwas unternommen. So kurz vor seinem Deal mit der Reederei hätte er diese Sauerei nicht durchgewunken. Jonnas Gedanken verhakten sich. Oder hatte gar der Kapitän Annika zum Schweigen gebracht?

»Warum machen die so was, wenn ihre gesamte Karriere davon abhängt?«, fragte sie.

Carlsen zuckte mit den Schultern. »Weil das Risiko der Entdeckung minimal ist. Wenn der Tank voll ist und kein Hafen weit und breit in Sicht, geraten sie unter Druck, dann müssen sie das Zeug loswerden.«

»Okay, helft mir noch mal: Wäre es denkbar, dass eine Nautische Offiziersanwärterin der Sauerei auf die Schliche gekommen ist?«

Die beiden Wasserschützer sahen sich an. Dann nickten sie. »Wenn sie neugierig ist.«

Jonna wirbelte all das durch den Kopf, was Fischer in der ausgedehnten Befragung enthüllt hatte. Über Annika und Bingham, über die beiden kroatischen Offiziere, die er in Verdacht hatte, irgendetwas zu mauscheln, ohne dass er wusste, was da los war.

»Bringt mir den Kapitän und die Offiziere Bingham, Babić und Horwat zur Vernehmung. Ich krieg schon raus, wer davon wusste.«

Buhr verzog entschuldigend den Mund.

Magensäure stieg Jonna in die Speiseröhre auf. Was war da los?

»Tja, wir wollten natürlich auch mit Petar Horwat sprechen. Der ist für die Maschine zuständig. Er ist der Verursacher und hat eine Menge zu verlieren. Aber weder der Chief Engineer noch der Erste Offizier Alexander Babić sind an Bord der *Global Endeavour*. Sie haben das Schiff verlassen.« Er räusperte sich. »Wir dachten, ihr wüsstet das?«

Jonnas Hand schlug krachend auf den Tisch. »Das ist nicht euer Ernst! Das Schiff hat eine Landgangsuntersagung. Es ist abgeriegelt. Und jetzt fehlen die beiden wichtigsten Offiziere?« Sie sprang auf. Die Müdigkeit war wie weggeblasen, und die Erkenntnis brach über sie herein wie eine Welle, die alle Zweifel sofort wegspülte.

»Petar Horwat, ja?«

Die beiden nickten.

»Und Annika hat ihn erwischt, wollte ihn verpfeifen. Er wäre den Job los, würde eine hohe Geldstrafe bekommen und das bei seinen Schulden. Ein ziemliches Desaster und vor allem ein handfestes Motiv. Er musste Annika loswerden! Und wenn sie nicht tot in der Nordsee aufgefunden worden wäre, wäre ihm nie jemand auf die Spur gekommen, richtig?«

Diesmal nickte Daan. »Wo ist der Kapitän?«, schickte er eine Frage hinterher.

Die Wasserschützer zuckten bedauernd mit den Schultern.

Jonna griff zu ihrem Handy, um Tom anzurufen. Sie brauchten alle Boote auf dem Wasser und so viele Kollegen wie möglich auf dem Terminal, um Tarik Rasheed zu suchen.

Und ihn zu finden – bevor der Horwat ihn ausfindig machte, denn er war Zeuge seiner Tat geworden. Anders konnte es nicht gewesen sein. Und das war, seit es eine Leiche gab, plötzlich relevant. Vorher hätte man alles leugnen können. Ohne Leiche keine Tat. Aber mit Annikas sterblichen Überresten hatte sich das Blatt gewendet. Das Meer hätte sie niemals freigeben sollen. Doch jetzt …

Jonnas Magen krampfte sich zusammen, als würde ein Aufzug mitten in der Fahrt abrupt stoppen.

Vielleicht rief Bingham auf Annikas Handy an, um es zu finden. Gehörte er zu den Eingeweihten der Umweltsauerei? Wusste er, was Annika entdeckt hatte?

Sie musste das verdammte Handy entsperren.

KAPITEL 39

Howe – 03.45 Uhr

Es hatte ewig gedauert, bis Charlotte vom WSPK 2 aus endlich in Howe ankam. Normalerweise brauchte man für die gut dreißig Kilometer eine Dreiviertelstunde. Heute Nacht lag die Verzögerung ausnahmsweise mal nicht am Verkehr, sondern daran, dass der Veddeler Damm schon gesperrt war. Sie hatte über die Köhlbrandbrücke und A 7 erst Richtung Westen und Süden fahren müssen statt in den Osten.

Ihr war es recht. Sie hatte sich nicht beeilt. Kein Blaulicht genutzt. Sie brauchte die Zeit, um sich von dem ersten Schock zu erholen. Sie hatte Toms Schlüssel genommen und sich durch das Hochwasser und den Sturm zurück zu ihrem Auto gekämpft. Das WSPK 2 war nicht mehr trockenen Fußes zu erreichen gewesen, und sie hatte ihr Auto, wie alle anderen, auf der Ellerholzbrücke geparkt. Toms Haustürschlüssel brannte in ihrer Tasche, und sie war froh, dass der Kampf gegen die Natur ihre ganze Aufmerksamkeit kostete und jegliche Gedanken vertrieb. Der Wind peitschte so heftig, dass jeder Schritt mühsam war. Das Wasser rann ihr in Strömen übers Gesicht und an der Regenjacke herunter. Mit zusammengebissenen Zähnen bahnte sie sich ihren Weg durch die überflutete Straße. Das Wasser reichte ihr bis zu den Waden und riss an ihr, als wolle es sie in die Tiefe ziehen.

Oder war der Sog durch den wirbelnden Gedanken entstanden, dass sie auf dem Weg zu seiner Ehefrau war? Toms besserer Hälfte. Einerseits hatte Tom Charlotte in eine prekäre Situation gebracht, andererseits war die Idee naheliegend, und außer ihr hatte niemand ein Problem damit. Sie war Polizistin, sie hatte gerade keine wichtigere Aufgabe, und sie war Tom haufenweise Gefallen schuldig. Also sollte sie sich, verdammt noch mal, nicht so anstellen. In ihrem Leben war ohnehin kein Platz für Gefühle – und erst recht nicht Empfindungen für Tom. Dann konnte sie auch herausfinden, ob seiner Frau etwas zugestoßen war.

Endlich erreichte sie die Anhöhe. Vor ihr stand ihr Auto, unversehrt, und im wahrsten Sinne wie ein Leuchtturm inmitten eines stürmischen Meeres. Sie lehnte sich einen Moment gegen die kalte Metalltür, atmete tief durch und ließ den Regen ihr Gesicht waschen. Vielleicht waren auch Tränen dabei. Lass dich, verdammt noch mal, nicht so gehen, dachte sie, und mit einem entschlossenen Nicken stieg sie in ihr Auto, bereit, sich der Herausforderung zu stellen.

Hier wohnte Tom also. Charlotte blieb im Auto sitzen und starrte auf das kleine Einfamilienhaus. In der Dunkelheit ließ sich nicht viel von dem Garten erkennen. In den Fenstern brannte kein Licht. Nur die Straßenlaternen erhellten den Bürgersteig.

Schlief Lisa?

Die Autotür schwang mit einem leisen Knarzen auf, und Charlottes Schritte auf dem Weg zur Haustür hallten auf dem nassen Asphalt. Der Regen war ihr rhythmischer Begleiter und trommelte mit unverminderter Intensität auf die Welt herab. Sie klingelte.

Nichts rührte sich im Inneren.

Sie klingelte erneut. Mehrmals hintereinander. Sie musste Lisa Zeit lassen, zu realisieren, dass das Klingeln kein Traum, sondern ein Besucher mitten in der Nacht war.

Nichts.

Sie drückte weiter auf die Klingel. Ein durchschaubarer Versuch, etwas Zeit zu schinden, bevor sie die Haustürschlüssel aus der Tasche ziehen würde.

Dann fiel die Haustür mit einem leisen Klicken hinter ihr ins Schloss.

Sie stand in dem einladenden, doch seltsam stillen Eingangsbereich des Hauses. Ihre Augen gewöhnten sich langsam an das schummrige Licht, das durch die Glasscheiben der Eingangstür von der Straße hereinfiel. Die Wärme von Tom und Lisas Zuhause umfing sie wie eine sanfte Umarmung. Charlotte schüttelte den Kopf. Unsinn, es war nur der starke Kontrast zur kalten und nassen Außenwelt.

Sie schaltete das Licht im Flur ein und rief Lisas Namen. Es war nutzlos. In diesem Haus war niemand. Trotzdem setzte sie ihren systematischen Rundgang fort, falls Lisa ohnmächtig in einer Ecke lag. Langsam, mit leisen Schritten auf den dunklen Holzdielen, durchstreifte sie die Räume. Das Wohnzimmer strahlte eine gemütliche Atmosphäre aus, die Charlotte unerwartet berührte, nachdem sie den Lichtschalter gefunden hatte. Die graue Sofalandschaft aus Cord mit den bunten Kissen lud zum Ausruhen und Kuscheln ein, und ein Kamin direkt gegenüber war ein absoluter Blickfang. Die Familienfotos auf dem Kaminsims ignorierte Charlotte wohlweislich.

Warum saß Lisa nicht genau hier, hatte ein wärmendes Feuer entfacht und las ein Buch? Na gut, es war mitten in der Nacht, aber trotzdem. Charlotte säße hier und würde auf Tom warten, wenn sie … Schluss jetzt, so ein Humbug.

Sie ging weiter, wollte erst das Haus durchsuchen, bevor sie sich dem Garten widmen würde, den man durch die Fensterfront im Wohnzimmer erahnen konnte.

Linker Hand stand ein Holztisch mit sechs Stühlen auf einem bunten Gabbeh. Ein Teppich, wie man ihn nur in Marrakesch kaufen konnte. Wie sie den wohl nach Hamburg transportiert hatten? Ein Hauch von Geheimnis lag in seinem verwobenen Muster.

Direkt hinter dem Tisch stand eine Tür halb auf. Offenbar führte sie in die Küche.

Charlotte sah kurz in jede Ecke, dann ging sie zügig weiter. Auch die Küche erstrahlte in gelblichem Licht und besaß trotz der hochmodernen Geräte eine Gemütlichkeit, die nur Küchen verbreiteten, in denen viel und gerne gekocht wurde. Frische Kräuter hingen in Bündeln von der Decke. Charlottes Blick streifte eine Obstschale, Vorratstöpfe aus Porzellan für Zwiebeln und Kartoffeln, ein Schneidebrett und Messerblock. Alte Kupfertöpfe an den Wänden boten einen reizvollen Kontrast zwischen Alt und Neu. Auch hier stand ein Holztisch in der Mitte, der zu geselligen Zusammenkünften einlud. Das Herzstück des Hauses war still und verlassen, was ihm eine gespenstische Aura verlieh. Vielleicht war es auch nur Charlottes Radar, das ansprang. Es lag eine unterschwellige Spannung in der Luft, ein Gefühl, als wäre hier etwas nicht ganz richtig. Charlotte konnte nichts Auffälliges entdecken, doch der spürbare Mangel an menschlicher Präsenz ließ die Stille lauter erscheinen.

Auch alle anderen Räume, die sie betrat, waren leer, keine Spur von Lisa. Langsam wuchs ihr Unbehagen, und sie verstand, warum Tom sich entschlossen hatte, ihr seine Schlüssel zu geben. Hier stimmte etwas nicht.

Sie hatte in beinahe jedem Zimmer das Licht angelassen, und plötzlich warf diese Helligkeit im Inneren eine zusätzliche Dunkelheit in den Außenbereich.

Die Beklemmung wuchs, als sie die Terrassentür im Wohnzimmer öffnete und hinaus in den Regen trat. Wieder rief sie Lisas Namen. Wieder wartete sie vergeblich auf eine Antwort. Die Terrassenbeleuchtung reichte nicht bis zum Ende des Gartens, und Charlotte bewegte sich nur im Schein ihrer Taschenlampe über den klitschnassen Rasen in Richtung des Schuppens. Auf dem Weg stieg sie über starke Äste, die der Sturm aus der Eiche geschlagen hatte, die am Rande des Geländes stand. Eichen sollst du weichen, dachte sie und schob sich vorwärts. Gott sei Dank ließ das angekündigte Gewitter auf sich warten, und Regen verletzte nun wirklich niemanden.

Die Tür zu dem Holzschuppen war nur angelehnt. Ein Blick hinein verriet Charlotte, dass er das hielt, was er versprach: Schutz und Platz für allerlei Gartengeräte und Gartenmöbel. Sie ließ die Taschenlampe über die Regale streifen, als sie ein kalter Schauer traf. Die Gartenmöbel. Das war es!

Die beiden Stühle auf der Terrasse ... es waren nicht die Einzigen. Hier standen weitere Stühle auf einem Tisch.

Toms Frau hatte die Gartenmöbel vor dem Sturm in Sicherheit gebracht. Aber sie war damit nicht fertig geworden.

Sie ... Charlotte knallte die Tür des Schuppens zu und leuchtete die rechte Außenseite entlang. Nichts. Hinter dem Schuppen gab es nur noch Gestrüpp und eine Hecke zum Nachbargrundstück. Sie drehte sich so hastig um, dass sie beinahe auf dem glitschigen Moos ausgerutscht wäre. An der linken Seite war der Schuppen mit weißen Steinen eingefriedet und ein Beet ... Dort lag jemand! Charlotte hielt den Atem an.

Sie sprang vor und kniete sich neben die Frau. Sie lag auf dem Rücken und hatte eine hässliche Kopfplatzwunde. Getrocknetes Blut klebte an der Stirn. Charlotte legte ihr die Hand auf die Brust. Lisas Brustkorb hob und senkte sich unter ihrer Handfläche. Sie lebte. Bewusstlos, aber mit stabiler Atmung und ... war das überhaupt Lisa Bendixen?

Charlotte fiel siedend heiß ein, dass sie keine Ahnung hatte, wie Toms Frau aussah. Sie hatte nicht gefragt.

So viele vermisste Frauen würden nicht in seinem Garten herumliegen, und Hilfe brauchte diese Frau, egal, wer sie war.

Neben ihr entdeckte Charlotte einen dicken Ast der Eiche. Der musste sie getroffen haben. Charlotte schüttelte den Kopf. Wie lange lag sie schon in der Kälte und dem Regen? Wenigstens trug sie einen Regenmantel und Gummistiefel. Sie war nicht bis auf die Haut durchnässt.

Charlotte rüttelte sie sanft an der Schulter. »Lisa, können Sie mich hören? Ich helfe Ihnen, wir holen Sie gleich aus der Nässe ins Warme.«

Die Frau stöhnte, und ihre Lider flatterten.

Sie kam zu Bewusstsein. Das war doch ein gutes Zeichen, oder?

»Hallo, Lisa? Ich bin Polizistin, und Ihr Mann Tom hat mich geschickt, nach Ihnen zu sehen. Verstehen Sie mich?«

»Ja«, hauchte die Frau und führte langsam eine Hand zum Kopf. Sie hatte also Schmerzen.

»Ihnen ist ein Ast auf den Kopf geknallt. Das wird wieder, ich rufe einen Rettungswagen.«

»Die blöden Gartenmöbel«, flüsterte Lisa.

Charlotte musste lachen. Sie konnte nicht anders, als lauthals loszulachen. Es war die Anspannung, die abfiel, die Sorge, die nachließ, als Lisa anfing zu sprechen. Genau, diese verdammten Gartenmöbel!

Sie zog ihr Handy hervor, rief die 112 an und gab sich als Kollegin zu erkennen. Sie orderte einen Rettungswagen mit Notarztbegleitung.

»Ich bin gleich zurück, Lisa. Ich hole eine Rettungsdecke aus dem Auto, ja?«

»Mir ist kalt … ins Haus … Sofa.«

Charlotte lächelte. Eine wunderbare Nachricht, sie war klar genug, Wünsche zu äußern. Sie rannte zum Auto und holte die Folie aus dem Erste-Hilfe-Kasten und wickelte Lisa langsam darin ein.

»Ich muss Sie noch mal allein lassen, um den Rettungswagen einzuweisen, ich bin gleich wieder da.«

Sie nutzte die kurze Wartezeit vor dem Haus, um Tom auf dem

Handy zu erreichen und ihm die erlösende Nachricht zu überbringen, doch es ging niemand ran. Mist!

Sie wählte die Nummer des Reviers, um die Neuigkeit bei dem Wachhabenden zu hinterlassen. Tom sei gerade raus zu einem Einsatz, aber er würde die Info sofort nach seiner Rückkehr weiterleiten.

Sie schüttelte frustriert den Kopf, seufzte aber erleichtert, als der Rettungswagen mit seinem rotierenden Blaulicht um die Ecke bog.

KAPITEL 40

WSPK 2 – 04.00 Uhr

Nachdem Tom den Anruf von Jonna entgegengenommen und die Ergebnisse der MARPOL-Kontrolle verinnerlicht hatte, klärte sich die Sicht auf die verworrene Lage an Bord des Containerschiffs.

Die *Global Endeavour* hatte Giftmüll entsorgt. Annika war dahintergekommen und hatte das falsche Crewmitglied damit konfrontiert! Petar Horwat. Den Chief Engineer. Ihr Engagement hatte sie das Leben gekostet.

Tarik Rasheed war womöglich unfreiwillig Zeuge von etwas geworden und schwebte, seit ihre Leiche gefunden worden war, in höchster Lebensgefahr. Wäre sie auf Nimmerwiedersehen in der Nordsee verschollen und wäre die *Global Endeavour* planmäßig ausgelaufen, hätte niemand die Bilgenwasserverklappung bemerkt. Ebos Tod wäre als Unglücksfall in die Statistik eingegangen. Und niemand hätte ein Tötungsdelikt an der Nautischen Offiziersanwärterin vermutet, die irgendwann von ihren Eltern als vermisst gemeldet worden wäre. Ihr Täter wäre nie zur Rechenschaft gezogen worden, denn wo keine Leiche ist, da gibt es selten ein Verfahren.

Und ausgerechnet Tom hatte die Suche nach Tarik auf dem Containerterminal heruntergespielt und nur mit halber Kraft vorangetrieben. Er hatte die Security-Frau gebeten, die Augen offen zu halten, und den maritimen Einsatzzug hinterhergeschickt. Das war's.

Andererseits wäre vermutlich auch nicht mehr möglich gewesen. Helikopter stiegen bei dem Sturm nicht auf, weitere Kräfte hatte er nicht zur Verfügung gehabt, da das Hochwasser im Hafen jeden Mann forderte.

Von wegen, auf dem Terminal sei Tarik sicher und bräuchte nur das Ende des Sturms abzuwarten. Eine fatale Fehleinschätzung! Der Sturm und das steigende Wasser waren Tariks geringstes Problem. Die größte Bedrohung ging vom Täter aus, der auf dem Weg war, sich des lästigen Zeugen zu entledigen.

Tom hatte fassungslos zugehört, als Jonna ihn am Telefon darüber informierte, dass zwei der Offiziere von Bord verschwunden waren. Was war da los? Er hatte sofort zwei der Katastrophenschutzboote mit Bootsführern zur Anlegestelle hinter das Revier bestellt und Quetsche aufgefordert, das zweite Boot zu besetzen. Sie mussten Tarik finden, bevor Petar Horwat ihnen zuvorkam!

Sie hatten es nicht weit vom WSPK 2 zum Containerterminal, doch die K-Boote waren viel langsamer als die Schlauchboote. Der abgeflachte Bug schob eine Welle vor sich her und hemmte so die Fahrt. Tom kaute nervös auf seiner Lippe. Im Hafen glitzerten trotz des Sturms die Lichter. Die Stromversorgung hielt tapfer durch. Er nahm die Einzelheiten wahr und konnte sich doch nicht daran erfreuen.

Wäre die Familie nur nie an Bord der *Global Endeavour* gekrochen. Das waghalsige Unterfangen, sich als blinde Passagiere an Bord eines Containerschiffs zu schleichen, um aus dem eigenen Land zu flüchten und in Europa ein neues Leben anzufangen, war, seitdem es die Flüchtlingsströme über das Mittelmeer oder die Balkanroute versuchten, stark zurückgegangen. Es war beinahe unmöglich, ungesehen an Bord zu gelangen, und die Gefahr, die Überfahrt nicht zu überleben, war groß. Sie hatten die eine Lebensgefahr gegen eine neue getauscht, denn die Seegrenze über das Mittelmeer zu überwinden, war ebenfalls lebensbedrohlich. Nur gab es mehr organisierte Fluchthelfer, Schleuser und Schlepper, die einem die Überfahrt verkauften. Es war ein Elend ohne Lösung.

Und als wäre das nicht schlimm genug, gab es mit den sogenannten Ausschleichern seit ein paar Jahren ein neues Phänomen. So nannte die Polizei die Menschen, die auf dem Seeweg versuchten, Deutschland zu verlassen, um in das gelobte Land zu kommen. In der Regel Albaner, die sich illegal auf ein Schiff schmuggelten, das sie in die USA, Kanada oder nach England bringen sollte, denn sie hatten keine Chancen auf eine legale Einreise in diese Länder. So warteten sie in Hamburg auf ein Schiff, das ihren Zielort anfuhr, schlichen sich auf das Hafengelände, indem sie Zäune aufschnitten, Türen aufbrachen oder sich in Lkw versteckten, um auf das gesicherte ISPS-Terrain zu kommen.

Vor allem der Containerterminal Altenwerder war mit seiner regelmäßigen Linienanbindung nach Kanada Schwerpunkt der Ausschleicher-Aktivitäten. Die verzweifelten Versuche scheiterten häufig schon im Ansatz, weil sie durch das Terminalpersonal oder von Kameras entdeckt wurden. Wenn es diesen Leuten doch gelang, an Bord eines Schiffs zu kommen, war ihr Schicksal ungewiss.

Tom hatte schon öfter diesen Ausschleichern die Ausreise untersagen müssen. Die Polizei schritt hier ein, weil sie nach deutschem Recht niemanden ausreisen lassen durfte, der nicht die Einreisebestimmungen des Ziellandes erfüllte. Die Albaner wurden angezeigt und nach kurzer Zeit aus dem Gewahrsam wieder entlassen. Die meisten probierten es ein paar Tage oder Wochen später erneut, bis ihre erlaubte Aufenthaltsdauer von neunzig Tagen für Deutschland ablief.

»Macht die Suchscheinwerfer an«, schrie Quetsche in die Nacht. »Wir müssen ihn finden!«

Tom suchte die Kaikante mit den Augen ab und betete, dass Tarik Rasheed sich zeigte, damit sie ihn schützen konnten. Denn wenn nicht, lag sein Schicksal in Gottes Hand.

KAPITEL 41

Containerterminal Tollerort - 04.05 Uhr

Die Dunkelheit erdrückte Tarik, als er sich durch die Gänge zwischen den Gebäudereihen zum Gate des Terminals kämpfte. Die Finsternis war nicht länger seine Verbündete, sondern verriet ihn an seine Angst. Es waren nicht nur die Kopfschmerzen, die seine Widerstandsfähigkeit zersetzten. Er war dehydriert, hungrig, erschöpft, und die Erkenntnis, dass der Mann und sein Komplize von der *Global Endeavour* auf dem Terminal herumliefen, um ihn zu jagen, gab ihm den Rest.

Er hatte gesehen, wie sie suchend an den Leercontainern entlanggelaufen waren. Sie wollten sicher nicht mit ihm über das schlechte Wetter plaudern. Sie wollten ihn töten.

Er hatte eine Gehirnerschütterung, wenn nicht Schlimmeres. Ihm schwindelte, und er schaffte es nicht, sich zu konzentrieren, um einen Fluchtplan zu schmieden. Nur sein Instinkt ließ ihn weiterhumpeln, aber das war schon alles, was er an Energie aufbrachte. Was ihn beunruhigte, war die Wunde am Hinterkopf. Sie blutete stark und hinterließ Tropfen auf dem Asphalt, denen seine Verfolger nur nachgehen mussten, wenn der Regen die Spuren nicht schnell genug fortspülte. Er presste seine Hand auf die Wunde in der Hoffnung, die Blutung zu stoppen.

Das Rauschen des Sturms und der eiskalte Wind vergraulten Tariks letzten positiven Gedanken. Fatalistische Überlegungen und die Ahnung, dass er heute sterben würde, überrollten ihn. Es hatte keinen Zweck mehr wegzulaufen.

Er blieb in einem Gang zwischen zwei Terminalbauten stehen und sah an den stummen Zeugen seines inneren Kampfes empor.

Unmöglich, aufs Dach zu klettern, um sich oben hinzulegen und zu verstecken. Die flachen Gebäude hatten sich genauso gegen ihn verschworen wie die Drogenbande in Ghana oder der Täter von der *Global Endeavour.*

»Du entkommst niemandem mehr«, murmelte er. »Dein Leben neigt sich dem Ende zu.« Er hörte seinen eigenen abgehackten Atem, als hätte man ihm alle Luft aus den Lungen gepresst. Sein Herz raste, und er wusste, dass er nicht mehr lange durchhalten würde, bevor er kollabierte. Sollte er sich auf den Boden legen und sich seinem Schicksal ergeben?

Neben ihm knackte es so laut, dass er erschrocken zur Seite sprang. Schaffte es der Sturm, die schmalen Gebäude zum Einsturz zu bringen? Nein, die Betonkolosse bewegten sich nicht. Tief durchatmen, ermahnte er sich. Beruhige dich. Vielleicht gab es eine andere Erklärung, warum der Mann auf dem Terminal herumlief. Möglicherweise suchte er nicht Tarik, sondern hatte einen Auftrag zu erledigen.

Wenn es nicht so schmerzen würde, hätte er aufgelacht. Wie verzweifelt er sich an Unsinn klammerte! Natürlich hatte der Mann eine Bestimmung. Und zwar, den unliebsamen Zeugen Tarik für immer von der irdischen Anwesenheitsliste zu streichen.

Er schleppte sich weiter bis zum Gate, um einen Blick um die Ecke werfen zu können. Am Ende der Straße musste doch … Ein Blitz zuckte grell am Himmel und erhellte ihn auf unnatürliche Weise, bis die Dunkelheit wieder übernahm. Dann grollte über Tarik ein heftiger Donnerschlag.

In diesem gleißenden Moment sah er sie erneut. Die beiden Männer bewegten sich keine fünfzig Meter entfernt von ihm langsam am Rand der Container entlang. Sie diskutierten miteinander, und der, der die junge Frau die Treppe hinuntergeprügelt hatte und den Tarik im Stillen »Schattenbart« getauft hatte, sah in jeden Gang zwischen den Stahlboxen.

Das war er. Tarik war sich sicher. Das Gesicht hatte sich in den Sekunden am Fuß der Treppe in sein Gedächtnis eingebrannt. Der Mörder hatte Tarik gefunden.

Der Wind schlug ihm die dicken Regentropfen ins Gesicht wie eine Ohrfeige und zerrte an seinem nassen Overall. Die Kälte ließ ihn begreifen, dass die Dunkelheit keinen Schutz mehr bot. Er würde nicht bis zum Tageslicht durchhalten. Wie eine Antwort auf seine Gedanken zerriss das Brüllen des Schattenbarts seine Lethargie.

»*Wait! Wait! Let me help you!*«

Sie hatten ihn entdeckt!

Das Blut rauschte Tarik in den Ohren. Sie wollten ihm helfen? Wie diabolisch!

Er hastete weiter, rang mit Mühe nach Luft, um einen Fuß vor den anderen zu setzen. Der Schmerz wütete in seinem Kopf. Wieder schrie der Mann etwas, das Tarik nicht verstand. Er hörte nur noch sein eigenes Stöhnen. Tief aus seinem Bauch hatten sich Schluchzer emporgearbeitet, die ihn beim Laufen schüttelten. Die Verzweiflung kam zurück und gewann wieder die Oberhand. Sie trieb ihn vorwärts und verdrängte die Resignation.

Hinter der Schranke des Eingangs sah er einen Wagen stehen. Und wenn er es bis zu dem Auto schaffte? Gehörte es der Security-Frau? Wo war sie abgeblieben? Er hinkte zu dem Wagen, wissend, dass die beiden Männer schnell aufholten. Wer wohl Schattenbarts Komplize war? Schaffte er es, das Auto kurzzuschließen, um damit zu flüchten? Er rüttelte an der Tür. Abgeschlossen. Natürlich. Er schlug gegen die Scheibe. Sah sich um, ob irgendwo ein Gegenstand herumlag, den er nutzen konnte, um die Scheibe einzuschlagen. Nichts. Es war nur ein kurzer Traum gewesen.

»*Wait! Don't be afraid! We can help you!*« Diesmal schrie der andere Mann. Sie boten ihm scheinheilig ihre Hilfe an.

Tarik lief weiter. Er drehte sich immer wieder um, als er die Straße entlanghumpelte. Der Abstand zwischen ihm und den Männern verringerte sich stetig. Eine weitere Schranke kam in Sicht. Ein kleiner Bürocontainer mit einem erleuchteten Fenster. Hilfe! Erleichtert schlug Tarik gegen das Glas, sah ins Innere. Ein Schreibtisch, Monitore, ein Schreibtischstuhl. Leer. Niemand da.

Wut wallte in ihm auf. Sie war so stark und mächtig wie der zweite Donnerschlag des Gewitters, der in dieser Sekunde die Luft zum Vibrieren brachte. Die Angst fiel in sich zusammen. Ebo war mutig gewesen, und egal, ob er es an die Küste geschafft hatte oder nicht, er hatte nicht gezögert, es wenigstens zu versuchen. Tarik wollte nicht feige sein. Er musste sich zusammenreißen und entweder einen Fluchtweg finden oder sich dem Kampf mit den Kerlen stellen.

Kämpfen, um zu siegen – oder in Würde zu sterben. Tariks Zorn über die Ungerechtigkeit, die ihm widerfuhr, die Wut darauf, dass ihm sein Leben in Ghana genommen worden war und er an Bord des Schiffs erneut in Lebensgefahr geraten war, setzte eine letzte Kraftreserve frei. Er lief unter der Schranke hindurch und von dem Terminal herunter, die Straße entlang. Vor ihm kam eine Brücke in Sicht. Wohin führte sie? Er lief schneller und versuchte, gleichzeitig zu hören, wie weit die Männer den Abstand schon verringert hatten. Laufen! Nur laufen, nicht denken. Die Geräusche des Sturms und sein eigenes Keuchen waren alles, was er wahrnahm.

Kurz vor der Brücke stieg ein stummer Schrei in ihm auf, als das Wasser die letzte Hoffnung auf Flucht mit sich riss. Die Brücke war überflutet! Das Hochwasser umspülte bereits den äußeren Rand der Terminalmauer und kam die Böschung hoch. Die Brücke war unpassierbar. Der Terminal war von Wasser umschlossen. Niemand kam herauf oder herunter. Die letzte Chance auf ein Entkommen war dahin, und die Realität der Unausweichlichkeit verschmolz mit dem Hochwasser.

Tarik drehte sich um. Die Männer standen wenige Meter hinter ihm. Der Mörder lächelte ihn an. Die Männer verlangsamten ihre Schritte, jetzt, wo er in der Falle saß.

Seine Beine schmerzten. Sein Kopf pochte unerträglich. Sein Atem ging stoßweise.

Der Mann grinste. Freute er sich, dass er seine Beute gestellt hatte?

Tarik zählte in Gedanken bis drei, dann sprang er nach rechts und sofort wieder zurück.

Er hatte es gewusst. Der Mann machte jede Bewegung mit. Dieser Kerl wollte nicht helfen. Er wollte Tarik loswerden.

Aber noch war Tarik nicht tot.

KAPITEL 42

Containerterminal Tollerort – 04.13 Uhr

Tariks Augen suchten die Umgebung nach einer Lösung ab. Aber da war nichts. Er drehte sich um und humpelte voran. Er kam nur vier, fünf Meter weit, dann stolperte er entkräftet über seine eigenen Beine, die nicht mehr mithalten konnten. Er verlor das Gleichgewicht und stürzte schwer auf die Knie. Er reagierte zu spät, um sich mit den Händen abzustützen, und fiel mit dem Gesicht auf den nassen Asphalt. Er blieb einen Moment benommen liegen, denn die erneute Erschütterung ließ den Schmerz im Hinterkopf explodieren. Er hatte es begriffen. Weglaufen war lächerlich.

Schattenbart und sein Kumpel standen keuchend hinter ihm. »*Why are you running away?*«, rief Schattenbart.

Hatte der Kerl Nerven! Fragte er ihn wirklich, warum er vor ihm weglief?

Schattenbart reichte ihm die Hand, als wolle er ihm aufhelfen. Sein Freund stand stumm daneben. Was war seine Rolle in diesem tödlichen Spiel?

Für einen Moment war Tarik irritiert. Irrte er sich? Schattenbart lächelte ihn freundlich an. Männer mit weißer Hautfarbe sahen für ihn alle ähnlich aus, und vielleicht war er am Fuße der Treppe von den Geschehnissen so beeindruckt gewesen, dass er sich täuschte? Hieß es nicht immer, im Katastrophenfall schalte das Gehirn auf einen Notmodus und speichere keine Details mehr … Tat er dem Mann unrecht? Mühsam stützte er sich auf die Hände und kam auf die Knie.

Der Mann zog einen Schraubenzieher aus seinem Overall, hielt ihn mit der rechten Hand fest umklammert und kam einen Schritt auf Tarik zu.

Tarik schrie unwillkürlich auf, als das Adrenalin durch seinen Körper schoss.

Nein, Schattenbart war der Mörder, und sein Komplize, der auf den Schraubenzieher starrte, war nicht viel besser.

Schattenbart sprang mit einem Ausfallschritt auf ihn zu, und mit erstaunlicher Geschwindigkeit stach er den Schraubendreher in Tariks Richtung. Er traf ihn am Arm, weil Tarik sich weggedreht hatte. Tariks Fleisch leistete Widerstand. Das Werkzeug ragte aus seinem Arm.

Tarik versuchte, danach zu greifen, aber Schattenbarts Hände packten ihn. Tarik schrie so laut wie noch nie in seinem Leben. Der plötzlich einsetzende Schmerz war infernalisch, er brach zusammen und fiel beinahe in Ohnmacht.

Schattenbart warf sich auf ihn und fixierte mit der Hand seinen Kopf auf dem nassen Asphalt. Tarik schnappte nach Luft. Sein Körper wehrte sich ein letztes Mal, bäumte sich und zuckte mit den Beinen. Vergeblich. Seine Lungen brannten.

Schattenbarts Kumpel feuerte ihn an, doch Tarik verstand kein Wort, er kannte die Sprache nicht. Es war ihm auch egal. Fühlte sich so Sterben an?

Während die beiden sich ankeiften, nahm Tarik Abschied. Sein Geist löste sich von seinem Körper. Der Schmerz ließ nach und verkümmerte zu einem dumpfen Pochen. Die Qual gehörte nicht mehr zu ihm. Er dachte an Abina, seine geliebte Frau. An Sisii. Er würde seinen Sohn nicht aufwachsen sehen. Hätte er sie doch nie allein gelassen! Er sehnte sich nach einem letzten Blick aus Abinas sanften Augen, ein Kosewort, ein Streicheln, bevor er starb.

Würde sie ihm böse sein, weil er nicht besser gekämpft hatte? Würde sie ihr Herz an einen anderen Mann geben? Sie sollte nur glücklich sein und gut für ihren Sohn sorgen. Ob Sisii sich an ihn erinnern würde? Ob er …

In diesem Moment rollte sich Schattenbart von ihm herunter. Sein Kumpel hatte ihn von Tarik heruntergezerrt. Sie stritten sich lautstark.

Gierig schnappten Tariks Lungen nach Luft. Er hörte ein leises, keuchendes Lachen. Schattenbart lachte höhnisch und redete pausenlos auf seinen Kumpel ein. Was immer die beiden miteinander zu bereden hatten, einig waren sie sich nicht. Doch Tarik konnte den Moment nicht zu seinem Vorteil nutzen. Zu langsam rappelte er sich vom Boden auf und wusste nicht, wie er sich wehren sollte, als Schattenbart bemerkte, dass Tarik aufstand und auf ihn zusprang.

Tariks ohnmächtige Wut brach aus ihm heraus. Das war er Ebo schuldig. Und Abina. Er hatte ihnen das eingebrockt, und jetzt musste er sie irgendwie wieder raushauen. Er knallte Schattenbart seinen Kopf mit voller Wucht auf die Nase. Er hörte das feine Nasenbein und die Nasenscheidewand brechen.

Damit hatte Schattenbart nicht gerechnet. Er stolperte ein paar Schritte rückwärts und fiel hin. Eine Hand an seiner blutenden Nase, stieß er einen höllischen Schrei aus, als der Schmerz um ein paar Sekunden verzögert einsetzte.

Aber Tarik war über den Punkt hinaus, dass ihm Blicke oder Schreie Angst machten. Er wandte sich dem zweiten Mann zu, um ihn ebenfalls anzugreifen. Irgendwie.

KAPITEL 43

Containerterminal Tollerort – 04.18 Uhr

Schattenbarts Komplize hob beide Hände, als wolle er sich ergeben. Tarik wich langsam zurück, ohne den Mann aus den Augen zu lassen. Er gestattete sich nicht, mit der Hand nach seinem verletzten Arm, in dem noch der Schraubenzieher steckte, zu fassen. Er brauchte beide Arme, um im Gleichgewicht zu bleiben. Schattenbart hockte am Boden und hielt sich die Nase. Noch immer schoss das Blut heraus.

Tarik wankte rückwärts Richtung Böschung. Das aufgewühlte Wasser war seine letzte Hoffnung. Die kalten Regentropfen vermischten sich mit den salzigen Tränen seiner Verzweiflung. Er erreichte die Kante der Böschung, spürte beinahe den Sog des Wassers. Er hörte Schreie, aber verstand nicht, was sie sagten oder wer da schrie. Es war ihm auch egal. Er hatte einen Entschluss gefasst.

Er würde das hier nicht überleben. Sicher. Aber er wollte nicht durch Schattenbarts Hand sterben. Hinter ihm lag das Wasser. Kalt und schwarz. Und Tarik konnte nicht schwimmen.

Aber schwimmen zu lernen, konnte nicht schwerer sein, als gegen zwei kräftige Männer zu kämpfen. Es war nur ein Sprung. Er hatte noch einen Arm, mit dem er rudern konnte. Ein Bein, mit dem er strampeln konnte. Heute Nacht würde er schwimmen lernen.

Als er eine Kante unter seinem linken Fuß ertastete, ließ er sich nach hinten fallen. Ins Nichts.

KAPITEL 44

Containerterminal Tollerort - 04.20 Uhr

Die Kälte des Wassers schlug über ihm zusammen, als er rücklings in den Roßkanal an der Köhlbrandbrücke stürzte.

Das dumpfe Platschen hallte in seinen Ohren wider und befeuerte seine Panik, als er sich an die Oberfläche kämpfte. Oh mein Gott, das Wasser war bitterkalt. Er strampelte wie wild mit den Armen und Beinen, wobei es ihm so vorkam, als bewegten sie sich kaum. Verbissen kniff er den Mund zusammen, damit kein Wasser eindrang.

Endlich kam er wieder an die Oberfläche und riss den Mund auf, um entsetzt und gierig nach Luft zu schnappen. Für einen Moment war ihm, als hörte er Schreie. Er ruderte mit den Armen, aber so schnell lernte man es wohl doch nicht zu schwimmen. Das Wasser schlug immer wieder über ihm zusammen.

Sein Overall zog ihn in die Tiefe, als wäre er mit Blei beschwert. Die wenigen Lichter des Containerterminals tanzten vor seinen Augen, wenn er an die Oberfläche kam und ihn Panik erfasste. Das Wasser verschlang ihn. Hielt ihn stärker umklammert, als Schattenbart es vermocht hatte.

Neben ihm sprang jemand ins Wasser. Erneut ein grausamer Schmerz im Arm. Der Mann tauchte neben ihm auf. Drückte Tarik an der Schulter unter Wasser. Tarik schlug mit der freien Hand nach ihm wie ein Kind nach einem Riesen. Dann zerrte ihn eine Hand an seinem Fuß in die dunklen Tiefen.

KAPITEL 45

Köhlbrand - 04.21 Uhr

Quetsche stand im Bug des Bootes und drehte den Scheinwerfer über das Wasser und die Kaimauer.

Tom erwartete nicht, den flüchtenden Tarik so schnell zu finden. Er könnte irgendwo auf dem großen Terminal unterwegs sein, auch wenn sie es zuerst bei den Leercontainern versuchen wollten. Nachdem die Security-Mitarbeiterin sich auf der *Global Endeavour* gemeldet hatte und zu Tom gebracht worden war, hatte er ihrem Bericht fassungslos zugehört. Warum war Tarik vor ihr weggelaufen? War es nicht sein Ziel gewesen, um Asyl zu bitten? Die Frau schilderte, dass er vollkommen panisch vor ihr geflüchtet sei. Sie sei ihm nach, habe ihn aber auf dem Terminal verloren.

Vor einigen Minuten hatte Frau Schröder noch mal angerufen. Sie glaubte, den Afrikaner auf der westlichen Brücke am Gate gesehen zu haben. Wollte er über die Brücke das Terminal verlassen und ahnte noch nicht, dass das Wasser ihm einen Strich durch die Rechnung machen würde?

Die Katastrophenschutzboote waren wegen ihrer siebenhundert Kilogramm zwar lange nicht so schnell wie die leichten Schlauchboote, konnten aber bis zu zehn Personen aufnehmen. Die hässlichen, aber stabilen Boote hatten sich schon während der Flutkatastrophe 2002 in Dresden bewährt. Vor allem waren sie durch ihren Aluminiumrumpf besonders robust, sodass Tom in der Dunkelheit keine Angst haben musste, über Hindernisse zu fahren, die dieser verdammte Sturm ins Wasser gebürstet haben mochte.

Mit Blaulicht fuhren sie von der an der östlichen Pier liegenden *Global Endeavour* den Vorhafen Richtung Norden entlang, um das Terminal zu umrunden. Sie mussten diesen Umweg wählen, weil auch sie im Süden nicht mehr unter der östlichen der beiden Brücken durchgekommen wären.

Nichts zu entdecken. Sie müssten doch den grellorangefarbenen Overall des Afrikaners sehen! Aber ringsherum war nur die Schwärze der Nacht, die der Wind ihnen um die Ohren haute. Und ein Blitz, der sie für eine Sekunde ins Rampenlicht gerückt hatte, gefolgt von einem Donner. Selbst wenn jetzt auch noch ein schweres Gewitter auf sie niederginge, müssten sie das aushalten und mit den widrigen Umständen zurechtkommen. Sie umrundeten die Spitze des Terminals, um auf der westlichen Seite wieder hinunterzufahren, Richtung Leercontainerterminal und Ausgang. Nichts. Weit und breit keine Spur von dem Afrikaner.

Der Regen trommelte auf Toms Jacke, und der Wind peitschte ihm die Tropfen ins Gesicht. Er zog seine Kapuze fester um den Kopf. Er war bis auf die Knochen durchnässt. Im Gegensatz zu Quetsche und den Kollegen hatte er nicht die Zeit gehabt, sich einen Wetteranzug zu besorgen. Sei's drum, diese Nacht war nicht normal, sie war in jeder Hinsicht außergewöhnlich.

Quetsche stand vorn im Bug und bewegte den Suchscheinwerfer über die schwarze Elbe und die Kairänder. Auf dem Terminal mussten sie mit der Security-Frau vorliebnehmen, da alle Brückenzufahrten unter Wasser standen und kein Streifenwagen mehr auf das Gelände kam.

In diesem Moment rumpelte es lautstark, und das Boot schoss in die Höhe, um dann wieder auf das Wasser herunterzukrachen. Quetsche drehte den Scheinwerfer zur Seite. Sie hatten eine Baustellenbake gerammt. Wie die an dieser Stelle ins Wasser geraten war, blieb das Geheimnis der vermaledeiten Wetterlage.

Sie fuhren langsam durch den Köhlbrand, als Tom hinter dem Anleger Neuhof meinte, einen Jammerlaut zu hören. Er war sich nicht sicher, da die Bootsmotoren und der Sturm zu viele Nebengeräusche machten. Der Schrei wiederholte sich nicht.

KAPITEL 46

Köhlbrand - 04.22 Uhr

Tarik wusste nicht mehr, wo oben und unten war. Etwas zog ihn unter das aufgewühlte Wasser, das ihn verschluckte. Etwas stieß gegen seinen Arm, stach Schattenbart schon wieder zu? Tarik versuchte nicht mehr, sich an die Wasseroberfläche zu strampeln. Er kämpfte nicht gegen die Kälte, die sein Innerstes betäubte. Für ihn verschwamm die Grenze zwischen Realität und den Schatten der Sturmnacht. Zwischen Leben und Sterben. Gleich müsste er den Mund öffnen, um zu atmen. Dann würde das Wasser in seine Lungen strömen und er ertrinken. Gib auf, sagte er zu sich. Gib auf, damit du es hinter dir hast. Seine Lungen brannten vor Sauerstoffmangel. Wieder griff eine Hand nach ihm. Er zappelte sich an die Oberfläche.

Öffnete die Augen. Dann geschah alles gleichzeitig.

Er hörte einen Knall. Er schrie in Todesangst. Und noch einen Knall.

KAPITEL 47

Köhlbrand - 04.22 Uhr

»Habt ihr das auch gehört?«, schrie Tom Quetsche in dem zweiten Boot und dem Kollegen am Ruder seines Bootes zu. »War das nicht eine Stimme? Ein Schrei?«

Quetsche richtete den Scheinwerfer weiter nach backbord aus, um den Anleger abzuleuchten. »Jo!«, bestätigte er.

Es war keine Menschenseele zu entdecken.

Der Bootsführer drosselte das Tempo. Das zweite Boot fuhr schräg voraus und leuchtete nach steuerbord. Sie lauschten, ob der Ruf sich wiederholte. Direkt voraus wuchs die Silhouette der hohen und beleuchteten Köhlbrandbrücke bedrohlich in den Himmel. Sie warf gelbe Lichtreflexe auf das Wasser unter ihr.

Tom lauschte angestrengt in die Nacht. Er saß auf einer Blechkiste und hielt sich mit klammen Händen an einer Halterung fest. Einen richtigen Sitz hatte nur der Bootsführer der WS *84*, der restliche Teil des 4,70 Meter langen Bootes war offen und leer, damit im Notfall so viele Menschen wie möglich evakuiert werden konnten. Für diese Blechschüssel war Bequemlichkeit ein Fremdwort. Er rief dem Bootsführer zu, dass er dichter an die immer unwegsamer werdende Uferböschung heranfahren möge.

»Tom, man sieht nix. Hier ist alles voll Treibgut und losen Baumteilen. Da will ich nicht gegenfahren.«

»Mach schon, das ist keine Vergnügungsfahrt.«

Bedenkenträger, dachte Tom. Er merkte, dass die Ereignisse der letzten beinahe vierundzwanzig Stunden an ihm nagten. Er war übermüdet, überreizt und ungerecht. Aber konnte irgendjemand von ihm verlangen, dass er in dieser Lage tolerant und gelassen reagierte? Scheiße, er musste den Ghanaer lebend vom Terminal runterholen, es waren schon genug Menschen gestorben. War das so schwer zu verstehen?

»Viel weiter kommen wir nicht! Wir passen nicht unter der Roßkanalbrücke durch! Die ist überflutet!«

Selbst wenn die K-Boote über kleinere Hindernisse hinwegkacheln konnten, ohne größeren Schaden zu nehmen – eine Brücke wäre dann doch eine Nummer zu heftig. Tom sah ein, dass kurz hinter dem Anleger Neuhof Endstation war. Sie würden nicht zum südlichen Teil des Terminals gelangen. Selbst wenn sie den ganzen Weg zurückführen, um das Terminal im Norden und Osten zu umrunden, wäre an der südöstlichen Hachmannbrücke erneut Endstation. Sollte sich der Ghanaer im südlichen Teil aufhalten, bekämen sie ihn nicht zu Gesicht. Aussichtslos. Aber wo war der Schrei hergekommen? Oder hatte Toms überreiztes Gehirn ihm einen Streich gespielt?

Plötzlich entdeckte er ein kreisendes Licht nur ein paar Meter vor ihnen auf der Terminalzufahrt. »Da! Seht ihr?« Er zeigte mit dem Arm voraus. Sein Bootsführer korrigierte den Kurs, und sie fuhren direkt auf das Licht zu.

Tatsächlich, dort schwenkte jemand eine Lampe. Vermutlich eine Handleuchte. Sekunden später leuchtete der Schein der Taschenlampe eine Person an. Die Security-Frau hielt sie auf sich selbst gerichtet! Clever! Tom erkannte ihre Uniform sofort, und die Frau wies ihnen den Weg. Direkt vor ihnen hatte sie etwas gefunden.

In dem zweiten Boot leuchtete Quetsche das Wasser ab und schrie plötzlich auf. Tom sprang auf und sah es sofort. Vor ihnen im Wasser ragten zwei Köpfe aus dem Dunkel. Tom stutzte, als auch der Suchscheinwerfer des zweiten Bootes die beiden voll erfasste und in helles Licht tauchte. Die Männer kämpften miteinander. Ein Messer oder etwas Ähnliches blitzte in der Hand des einen Mannes auf.

»Polizei!«, schrie Tom, so laut er konnte. »Polizei! Auseinander!«

Ein Mann drückte den anderen unter Wasser. Einer trug etwas Orangefarbenes – attackiert von Annikas Mörder.

Und mehr noch, Tom erkannte, dass der Täter auf den anderen mit einem metallischen Gegenstand einstach. Ein tierischer Schmerzensschrei erfüllte die Nacht.

»Halte voll drauf«, schrie Tom Quetsche zu, der vorn am Bug des zweiten Bootes die beste Sicht hatte.

»Polizei! Auseinander!«, brüllte Quetsche.

Der Schein des Blaulichts erhellte die Schwärze der Nacht, als Tom den Vermissten untergehen sah. Am Ufer schrie die Security-Frau ihnen etwas zu, das Tom nicht verstand.

Er griff nach seiner Koppel mit der Waffe. »Ich spring …«

In diesem Moment fiel ein Schuss.

Sein Bootsführer verriss vor Schreck den Schaltknüppel, denn das Boot stoppte abrupt. Tom stürzte auf die Seite des Bootes. Ein zweiter Schuss krachte durch die Nacht. Wer hatte geschossen? Quetsche? Was hatte er gesehen? Toms Ohren klingelten von dem ohrenbetäubenden Knall. »Scheiße!«, brüllte er und rappelte sich auf.

Vom anderen Boot schrien die Kollegen, dass sie weiter nach steuerbord müssten. Hektisch schwenkte der Suchscheinwerfer über das Wasser. Quetsche hielt in der rechten Hand seine Dienstwaffe. Verdammt, Quetsche hatte zwei Schüsse abgegeben! Die beiden Männer, die vor einer Sekunde noch gekämpft hatten, waren verschwunden. Menschenleer lag die Wasseroberfläche vor ihnen.

Einen Moment später blendete Tom alle Geräusche aus. Ihm stellten sich die Nackenhaare auf, als er realisierte, dass auch die Security-Frau nichts mehr rief. Er sah hoch.

Dort, wo sie eben noch gestanden hatte, war gähnende Leere.

KAPITEL 48

Köhlbrand - 04.23 Uhr

Tarik fühlte erneut die Hand an seinem Arm. Er schüttelte sie ab. Was war das für ein Knall gewesen? Wo kam er her? Der Kerl zerrte weiter an seinem Arm. Tarik ließ es geschehen und wartete auf den Schmerz des erneuten Stichs mit dem Schraubenzieher. Ihm war, als hörte er eine Stimme. Ein Körper schwamm neben ihm, und Hände zogen ihn an die Oberfläche. Er versuchte, sich mit letzten Kräften zu wehren. Aber da waren keine Reserven mehr. Sein Kopf durchbrach die Wasseroberfläche.

»*Take it!*«

Ohne sein Zutun öffnete sich sein Mund und sog gierig die kühle Luft ein. Sauerstoff. Endlich Sauerstoff!

»*Take it!*«

Er hustete, spuckte, schlug nach den Händen.

»Halten Sie sich fest! Nehmen Sie den Rettungsring!«

Eine Frau schrie ihn an, aber er verstand sie nicht. Wo kam die Frau her?

Er konnte ihr nicht antworten. Seine Stimme war in der Kälte eingefroren, und er war so müde, dass er es kaum schaffte zu atmen. War das die Security-Frau? Wollte sie ihm helfen?

Wo war Schattenbart?

KAPITEL 49

Köhlbrand - 04.26 Uhr

Der Hafenwind peitschte ihm ins Gesicht, und plötzlich nahm er wieder Geräusche wahr. Hektische Stimmen. Schreie. Bootsmotoren. Gerüche. Benzin. Das gleißende Licht. Weißes und blaues Licht. Auf ihn gerichtet. Auf ihn und … die Security-Frau, die seinen Kopf über Wasser hielt, während er sich an den Rettungsring klammerte.

»Help!«, krächzte er.

»Keep calm, we are going to help you!«

Ein Boot tauchte neben ihm auf.

»Help!« Endlich gehorchte seine Stimme, und er schrie um Hilfe. Hörte nicht mehr auf, das einzige Wort zu rufen, das ihm einfiel. *»Help!«*

Ein Mann streckte ihm seine Hand entgegen. Er antwortete mit *»Help!«*. Trotz des infernalischen Schmerzes schrie er immer weiter. *»Help!«*

Sein Herz raste, er keuchte, hustete, spuckte. *»Help, he wants to kill me!«*

KAPITEL 50

Köhlbrand - 04.29 Uhr

Sucht ihn!«, schrie Quetsche. »Er ist da vorne untergegangen! Ich muss ihn getroffen haben!«

Tom streckte eine Hand nach dem Mann aus, der sich an den Rettungsring klammerte und dessen Kopf von der Security-Frau mit letzter Kraft über Wasser gehalten wurde.

Der Mann schrie um Hilfe und realisierte offensichtlich nicht, dass diese Hilfe bereits eingetroffen war. Gott sei Dank griff er wenigstens nach Toms Hand, und gemeinsam mit dem Bootsführer zog er ihn mühsam an der Bordwand hoch, bis Tom ein Bein packte und sie ihn ins Boot hieven konnten. Derb schlug der Mann auf dem Bootsboden auf.

Tom sah sofort, dass er schwer verletzt war. Er blutete. Tom riskierte einen weiteren Seitenblick zu dem zweiten Boot, bevor er der Frau die Hand ins Wasser streckte. In Quetsches Gesicht war keine Regung zu erkennen. Die Waffe steckte wieder im Holster.

Quetsche hatte geschossen. Zweimal. Hatte er den Afrikaner getroffen?

Die Frau schaffte es mit Toms Hilfe, sich an der Bordwand hochzuziehen und ins Boot zu plumpsen. Sie pumpte nach Luft und zitterte wie ein nasses Blatt, das sich an einen kahlen Ast klammerte. Kein Wunder, bei diesen Temperaturen und dem Schock. Er drückte ihr die Schulter, bis sie zu ihm aufsah. »Danke!«, murmelte er. »Das haben Sie gut gemacht!«

»Haben Sie … haben Sie … geschossen?«

In diesem Moment erscholl ein Schrei von der Pier. Tom riss den Kopf hoch, konnte aber wenig erkennen. Er sprang vor zum

Scheinwerfer und schwenkte ihn auf die Böschung. Dort, wo vor einigen Minuten die Security-Frau gestanden hatte, bevor sie ins Wasser gesprungen war, stand der Erste Offizier der *Global Endeavour* und zeigte mit ausgestrecktem Arm auf das Wasser. Was hatte Alexander Babić entdeckt?

Tom richtete den Suchscheinwerfer in die Richtung, in die er zeigte. Das andere Boot hielt ebenfalls darauf zu. Damit versperrten sie Tom die Sicht, aber offenbar hatten sie den zweiten Mann gefunden, denn die Kollegen streckten ihre Arme ins Wasser.

Tom richtete das Licht wieder auf Babić. »*Do not move! We pick you up!*«

Der Mann ließ nicht erkennen, ob er Tom verstanden hatte, er starrte geschockt auf die Kollegen in dem anderen Boot. Die zogen seinen Freund, Petar Horwat, an Bord.

»*Is he okay?*«, schrie Babić in deren Richtung. »*Is he all right?*«

Niemand antwortete.

»Fahr dichter ran«, wies Tom den Bootsführer an, der mit hektischen Blicken versuchte, die Lage zu erfassen. Einen Moment später trieben die beiden Boote längsseits nebeneinander.

»Ist er getroffen?«, rief Tom in Richtung des anderen Bootes. Er sah einen Mann auf dem Schiffsboden liegen.

»Blutet massiv aus einer Schusswunde am Hals«, antwortete ein Kollege. »Leblos!«

»Atmet er noch?«

»Kann ich nicht feststellen!«

»Scheiße! Zum Anleger … Neuhof! Nein, wartet, da kommt der Rettungswagen nicht mehr hin.« Tom dachte fieberhaft nach. Er sah zu Quetsche hinüber, der hilflos zusah, wie die Kollegen sich um den Verletzten kümmerten. »Waltershof. Anleger Waltershof! Sofort!«

Er griff nach seinem Funkgerät. »Michel für Elbe 83!«

Stille.

Falscher Kanal. Scheiße. Tom drehte am Gerät einen neuen Kanal ein, da er noch auf dem Hochwasserkanal funkte. »Michel! Bitte kommen!«

Nichts.

»Michel! Michel! Kommen!« Nichts.

»Michel! Kommen! Kennwort: Poseidon! Poseidon!«

Stille.

»Hier Michel: Funkdisziplin! Alle Schweigen! Vorranggespräch für Elbe 83!«

»Schussabgabe durch Kollegen!«

»Michel hört! Sprechen Sie, Elbe 83.«

Tom atmete einmal tief ein, bevor er seine Meldung abgab: »Wir haben Vermissten gefunden. Täter gestellt. Zwei Schwerverletzte, eine unterkühlte Person. Brauchen Notarzt und Rettungswagen zum Anleger Waltershof.«

»Geht sofort raus! Wird SEK benötigt?«

Tom ließ das Funkgerät sinken. Die angebotene Hilfe kam zu spät. Er holte tief Luft. »Lage beruhigt. Anfahrt über A 7, Altenwerder Damm. Alle anderen Zufahrten sind überflutet! Zwei Streifenwagen zum Anleger Waltershof.«

»Verstanden!«

Tom ließ das Funkgerät sinken. Es war alles so rasend schnell gegangen. Hatten sie das Richtige getan?

KAPITEL 51

Anleger Waltershof - 04.39 Uhr

So schonend wie möglich hoben sie Tarik zu dritt aus dem Boot auf den Anleger. Er stöhnte vor Schmerzen, rief aber nicht mehr um Hilfe. Hatte er verstanden, dass er in Sicherheit war? Seine Brust hob und senkte sich mit dem zögernden Rhythmus eines Uhrwerks, das jeden Moment stillzustehen drohte, sich aber mit letzter Kraft gegen das Unvermeidliche stemmte.

Sie hatten ihn noch nicht ganz auf dem Boden abgelegt, da kam Quetsche auf sie zugerannt.

»Was ist?«, rief er Tom von Weitem zu. »Lebt er?«

»Ja! Und der andere?«, antwortete Tom. Er schaute sich nach dem zweiten Boot um, doch die Kollegen ließen den Schwerverletzten auf dem K-Boot liegen und wagten nicht, ihn anzuheben.

Wo blieb der Notarzt?

Tom kniete neben Tarik auf dem nassen Betonboden. Die Scheinwerfer der K-Boote strahlten ziellos aufs Wasser und ließen die beiden Verwundeten im Dunkeln liegen. Anspannung flirrte lähmend durch die Luft. Nach den Schüssen warteten alle darauf, dass das Leben hier seinen letzten Kampf kämpfte und es sich entscheiden würde, wer diese Begegnung überlebte.

Tom sah zu Quetsche hinüber, der vor dem Boot auf und ab lief und seinen Kopf nicht davon abwandte, trotzdem wirkte er dabei abwesend. Tom sah die Kollegen keine Herzdruckmassage durchführen, was entweder hieß, dass der Mann bereits tot war oder selbstständig atmete.

»Hey!«, schrie er in deren Richtung. »Wie sieht's aus?«

Ein Kollege nickte zu Quetsche und schüttelte dann den Kopf.

Hieß das, der Mann war tot, oder hieß das, dass er in Gegenwart von Quetsche nichts sagen wollte? Tom musste sich selbst überzeugen.

Er ließ die Hand von der Schulter des Ghanaers sinken und wollte sich gerade aufrichten, als die Security-Frau zu ihm kam. Sie war selbstständig aus dem Boot auf den Anleger geklettert, wirkte aber zittrig und verstört. »Kann ich … kann ich helfen?«, fragte sie.

Ihre Zähne schlugen vor Kälte gegeneinander, und er fluchte, dass er keine Rettungsdecke hatte, in die er sie einwickeln konnte. Auch sie musste auf Hilfe warten. Es konnte sich nur noch um Minuten handeln, bis die Streifenwagen eintrafen und ein wenig Wärme für sie bereithielten. Er kam nicht dazu, ihr zu antworten, weil in diesem Moment der Afrikaner Toms Hand umschloss. Sein Griff war unerwartet fest.

»My wife? My son?« Er schlug die Augen auf.

»Your familiy is safe!« Tom nutzte die Gelegenheit und fragte gleich weiter, was um Himmels willen passiert sei.

»Er wollte mich töten«, presste der Ghanaer hervor, »… wir haben gesehen … auf dem Schiff … er hat die Frau getötet …« Seine Stimme brach.

Tom drückte ihm sanft die Hand. »Alles wird gut«, sagte er. »Sie sind in Sicherheit.« Er wandte sich an die Frau. »Ich bin gleich wieder da.«

»Haben Sie geschossen? Ich hab einen Knall gehört?«

Tom nickte, aber brachte kein Wort heraus. Auch er zitterte vor Kälte. Und vor Adrenalin. Ja, Quetsche hatte seine Waffe benutzt. Er hatte gesehen, wie der Mann auf den Afrikaner eingestochen hatte. Womit auch immer. Er stand auf und lief mit steifen Gelenken zu dem zweiten K-Boot. Er leuchtete dem Täter mit der Taschenlampe direkt ins Gesicht.

Der Chief Engineer der *Global Endeavour*. Petar Horwat. Er

lebte und hatte die Augen aufgeschlagen. Er sah in den Himmel, als suche er dort in der Dunkelheit eine Antwort oder vielleicht Erlösung. Die Minuten verstrichen, und Horwats Atem wurde flacher. Es kam keine Antwort, nur das Heulen der Sirenen wurde immer lauter, und schließlich verstummten seine Atemzüge ganz.

Tom senkte den Kopf. Dann drehte er sich um, sah die Blaulichter die Zufahrt herunterrasen. Mehrere Rettungswagen und Streifenwagen. Die Kavallerie rückte an. Für Petar Horwat kamen sie zu spät.

Quetsche durchbohrte ihn mit seinem Blick. Tom schüttelte den Kopf. Quetsche wandte sich ab und ging zu Tarik und der Security-Frau.

»Warte …«, Tom lief hinter ihm her. »Warte!«

Quetsche würdigte ihn keines Blickes, kniete sich nur neben Tarik und fühlte am Hals nach dessen Puls.

»Er ist bewusstlos«, sagte die Security-Frau, »aber die Atmung ist stabil.« Sie sah Quetsche aus mitleidigen Augen an.

Tom nahm ihren Arm. »Kommen Sie, Sie müssen ins Warme. Wir haben mehrere Rettungswagen bestellt.«

»Wie bekommen Sie den Mann vom Terminal runter? Er macht mir Angst.«

Tom durchfuhr ein kalter Schauer, als er die Panik in der Stimme der Frau wahrnahm.

»Angst?«, flüsterte Tom und drückte den Arm der Frau so fest, dass sie zusammenzuckte. »Warum macht er Ihnen Angst?«

Quetsches Kopf ruckte hoch.

»Da!«, sagte sie und zeigte mit dem Finger auf die gegenüberliegende Böschung. »*Er* hat zugestochen.«

»Wovon reden Sie?«, krächzte Quetsche.

»Ich hab's genau gesehen. Der Mann hat den Afrikaner angegriffen. Er steht noch da oben.«

»Das kann nicht sein«, flüsterte Tom.

KAPITEL 52

Containerterminal Tollerort – 04.50 Uhr

Babić kauerte noch immer an der Stelle, an der Petar ins Wasser gesprungen war, als ein Boot der Wasserschutzpolizei sich näherte, um ihn abzuholen. Er hatte die Beine angezogen und seine Arme darum geschlungen, um sich selbst zu halten. Die Blutung seiner Nase war von allein zum Stillstand gekommen. Doch das galt nicht für den Schmerz.

Petars Sprung ins Wasser, die Schüsse der Polizei auf seinen Freund – sie hatten ihn getroffen wie ein Blitz aus heiterem Himmel. Er saß da, geblendet und betäubt, unfähig, sich vor dem Donner zu verstecken, der sein Innerstes erschütterte.

Die Dunkelheit wurde durchbrochen von den flackernden Blaulichtern, die sich auf der unruhigen Oberfläche des Wassers spiegelten.

Seine Gedanken wirbelten durcheinander, sein Atem ging stoßweise, und er versuchte, die Realität zu begreifen, die sich so brutal vor ihm abgespielt hatte. Petar. Sein bester Freund. Sein Bruder im Geiste. Tot. Erschossen von der Polizei. Babić hörte die Schüsse noch in seinen Ohren klingeln, schrill und endgültig. Bilder jagten in rasender Geschwindigkeit hinter seinen geschlossenen Augen. Der Kampf. Wie sie sich angeschrien hatten. Der Afrikaner, der ins Wasser gesprungen war, und Petar, ohne zu zögern, hinterher.

Warum hatte er das getan? Die Frage brannte in Babić' Gedanken. Er wusste, dass er keine Antwort mehr von seinem Freund bekommen würde. Petar und er hatten über alles geredet, ihre Träume und Ängste geteilt.

Babić erinnerte sich an den Ausdruck in Petars Augen, nachdem der Afrikaner ihm seinen Kopf ins Gesicht gerammt hatte. Petar war erschrocken zurückgewichen.

Die Kälte der Nacht drang durch Babić' Kleidung. Aber sie war nichts im Vergleich zu der Kälte, die sein Innerstes erfüllte. Der Verlust, das Unverständnis, das Warum, seine eigene Gewalt – all das umklammerte sein Herz. Er hatte seinen Freund in seinen letzten Momenten gesehen, ein Bild, das sich unauslöschlich in sein Gedächtnis brannte. Petar, wie er Babić angesehen hatte. Wie er sich entschieden hatte.

Wie sollte er das Lucija erklären? Wie sollte er Petars Ehefrau sagen, dass ihr Mann tot war? Und dass Petar tot war, hatte Babić verstanden, als er im flackernden Schein der Blaulichter ohne weitere Maßnahmen der Ärzte in den Krankenwagen geschoben worden war.

Babić senkte den Kopf auf die Knie, wünschte sich, er könnte die Zeit zurückdrehen. Hätte er Petar nur davon abgehalten, ins Wasser zu springen. Hätte er es nur selbst getan! Aber die Realität war unerbittlich und ließ sich nicht ungeschehen machen. Babić hatte versagt. Er hatte ihrer aller Leben zerstört.

KAPITEL 53

WSPK 2 - 05.40 Uhr

Tom hatte heiß geduscht, sich umgezogen und sah nun durch die Plexiglasscheibe in den sicheren Raum des WSPK 2. Dort saß der Erste Offizier der *Global Endeavour,* nachdem der Einsatzzug ihn vom Terminal mit dem Boot hierhergebracht hatte und seine Nasenblutung ärztlich versorgt worden war. In diesem Raum hatte er keine Möglichkeit, sich zu verletzen, da hier nur eine fest im Boden verankerte Bank stand.

Jonna und Daan Van der Waal waren im WSPK 2 eingetroffen, und Tom versuchte, den Überblick über die eskalierte Lage zu behalten.

Tarik war auf dem Weg ins Krankenhaus St. Georg, und die Leiche von Petar Horwat hatten sie direkt ins rechtsmedizinische Institut gebracht.

Tom suchte einen geeigneten Moment, um in Ruhe mit Quetsche zu reden. Der hatte kein Wort mehr gesprochen, nachdem die Security-Frau Babić als denjenigen identifiziert hatte, der auf dem Terminal auf Tarik eingestochen hatte. Sie hatten es nicht glauben können.

Es blieb in diesen ersten Chaosmomenten nach dem Tod von Petar Horwat unklar, ob dieser ebenfalls auf Tarik eingestochen hatte. Er hatte etwas in der Hand gehalten, gefunden hatten sie jedoch nichts. Das Dezernat für interne Ermittlungen würde sicher nach der Tatwaffe im Kanal tauchen lassen. Das Dezernat der Innenbehörde, kurz DIE genannt, war bereits informiert worden.

Tom war sich sicher, eine spitze Waffe gesehen zu haben, und Horwat hatte den Afrikaner unter Wasser gedrückt. Tom hatte nicht mit Quetsche darüber gesprochen, damit seine Zeugenaussage unbeeinflusst und damit hoffentlich umso gewichtiger blieb.

Quetsches Waffe hatte Tom in seinem eigenen Waffenschließfach deponiert, um niemandem Zugang zur Waffe zu ermöglichen. Sie würde von der DIE untersucht werden. Bis dahin war alles Routine, aber als betroffener Polizist plötzlich Gegenstand einer internen Ermittlung zu sein, ging an niemandem spurlos vorbei.

Tom hatte Hirschfeld gebeten, unauffällig in Quetsches Nähe zu bleiben und ihn zu beobachten. Sollte es ihm schlechter gehen, würde Hirschfeld Tom alarmieren, und der würde ihn von hier wegschaffen.

Alexander Babić sah das erste Mal vom Boden hoch und begegnete Toms Blick. Von seinem bisherigen sicheren Auftreten war nicht mehr viel übrig. Tom sah nur einen müden und verschlossenen Mann vor sich. Er wandte sich ab.

Was hatten die Seeleute der *Global Endeavour* angerichtet? Ein blinder Passagier, der auf der Flucht vor ihnen in der Elbe ertrunken war. Der zweite blinde Passagier, der in Todesangst auf das Terminal geflüchtet war, dort angegriffen wurde und um sein Leben kämpfte. Die Mutter mit ihrem Kind im Kettenkasten des Ankers und ein Schleuser an Bord des Frachters. Und nicht zu vergessen die Nautische Offiziersanwärterin Annika Mittermaier, die vermutlich die Umweltschweinerei von Petar Horwat hatte aufdecken wollen und das mit ihrem Leben bezahlt hatte. Hoffentlich würden Jonna und Daan jedes schmutzige Detail ans Tageslicht bringen.

Tom ahnte, unter welchem Druck die beiden jetzt standen. Sie durften keine Fehler machen. Jonna hatte ihn gebeten, Frau Schröder, die Security-Frau, eventuell für eine Gegenüberstellung aus dem Krankenhaus abzuholen. Er würde nicht selbst fahren, aber hatte schon zwei Kollegen instruiert. Auf ein Zeichen von

Jonna fuhren sie los. Er schleppte sich den Flur Richtung Wachtresen hinunter.

»Tom, da bist du ja. Endlich! Ich hab dich überall gesucht!«, rief der WH.

Tom durchzuckte ein Schmerz, den er nicht lokalisieren konnte. Die ernste Stimme des Kollegen entfachte pure Panik in ihm.

»Sorry, hier geht es drunter und drüber. Lisa geht es gut! Sie …«

Tom hörte den Rest des Satzes nicht mehr. Ihm sackten die Beine weg. Hatte er richtig gehört? »Lisa geht es gut?«, echote er.

Der Wachhabende kam hinter dem Tresen hervor und nahm seinen Arm. »Hey, du bist ja ganz blass. Fall mir hier bloß nicht in Ohnmacht, das mag ich überhaupt nicht.« Er kniff Tom schmerzhaft in den Arm, bis der ihn ruckartig wegzog. Der Kollege schob sich seine Brille höher auf die Nase. »Das hätte ich dir wohl schonender beibringen müssen. Also Charlotte hat angerufen, dass sie Lisa im Garten gefunden hat. Lisa hat einen Ast auf den Kopf bekommen, und Charlotte hat sie ins St. Georg Krankenhaus gebracht. Die Notaufnahme in Bergedorf ist voll.« Er zögerte. »Vielleicht rufst du sie zurück?«

Tom holte tief Luft. Manchmal war der Kollege eine Torfnase. Egal, das Wichtigste war, dass Lisa lebte, jetzt musste er nur noch herausfinden, wie es ihr ging.

Er angelte nach seinem Handy. Weder Charlotte noch Lisa nahmen ab. Vielleicht kein Wunder, denn Lisa würde ihr Handy kaum bei sich haben und Charlotte … es musste nichts Schlimmes bedeuten.

Er sandte Charlotte eine WhatsApp-Nachricht, dass er dringend wissen müsse, was mit Lisa sei. Mit drei Ausrufezeichen. Und, dass er sich bedanke. Mit vier Ausrufezeichen und einem Emoji, das dankend die Hände erhob.

Dann drehte er sich zu dem Wachhabenden um, der sich wieder hinter den Tresen in Sicherheit gebracht hatte. Mit schuldbewusster Miene versuchte der ein Lächeln. Tom bat ihn, Kontakt zur *Global Endeavour* aufzunehmen. Der WH nickte erleichtert.

Kapitän Fischer musste aufgeklärt werden, dass seine beiden wichtigsten Offiziere auf dem Terminal in einen Schusswechsel geraten waren. Er würde einen Kollegen der neuen Schicht zu dem Containerschiff schicken, um Fischer vom Tod seines Chief Engineers zu berichten. Er hatte keine Kraft mehr.

In diesem Moment kamen Jonna und Van der Waal um die Ecke. Auch ihnen sah Tom an, dass die Nacht lang gewesen war. Jonna, deren Energie normalerweise jeden Raum erhellte, wirkte tief erschöpft. Ihr Blazer über dem Rollkragenpullover war so zerknittert, als hätte sie eine physische Auseinandersetzung mit der Dunkelheit höchstpersönlich gehabt. Ihr Gesicht war von der Anspannung und Sorge gezeichnet. In ihren Augen stand ein müder Glanz, der erst verschwand, als sie ihn nach Quetsche fragte. Wie es ihm ginge? Ob jemand bei ihm sei?

»Er will im Revier bleiben«, antwortete Tom, »bis wir Entwarnung wegen des Hochwassers geben. Er sagt, er sei okay und wolle sich gleich an seinen Bericht setzen.« Tom zuckte ratlos mit den Schultern. Er wusste doch auch nicht, ob das genau das Richtige für Quetsche war oder ob er ihn davon abhalten sollte. »Ich lasse ihn in Ruhe. Er hasst Mitleid.«

Jonna nickte. Sie verstand.

Jeder hatte seine eigene Reaktion auf eine Schussabgabe. Selbst wenn der Schuss die einzige richtige Entscheidung gewesen sein sollte, war ein Mensch gestorben.

Trotz ihrer Erschöpfung hatte Tom das Gefühl, dass ein untrennbares Band der Nähe zwischen ihnen allen spürbar war. Sie teilten nicht nur den Druck der vergangenen Stunden, die Last der Schüsse, sondern auch den Willen, weiterzumachen, bis die

Taten aufgeklärt und das Unwetter da draußen überstanden war. Tom wies mit dem Arm auf ein freies Büro direkt gegenüber des sicheren Raumes. »Darf ich ein paar Minuten zuhören?«

Van der Waal legte ihm seine Hand auf die Schulter. »Normalerweise gerne, du gehörst dazu. Aber diesmal geht das nicht. Du bist ein Zeuge!«

Tom nickte, natürlich, warum hatte er überhaupt gefragt?

Daan drückte kurz zu und schickte noch eine Frage hinterher. »Wir haben endlich den Entsperrcode für das Handy von Annika Mittermaier bekommen, aber der Akku ist leer. Habt ihr Handykabel?«

»Klar. Vorn am Tresen in allen Ausführungen. Wer hat euch den Tipp gegeben?«

»Bingham, der verliebte Zweite Offizier. Er hat immer wieder angerufen, um ihre Stimme auf dem Anrufbeantworter zu hören. Kannst du dir das vorstellen?«

Tom nickte spontan. Doch, das glaubte er sofort. Warum auch nicht. Er sehnte sich auch nach Lisas Stimme. Bald. Jetzt sorgte er erst mal dafür, dass die Afrikanerin mit ihrem Sohn ins St. Georg Krankenhaus gebracht wurde. Dorthin, wo auch Charlotte und Lisa waren.

KAPITEL 54

WSPK 2 – 05.43 Uhr

Das Büro war klein, und erst nachdem sie einen Schreibtisch beiseitegeschoben hatten, ließen sich genügend Stühle um einen Tisch gruppieren. Ein Wasserschutzkollege stand als Wache vor der Tür.

Jonna schlug ihr DIN-A4-Notizheft auf, als der Wachhabende Alexander Babić hereinführte. Er trug keine Handfesseln. Jonna bot ihm in neutralem Ton einen Stuhl an und fragte, ob er etwas zu trinken haben wolle.

Babić verneinte näselnd. Seine blutunterlaufenen Augen sahen furchterregend aus.

Sie stellte sich und Daan Van der Waal noch einmal offiziell vor und fragte ihn, ob er ärztlich behandelt worden sei.

»Die Nase ist gebrochen, aber eine Operation ist nicht nötig.«

»Haben Sie Schmerzmedikamente bekommen?«

»Nicht genommen.«

»Möchten Sie einen Dolmetscher, der unsere Fragen ins Kroatische übersetzt?«

Babić lehnte auch das ab. Er spreche jeden Tag Englisch, und das sei kein Problem für ihn.

»Für das Protokoll nennen Sie bitte Ihren vollständigen Namen und Geburtsort sowie Ihren Familienstand. Wir zeichnen das Gespräch auf.« Sie hielt ihm sichtbar das Handy hin.

Er nickte und machte die erforderlichen Angaben.

»Ist Ihre Frau über die Ereignisse informiert? Haben Sie mit ihr gesprochen?«

»Nein, ich habe keine Ahnung, wie ich ihr das alles erklären soll. Wie soll ich ihr schildern, wie Petar gestorben ist? Von der Polizei erschossen! Das glaubt sie mir niemals.« Er blickte kurz auf. »Wir haben den Mann retten wollen, und er springt ins Wasser … jetzt sind beide tot.« Ungläubig schüttelte er den Kopf.

Jonna atmete tief ein. War das seine Strategie? So tun, als hätten sie Tarik helfen wollen? Sie würde noch ein bisschen abwarten, welche Richtung er einschlug. Sie hatte jetzt einen Trumpf in der Hand, denn Babić ging irrtümlicherweise davon aus, dass Tarik Rasheed ebenfalls tot war. Der kämpfte im Krankenhaus noch um sein Leben, und wenn sie ein bisschen Glück hatten, konnte er den Mörder von Annika Mittermaier identifizieren.

»Wir werden dafür sorgen, dass Frau Horwat die Todesnachricht ihres Mannes überbracht wird.« Jonna breitete ihre Papiere auf dem Tisch aus, um Zeit zu gewinnen. Sollte Babić sich ruhig in Sicherheit wiegen. Das gab Charlotte die Gelegenheit, mit Tarik Rasheed zu sprechen. Hoffentlich kam bald die erlösende Identifizierung des Mörders von Annika Mittermaier. Wer war es? »Was sind Ihre Aufgaben auf der *Global Endeavour?*«

Babić leckte sich die Lippen und leierte ohne jegliche Betonung in der Stimme seine Aufgaben als Erster Offizier herunter. Nichts, was Daan nicht schon recherchiert hätte, aber Jonna wollte den Mann zum Reden animieren. Er sollte sich wohlfühlen, viel sprechen und dabei helfen, die Wahrheit ans Licht zu bringen.

Von seiner einstigen Überheblichkeit war nichts mehr übrig. Ein Bein zitterte ständig auf und ab, und er schwitzte so stark, dass er sich immer wieder die Hände an der Hose rieb.

»In welchem Verhältnis standen Sie zu Petar Horwat? Sie waren Landsmänner?«

Babić nickte. »Wir sind Kroaten. Freunde. Kollegen. Nachbarn.« Er stockte. »Wir waren Freunde. Unsere Ehefrauen sind ebenfalls befreundet. Wir … machen eigentlich alles zusammen.«

»Sie haben in den Neunzigern gemeinsam in den Jugoslawienkriegen gekämpft?«, warf Daan betont beiläufig ein.

Babić hob erstaunt den Kopf. Damit hatte er offenbar nicht gerechnet. »Kroatienkrieg. 1992 bis 1995 haben wir unser Land verteidigt.«

»Das schweißt zusammen, oder? Kriegserlebnisse … es muss grauenhaft gewesen sein«, fuhr Daan fort.

Babić nickte. »Wir haben überlebt.« Er zögerte. »Petar hat mir das Leben gerettet, und wir haben uns geschworen, immer aufeinander aufzupassen.«

»Das verstehe ich«, sagte Jonna und versuchte, den ersten Treffer zu landen. »Das sind Sie sich schuldig. Aber was ich nicht begreife, ist, wie Sie Petars Umweltsauerei decken konnten. Warum haben Sie Ihren Kumpel nicht davon abgehalten?«

Wieder sah Babić erstaunt aus. »Die MARPOL-Kontrolle?« Er schüttelte den Kopf, aber das schien ihm Schmerzen zu bereiten, denn er tastete mit der Hand nach seiner mit Tape stabilisierten Nase. »Ich wusste nichts davon. Petar hat mich erst eingeweiht, als die MARPOL-Leute kamen. Er wollte mir nicht schaden.«

»Ihnen?«, fragte Daan mit deutlichem Zweifel in der Stimme. »Das müssen Sie uns erklären.«

»Ich bin Erster Offizier an Bord der *Global Endeavour*. Ich werde Kapitän. Was glauben Sie, wie sich das auf meine Karriere auswirkt, wenn ich eine Bilgenwasserverklappung vertusche?«

»Sie werden der Nachfolger von Kapitän Fischer?«

»Die Reederei hat mir einen Kapitänsposten versprochen. Ich wusste nur nicht, dass Fischer so bald abmustert.«

»Was glauben Sie, warum hat Ihr Freund das Bilgenwasser illegal entsorgt?«

Er zuckte lapidar mit den Schultern. »Wenn die Tanks voll sind, muss das Zeug weg, sonst gibt es massive technische Probleme.

Das wäre das Ende seiner Karriere gewesen. Dabei brauchen seine Frau und die Kinder ihn und sein Geld. Das Haus ist nicht abbezahlt. Schulgeld. Die Lebenshaltungskosten. Er *muss* Geld verdienen. Er hat in Antwerpen nicht aufgepasst. Er stand ziemlich unter Druck, weil der Käpt'n uns da nicht von Bord gelassen hat. Petar konnte kein Geld anweisen, dabei hat er sich extra von der Reederei einen Vorschuss geben lassen. Er ist ... er war ... haben wir nicht alle Schulden?«

Jonna ließ ihm das durchgehen. »Könnte es sein, dass die blinden Passagiere etwas von der Verklappung des Giftmülls in die Nordsee mitbekommen haben?«

»Sicher nicht!« Babić verdrehte genervt die Augen. »Wir wussten bis zur Ankunft der Polizei auf der *Global Endeavour* nichts von Illegalen. Die sind ja nicht an Bord rumspaziert und haben sich uns vorgestellt.«

Ah, dachte Jonna, sein Selbstbewusstsein wächst, er bekommt langsam wieder Oberwasser. Doch davon würde sie sich nicht täuschen lassen. Sie würde ihn mit den unangenehmen Fakten der Zeugin konfrontieren und seine Illusion der Unberührbarkeit zerstören. »Wissen Sie, wer von Ihren Crewkollegen der Helfer war, der die Afrikaner an Bord gebracht hat?«

»Von meinen Kollegen? Sicher niemand! Wie kommen Sie darauf? Vielleicht jemand vom Hafenpersonal.«

»Es ist ja nicht das erste Mal, dass auf dem Frachter illegale Afrikaner nach Europa transportiert worden sind.«

»Ausgeschlossen. Das hätte ich gemerkt«, antwortete er knapp.

Jonna blätterte in den letzten Mails, die sie von der Reederei bekommen hatten. Darin waren die genauen Daten der Asylanten angegeben, die im Nachhinein berichtet hatten, an Bord der *Global Endeavour* nach Europa gekommen zu sein. »Wie lief zum Beispiel Ihre Überfahrt im August?«

Babić schüttelte ungeduldig den Kopf. »Unser Schiff schleust nicht. Das ist Unsinn. Fischer hätte … im August war ich im Urlaub. Ich war nicht an Bord.« Er streckte die Hand nach den Papieren aus. »Darf ich mal sehen?«

»Dafür, dass Sie Erster Offizier sind, wussten Sie aber eine ganze Menge nicht. Das sollen wir Ihnen glauben?« Jonna legte die Zettel ordentlich zusammen und behielt sie in der Hand, was Babić mit einem süffisanten Lächeln zur Kenntnis nahm.

»Ich will Kapitän werden, ich kann mir keine krummen Sachen erlauben!«

»Michael Timon ist doch direkt Ihnen unterstellt, oder?«

»Er ist der Bootsmann. Er hat … Timon?«

Er schrie den Namen und sah Jonna empört an. Spielte er, oder wusste er wirklich nicht, dass sein Bootsmann sich nebenbei Geld verdiente.

»Auch er scheint dringend Geld zu brauchen. Verdienen Sie so schlecht auf dem Schiff?«

»Sie spinnen! Timon? Der hat doch gar nicht den Mut, so was zu drehen.« Er winkte ab.

Jonna nickte und zog schweigend eine Augenbraue hoch.

Doch, hatte er. Timon hatte die Schleusung gestanden, und Abina hatte ihn als Schleuser identifiziert. Daran gab es keinen Zweifel. Jonna erstaunte es aber, dass Babić nichts davon gewusst haben wollte. War das denkbar? Er hörte sich überzeugend an. »Also, dann fass ich mal zusammen, was ich verstanden habe. Die Bilgenwasserverklappung ist für Sie ein Kavaliersdelikt. Sie haben nie bemerkt, dass Ihr Mitarbeiter Michael Timon als Schleuser gearbeitet hat. Sie wussten nicht, dass vier Afrikaner an Bord waren, und doch stehen Sie am Ende mit Ihrem Kumpel Petar Horwat auf dem Terminal und stechen auf Tarik Rasheed ein. Können Sie uns das erklären?«

»Wer sagt, dass ich den Kerl vermöbelt habe? Womit denn eingestochen? Quatsch!«

»Davon mal abgesehen, dass Ihre Nase ziemlich ramponiert ist …«

»Eben«, unterbrach sie Babić entrüstet. »Der Kerl hat auf *mich* eingeprügelt!«

»Warum? Was haben Sie dort gemacht? Warum haben Sie den Mann gesucht? Sie durften das Schiff gar nicht verlassen!«

»Ich bin für die Sicherheit hier verantwortlich«, schrie Babić aufgebracht. »Das kann ich nicht durchgehen lassen, dass blinde Passagiere vom Schiff auf dem Terminal herumlaufen. Das ist ein Sicherheitsverstoß, und ich will keinen Ärger mit der Reederei.«

Jonna nahm erstaunt zur Kenntnis, dass Babić sich plötzlich aufplusterte. Übersah sie etwas?

Daan lächelte. »Und? Was hätten Sie gemacht, wenn Sie ihn gekriegt hätten?«

»Wir hätten ihn natürlich sofort der Polizei übergeben!«

»Na, Ihre Hilfeleistung war ja ziemlich unorthodox.«

»Der Kerl hat sich gewehrt, schauen Sie sich meine Nase an. Der war doch total durchgedreht.«

Jonna reichte es. »Das nimmt Ihnen niemand ab. Wir haben eine Zeugin, die gesehen hat, wie Sie auf den Afrikaner eingestochen haben. Die Tatwaffe werden wir aus dem Wasser bergen, sowie sich die Lage beruhigt hat.«

»Was will die denn gesehen haben?«

»Alles!«

KAPITEL 55

Uniklinik Eppendorf, Intensivstation – 05.59 Uhr

Charlotte hatte Toms WhatsApp-Nachrichten natürlich bekommen. Er wollte dringend wissen, wie es Lisa ging. Charlotte wollte Lisa lieber selbst antworten lassen. Ja, sie vermied das Telefonat mit Tom, aber ausnahmsweise hatte sie Verständnis für sich und erlaubte sich die Vermeidung. Lisa war gerade im CT gewesen, als die Nachrichten eintrudelten. Tom würde also noch etwas Geduld aufbringen müssen.

Jetzt warteten sie auf die ärztliche Entlassung, die Lisa forciert hatte, nachdem klar war, dass sie kein Schädel-Hirn-Trauma hatte. Sie bestand darauf, das Krankenhaus zu verlassen und zu Tom ins WSPK 2 gebracht zu werden.

Charlotte konnte und wollte sie nicht davon abhalten. Es war einzig und allein ihre Entscheidung, wenn sie sich gegen ärztlichen Rat aus der Klinik entlassen wollte. Bitte schön.

Charlotte richtete ihre Aufmerksamkeit auf Abina und Sisii, die auf dem Weg in die Klinik waren, um Tarik zu sehen.

Sie stand vor dem Eingangsportal des Krankenhauses und dachte an die letzten drei Stunden zurück. Die Ereignisse überschlugen sich. Charlotte hatte kaum glauben können, was Jonna ihr aufs Band gesprochen hatte. Sie hatte ihr den Auftrag erteilt, Tarik nicht aus den Augen zu lassen. Sollte es eine Gelegenheit geben, müsse sie ihm die Fotos vorlegen, die Jonna ihr auf das Handy schicken würde. War Tarik in der Lage, den Täter zu identifizieren?

Noch durfte sie allerdings nicht zu ihm.

Es war früh am Morgen, noch immer dunkel und windig,

gleichwohl hatte Charlotte das Gefühl, dass der Sturm sich ausgetobt hatte und auf dem Rückzug war. Endlich. Sie atmete tief ein und aus und versuchte, ihre Gefühle zu regulieren.

Toms Frau Lisa … Sie hatten nicht viel gesprochen, aber das wenige hinterließ bei Charlotte vor allem ein Gefühl. Eines, das sie zuerst nicht hatte wahrhaben wollen und das sie verunsicherte: Sympathie. Was sollte sie damit jetzt anstellen? Eine Ehefrau, die ihren Mann liebte. Ein Mann, der froh war, eine so tolle Frau zu haben.

Und was war es, was Charlotte zwischen sich und Tom gespürt hatte? Alles Einbildung? Es musste eine Spiegelung ihrer Wünsche und Bedürfnisse gewesen sein. Nichts Reales. Sie musste sich zusammenreißen. Dringend. Jetzt brauchten sie Abina und Sisii. Sie musste ihre eigenen Befindlichkeiten zurückstellen.

Und dann war da noch Quetsches tödliche Schussabgabe. Konnte sie sich weigern, ins WSPK 2 zu fahren, wenn er vielleicht jemanden zum Reden nötig hatte? Das war ihre ureigenste Aufgabe als Opferschutzbeauftragte. Auch für die Kollegen da zu sein, wenn dramatische Ereignisse ihnen den Boden unter den Füßen wegzogen.

Sie musste … in diesem Moment fuhr der Streifenwagen vor, und Abina stieg mit Sisii aus. Noch zwei Menschen, die sie nicht kannte und die in ihr Gefühle auslösten. Eine Mutter, die ihr deutlich vormachte, wie man sein Kind beschützte. Charlotte beobachtete jede Geste, und so bemerkte sie auch das kurze Zögern von Abina, als sie die automatischen Türen des Klinikeingangs durchquerten. Ihre Schritte wurden kürzer, und sie sah, wie Abina Sisiis Hand ergriff, als ob er in dieser sterilen und hoch technisierten Umgebung der besonderen Fürsorge bedurfte. Der instinktive Schutz einer Mutter für ihr Kind.

Wie viele Menschen mochten die Schwellen des Eingangs überschritten haben, getragen von Angst und Hoffnung, umklammert von Sorge und Schmerz? Krankenhäuser waren nicht nur ein Ort steriler Gänge und blinkender Maschinen, sie waren auch Zeugen menschlichen Leids und unerschütterlicher Hoffnung.

Das kühle Licht der Neonröhren erhellte Abinas müdes Gesicht, und ihre Schritte hallten in der leeren Lobby wider. Ein Echo ihrer einsamen Reise, während der sie sich an den Rand der Hoffnung auf ein besseres Leben geklammert hatten.

Charlotte konnte sich nicht ausmalen, wie verstörend sich die Nachricht von der Schießerei auf Abina ausgewirkt hatte. Da waren sie vermeintlich in Sicherheit und dann … schoss die Polizei auf ihren Mann. Ein Rettungsschuss, aber es hätte auch schiefgehen können. Dachte Abina darüber nach?

Jetzt waren sie im Krankenhaus angekommen und wussten nicht, was sie erwartete, denn Jonna hatte nur weitergeleitet, dass Tarik schwer verletzt sei. Er war nach wie vor in Lebensgefahr. Dieses Mal verfolgte ihn keine Drogenbande, kein Seemann der *Global Endeavour,* diesmal bedrohten Verletzungen, Erschöpfung und Dehydrierung sein Leben.

Abina hielt Sisii so fest an der Hand, als wäre er ihr Anker in dieser unbekannten Welt. Der Junge sah zu jedem neuen Gesicht auf, das an ihnen vorbeieilte, als erwarte er, in das vertraute Antlitz seines Vaters zu blicken. Er war sichtlich beeindruckt von der Welt des Krankenhauses.

Summend trug sie der Fahrstuhl in den dritten Stock. Charlotte hatte das Gefühl, dass mit jeder Etage, die sie höher stiegen, der Druck der Ungewissheit schwerer auf ihren Schultern lastete. Sie wurden in ein kleines Wartezimmer gebracht und warteten dort auf den Arzt. Abina setzte sich mit durchgestrecktem Rücken auf die harte, unbequeme Bank. Sie strahlte eine warme Energie aus, die Charlotte sich nicht erklären konnte. Sie musste unendlich erschöpft und voller Sorge sein, und doch bereitete sie sich darauf vor, ihrem Mann Kraft zu schenken. Sie bewunderte die Stärke dieser Frau und die Unschuld ihres Sohnes, die inmitten dieser Ungewissheit nicht zusammenbrachen. Abina flüsterte ein leises Gebet, und Sisii neigte den Kopf dazu.

Charlotte wartete ab, bis die beiden fertig waren, um eine der wichtigsten Fragen zu stellen. »Wollen Sie Ihrem Mann den Tod von Ebo mitteilen?«

Abina hob den Blick und zwinkerte ein paar Mal, als ob sie den Blick auf Charlotte erst scharf stellen musste. Erleichtert sah Charlotte sie den Kopf schütteln. Sie wäre nicht eingeschritten, aber sie teilte die Einschätzung, dass diese schreckliche Nachricht warten konnte, bis es Tarik wieder besser ging. Charlotte hätte gerne mehr gefragt, aber sie merkte, dass es keinen Platz dafür gab, also schwieg sie.

Die nachfolgende Stille, die sie umhüllte, war mehr als die Abwesenheit von Fragen. Es war eine Stille, die jede Sekunde der Ungewissheit zu einer Qual machte. Endlich öffnete eine Krankenschwester in blauer OP-Kleidung die Tür, trat ein und schloss sie leise wieder. Welche Nachricht überbrachte sie?

Die Krankenschwester nickte Charlotte zu, wandte sich aber an Abina. »Sie können Ihren Mann kurz sehen, bevor er in den Operationssaal gebracht wird.«

Sie sprach Deutsch und so leise, dass Charlotte Mühe hatte, sie zu verstehen. Sie wollte gerade die Worte der Krankenschwester übersetzen, als ihr klar wurde, dass Abina alles verstanden hatte. Nicht der Inhalt der Worte war entscheidend, sondern die Klangfarbe und Melodie der Sätze und die Hand, die die Krankenschwester ihr hinhielt. Abina ergriff sie. Sie war bereit, dem Schicksal erneut gegenüberzutreten.

»Er kämpft«, murmelte die Schwester mit einem mitleidigen Blick auf Sisii. »Er kämpft!«

Sie folgten ihr aus dem Wartezimmer in den Flur. Ihre kleine Prozession näherte sich dem Zimmer, in dem Tarik lag. Durch ein

Fenster erblickten sie ihn, wie er an Maschinen angeschlossen in einem Krankenbett schlief.

Schmal lag er regungslos auf einem Bett. Nur mit einem Laken bedeckt und die dicken Kompressen auf den Wunden als stumme Zeugen des Kampfes, den er außerhalb dieser Wände geführt hatte.

Charlotte schluckte. Für Abina musste dieser Anblick wie ein Stich ins Herz sein, doch auf ihrem Gesicht lag ein Hauch von Frieden. Sie verfolgte jeden Atemzug ihres Mannes, dessen Brust sich unter dem Laken hob und senkte. Sisii drückte seine Nase gegen das Glas und flüsterte etwas, was Charlotte nicht verstand.

Sie wandte sich an die Krankenschwester. »Ist die Aufnahme von Mutter und Kind geklärt? Sie müssten untersucht werden. Sie waren beinahe zwei Wochen ohne ausreichend Essen und Trinken.«

Die Krankenschwester, auf deren Namensschild *Hilde* stand, nickte. »Ich weiß Bescheid. Sie bekommen ein gemeinsames Zimmer.« Sie öffnete die Tür und winkte sie herein. »Fünf Minuten, er ist sehr schwach. Der Arzt bereitet sich schon vor, sie können erst nach der Operation mit ihm sprechen.«

Charlotte nickte dankbar. Das Wichtigste für den Moment war, dass Abina ihren Mann sehen konnte.

Abina und Sisii betraten zögerlich den Raum. Das Summen der Geräte, an die Tarik angeschlossen war, war das einzige Geräusch – als ob alle die Luft anhielten. Tarik schien ihre Anwesenheit zu ahnen, denn er blinzelte mühsam und schlug langsam die Augen auf. Die Welt stand still, als er Abina und Sisii erkannte. Ihre Blicke trafen sich, gefüllt mit unausgesprochenen Geschichten und geteiltem Leid, das mehr sagte, als Worte es je gekonnt hätten.

Abina murmelte etwas in ihrer Sprache. Tränen liefen ihre Wangen herunter. Sie stand einen Schritt vom Bett entfernt, als traue sie sich nicht, Tarik zu berühren. Nur ihre Augen ließen einander nicht los.

Sisii nahm von diesem stillen Austausch nichts wahr. Er kletterte in kindlicher Unschuld vorsichtig auf das Bett und fummelte einen zusammengefalteten Zettel aus seiner Hosentasche. Tarik verzog vor Schmerz das Gesicht, aber niemand hielt Sisii auf. Der Junge faltete das Papier auseinander und zeigte seinem Vater das selbst gemalte Bild. Ihm fiel nicht auf, dass sein Vater zu schwach war, danach zu greifen. Auch wenn Charlotte nicht verstand, was Sisii sagte, war deutlich, dass er seinem Vater erklärte, was er gemalt hatte. Seine Familie: Vater, Mutter, Kind in einem großen roten Herz vereint.

Tariks Blick schwenkte mühsam zu Charlotte, als diese näher trat.

»*He killed her*«, murmelte er, bevor sie auch nur eine Frage formulieren konnte.

Charlotte holte ihr Handy hervor und hielt ihm wortlos das erste Foto hin. Er schloss die Augen.

War das ein Ja oder ein Nein?

Charlotte öffnete das zweite Foto und zeigte es Tarik. Er hatte die Augen wieder geöffnet, reagierte aber nicht.

Das dritte Foto.

Das vierte Foto.

Das fünfte Foto.

Er nickte. »*Yes!*«

Charlotte sah sich das Foto an. »*Sure?*«

Ein letztes Nicken.

Sie hatte weitere Fragen stellen wollen, doch Abina schob sie zur Seite, trat ganz nahe an das Bett ihres Ehemanns, verfiel in eine Art Singsang und legte Tarik die Hand auf die Augen.

Als ob er Abinas Erlaubnis erhalten hatte, fiel Tarik zurück in die Bewusstlosigkeit.

KAPITEL 56

WSPK 2 – 06.10 Uhr

Seit geraumer Zeit starrte Tom auf das Handy von Annika Mittermaier. Der Ladevorgang lief und war auf neununddreißig Prozent angestiegen. Das sollte reichen, um einen ersten Blick in die Daten zu riskieren. Oder musste er das Jonna überlassen? Er hielt die Ungewissheit nicht mehr aus.

Der Wachhabende polterte mitten in seine Überlegungen. »Der Kroatisch sprechende Kollege vom PK 14 ist eingetroffen. Der ist ganz selig!«

»Was?« Tom wusste in der ersten Sekunde nicht, wovon er sprach. Dann zählte er eins und eins zusammen. »Soll sofort reinkommen!« Der WH nickte und schloss die Tür.

Tom hatte den Michel-Sprecher der Einsatzzentrale gebeten, eine Anfrage an alle Polizeiwachen zu stellen, dass das WSPK 2 dringend einen Kroatisch sprechenden Kollegen suchte. Er würde mit dem Boot von den Landungsbrücken zugeführt werden. Jonna hatte nach dieser Unterstützung gefragt. Wenigstens diesen Wunsch konnte er ihr erfüllen.

Der junge Kollege trat klitschnass und reichlich zerzaust in Toms Büro. »Boah, das war eine coole Einsatzfahrt. Ich glaub, ich lass mich zur Wasserschutz versetzen!«

»Nur zu!«, Tom lachte. »Mach dich erst mal trocken, und dann bringe ich dich in eine Vernehmung. Sollte der Mann da drinnen auch nur das kleinste Wort Kroatisch sprechen, merkst du dir jedes Wort. Lass dir nur nicht gleich anmerken, dass du ihn verstehst, klar?«

»Logo!«

Tom griff wieder nach dem Handy. Jonna hatte ihm das Entsperrmuster genannt. Also durfte er auch reinsehen.

Er sah sich zuerst die Fotogalerie an und wurde schnell fündig. Annika Mittermaier hatte nicht nur die Crew fotografiert, sondern auch viele Füllstandsanzeigen, das Öltagebuch und die illegale Bilgenleitung. Sie hatte also genau gewusst, was an Bord vor sich ging.

Hatte sie Petar Horwat damit konfrontiert?

Noch deutlicher wurde das Ausmaß ihrer Spitzeltätigkeit, als Tom eine Reihe von Mitschnitten fand. Annika hatte offensichtlich häufiger das Diktiergerät mitlaufen lassen und Gespräche zwischen der Crew aufgenommen. Ganz schön dreist. Hatte sie dafür mit dem Leben bezahlt?

Der junge Kollege kam freudestrahlend zurück.

Tom hielt ihm Annikas Handy hin und zeigte dem jungen Kollegen das Foto eines Dokuments. »Ist das Kroatisch? Kannst du das übersetzen?«

Der Kollege nahm das Blatt und sprudelte los. Tom staunte. Diese Informationen waren die fehlenden Puzzleteile, die Jonna brauchte, um das ganze Bild der Ereignisse auf der *Global Endeavour* zu enthüllen. Er sprang auf und zog den Kollegen mit zum Befragungsraum.

Jonna und Daan unterbrachen die Vernehmung sofort und zogen sich mit dem jungen Kollegen zurück. Leider schickten sie Tom erneut weiter, damit er als Zeuge des Schusswechsels nicht in die Ermittlungen eingriff. Dass er das Handy eingesehen hatte, kommentierte Jonna mit einem tadelnden Blick.

Er zuckte nur mit den Schultern. Raushalten konnte er sich nun wirklich nicht. Er seufzte. Wie sollte er sich in dieser Situation auf seinen Job konzentrieren? Bevor er wieder ins Lagezentrum hochmusste, wollte er wenigstens Quetsche suchen und sich davon überzeugen, dass er okay war. Er fand ihn in der Küche.

Quetsche saß allein am Tisch, einen Becher mit dampfendem Kaffee und ein schlichtes Frühstücksbrett vor sich. Brot und Käse lagen noch verpackt auf der Tischplatte. Tom fiel sofort auf, dass Butter und vor allem ein Messer fehlten, um das Brot zu schmieren.

»Hast du auch eine Tasse für mich?«, fragte er. Sein Blick blieb an der vollen Kanne hängen. Quetsche musste sie frisch aufgebrüht haben, denn sie war noch voll, und ein Duft von verbrannten Bohnen lag in der Luft.

Tom setzte sich ihm gegenüber, sein Stuhl quietschte leise auf dem Fliesenboden. Er beobachtete, wie Quetsche reglos in seinen Becher starrte, seine Miene eine undurchdringliche Festung. Sie schwiegen eine Weile, bis Tom es nicht mehr aushielt. »Lisa ist in Sicherheit. Charlotte hat sie gefunden und ins Krankenhaus gebracht.« Seine Stimme durchbrach die Stille wie ein sanfter Donner.

Quetsches Kopf ruckte hoch, und seine Augen leuchteten kurz auf. »Was ist passiert?«

»Ihr ist ein Ast auf den Kopf gefallen. Im Garten. Ich Idiot hatte sie gebeten, die Terrassenmöbel reinzustellen.«

»Sag nicht, die Eiche. Ich habe dir immer gesagt, die Eiche muss da weg!«

»Du hattest recht. Mit der Eiche und mit dem Schuss. Du hast das Richtige getan«, sagte Tom. »Es war eindeutig Nothilfe!«

»Du darfst nicht mit mir darüber sprechen! Du bist ein Zeuge!« Nicht zu deutende Emotionen huschten über Quetsches Gesicht.

»Unsinn, natürlich darf ich mit dir reden. Und das will ich auch. Es war Nothilfe! Die Untersuchung wird das bestätigen. Und vergiss nicht, du bist ebenfalls ein Zeuge, kein Beschuldigter!«

Quetsches Augen spiegelten für einen Moment eine Leere wider, bevor sie sich in einen festen und entschlossenen Ausdruck wandelten. »Ich weiß«, murmelte er. »Sie haben auf einen Unschuldigen eingestochen. Sie wollten ihn töten. Ich werde meinen Bericht einreichen und auf die interne Untersuchung warten.«

»Gut so, schreib genau, was du gesehen hast und was aus deiner Sicht passiert ist, dass du die Waffe benutzen musstest.«

»Eines weiß ich sicher, Tom.« Er hielt Toms Blick fest. »Ich würde es wieder tun, um einen Unschuldigen zu schützen. Wenn *wir* es nicht tun, wer dann?«

Tom lehnte sich zurück, seine Gedanken rasten. »Tarik hätte den Angriff nicht überlebt. Selbst jetzt hängt sein Leben am seidenen Faden.«

»Ich weiß«, Quetsche nickte langsam, seine Augen flackerten. »Aber das macht es nicht besser. Zu wissen, dass man richtig gehandelt hat, mindert nicht das Gewicht der Entscheidung.«

Tom wusste, dass Worte allein nicht genug waren, um Quetsches Last zu erleichtern. Also schwieg er.

Eine Weile später platzte Quetsche doch noch mit einer Frage heraus. »Wo hab ich ihn erwischt? Ich weiß gar nicht, wo ich ihn getroffen habe.«

»Ein Schuss daneben. Ein Treffer in den Hals.«

»Der Erste war ein Warnschuss! In die Luft! Horwat hat nicht reagiert, sondern irgendein Ding gehoben, um zuzustechen!«

Tom nickte. So war es gewesen.

»Ist schon klarer geworden, was die Security-Frau damit meinte, dass der Täter noch auf dem Terminal stehe‹?«, fragte Quetsche weiter. »Horwat hat mit irgendetwas zugestochen. Der andere auch?«

Tom war erleichtert, dass Quetsche den Täter beim Namen nannte. Er distanzierte sich nicht, sondern war sich bewusst darüber, dass auch der Täter ein Mensch war. Ein Mensch mit

Familie. Jemand, der mehr als ein Täter war. Doch das änderte am Ende nichts daran, dass er die falschen Entscheidungen getroffen hatte und nun tot in der Rechtsmedizin lag.

Wer wann und wie oft auf Tarik eingestochen hatte, würde hoffentlich Jonnas Vernehmung zeigen. »Wir werden deinen Namen nicht an die Öffentlichkeit geben. Ich habe schon mit der Presseabteilung telefoniert. Selbst die kennen keine Namen.« Er lenkte ab. »Du kannst dich erst mal vom Dienst freistellen lassen.«

»Du bist der Dienstgruppenleiter, schickst du mich weg?«

»Wir brauchen alle Schlaf. Dringend. Ich werde dich nach Hause fahren, sowie wir dieses Scheiß-Hochwasser im Griff haben. Wenn du noch etwas aushältst, freue ich mich.«

Quetsche nickte. »Wenn du mich zu meiner Frau bringst, wäre das gut. Ich spreche erst später mit ihr. Sie hat schon genug Aufregung mit dem Unwetter.«

»Deine Entscheidung!«

Quetsche zeigte aus dem Fenster. »Es hat aufgehört zu regnen.« Er lächelte kaum merklich. »Weißt du noch? Gestern Morgen, als wir die Hochwasserstreife gefahren sind. Ich habe mir Party im Hafen gewünscht.«

Tom erinnerte sich.

»So war das nicht gemeint! Das musst du mir glauben, so nicht!«

KAPITEL 57

WSPK 2 - 06.17 Uhr

Babić griff sich zum wiederholten Mal an die Nase. Die piesackte ihn, und jedes Mal, wenn er darauf drückte, verschlimmerte sich der Schmerz. Das war gut, denn der Schmerz hielt ihn wach und aggressiv. Er musste sich konzentrieren, damit er keine zweideutigen Antworten gab und diese blöde Kommissarin die falschen Schlüsse zog.

Wie war er nur in diese Katastrophe hineingeraten?

Was besprachen die beiden Polizisten vor der Tür? Sie hatten einen Kollegen als Wachhund dagelassen, der stumm in der Ecke saß. Babić stützte die Unterarme auf die Knie und ließ den Kopf sinken. Er wollte endlich hier raus!

In dem düsteren Zimmer herrschte eine drückende Stille, die nur durch das gleichmäßige Ticken der Wanduhr und seinen schnorchelnden Atem durch die gebrochene Nase unterbrochen wurde.

Was hatte diese ominöse Zeugin gesehen? Im Wasser hatte er jemanden mit einem Rettungsring bemerkt und ihn für einen Polizisten gehalten. Das sollte eine Zeugin gewesen sein? Die Polizei bluffte doch. Aber da gerieten sie an den Falschen. Er hatte den Krieg überlebt, er würde auch diese Katastrophe überleben.

Es dauerte eine gefühlte Ewigkeit, bis die Kommissare endlich wieder eintraten und sich setzten. Er richtete sich auf.

Die Frau fragte ihn schon wieder, ob er einen Anwalt wolle. Er sei Beschuldigter.

Nein, wer sich verteidigt, klagt sich an. Er hatte nichts zu befürchten.

Sie trug es in ihr dämliches Notizbuch ein, das Babić schon die ganze Zeit nervte. Sie führte sich auf wie eine Schülerin.

»Also, wenn Petar Horwat Ihnen nichts von der Bilgenwasserverklappung gebeichtet hat, Annika Mittermaier hat es auf jeden Fall getan! Es stimmt also nicht, dass Sie nichts wussten!«

Die Kommissarin holte Fotos aus ihrer Mappe und legte sie vor sich auf den Tisch. Sie sah sie sich erst selbst an, bevor sie die drei Fotos mit einer schnellen Bewegung zu ihm herumdrehte.

Aufnahmen von Petars provisorischer Leitung. Ein Foto zeigte das Öltagebuch.

Die Frau klopfte mit einem Finger auf das Foto. »Das hier haben wir auf dem Handy von Annika Mittermaier gefunden. Sie hat alles ziemlich genau dokumentiert. Das verstehe sogar ich, die von Schiffen keine Ahnung hat. Frau Mittermaier hingegen war eine sehr kluge Offiziersanwärterin. Sie hat sofort durchschaut, was da vor sich geht, und das gefiel ihr gar nicht. Sie hat … wie soll ich sagen … nach allen Regeln der Kunst spioniert.«

Diese verdammte Bitch! Das ganze Social-Media-Getue war nur Tarnung? Sie hatte ihre eigenen Kollegen bespitzelt? Babić schluckte trocken. Gott sei Dank war die Kuh tot und konnte nichts mehr ausquatschen.

Er zuckte mit den Schultern. »Ich hab mit der Maschine nichts zu tun!«

»Wir haben eindeutige Beweise, dass Annika Mittermaier Ihren Freund Petar Horwat nicht damit durchkommen lassen wollte. Sie hatten eine Affäre mit ihr. Sie hat Ihnen nichts von der Giftmüllentsorgung erzählt? Das glauben Sie doch selbst nicht.«

Babić nervte ihr beinahe desinteressierter Ton. Sie tat so, als ob sie längst wüsste, dass Babić in alles eingeweiht war, und seine Bestätigung nicht brauchte. Dann konnte er ja wohl auch gehen, oder?

»Was denn für Beweise?«

»Ich stelle mir das so vor, dass sie Ihren Freund mit der Sauerei konfrontiert hat. Sie war nicht zu beruhigen. Wollte ihn beim Kapitän anzeigen. Hat er Sie zu Hilfe geholt?«

»Petar brauchte keine Hilfe!«

Der andere Kommissar hatte bislang nur missmutig neben ihr gesessen, doch jetzt lehnte er sich nach vorn und giftete ihn förmlich an.

»Auf dem Handy von Frau Mittermaier sind Tonaufnahmen … Gespräche zwischen den Crewmitgliedern. Auch eines mit Ihnen und Petar Horwat in einer Diskussion, wie man die lästige Annika zum Schweigen bringt!«

Sie hatte Aufzeichnungen mit ihrem Handy gemacht? Unfassbar. Babić spürte, wie er blass wurde. Oder es war nur der Schmerz, der durch seine Nase geschossen war, als er sich entnervt in den Stuhl hatte zurückfallen lassen. Das bewies gar nichts.

Der Typ legte nach. »Petar hatte Schulden. Er war auf seinen Job angewiesen. Eine blöde Zwickmühle. Wenn Annika ihn verpfiffen hätte … wäre sein Job weg gewesen.«

»Petar hätte ihr nie etwas angetan«, behauptete Babić. »Sie liegen völlig falsch. Vermutlich hat sie die beiden Afrikaner entdeckt, und die haben sie über Bord geschmissen. Die hatten ja wohl einiges mehr zu verlieren als Petar!«

»Wir haben noch etwas Interessantes gefunden«, sagte der Kommissar. Seine Kollegin drehte ein weiteres Foto um, legte ihre Hände flach auf den Tisch und starrte ihn an.

Natürlich sah er sofort, um was es sich handelte. Na und?

»Ein Schuldschein! Petar Horwat schuldete Ihnen eine hübsche Summe Geld! Das wollten Sie doch bestimmt wiederhaben, oder? Da wäre es Ihnen auch ungelegen gekommen, wenn Ihr Freund seinen Job verloren hätte.« Er machte eine drohende Pause.

»Die Kleine hätte sich sonst was zusammengereimt. Sie war auf der Suche nach Anerkennung um jeden Preis. Darauf dürfen Sie nichts geben.«

»Hatten Sie deshalb die Affäre mit ihr? Um sie ruhigzustellen? Ach nein, die Umleitung der Bilge in die Nordsee und der Tod Annikas … das war in derselben Nacht, oder? Der Sturm war Ihr Verbündeter.«

»Unsinn!«

»Doch, doch, hören Sie doch mal rein … wir spielen Ihnen mal diese Aufnahme vor, die ist wirklich sehr aufschlussreich.«

Die Kommissarin holte ein Handy aus der Jackentasche und spielte ihm tatsächlich eine Tonaufnahme vor. Babić konnte sich nicht darauf konzentrieren und brauchte ein paar Sekunden, bis er überhaupt etwas verstand. Dann lachte er laut los. »Also wirklich! Das ist Kroatisch, und wir sprechen über Betriebsabläufe in der Maschine, nichts Ungewöhnliches.«

Die Kommissarin schüttelte langsam den Kopf. »Nein, das tun Sie nicht. Unser Übersetzer hat uns bestätigt, dass Sie Ihrem Freund Petar vorschlagen, dass Sie ein letztes Mal mit Annika sprechen wollten. Sie würden das Problem für ihn lösen. Petar hat den Gefallen eingefordert, den Sie ihm schuldeten. Er hat Ihnen das Leben gerettet, nun waren Sie dran! Schließlich brauchten Sie Ihr Geld, und Sie wollten Kapitän werden. Annika musste zum Schweigen gebracht werden.«

Sein Lachen fiel in sich zusammen.

»Sie haben sich in der Nacht mit ihr gestritten. Sie hat einfach nicht aufgegeben. Und an dem Niedergang sind Ihnen die Sicherungen durchgebrannt. Die Frau konnte einem aber auch auf die Nerven gehen. Von ihren Beweisen hat Ihnen Annika nichts erzählt, oder? Sie haben sie unterschätzt. Und zwar gründlich.«

Sie sah ihn mit einem Blick an, den man für mitleidig halten konnte. Doch Babić sah nur Härte darin. Sie war gefährlich.

»Und dann tauchten zu allem Unglück auch noch die beiden

Afrikaner bei Ihrem Streit auf«, sagte sie mit ruhiger, aber durchdringender Stimme.

»Ich habe mich nicht mit Annika gestritten. Vielleicht stand Petar mit ihr am Niedergang, ich weiß es wirklich nicht.«

Sie ignorierte seinen Einwand und fuhr fort, als wäre er überhaupt nicht im Raum. Wie konnte sie ihn einfach wie Luft behandeln?

»Die beiden Afrikaner haben Sie gesehen. Sie waren Augenzeugen der Tat. Ungünstig, sehr ungünstig.«

Machte sie sich über Petar und ihn lustig? Babić spürte, wie die Wut in ihm hochkochte. Sein Gesicht schwoll langsam zu, und der Schmerz stachelte ihn noch mehr an. Die Tante sollte endlich ihre überhebliche Fresse halten.

»Für Sie war es ein Glücksfall, dass Ebo Paintsiel ins Wasser gesprungen und ertrunken ist. Einer weniger.«

»Ich kenne keinen Ebo«, zischte Babić. Er hatte genug von dieser Fragerei.

»Das ist einer der Afrikaner, der Sie dabei beobachtet hat, wie Sie Annika Mittermaier die Treppe heruntergeprügelt haben.«

»Ich war das nicht. Das war Petar!« Er stöhnte laut auf. »Sind Sie jetzt zufrieden? Ich habe gerade meinen Freund verraten. Den Mann, der mir das Leben gerettet hat. Ich wollte immer zu ihm halten, aber wenn Sie mich zu Unrecht beschuldigen, dann bleibt mir keine Wahl! Ich hasse mich dafür.« Er zeigte mit dem Finger auf die Kommissarin. »Und Sie hasse ich auch dafür, dass Sie uns das antun!«

»Oh, ich tue Ihnen gar nichts an. Ich erzähle Ihnen nur, was in dieser Nacht an Bord passiert ist. Die beiden Afrikaner, Ebo und Tarik, sind aus ihrem Versteck gekrochen, weil sie unbedingt etwas zu trinken brauchten.«

Babić schüttelte genervt den Kopf und machte eine abwehrende Handbewegung.

»Und als die Afrikaner … die waren plötzlich wie vom Erdboden verschluckt, oder? Haben Sie sie lange gesucht? Und wohin mit der Leiche von Annika Mittermaier? Ach ja, der Sturm … er hat Ihnen wirklich geholfen, was?«

Er fühlte sich, als wäre er in einer Falle gefangen. Er trommelte nervös auf der Tischplatte, während diese verdammte Schlampe ihm Unterstellungen machte. Ihre Worte schnitten durch die Luft wie Messerstiche. Sie sollte endlich ihren Mund halten. Aber stattdessen fing der Kerl neben ihr auch noch an, auf ihm herumzuhacken.

»Sie haben die junge Frau einfach gepackt und über Bord geworfen. Die totale Problemlösung. Sie konnte Petar nicht mehr anschwärzen, und wenn Sie die Afrikaner laufen ließen, würden die sich um ihr Asyl kümmern und nicht um einen Streit an Bord. Und selbst wenn … keine Leiche, keine Anklage. Zur Not hätte Aussage gegen Aussage gestanden, und wem würde man wohl mehr glauben? Den beiden Flüchtlingen oder dem erfolgreichen Offizier der *Global Endeavour?*«

Der Kerl lehnte sich mit einem selbstgefälligen Grinsen in seinem Stuhl zurück. »Tja, ich glaube dem Afrikaner mehr!«

Die Kommissarin hielt ihr Handy hoch. »Wie gut, dass wir die eindeutige Identifizierung von Tarik Rasheed haben!«

Wovon sprach sie? »Von wem? Einem Toten?«

»Tarik Rasheed ist nicht tot, wie kommen Sie darauf? Er liegt im Krankenhaus und hat bei meiner Kollegin eine eindeutige Aussage gemacht.«

»Das sind alles Lügen! Er ist im Wasser ertrunken!« Babić' Stimme überschlug sich.

»Nein, das haben *Sie* gesagt. Ich habe Ihnen nur nicht widersprochen. Tarik Rasheed hat Sie unter diversen Fotos eindeutig als den Mörder von Annika Mittermaier identifiziert.«

Er rastete aus. Mit einer einzigen fließenden Bewegung sprang er vom Stuhl auf und stieß den Tisch so heftig nach hinten, dass die Papiere in die Luft wirbelten.

Er schrie seinen Frust heraus. Seine Wut. Alle Gefühle, die sich seit über einem Tag aufgestaut hatten. Er trat gegen den nächsten Stuhl, doch nichts linderte seinen Zorn. Er stürzte sich auf diese Schlampe von Kommissarin. Sie sollte endlich ihr Schandmaul halten.

Sein Schlag erreichte sie nicht, weil der andere Kerl sich schützend vor sie geworfen hatte. Aber wenigstens traf seine Faust den Mann noch im Gesicht. Der Mann knallte nach hinten gegen die Frau, dass Babić es wie eine wilde, rohe Befreiung empfand. Diese Arschlöcher! Er fluchte weiter und sah die Kommissarin mit aufgerissenen Augen vor ihm zurückweichen. Gut so … in diesem Moment fühlte er sich unbesiegbar.

Dann wirbelte plötzlich der Polizist in Uniform herum und drosch mit der Faust auf seine Nase ein.

Mit dem Schmerz prallte die Realität wieder auf ihn ein. Sein Kopf explodierte, und er taumelte zu Boden. Blut spritzte aus seiner Nase, als ob eine Leitung leckgeschlagen wäre. Es drückte ihm den Brustkorb zusammen, und er bemerkte durch den Nebel der Pein kaum noch, dass Polizisten hereinstürmten, nach ihm griffen und ihm Handfesseln anlegten.

»Babić«, rief die Frau mit autoritärer Stimme. »Knien Sie sich hin!«

Seine Brust hob und senkte sich, obwohl er lieber aufgehört hätte zu atmen. Alles war Schmerz. Körperlich wie seelisch. Die alte Angst kroch in ihm hoch. Die Angst, die ihn schon als Kind immer gepackt hatte, wenn er sich ungerecht behandelt fühlte. Wann war es endlich vorbei? Was hatte er getan?

Sie setzten ihn zurück auf den Stuhl und schoben den Tisch weg. Das Geräusch besiegelte das Ende von allem.

Er fühlte sich so leer und hörte nur dumpf, dass der Polizist seine Flüche übersetzte. Hatte er wirklich geschrien, dass Annika eine kleine Schlampe war, die seine Karriere vernichten wollte? Dass er nicht als Versager nach Hause kommen konnte? Dass er schließlich ein Kapitän wäre?

Der Typ, den er mit der Faust ins Gesicht getroffen hatte, lehnte sich zu ihm. Sein Auge schwoll schon zu. »Sie dachten, wenn man Annikas Leiche nicht findet, kann Ihnen niemand etwas nachweisen, egal, was ein paar lausige Afrikaner sagen. Als ihre Leiche angespült wurde, mussten Sie den Schwarzen finden. Annikas Leichnam änderte alles. Als Sie hörten, dass einer der beiden tot war und der andere von Bord, hatten Sie es fast geschafft. Aber anstatt dass der Schwarze auf Nimmerwiedersehen verschwindet und um Asyl bittet, lässt der Idiot Frau und Kind zurück. Jetzt musste er sterben. Deshalb haben Sie ihn auf dem Terminal gesucht und angegriffen.« Der Mann hatte sich so in Rage geredet, dass er mühsam Luft holen musste. »Warum ist Petar ins Wasser gesprungen? Wollte er vollenden, was Sie nicht hinbekommen haben? Wie im Krieg: einer für alle, alle für einen? Also hat er zugestochen!«

Der Kerl hatte wirklich nichts kapiert. »Petar hat mich verraten.« Ein Schluchzer bahnte sich ohne sein Zutun den Weg aus seinem Mund. »Er wollte den dämlichen Afrikaner retten, der dumme Kerl!«

KAPITEL 58

WSPK 2 - 07.00 Uhr

Tom hatte Quetsche in der Küche zurückgelassen, um im Einsatzzentrum die neusten Wasserstände abzufragen. Vielleicht war das Ende des Regens ja der Anfang einer Wetterberuhigung. Er brauchte dringend eine gute Nachricht.

Als er den Konferenzraum betrat, eilte der Stabsleiter auf ihn zu. »Sieben Meter fünfundzwanzig und keinen Zentimeter mehr. Fallend. Langsam, aber das verdammte Wasser steigt nicht mehr!«

Toms Puls beschleunigte sich. »Heißt das, wir haben den Peak erreicht?« Er stemmte die Hände in die Hüften.

»Wir können noch nicht entwarnen, aber … ja, das Wasser zieht sich zurück. Vielleicht zwei Zentimeter pro halbe Stunde. Es ist geschafft!«

Er strahlte Tom an und klopfte ihm auf die Schulter. »Und weißt du was? Zum Schluss hab ich selbst nicht mehr dran geglaubt. Ich musste immer daran denken, dass du mich gefragt hast, ob die Deiche halten, und ich so lässig behauptet habe, dass das Wasser uns nix anhaben kann.« Er seufzte. »Das war echt knapp!«

Tom seufzte vor Erleichterung. Jetzt konnten sie die Maßnahmen anpassen, und vor allem würde er alle Kollegen ablösen lassen, die seit vierundzwanzig Stunden im Einsatz waren und dringend Schlaf benötigten. Die neue Schicht war eingetroffen, und alle warteten sehnlichst auf Ablösung. »Gott, bin ich erleichtert! Schick den Nachtdienst nach Hause. Die Tagschicht soll als Erstes mit den Schiffen zur Bunkerstation am Johannisbollwerk fahren. Die Tanks sind sicher alle leer.«

Er ließ seinen Blick durch die Zentrale wandern. Über die

Monitore, die Schreibtische voller Papier und Klebezetteln an den Laptops, und die müden Gesichter der Kollegen.

Nur ein Gesicht strahlte ihn an. Marvin. Der Rookie. Den hatte er vollkommen vergessen.

Er nickte ihm zu, und Marvin hörte sofort auf, die Funkgeräte in die Ladestationen zu stecken, und kam herüber. Er sah frisch und munter aus und war offenbar voll Adrenalin und bester Stimmung. »Wie war deine Nacht?«

»Großartig! Ich habe so viel gelernt. Also wir hatten massenhaft Einsätze, und ich, also … Der WH hat gesagt … ich hätte mich gut gehalten!«

Tom merkte, dass er kaum noch zuhören konnte, als die Abenteuer aus Marvin heraussprudelten wie ein Strom aus Sternschnuppen, die die Nacht seiner Erzählungen in ein glitzerndes Spektakel verwandelten.

Er war mit seinen Gedanken anderswo. Das Hochwasser war kein lustiger Rummel gewesen, sondern eine bitterernste Warnung der Natur. Nächstes Mal kämen sie vielleicht nicht mit nassen Füßen davon.

Tom hatte zum ersten Mal in seinen Dienstjahren die Wasserstandsstufe 3 erlebt. Sie waren so dicht davor gewesen, die nächste und damit höchste Warnstufe auszurufen. Sieben Meter dreißig über Normalhöhennull. Und danach? Die Deiche hätten nicht gehalten.

Er dachte betroffen an die unerbittlichen Wirren der Natur, die ihre Grausamkeit ohne Kompromisse entfaltete und ihrer aller Verletzlichkeit und Zerbrechlichkeit offenbarte.

Toms Bauchgefühl hatte nicht getrogen. Das Orkantief hatte Hamburg an seine Grenzen gebracht und die Ereignisse auf der *Global Endeavour* auch darüber hinaus. Quetsche hatte einen tödlichen Schuss abgegeben und damit sein Leben für immer verändert. Sie waren nicht mehr dieselben wie noch am Morgen.

Marvin nicht und alle anderen auch nicht.

Radio Hamburg

»Liebe Hörer von Radio Hamburg, die Sie die ganze Nacht ausgeharrt haben: Wir haben es geschafft.
Die Pegel sinken. Die Deiche haben gehalten. Der Sturm flaut ab.
Erschrecken Sie nicht, wenn die Entwarnung mit einem einminütigen Signalton kommt.
Bleiben Sie dran, wir sprechen später am Tag mit dem Katastrophenstab der Polizei und Innenbehörde, der Wasserschutzpolizei, dem Deutschen Wetterdienst, der HHLA und dem Bürgermeister von Hamburg. Das wird spannend.
Insgesamt hat der Orkan Zephyr große Schäden angerichtet und die höchste je gemessene Sturmflut nach Hamburg gebracht.
Das Tief entwickelte sich am Sonntag durch große Temperaturgegensätze bis Island und zog am Montag als heftiger Sturm über die Nordsee. Das Sturmfeld traf Norddeutschland und bescherte Hamburg Böen in Orkanstärke. Durch den Sturm kam in Hamburg Gott sei Dank kein Mensch ums Leben, aber es gab erhebliche Schäden. Das Hauptsturmfeld drückte das Wasser gegen die Küsten und ließ das Niedrigwasser ausfallen. Das nachfolgende Hochwasser brachte dann die sehr schwere Sturmflut.
Dennoch: Die Deiche haben standgehalten. Unsere Polizei und Feuerwehr hatten alle Hände voll zu tun, und wir werden Sie über die großen Einsätze umfassend informieren.
Und damit wir alle runterkommen und entspannen, lassen wir jetzt die Weather Girls auf Sie los:
It's raining men. Hallelujah!«

KAPITEL 59

WSPK 2 - 07.30 Uhr

Ein neuer Tag brach an, der Fernseher am Tresen des Wachhabenden fasste die Schadensmeldungen zusammen und zeigte Aufnahmen der überfluteten Gebiete. Die ganze Nacht hindurch war die Sondersendung gelaufen. Tom hörte nur mit halbem Ohr zu, hatte sich abgewandt und schaute aus der großen Fensterfront in die Dunkelheit.

Babić' Ausraster und was Jonna aus der Vernehmung berichtet hatte, ließen ihn hilflos den Kopf schütteln. Daans Auge war zugeschwollen und färbte sich bereits bläulich.

Toms Kanal war voll. Es passte einfach keine Schreckensnachricht mehr hinein. Und noch immer hatte Lisa keine Entwarnung gegeben. Er versuchte wiederholt, sie auf ihrem Handy zu erreichen, doch jedes Mal wurde er nur von der monotonen Stimme der Mailbox begrüßt. Das Handy lag sicher ohne Strom zu Hause. Ihn frustrierte, dass Charlotte ihr Handy nicht abnahm. Die Ungewissheit nagte an ihm, ließ seine sonst so feste Fassade bröckeln. »Wie geht es dir, Lisa?«, flüsterte er in die Leere des Raumes.

Er würde sich bald auf die Socken machen und zu ihr ins Krankenhaus fahren. Bis dahin war er zur Tatenlosigkeit verdammt. Immerhin war Charlotte bei ihr, und sollte Schlimmes geschehen …

Tom stieß sich vom Tresen ab, als die Tür aufging und Charlotte eintrat.

»Was machst du denn hier? Bist du nicht im Krankenhaus?«

Charlotte lächelte milde. »Da komm ich gerade her. Deine Frau folgt in einigen Minuten mit dem Streifenwagen!«

Tom zog sie kommentarlos mit in sein Büro. Er ließ sich auf seinen Bürostuhl fallen. Es war ein neuer Moment nach der Hochwasserentwarnung, dass er erleichtert war. Charlotte bestätigte ihm sofort, dass es Lisa gut ginge. Und er überlegte fieberhaft, wie er sich bei Charlotte bedanken könnte. Welche Worte sollte er wählen?

»Das Wasser fällt.« Ihm fiel nicht Besseres ein. Sein Hirn war wie blockiert.

»Abina, Sisii und Tarik haben überlebt«, fasste Charlotte ihre Nacht zusammen.

»Der Täter ist gefasst.«

»Ja, Tarik hat Alexander Babić auf dem Foto als den denjenigen identifiziert, der Annika Mittermaier totgeprügelt hat.«

»Drei Menschen sind tot! Warum sind wir so?«, fragte Tom.

»Es kommen viele Faktoren zusammen. Narzissmus, der zu viel Einfluss und Macht bekommt. Der unbedingte Drang, gesehen und anerkannt zu werden. Äußere Umstände, die eine Tat begünstigen. Die Gelegenheit, mangelnde Hemmung … Ich weiß es auch nicht.«

»Und wir können es nicht verhindern?«

»Manchmal.« Sie lächelte ihn auf eine Art und Weise an, dass ihm erstmals in dieser Nacht warm ums Herz wurde.

»Quetsche geht es beschissen!«

Sie zögerte nicht einen Augenblick. »Darf ich mit ihm sprechen?«

»Antwortet ihr Psychologen immer mit einer Frage?«

»Wenn wir die Antwort nicht kennen.«

»Du hast recht. Im Moment will er nicht reden. Er muss sich erst selbst sortieren.«

»Ich unterhalte mich gerne mit ihm. Sag ihm das!«

Tom nickte. Er würde die beiden zusammenbringen. Er wusste einfach, dass Charly Quetsche guttun würde. Sie tat ihm ja auch gut. Alles zu seiner Zeit.

»Danke!«, versuchte er es erneut. »Ich weiß nicht, wie ich dir jemals danken kann. Ich hätte dich niemals …«

Die Tür öffnete sich, und der WH streckte den Kopf herein. »Tom, du solltest sofort nach vorne kommen. Lisa wird gerade vorgefahren.«

Tom sprang auf. Lisa. War sie endlich da? »Meine Frau, sie …«, stotterte er. »Lisa … ich muss …«

Charlotte stand ebenfalls auf. »Natürlich!« Sie wandte sich sofort ab und ging vor ihm aus dem Büro. Er eilte hinterher.

Vorn an der Wachleiste öffnete sich die Tür, und zwei Streifenbeamte traten mit einer Frau ein.

Lisa.

Sie sah zerbrechlicher aus, als er sie je wahrgenommen hatte. Sie trug einen weißen Kopfverband und … lächelte.

Ihre Blicke trafen sich. In diesem Moment verschwanden alle Stürme, Fluten, Wasserleichen, Schusswechsel. Es gab nur noch ihn und Lisa, verbunden durch eine Liebe, die stärker war als wilde Stürme. Mit wenigen Schritten überwand er die Distanz zwischen ihnen, und sie fielen sich in die Arme. Worte waren überflüssig. Ihre Umarmung sagte alles. Und als er sie leicht von sich schob, sah er in ihren Augen endlich wieder dieselbe Entschlossenheit, wie bei ihrer ersten Begegnung auf der Demonstration an der Kattwykbrücke. Dieses Mal waren sie jedoch verbunden durch die Erfahrung, dass ihre Liebe jede Not überstand.

»Ich hatte solche Angst um dich«, gestand Tom.

»Ich weiß! Es tut mir leid. Ich hätte nicht in den Garten gehen dürfen.«

Ihre Worte waren wie Balsam für sein Herz. Sie war ihm nicht böse, dass er im Dienst und nicht bei ihr gewesen war.

Die Kollegen um sie herum schauten ihnen ungeniert und schweigend zu. Sie alle hatten in dieser Nacht ihr eigenes Maß an

Kampf und Furcht erlebt. Tom lächelte. Lisa lachte befreit auf. Ein Versprechen, das keiner Worte bedurfte.

Aus den Augenwinkeln sah er Charlotte das Revier verlassen.

Sie drehte sich nicht mehr um.

KAPITEL 60

HafenCity – 08.00 Uhr

Charlotte hatte den zivilen Streifenwagen am Dalmannkai stehen lassen und das letzte Stück zum Kaiserkai zu Fuß zurückgelegt. Sie brauchte frische Luft, um sich durchpusten zu lassen und zu verstehen, was seit gestern Abend alles passiert war. Was es für sie und ihr Leben bedeutete.

Der Himmel bot einen wirren Anblick mit Dunkelheit und den letzten Ausläufern des Sturms, der die Stadt in den letzten vierundzwanzig Stunden fest im Griff gehabt hatte. Das Hochwasser fiel langsam. Wenigstens diese Katastrophe war ausgeblieben. Andere waren eingetreten.

Charlotte hatte Tom mit Lisa gesehen. Und alles verstanden.

Am Ende des Tages stand man mit seinen Entscheidungen allein da, und es war ihre Aufgabe, für die Sicherheit ihrer Tochter zu sorgen. So wie Abina es für Sisii getan hatte.

Charlotte war müde. Die Nacht hatte ihr alles abverlangt: Sie hatte eine Todesnachricht überbracht, Enthüllungen beigewohnt, Lügen erfahren, und nun, am Ende des Weges, wartete eine schwierige Entscheidung auf sie, die sie nicht länger aufschieben konnte.

Der Kaiserkai, sonst so belebt und pulsierend, lag still und verlassen da, als wolle er die Schwere von Charlottes Gedanken widerspiegeln. Die Lichter der Stadt flackerten im Wind, und die Wellen des Hafens schlugen sanft gegen die Ufermauern, ein melancholisches Geräusch.

Plötzlich, als sie ihre Schritte verlangsamte, um ihren wirbelnden Gedanken nachzugeben, fiel ihr Blick auf etwas Unerwartetes. Dort, im Schatten des großen Wohnturms, halb verdeckt von einer umgestürzten Bank, stand ihr Privatwagen, und unter den Scheibenwischern klemmte etwas. Charlotte näherte sich zögernd.

Es war eine Puppe. Und wenn Charlotte sie nicht sofort erkannt hätte, wäre es fast eine surreale Erscheinung gewesen. So versetzte sie der Anblick in die tiefsten Winkel ihrer Kindheit zurück. Charlotte griff nach der Puppe und zog sie unter dem Scheibenwischer hervor.

Sie kannte sie nur zu gut. Die alte Puppe mit den großen dunklen Augen war ein Geschenk ihrer Großmutter gewesen, ein Relikt voller Liebe und Wärme, das Charlotte ihr Leben lang aufbewahrt und seit einigen Jahren schmerzlich vermisst hatte. Sie war davon ausgegangen, dass Nathalie sie beim Spielen verloren hatte. Nun wurde sie eines Besseren belehrt.

Die Puppe war nicht mehr das unschuldige Spielzeug aus Charlottes Erinnerungen. Ihre Augen waren ausgestochen, ihre Kleider zerrissen. Eine brutale Manipulation, die ein tiefes Gefühl der Angst in Charlotte auslöste. Sie biss sich auf die Lippe, um den Schmerz zu spüren und sich gegen die Bilder zu wehren, die sich aufdrängten.

Daniel, der sie brutal ins Gesicht geschlagen und aufs Bett geworfen hatte. Der … »Nein, stopp!« Sie schrie es in die leeren Straßen und suchte sich einen Punkt, den sie fixieren konnte. Nur nicht auf die Puppe gucken, bis die Bilder sich verflüchtigten.

Die Erkenntnis, dass dieser Akt der Zerstörung nur eine Botschaft von Daniel sein konnte, ein Symbol der Kontrolle und Einschüchterung von einem Mann, mit dem sie einst ein Kind gezeugt hatte, ließ sie zittern. Auch sein Narzissmus hatte zu viel Macht bekommen. Er war vollkommen außer Kontrolle. Und er hatte sie gefunden. Zumindest ihr Auto. Er hatte dieses letzte Stück Unschuld aus ihrem Leben gestohlen und aufbewahrt, um es zum geeigneten Zeitpunkt gegen sie zu verwenden. Schon lange plante er seine Rache dafür, dass Charlotte ihn verlassen und bei der US Army angezeigt hatte.

Sie stand da, unfähig, sich zu bewegen. Vor ihr die verstümmelte Puppe. Ihr Atem bildete kleine Wolken in der kalten Morgenluft.

In diesem Moment, allein mit den Trümmern ihrer Vergangenheit, fühlte sie eine tiefe Verbindung zu der Geschichte, die Ada ihr erzählt hatte, zu dem, was Abina getan hatte.

Menschen taten Böses, und manchmal gab es nur wenige Möglichkeiten, sich dagegen zu wappnen.

Daniel hatte mit diesem letzten grausamen Akt, ihr die Puppe zu bringen, genau das Gegenteil von dem erreicht, was er sich vorgenommen hatte. Natürlich hatte Charlotte Angst, aber da war auch ein Gefühl der Entschlossenheit. Sie war plötzlich bereit, einen Schritt über die Schwelle des Verbotenen zu gehen.

Als sie die Wohnungstür aufschloss, rappelte sich Ada zerzaust und schlaftrunken hoch. Ada, die beste Freundin, die man sich wünschen konnte. Die die ganze Nacht bei ihrer Tochter gewacht hatte. Charlotte eilte zu dem Sofa und kniete sich zu ihr. »Gehören zu der geheimen Gesellschaft auch Polizistinnen?«, flüsterte sie und sah Ada an.

Die Freundin brauchte ein paar Sekunden, ehe sie begriff. Ihre Augen weiteten sich, aber sie antwortete nicht.

»Hast du einer Frau geholfen?«

Wieder würdigte Ada sie keiner Antwort.

Charlotte hielt ihr die Puppe hin. »Er hat uns gefunden. Ich brauche eure Hilfe, und ich nehme sie an. Ich muss sie annehmen. Was immer es mich kosten wird.«

Ada nahm sie wortlos in den Arm, und zum ersten Mal in ihrem Leben versuchte Charlotte, nicht länger stark zu sein, und ließ den Tränen freien Lauf.

KAPITEL 61

Residenzia Alessia – 08.00 Uhr

Jonna hatte mit Daan besprochen, dass sie eine kurze Pause brauchten, ein paar Stunden Schlaf und sich am Nachmittag im Büro treffen würden.

Der Morgen nach der Sturmflut, nach den drei Toten, brach rosarot an wie eine stille Zusage der Natur, dass nach jeder Zerstörung auch ein neuer Anfang entsteht.

Automatisch fuhr sie einen kleinen Umweg nach Hause. Auf diesem Weg lag eine neue Leidenschaft von ihr. Die Hotelbar der *Residenzia Alessia.* Ein Fünfsternehotel unter italienischer Führung mit einer fantastischen Bar, die zwei- bis dreimal die Woche von einem Pianisten mit Klaviermusik geadelt wurde. Sie hatte das Hotel zufällig entdeckt. Jonna war in die Bar abgebogen und hatte sich verliebt. In das dunkelbraune Interieur und den bernsteinbraunen Whisky. Dass sowohl der Barmann als auch der Pianist einen attraktiven Anblick boten, vervollständigte den Genuss.

Jonna kam inzwischen in jeder freien Minute hierher und fand Gefallen an der Anonymität. Sie hatte kurz überlegt, Charlotte zu fragen, ob sie sie begleitete. Charlotte hatte recht gehabt, als sie angemahnt hatte, dass Jonna sie nicht nur anrufen sollte, wenn sie sie für einen Einsatz brauchte, sondern einfach mal ein Glas Wein mit ihr trinken wollte.

Sie würde das tun. Nur nicht heute Morgen.

Sie brauchte jetzt die Anonymität und kein neues Problem. Und Charlotte trug eines mit sich herum, das sie krampfhaft zu verbergen versuchte. Aber damit konnte und wollte Jonna sich an diesem Tag nicht mehr beschäftigen.

Sie wusste, dass die Bar um zwei Uhr nachts schloss, aber hatte sich entschieden, an diesem Abend ein Zimmer hier im Hotel zu mieten. Sie scheute die Einsamkeit und Leere ihrer Wohnung. Warum sollte sie sich nicht verwöhnen und in der Sicherheit eines großen Hotels schlafen?

In der gedämpften Atmosphäre der Hotellobby füllte sie am Empfang den Anmeldeschein aus, als ein Gast, der gerade seine Zimmerkarte entgegennahm, sie ansprach.

»Sind Sie zum Kongress hier in Hamburg?«

Der Mann war vielleicht sechzig oder ein wenig drüber. Selbstbewusst lehnte er mit einem Arm auf dem Tresen. Sein graues Haar war gepflegt, aber dennoch leicht zerzaust, was ihm eine Aura von weltmännischer Nonchalance verlieh. Die sorgfältig gewählte Kleidung verriet einen Hang zum Luxus. Sein intensiver Parfümduft erdrückte Jonna.

Sie sah ihn konsterniert an. Mit seinem selbstgefälligen Lächeln schien er sich für den Mittelpunkt des Universums zu halten, als er sie mit seinen lebhaften Augen fixierte. Dieses Lachen enthüllte blendend weiße Zähne, die bestimmt viel Geld gekostet hatten.

Er missinterpretierte Jonnas Schweigen. »Der Zahnärztekongress! Sie sehen ganz danach aus, als wären Sie eine reizende Kollegin. Haben Sie schon gefrühstückt? Also ich könnte eine Tasse Kaffee vertragen.«

Seine Worte erklangen in einem Ton, der mehr nach Eroberung als nach Höflichkeit klang. Dabei verriet sein ständiges Zwinkern des rechten Auges, dass er doch unsicher war. Leider machte ihn das für Jonna nicht sympathischer.

»Nein. Ich bin keine Zahnärztin. Ich bin Tatortreinigerin und will hier einchecken, um mich auszuruhen und den Leichengeruch loszuwerden.« Sie roch an ihrem Arm, als wolle sie sichergehen, dass der Geruch nicht allzu aufdringlich war. Dann griff sie nach ihrer Zimmerkarte und schenkte ihm ein Lächeln.

Sein Gesicht versteinerte. »Oh, ähm, ja, dann wünsche ich Ihnen eine erfrischende Dusche!« Er seufzte und drehte sich um und ging auf die Fahrstühle zu.

Jonna wandte sich in die entgegengesetzte Richtung, um bloß nicht in einem Aufzug mit ihm eingesperrt zu werden. In diesem Moment vibrierte ihr Handy. Sie wollte nichts mehr sehen und hören, warum hatte sie es nicht einfach ausgestellt?

Es war Daan.

»Was?«, sagte sie. »Kannst du nicht schlafen?«

»Tja, ich hab noch ein bisschen Nachrichten von Annikas Handy abgehört. Und ... also ich weiß nicht, wie ich es dir sagen soll ... du findest ihn ja sympathisch.«

»Wen? Was? Wovon redest du?«

»Die Kollegen der MARPOL-Kontrolle haben Kapitän Fischer in seinem Badezimmer an Bord der *Global Endeavour* gefunden. Er ist kollabiert.«

Jonna brauchte einen Moment, um diese Info sacken zu lassen. »Er stirbt, oder?«

»Nee. Er hat ein Geständnis abgelegt!«

Jonna presste sich das Handy ans Ohr.

»Annika hat die Aufnahme vom Streit zwischen Horwat und Babić an den Kapitän weitergeleitet. Er spricht ja ein paar Brocken Kroatisch. Sie hat geahnt, dass es bedrohlich wurde, und wollte seine Hilfe.«

»Fischer wusste die ganze Zeit Bescheid?«

»Yep. Wenn er sich erholt hat, lasse ich ihn ins Präsidium bringen. Wir verhören ihn heute Nachmittag. Schlaf gut!«

Jonna seufzte tief. Fischer hatte ihr wirklich leidgetan. Seine tödliche Erkrankung ... er hatte gelogen. Dieser Mistkerl! Annika hätte nicht sterben müssen.

Ihr Blick huschte durch die Lobby und blieb am freundlichen Grinsen des Nachtportiers hängen, der nur wenige Schritte neben dem Empfangstresen ungeniert gelauscht hatte. Sie kannte ihn von ihren nächtlichen Besuchen.

»Feierabend?«, fragte er.

Sie nickte.

»Ist nicht Ihre Tageszeit, stimmt's?«

»Stimmt.« Sie stellte ihr Handy aus.

»Schlechte Nachrichten, ja?«

»Sehr schlechte!«

»Und Sie sind mit Sicherheit keine Tatortreinigerin.«

»Stimmt auch!«

»Ich sag's nicht weiter.«

»Mir gefällt es, wenn Männer an der richtigen Stelle verschwiegen sind.« Sie drehte sich um und ging zum Fahrstuhl.

KAPITEL 62

WSPK 2 - 08.02 Uhr

Die Morgenluft war kalt, aber nicht mehr so eisig, da der Sturm nachgelassen hatte und einen nicht mehr bis auf die Knochen durchkühlte. Trotzdem lag der Geruch des nahenden Winters in der Luft, als Tom den Anleger hinter dem WSPK 2 betrat. Er brauchte ein paar Minuten für sich allein, bevor er sich umziehen und zusammen mit Lisa Quetsche nach Hause fahren würde. Dann wollte er nur noch schlafen. Lisa wartete in seinem Büro auf ihn.

Ein paar Atemzüge frischer Luft wirkten Wunder. War er vor einigen Stunden noch überzeugt gewesen, dass das Hochwasser den Hafen überfluten würde, lag der Charakter seines Hafens darin, nach dem Sturm wiederaufzuerstehen. Am Horizont zeichnete sich bereits ein schmaler rosafarbener Streifen ab und kündigte an, dass die Sonne sich heute blicken lassen würde.

Möwen tappten kreischend auf der gegenüberliegenden Kaikante des Travehafens. Sie kamen aus ihren Verstecken hervor, um sich Nahrung zu suchen. Ein gutes Zeichen.

Tom seufzte. Es waren harte vierundzwanzig Stunden gewesen.

»Was für eine Nacht!«

Als ob Quetsche seine Gedanken gelesen hätte, tauchte er am Anleger auf und sprach aus, was Tom dachte. Quetsche hatte die Uniform bereits gegen seine private Kleidung getauscht, sah aber trotzdem derangiert aus. Ein Schnürsenkel war offen.

»Wir haben es geschafft, mein Freund.« Tom schlug ihm die Faust auf den Arm. »Du hast Tarik das Leben gerettet.«

»Eines wäre da noch«, sagte Quetsche. »Der Wachhabende

nervt, dass wir die Alukiste wegschaffen sollen, bevor wir nach Hause fahren. Er hat sie in den Bootsschuppen gebracht, damit sie ihm am Tresen nicht den Weg versperrt. Der hat echt Nerven, mich damit zu belästigen. Aber er meinte, nur weil ich geschossen hätte, bräuchte ich nicht zu glauben, ich müsse meine Arbeit nicht ordentlich zu Ende bringen.« Quetsche deutete ein Lächeln an. »Habt *ihr* euch das ausgedacht? So als pädagogische Maßnahme. Behandelt ihn wie immer … oder so?«

Tom lachte. »Nee, wirklich nicht. Ich weiß nicht mal, von was für einer Kiste du sprichst.« Er runzelte die Stirn.

»Die wir an Bord genommen haben, als wir den Toten vor Övelgönne rausgefischt haben – muss vor ein paar Jahren gewesen sein.«

Ja, es war erst vierundzwanzig Stunden her, aber es fühlte sich wie Jahre an. Die blöde Kiste war Tom völlig egal. »Er soll das nervige Ding entsorgen!«

»Wollen wir nicht wenigstens mal reingucken?«

Tom sah ihn irritiert an. »Es hat noch niemand die Kiste aufgemacht? Ernsthaft?« Er schüttelte den Kopf. »Muss man denn hier alles selbst machen?«

Quetsche runzelte die Stirn. »Das hast *du* angewiesen!«

»Ich? Gott, wie dämlich!«

Quetsche zog müde an seinem Arm. »Na komm. Das Teil steht gleich um die Ecke. Das schaffen wir auch noch, und dann geht's heim.«

Sie schlenderten zum Bootsschuppen, und Quetsche hielt ihm die Tür auf. Hier lagerten nicht nur Ausrüstungsgegenstände, sondern auch Werkzeuge und Bootszubehör.

Drinnen trafen sie auf Gunnar Wagner, der mit einer Zigarette zwischen den Lippen die Wetteranzüge zum Trocknen aufhängte.

»Bin dann mal wech …«, murmelte er sofort. Man sah ihm an,

dass er in Abwehrhaltung ging, falls Tom noch einen neuen Auftrag für ihn haben sollte.

»Erhol dich gut, wir haben alles gegeben! Danke dir!«

Wagners Stirn glättete sich wieder. »Jo!« Er machte sich sofort aus dem Staub.

»Da steht das Biest!« Quetsche zeigte auf die Alukiste, die, mit Draht umwickelt, vergessen in der Ecke stand.

Tom besah sie sich erstmals näher. Warum Draht, der mit einem Schloss gesichert war? So eine merkwürdige Konstruktion hatte er noch nie gesehen. Natürlich klebte der Schlüssel nicht an der Box, deshalb sah er sich um, mit welchem Werkzeug er den Draht loswerden konnte.

»Bolzenschneider!«, schlug Quetsche vor.

Er stand breitbeinig und mit verschränkten Armen vor der Kiste und sah sie an, als ob er darin giftige Schlangen erwarte.

Tom nickte. »Ich gebe Anweisung an die nächste Schicht, einen Bolzenschneider zu besorgen, und dann können sich die Kollegen an der Kiste erfreuen.«

Quetsche zeigte auf ein Regal. »Willst du dich drücken?« Dort lagen neben Schaufeln, Besen, Vorschlaghammer auch verschiedene Bolzenschneider. Tom sah ihn entgeistert an.

Quetsche verzog den Mund. »Die HaSiBes benutzten die ständig.«

Die Kollegen der Hafensicherheit und Gefahrgutabteilung, kurz HaSiBe genannt, waren für Containerkontrollen zuständig und öffneten regelmäßig verplombte Container, um deren Inhalt zu überprüfen.

Mist, es gab keinen Weg, die Kiste loszuwerden. Also griff Tom nach einem Bolzenschneider und durchschnitt mit einer energischen Bewegung den vermaledeiten Draht. Er legte das Werkzeug zurück ins Regal und griff nach der Zange, streifte vorsichtig den Draht ab und hielt respektvoll einen Moment inne. Und wenn tatsächlich giftige Schlangen da drin waren? Die waren tot, oder? Wie lange kämen die ohne Luft aus? Er warf Quetsche einen fragenden Blick zu.

»Da sind Drogen drin, wetten? Ich hab für so was einen Riecher.«

Tom zog eine Augenbraue hoch. »Drogen? Das ist lächerlich. Viel zu unsicher. Ich tippe auf geheime Dokumente.«

»Papier im Wasser? Du denkst nicht mehr klar.«

»Okay, dann ein verschollenes Tagebuch eines Unterweltbosses, das ihn und seine Komplizen verrät.«

»Zehn Euro! Ich setze auf Drogen, du auf Papier.«

Sie nahmen den Deckel der Kiste ab und starrten ins Innere.

»Das ist nicht wahr! So eine verdammte Scheiße!« Tom wich zurück.

Quetsche fuhr sich kratzend über die Bartstoppeln. »Ich gebe zu, das habe ich nicht erwartet«, er seufzte. »Können wir bitte doch sofort nach Hause fahren?«

»Weißt du, was das bedeutet?«, jammerte Tom. Er nahm eine der durchsichtigen Plastiktüten aus der Kiste und wog sie in der Hand. »Dass die nicht untergegangen sind …«

»Deswegen die Luftkammern. Wie viele Tüten sind es?«

Tom zählte die Plastikbeutel durch. Fünf. Drei von den Teilen in jeder Tüte. »Wie war das mit deinem Riecher?«, fragte er.

»Ich rieche Ärger!« Quetsche lehnte sich gegen das Regal.

Tom hielt sich einen der Beutel ins Licht, um erkennen zu können, ob die Metallstifte und deren Plastikhülsen mit Nummern bedruckt waren.

»Es ist das, wofür ich es halte, oder?«, fragte Quetsche und nahm sich ebenfalls eine Tüte aus der Kiste. »Hochsicherheitssiegel? Containerplomben?«

Tom nickte. »Wer die hat, kann ganze Container mit Drogen oder anderem illegalen Scheiß versenden! Das darf doch wohl nicht wahr sein, die haben sogar die zertifizierten Nummern drauf.« Er fuhr mit der Hand durch die Kiste und traf ganz unten auf eine weitere, größere Plastiktüte. Er stöhnte. »Sieh dir das an: Blanko-Frachtpapiere!«

»Das verdammte Hochwasser war ein Kinderspiel gegen das hier!«

»Vielleicht hat der Zoll ...«

»Träum weiter! In einer Alukiste mit einem Draht umwickelt? Das in den falschen Händen ... bedeutet, dass im Hafen ein Mega-Deal läuft. Das ist ein Freibrief. Diese Containerplomben sind Millionen wert! Mir reicht's!« Quetsche trat mit dem Fuß gegen die Kiste. »Das ist heute wirklich ein Scheißtag!«

Tom schloss den Deckel der Kiste und hob sie hoch, um sie in sein Büro zu tragen und wegzuschließen.

Er hatte seine Grenze erreicht. Alle Lämpchen in seinem Kopf flackerten, und er konnte keinen klaren Gedanken mehr fassen.

»Komm, Quetsche, die Kiste muss warten, wir fahren heim.«

Morgen war schließlich auch noch ein Tag. Und im Licht des neuen Tages würden vielleicht die Schatten der letzten Nacht verblassen.

GLOSSAR

Abwettern: Entscheidung, einen Hafen nicht anzulaufen und schlechtes Wetter im Tiefwasser abzuwarten.

Ankerwinde: Winde zum Einholen der Ankerkette / des Ankers, befindet sich an Deck auf dem Vorschiff.

Back: Oberdeck, direkt am Bug, oft leicht erhöht.

Backbord/Steuerbord: Backbord bezeichnet, vom Heck zum Bug gesehen, die linke Schiffsseite. Die rechte Seite wird Steuerbord genannt.

Bilge: Raum im untersten Teil eines Schiffs, in dem sich Wasser und Ölreste sammeln.

Bilgenwasser: Leckwasser im untersten Teil eines Schiffs.

Bootsmann: Vorgesetzter der Decksleute. Der Bootsmann untersteht dem Ersten Offizier und koordiniert die Arbeiten an Deck und in den Laderäumen. Der Bootsmann sorgt mit seiner Deckscrew für die Sicherheit an Deck.

Büx: Plattdeutsch für Hose.

Bunkern: Übernahme von Treibstoff. Überliefert aus der Dampfschifffahrt, als Kohle in »Bunkern« gelagert wurde.

Chief Engineer: Leitender Ingenieur in der Maschine.

Containerplomben: Fortschrittliche High-End-Versiegelung von Containern zum Schutz vor Manipulation, bestehen aus einem PIN aus Stahl und dem dazugehörigen Kunststoffgehäuse mit Zertifikatsnummer. Betrug ist aufgrund des einmaligen einzigartigen Aufdrucks praktisch unmöglich.

Containerterminal Tollerort (CTT): Mit 0,6 Quadratkilometern Hamburgs kleinster von vier Containerterminals. Er verfügt über einen 1.200 Meter langen Kai mit vier Liegeplätzen und vierzehn Containerbrücken. Er hat direkten Zugang zum Güterverkehr.

Decksjunge: Ungelernter Matrose an Deck, Helfer.

Deichverteidigung: Die Deiche in Hamburg haben 5,50 Meter breite Deichverteidigungsstraßen und einen sogenannten Lagerstreifen, wo man beispielsweise Material abstellen kann. Diese Deiche sind mindestens sieben Meter fünfzig hoch.

DGL: Dienstgruppenleiter. Leiter einer Wachdienstgruppe und gleichzeitig Einsatzleiter.

DIE: Dienstelle für interne Ermittlungen.

Drittstaatler: Nicht deutsche und nicht EU-Bürger.

Duckdalben: In den Hafengrund gerammte Pfähle aus Holz oder Stahl zum Befestigen von Schiffen.

Duckdalben Internationaler Seemannsclub: Im Herzen des Hamburger Hafens gelegen. Versorgt die Seeleute, die aus der ganzen Welt nach Hamburg kommen, mit Einkaufsmöglichkeiten, Abhol- und Bringdienst zu den Schiffen, Essen und Trinken, Freizeitaktivitäten und Andachtsräumen für alle großen Religionen sowie günstigen Möglichkeiten, weltweit zu telefonieren, skypen, faxen oder ins Internet zu kommen. Selbst eine kostenlose und anonyme ärztliche Behandlung ist möglich. Wurde vor einigen Jahren zum besten Seemannsclub der Welt gekürt. Finanziert durch die Stadt Hamburg, die Nordelbische Kirche und private Spender.

Einklarieren/Ausklarieren: Grenzpolizeiliche, behördliche Abfertigung eines Seeschiffs. Die Schiffe, die den Hamburger Hafen anlaufen, müssen Einreise-, Zoll- und Gesundheitsformalitäten erfüllen, die von Wasserschutzpolizei, Zoll und dem Hafenärztlichen Dienst kontrolliert werden.

Einschleicher: Blinde Passagiere, die in der Bundesrepublik amtlich Einschleicher und international *stowaways* genannt werden.

EMSA: Europäische Agentur für die Sicherheit des Seeverkehrs.

Erster Offizier: Oft der Stellvertreter des Kapitäns. Häufig auch für die Ladung zuständig.

Festlegeverfügung: Verbot für ein Schiff, den Liegeplatz zu verlassen. Wird von der Wasserschutzpolizei in Absprache mit den Hafenbehörden angeordnet.

Flottieren: Sich frei hin- und herbewegen.

Freiwache: Zeitraum zwischen zwei Wachdiensten zur freien Verfügung/Freizeit.

Funken: Zuerst den Rufnamen desjenigen, den man erreichen will. Dann den eigenen Rufnahmen. z.B. »Elbe 52/10 für Elbe 52«. Das WSPK 2 (Elbe 52) funkt seinen Dienstgruppenleiter (Elbe 52/10) an. Der antwortet mit »52/10 hört«.

Funkrufnamen:

Brise: Fahrzeug der Landesbereitschaftspolizei.

Krabbe: Rufname der Handfunkgeräte im kleinen Funkkreis.
Michel: Rufname der Einsatzzentrale für Hamburg.
Elbe 23 oder 35: Die Boote des WSPK 2.
Elbe 51: Wache WSPK 1.
Elbe 52: Wache WSPK 2.
Elbe 52/1: Der erste Wagen des WSPK 2.
Elbe 52/2: Der zweite Wagen des WSPK 2.
Elbe 52/3: Der dritte Wagen des WSPK 2 etc.
Elbe 52/10: Der Wagen mit Dienstgruppenleiter an Bord.
Elbe 53: Wache WSPK 3.

Gangbord: Gang an Deck zwischen Aufbauten und Reling. Die Gangbord führt an den beiden Seiten des Schiffs entlang. Es ist der Bereich, auf dem man von vorne nach hinten geht.

Gefährderansprache: Maßnahme der Polizei zur Verhütung von Straftaten. Ein potenzieller Gefahrenverursacher wird ermahnt, Störungen der öffentlichen Sicherheit zu unterlassen.

»Hab ich mit«: Polizeiliche Abkürzung im Funkverkehr für: »Das habe ich mitbekommen und verstanden«.

HADAG-**Fähre:** Hamburger Dampfschiffahrt Aktiengesellschaft, Seetouristik und Fährdienst AG. Hamburger Hafenfähren im öffentlichen Nahverkehr.

Hafen- und Flughafenärztlicher Dienst: Der erste Hafenarzt in Hamburg war Prof. Bernhard Nocht, der 1892 nach der Cholera-Epidemie berufen wurde. Seither nimmt der Hafenärztliche Dienst die amtsärztlichen Aufgaben des Infektions- und Gesundheitsschutzes im Hafen, auf Schiffen und am Flughafen wahr.

Handläufer: Geländer.

HaSiBe: Abkürzung für Hafensicherheitsbeamter der Hamburger Wasserschutzpolizei. Die HaSiBes kontrollieren die gefährlichen Güter im Hafen.

Health Declaration: Die Seegesundheitserklärung muss von jedem Schiff, das aus einem ausländischen Hafen ankommt, ausgefüllt werden.

HHLA: Hamburger Hafen und Logistik AG. Logistikunternehmen im Hafenumschlag.

HILOPE: Polizeislang für eine hilflose Person.

HPA: Die Hamburg Port Authority, Hafenverwaltungsbehörde mit Hauptsitz in der Speicherstadt. Sie ist für das Hafenmanagement, Infrastruktur und Sicherheit im Hafen verantwortlich.

ISPS-**Code:** Umfangreiche Maßnahmen zur Gefahrenabwehr auf Schiffen und Hafenanlagen.

K-Boote: Boote zum Evakuieren von Menschen in Katastrophenlagen, die ggf. aus eigener Kraft nicht mehr in der Lage sind, sich in Sicherheit zu bringen (wegen Unfall, Verletzungen, Krankheiten).

Kettenkasten: Stauraum im Vorschiff, in dem die Ankerkette lagert.

Kombüse: Seemännische Bezeichnung für die Schiffsküche.

Landgangsuntersagung: Anordnung der Wasserschutzpolizei, dass die Crew das Schiff nicht verlassen darf.

Last: Kleiner Aufbewahrungsraum an Bord eines Schiffs.

***LBP*:** Landesbereitschaftspolizei. Sie besteht in Hamburg aus fünf Hundertschaften (geschlossene Einheiten mit jeweils mindestens 80 Polizisten). Dazu gehören auch die Reiterstaffel, die Hubschrauberstaffel und das Landespolizeiorchester. Die LBP verrichtet auch Vollzugsdienst in Streifenwagen oder auf Wasserwerfern und Räumfahrzeugen. Sie verstärkt die Schutzpolizei in größeren Lagen.

Lee/Luv: Windabgewandte bzw. windzugewandte Seite des Schiffs.

Letal: Tödlich, in kurzer Zeit zum Tod führend.

MARPOL-**Inspektion:** Kontrolle des Internationalen Übereinkommens zur Verhütung von Meeresverschmutzung durch Schiffe.

Maschine: (Auch) Abkürzung für Maschinenraum.

Messe: Speise- und Aufenthaltsraum an Bord eines Schiffs. Auf größeren Schiffen auch unterteilt in Offiziersmesse und Mannschaftsmesse.

Metallschäkel: U-förmiger Bügel mit Bolzen zum Verbinden von Ketten und Teilen.

Michel: Rufname der Hamburger Polizei. Benannt nach dem Schutzpatron der Polizei, dem Erzengel Michael. Der war auch Namensgeber der Hamburger Hauptkirche, St. Michaelis, genannt Michel.

Michel-Sprecher: Disponent im Einsatzzentrum am Funk.

Mug oder Muck: Großer Trinkbecher (früher aus Blech).

Nautischer Offizier: Offizier, der für die Navigation und Schiffssicherheit u. a. zuständig ist.

NEF: Notarzt-Einsatzfahrzeug. Rettungswagen, die mit einem Rettungssanitäter/Notfallsanitäter und einem Notarzt besetzt sind.

Niedergang: Treppe von Deck zu Deck.

Normalhöhennull (NHN): Bezugsfläche für Höhen über dem Meeresspiegel.

Nothilfe: Eine rechtlich erlaubte Verteidigungshandlung, um Gefahr für Leib und Leben anderer abzuwenden.

Pantry: Kleiner Raum zur Anrichte des Essens, zwischen der Kombüse und der Messe.

Passierschein: Ein polizeilich ausgestellter Passierschein berechtigt visumpflichtige Seeleute auch ohne Visum zum Landgang.

PK: Gängige Abkürzung für Polizeikommissariat.

POLAS: Digitales, bundesländerübergreifendes, polizeiliches Auskunftssystem.

Polder: Ausgewiesene Areale des Hafens, die durch Fluttore und Flutschutzmauern vor den Wassermassen geschützt sind. Polder sind nichts anderes als Deichringe, wobei es in diesem Ring sehr viele Tore und mobile Schutzelemente gibt, weil die Hafenbetriebe beweglich hantieren müssen. Dort ist kein Wohnen erlaubt.

Quiddje: Im Hamburger Raum die halb scherzhaft, halb spöttisch verwendete Bezeichnung für zugezogene Bürger.

Reling: Schiffsgeländer außen.

RT-Hub: Rettungshubschrauber.

RTW: Rettungswagen (ohne Notarzt an Bord).

Ruderhaus: Führerhaus, in dem der Schiffsführer steht und steuert (auf Barkassen und Kuttern).

Schanzkleid: Seitliche feste Wand entlang des Oberdecks eines Schiffs.

Schiffsmeldung: Ein Formular, welches von der Wasserschutzpolizei ausgefüllt wird, wenn ein Schiff in Hamburg eingelaufen ist. Es enthält alle wichtigen Daten zu einem Schiff: technische Daten, letzter Hafen, die Reederei, wie viele Passagiere und Crew an Bord sind etc.

Schott (Plural Schotten): Wasserdichte Trennwand im Schiffsrumpf. Auch allgemeine Bezeichnung für Schiffstür.

Shuttle: Schneller Hin- und Rücktransport über Wasser.

Sicherer Raum: Vorstufe zu einer Zelle in jeder Polizeidienststelle. Die Einrichtung ist sicher verschraubt, und es besteht keine Möglichkeit, sich oder andere zu verletzen.

Sludge: Altölrückstände im Schiffsbetrieb.

SMIS: Schiffsmelde- und Informationssystem.

Sperrstellen: Konzept zur Sperrung und Verkehrsleitung bei Hochwasser im Hamburger Hafen. Es gibt bis zu 500 Sperrstellen.

Stauplan: Plan zur fachgerechten Beladung eines Schiffs.

Steigleiter: Leiter an der Kaikante von der Wasseroberfläche auf die Pier.

Stores: Lagerräume an Bord eines Schiffs.

Tallymann: Ehemaliger Ladungskontrolleur, zählt die Ladung eines Schiffs.

TEU (Twenty Foot Equivalent Unit): 20-Fuß-Standardcontainer. Statistische Recheneinheit, die im Containerverkehr benutzt wird.

Tide/Tidenhub: Gezeiten. Regelmäßige Wasserbewegung der Meere in Steigen (Flut) und Fallen (Ebbe) des Wasserspiegels. Der Tidenhub ist der Höhenunterschied zwischen Hochwasser und Niedrigwasser.

Tiefgangmarke: Markiert die Eintauchtiefe des Schiffs zwischen Wasserlinie und Unterkante Kiel.

Verklappung: Versenkung von Abfallstoffen ins Meer.

Wasserstandsstufe (*WST* 0–4): Die Stadt Hamburg hat aufgrund der Größe der Elbe ein eigenes System von Wasserstandsstufen. Je nach Stufe des Hochwassers werden entsprechende Maßnahmen eingeleitet.

Warftenkonzept: Die Hamburger HafenCity befindet sich vor der Deichlinie. Dabei wurde der Baugrund so weit aufgehöht, dass man weitgehend hochwassersicher ist. Das Leben findet also auf Deichkronenhöhe statt. Das ganze Gebiet ist ein riesiger Deich – das nennt man Warft. Vorschrift ist, dass die Häuser grundsätzlich keine Öffnungen unterhalb der Mindestschutzhöhe von 7,50 Metern über NHN haben dürfen, Ausnahmen müssen beantragt werden. Die meisten Objekte liegen heute aber deutlich über dieser Höhe auf mindestens acht Metern.

WH: Wachhabender. Mitglied einer Wachdienstgruppe, welcher während des Dienstes die Kommunikation zur Leitzentrale Michel und der Fahrzeuge/Boote untereinander koordiniert. Er führt Buch über alle Vorgänge und Einsätze innerhalb seiner Schicht.

WS: Streifenboot der Wasserpolizei.

WSPK: Wasserschutzpolizeikommissariat.

ZKD: Zentraler Katastrophendienststab der Innenbehörde Hamburg.

DANK

Tatort Hafen Band 2 liegt vor euch, liebe Leserinnen und Leser, und damit ist unser Traum in Erfüllung gegangen, als Schriftstellerehepaar Bücher zu schreiben. Der Traum, dass euch der Hamburger Hafen und seine Geschichten gefallen.

Dabei hatten wir tatkräftige Unterstützung:

Wir danken dem Literaturagenten unseres Herzens, Klaus Kluge, der uns mit Rat und Tat zur Seite steht und unsere Geschicke lenkt.

Wir danken unserer Lektorin Carolin Graehl für ihre Begeisterung und die Stimme, die die wichtigen Fragen stellt und so aus unseren Texten gute Bücher macht.

Ein herzliches Dankeschön geht an das ganze Verlagsteam von Droemer Knaur, unsere Verlagsheimat im besten Sinne. Ohne eure Hingabe, euren unermüdlichen Einsatz und eure Begeisterung wäre dieses Abenteuer nicht möglich gewesen.

Dazu gehören u. a. die großartigen Mitarbeiter des Vertriebs, die den Buchhandlungen unser Buch nahegebracht haben. Allen voran Andrea Bauer, Sandra Appelbaum, Katharina Scholz und Dennis Woischneck.

Die Pressestelle mit Moni Neudeck und Patricia Kessler, die wundervolle Projekte wahr gemacht haben. Und, nicht zu vergessen, Silke Berning und ihr Team in der Lizenzabteilung, der wir erneut eine Hörbuchfassung zu verdanken haben.

Gemeinsam haben wir eine Reise begonnen, die hoffentlich noch lange andauern wird. Jede Seite, die wir schreiben, ist ein kleines Stück unseres Herzens, und es erfüllt uns mit Freude zu wissen, dass ihr diese Seiten mit uns teilt.

Dank gebührt auch unserer Stil-Ikone und Außenredakteurin Ulrike Brandt-Schwarze, die mit Argusaugen unseren Text verbessert.

Dank an zwei wundervolle Autorenkollegen, die immer für Motivation und Beistand sorgen: die Bestsellerautoren Romy Fölck und Tibor Rode, mit denen wir alles besprechen können, was in der Buchbranche so vor sich geht. Danke, dass ihr an uns glaubt!

Auch die Wasserschutzpolizei hat uns wieder uneigennützig unterstützt: Anna-Carina Zirpins mit wichtigen MARPOL-Informationen und Manfred Ross, der das ganze Manuskript gelesen hat und uns als Diskussionspartner zur Verfügung stand.

Nicht zuletzt gilt unser Dank unseren Lesern! Es ist uns eine Ehre, dass unsere Geschichten den Weg in eure Hände und Herzen gefunden haben.

Ahoi rufen *Angélique & Andreas Kästner*

LESEPROBE

KÄSTNER KÄSTNER

TATORT HAFEN

Band 3

DIE LETZTE FÄHRE NACH DOCKLAND

KNAUR

PROLOG

Sie hatte kräftig in die Pedale getreten und erreichte den Fähranleger Waltershof einige Minuten zu früh. Trotz der kühlen Brise der Aprilnacht schwitzte sie. Mit zitternden Händen öffnete sie den Reißverschluss ihrer Jacke und kettete das Fahrrad am Fahrradständer oberhalb des Anlegers fest. Sie hatte gehofft, dass die körperliche Anstrengung das Feuer in ihrem Inneren ersticken würde, aber stattdessen brannten ihre Muskeln vor Erschöpfung, und ihre Beine waren bleischwer.

Tief atmete sie die Nachtluft ein, die seit einigen Tagen die kneifende Kühle des Winters verloren hatte und den Frühling ankündigte. Die Fähre Richtung Fischereihafen war noch nicht zu sehen, und so schlenderte sie bis zum Ende des betonierten Anlegers. Mit jedem Schritt hallten das Echo der langen Spätschicht und die Auseinandersetzung mit ihrem Kollegen in ihr nach.

Es hatte Probleme mit der Containerreihung auf dem Terminal gegeben. Ihr neuer Kollege war nicht nur jung, sondern auch sehr von sich überzeugt. Er plante seine Karriere genau und rammte alles weg, was sich ihm in den Weg stellte. Ihr war es recht, umso schneller wäre sie ihn wieder los. Nur sollte er seinen Aufstieg nicht auf ihrem Rücken austragen. Mit Sicherheit hatte sie den Gefahrgutcontainer nicht an die falsche Position bringen lassen, das war *sein* Fehler gewesen. Der Container war für Oslo bestimmt und auf einem Schiff gelistet, das nach Istanbul fuhr. Ein katastrophaler, weil teurer Schnitzer! Benjamin hatte ihre Aufregung mit einem überheblichen Grinsen abgetan und angeboten, das »Missverständnis« mit ihr zusammen bei einem Gläschen Wein und einer Pizza auszuräumen. Er kenne da einen netten Italiener. Dabei hatte er die Frechheit besessen, ihr den Po zu tätscheln und sich so nah an sie heranzudrängen, dass ihr vom Geruch seines Herrenparfüms übel wurde.

Unfassbar. Beides.

Noch nie in ihrer langjährigen Arbeit auf dem Eurogate-Terminal war ihr ein solcher Fehler unterlaufen. Erst recht nicht mit Gefahrgutcontainern. Sie war geradezu zwanghaft perfektionistisch, und das zahlte sich in ihrem Job aus. Sie war die beste Mitarbeiterin beim Central Planning, die es auf dem Terminal gab. Da brauchte er sich mit seinem weißen Hemd, der Anzughose mit Bügelfalte und den polierten Schuhen gar nicht vor ihr aufzubauen und überheblich zu grinsen. Und überhaupt, wer trug schon Anzug im Hafen. Lächerlich!

Melanie zog die Jacke wieder enger um sich und verschob den drückenden Rucksack ein wenig, als die Erinnerung an sein *»Ach komm, Melle, du biegst das doch im Handumdrehen gerade«* sie frösteln ließ. Für diesen Widerling war sie immer noch Melanie. Klar war der Ton im Hafen rau, damit konnte sie umgehen. Aber kein Kollege hatte sie je auf diese Art begrapscht. Und fachlich war er auch ein Idiot. Der hatte nicht die geringste Ahnung, wie schwierig es war, den Container zurückzuholen. Ihre Augen füllten sich mit Tränen, und sie schüttelte unwirsch den Kopf. Jetzt bloß nicht heulen.

Am Himmel verblassten die aquarellfarbenen Blautöne und kündigten die Nacht an. Der unverstellte Blick vom Ende des Anlegers auf die in der Dämmerung beleuchtete Köhlbrandbrücke lenkte sie für einen Moment vom Grübeln ab. Die Schrägseilbrücke mit den beiden Pylonen strahlte eine erhabene Macht aus, die Melanie gerne in sich gespürt hätte. Am liebsten hätte sie dem

Kollegen die Hand weggeschlagen, aber sie ahnte, dass sein Narzissmus diese Kränkung nicht weggesteckt hätte. Sie musste sich vorsehen, er könnte ihr noch gefährlich werden, hatte er doch einen guten Stand bei ihrem Vorgesetzten.

Sie seufzte erneut, und ihre Augen suchten den Horizont nach der Fähre ab. Langsam verschluckte die zunehmende Dunkelheit das Ufer, und die Geräusche des Hafens hallten auf eine seltsam intime Weise wider. Das rhythmische Plätschern des Wassers mischte sich mit dem gelegentlichen Kreischen einer Möwe, die spät noch unterwegs war. Melanie schlenderte zurück in die Mitte des Anlegers, dorthin, wo die Fähre ihre Rampe herunterlassen würde. Sie war inzwischen auch nicht mehr allein. Drei Männer warteten ebenfalls auf ihr Transportmittel in den Feierabend, doch sie hatte keine Lust auf Small Talk. Sie wollte nur zu Fred und dem Frieden ihres Eigenheims.

Normalerweise kannte Melanie die Pendler, die mit ihr auf dem Anleger standen. Im Laufe der Jahre sah man sich, wenn man am gleichen Tag Spätdienst hatte, man grüßte sich und tauschte auch mal ein paar Worte. Dieses Mal kannte sie nur den Bärtigen, der eine Zigarette rauchte, die beiden anderen Männer hatte sie noch nie gesehen. Neue Hafenarbeiter? Dafür waren sie einen Tick zu teuer angezogen. Andererseits schien edler Zwirn im Hafen ja der neueste Trend zu sein. Endlich näherte sich das Schiff mit einem tiefen Brummen, einem beruhigenden Geräusch. Sie fand eine Art Trost in dem wiederkehrenden Anlegemanöver der Fähre. Das Knarren der hydraulischen Rampe, die mit einem Piepen auf den Anleger heruntergelassen wurde, das Knirschen des Schiffs. Ein Gefühl der Beständigkeit in dem immerwährenden Kreislauf von Abfahrt und Rückkehr. Heute fuhr die *Altenwerder* auf der Linie 61 zum Dockland-Fischereihafen. Der Anblick der knallgelben Fähre mit dem Schriftzug *König der*

Löwen und dem gezeichneten Löwenkopf an den Aufbauten fühlte sich wunderbar vertraut an.

Die zwölf Minuten Fahrzeit vergingen wie im Flug, und am Dockland stieg sie wieder aus, um auf die Fährlinie 62 nach Finkenwerder umzusteigen. Ein wenig umständlich, aber Fred hatte heute das Auto mit Beschlag belegt, und der Bus brauchte länger. Außerdem liebte sie die alten »Bügeleisen«, wie die Hamburger ihre Hafenfähren wegen deren merkwürdiger Form nannten. Sie sah, dass fünf Männer mit ihr auf die Fähre warteten. Frauen waren heute Abend nicht mehr unterwegs. Der bärtige Raucher und die beiden Anzugträger vom Fähranleger Waltershof standen in ihrer Nähe. Seltsam, dass sie die gleiche Strecke fuhren. Touristen waren sie nicht, dafür war es zu spät. Die Typen warfen ihr immer wieder Blicke zu, als hätten sie noch nie eine Frau gesehen.

Der Bärtige, mit dem sie öfter nach Finkenwerder fuhr, lächelte sie an. Warum hatte sie ihn nie gefragt, wie er hieß, wo er wohnte, wo er arbeitete? Sein dichter, grau melierter Bart umrahmte ein wettergegerbtes Gesicht, und seine braunen Augen strahlten Wärme aus. Neidisch sah sie zu, wie er schon wieder eine Zigarette aus der abgewetzten Lederjacke hervorholte. Seit 142 Tagen hatte sie keine Zigarette mehr angefasst, aber der fiese Möchtegern-Macho aus dem Büro brachte sie beinahe dazu, rückfällig zu werden. Sie biss sich auf die Unterlippe und stellte sich zwei Schritte hinter den Bärtigen, um den Rauch, den er in die Nacht blies, einzuatmen.

Endlich kam die Fähre. Diesmal eine weiße namens *HafenCity*. In zwanzig Minuten würde sie in Finkenwerder ankommen und weitere fünf Minuten später ihre Schuhe ausziehen und das Glas Wein in Empfang nehmen, das Fred ihr hoffentlich eingeschenkt hatte.

Langsam wurden die Blicke der beiden Kerle unangenehm. Und dann setzten sie sich direkt in die Reihe hinter ihr. Als ob es nicht genug freie Plätze gäbe, dachte sie. Was wollten sie von ihr? Ihr Nacken kribbelte, und ihr Puls beschleunigte sich, als ob sie jeden Moment mit einem Übergriff rechnen müsste. Sollte sie den Bärtigen ansprechen? Wäre das peinlich und übertrieben?

Hektisch kramte sie ihr Handy aus dem Rucksack und schrieb Fred eine WhatsApp-Nachricht. Schon während sie das Telefon entsperrte, fühlte sie sich besser.

»Hey, Liebling. Bin auf der Fähre und froh, wenn ich im Nest bin.«

Ihre Finger zitterten, während sie tippte. Sie schickte noch einen Smiley hinterher. Hoffentlich sah Fred die Nachricht zeitnah.

Melanie ließ den Blick durch das Innere der Fähre schweifen und drehte sich dann ruckartig zu den Anzugträgern um. Sie schauten weg.

Ein kleiner Sieg. Was, wenn die Kerle sie gar nicht meinten und ihre Befürchtungen nur ihrer gereizten Verfassung zuzuschreiben waren?

Wenigstens war auf Fred Verlass.

»Schlimmer Tag?«, schrieb er.

Sie kaute auf ihrer Wange, zögerte. Sollte sie ihm sagen, dass sie sich belästigt fühlte? Es war nur ein Eindruck, und der war vielleicht dem Verhalten ihres Kollegen geschuldet.

»Ach, nur ein doofes Gefühl, erzähl ich dir später. Kannst du mich von der Fähre abholen?«

Sie legte das Handy in den Schoß und nahm die Wasserflasche aus dem Rucksack. Ihre Kehle fühlte sich staubtrocken an. Auf der Fähre war sie in der Öffentlichkeit, und sicher würden die Typen sie hier nicht anmachen, aber der Fußweg nach Hause … da wäre sie allein.

»Es ist mir ein Vergnügen«, schrieb Fred.

Der Druck in ihrem Hals löste sich augenblicklich. Fred holte sie ab und würde sie beschützen. Ihr Ehemann, ihr Rettungsanker, ihre große Liebe.

Sie steckte das Handy in ihre Jackentasche und fummelte ein Feuerzeug heraus, damit ihre Hände beschäftigt waren. In diesem Moment räusperte sich der Bärtige ein paar Sitze rechts von ihr. Er hatte seine Zigarettenpackung herausgepult und hielt sie fragend hoch.

Melanie lächelte. Ein verlockendes Angebot.

Sie rutschte zwei Sitze auf und lehnte sich zu ihm hinüber. »Danke! Ich hab aufgehört, aber darf ich sie trotzdem in der Hand halten und daran riechen?«

Der Bärtige lachte und zeigte dabei eine Reihe makelloser weißer Zähne.

»Ich will Sie nicht verführen!«, sagte er und hielt ihr weiterhin die Packung hin.

Da! Schon wieder starrten die beiden Männer zu ihr herüber! Quatsch, sie sah Gespenster.

Melanie zog sich eine heraus und schnupperte daran. Sie ließ ein wohliges Seufzen hören und wies auf die Tür. »Wir sind gleich da!«

Er nickte. Blieb aber sitzen.

Schade, er war ihr sympathisch.

Am Eingang war es kalt und zugig, doch sie bekam hier besser

Luft. Sie stellte sich direkt an die Außentreppe, mit Blick auf die Bordkamera. Dass die Kamera dort hing, hatte sie schon oft gesehen. Erstmals bekamen die Aufzeichnungen eine neue Bedeutung. Sie schufen die nötige Sicherheit, die sie brauchte.

Voraus erschien der Anleger Bubendey-Ufer. Sollte sie eine Haltestelle zu früh aussteigen? Wenn die Männer ihr dann nachkämen … Unsinn, in Finkenwerder wartete Fred auf sie. Der kleine rote Leuchtturm war in der Finsternis kaum noch auszumachen. Nur in den Fenstern des Lotsenhauses am Seemannshöft brannten Lichter.

Das dunkle Wasser zog vorbei, und das Rauschen der Wellen, die das Schiff verursachte, klang beruhigend. Noch wenige Minuten, dann würde Fred sie in die Arme nehmen, und ein schrecklicher Tag wäre zu Ende.

Sie drehte sich um, um ins Innere zu sehen, als die beiden Anzugträger auftauchten und ihr den Rückweg versperrten. Sie wich zurück und wandte sich wieder Richtung Ausgang. Voraus musste bald der Fähranleger in Sicht kommen. Die Männer folgten ihr. Plötzlich machte ihre Erschöpfung einem alarmierenden Adrenalinschub Platz. Ihr Herz schlug bis zum Hals. Wollten die Typen sie wirklich hier vor allen Leuten angraben? Sie hatte schon gehört, dass es sogar in einer Fußgängerzone zu einer Vergewaltigung gekommen war. Angeblich hatte niemand etwas bemerkt. Nun, kommt nur näher, ich werde schreien, bis ihr taub seid! Sie entschied sich, nicht abzuwarten, bis die Männer sie erreicht hätten. Bemüht gelassen stieg sie zwei Stufen auf der Treppe hoch, die zum Oberdeck führte, um keine Panik zu zeigen. Doch ihr Verstand arbeitete fieberhaft. Ihr Hafen, sonst ein Ort der Sicherheit und Vertrautheit, fühlte sich plötzlich fremd und bedrohlich an. Was hatten die beiden Männer nur an sich, dass sie so in Unruhe verfiel? Sie versuchte, sich einzureden, dass ihre Nervosität unbegründet sei, aber ihr Instinkt sagte ihr etwas anderes. Sie entschied sich. Sie war genau im Blickwinkel der Bordkamera und steckte sich demonstrativ die Zigarette des Bärtigen mit ihrem Feuerzeug an. Der Skipper konnte das auf seinem Monitor nicht übersehen und würde sie über das Bordmikrofon auf das Rauchverbot hinweisen. Er würde sie im Auge behalten. Und noch etwas fiel ihr ein. Fred. Er würde … sie kramte in ihrer Jackentasche nach dem Handy und tippte mit zitternden Fingern seine Nummer ins Display.

Sie traute sich nicht, sich noch einmal nach den Männern umzudrehen.

»Na, vermisst du mich so sehr?« Freds Stimme klang atemlos.

»Fred, bist du … schon auf dem Weg?« Sie merkte selbst, wie ihre Stimme zitterte.

»Yep, bin gleich am Anleger. Bist du etwa schon da?«

»Nein, gleich, ich weiß nicht, irgendwas stimmt nicht.«

»Was ist los?«

Sie merkte seiner Stimme an, dass er stehen geblieben war und seine ganze Aufmerksamkeit ihr galt. Ein warmes Gefühl durchflutete sie. Fred nahm sie immer ernst. Er machte sich nicht über sie lustig.

»Ich habe das Gefühl, dass ich verfolgt … also beobachtet werde. Aber ich bin mir nicht sicher. Vielleicht bilde ich es mir auch nur ein …« Sie schloss die Augen und versuchte, ihre Gedanken zu ordnen.

»Bist du auf der Fähre? Auf welcher Höhe seid ihr? Geh sofort zu anderen Menschen. Sprich sie an!« Er klang alarmiert, und plötzlich beunruhigte Melle das Telefonat mehr, als dass es ihr half.

»Ich kann nicht, … im Weg. Ich …«

Sie blickte hoch in die Kamera und nahm aus dem Augenwinkel eine Bewegung wahr. Einen lähmenden Augenblick glaubte sie, den Mann lächeln zu sehen. Dann spürte sie einen heftigen Stoß im Rücken. Der zweite Kerl riss ihr Bein schneller hoch, als sie sich wehren konnte.

»Melle, was war das? Melle? Bist du noch da? Melle?«

Sie hörte Fred noch schreien, als sie über die Reling stürzte.

In die tiefschwarzen Fluten.

Den Gedanken, dass sie Fred unbedingt sagen musste, dass die Männer sie nicht aufreißen, sondern töten wollten, brachte sie nicht mehr zu Ende.